El faro de los amores dormidos

ANDREA LONGARELA

El faro de los amores dormidos

Obra editada en colaboración con Editorial Planeta – España

© 2022, Texto: Andrea Longarela

© 2022, Ilustración de portada: Lady Desidia

© 2022, Editorial Planeta S.A. – Barcelona, España

Derechos reservados

© 2023, Editorial Planeta Mexicana, S.A. de C.V.
Bajo el sello editorial CROSSBOOKS M.R.
Avenida Presidente Masarik núm. 111,
Piso 2, Polanco V Sección, Miguel Hidalgo
C.P. 11560, Ciudad de México
www.planetadelibros.com.mx

Primera edición impresa en España: julio de 2022
ISBN: 978-84-08-25443-0

Primera edición impresa en México: mayo de 2023
Cuarta reimpresión en México: junio de 2024
ISBN: 978-607-39-0066-9

Impreso en los talleres de Operadora Quitresa, S.A. de C.V.
Calle Goma No. 167, Colonia Granjas México, C.P. 08400, Iztacalco, Ciudad
de México.
Impreso en México –*Printed in Mexico*

A todos los abuelos. Ojalá fuerais eternos.
Y, en especial, a los míos.
A Pepe y María, siempre recordaré por vosotros.
A Josefina, por los mejores veranos de mi vida.

El mar lo devuelve todo después de un tiempo, especialmente los recuerdos.

CARLOS RUIZ ZAFÓN

Recordar: Del latín *re-cordis*, volver a pasar por el corazón.

Un primer beso en una torre

Alba

La última vez que pisé Varela sucedieron tres cosas:

1. Me enamoré.
2. Perdí la virginidad.
3. Me rompieron el corazón.

Sin duda, fue un gran verano lleno de experiencias y de cambios de los que aprendí y que influyeron en la persona en que me he convertido, aunque eso no evita que al regresar a este pueblo perdido rodeado de mar tenga una sensación incómoda en la piel. Y no es la sal de la brisa ni esa humedad que se te pega en cuanto te acercas a través de la carretera, estrecha y llena de baches. Es la certeza de que no quiero estar aquí. De que preferiría estar en cualquier otro lugar que en este rincón olvidado donde no queda nada de la chica que recorría sus calles en bicicleta hace cinco años.

Sin embargo, aparco frente a la casa de piedra en la que pasé los veranos de mi infancia y me bajo del coche. Todo sigue igual. Las ventanas cubiertas por las cortinas de topos que tejió mi abuela hace ya dos décadas. Las flores rojas flanqueando la puerta de madera. El balcón de la planta superior, un poco torcido por el paso del tiempo. El silencio, pese a ser las doce de la mañana de un viernes. La mirada vidriosa del abuelo escondida tras el cristal, preguntándose quién diantres ha dejado el coche en la entrada de su hogar.

Cojo aire y me preparo para llamar, pero me cuesta, porque volver a entrar en esta casa supone reencontrarme con una chica que ya no conozco.

«Alba, no puedes seguir así. Si quieres continuar bajo nuestro techo tienes que asumir responsabilidades. ¿No quieres estudiar ni buscar trabajo? Bien, pues tendrás que echarnos una mano.»

Las palabras de mamá me persiguen sin descanso; nuestra última conversación, tensa, tirante y llena de decepción, antes de verme empujada a hacer las maletas, me incordia como un mosquito zumbón. Por eso estoy aquí. Por ellos. Porque mis padres están hartos de mí y de mi falta de estabilidad. Podría culparlos, pero soy muy consciente de que haber acabado en Varela para cuidar del abuelo es solo culpa mía. Por mi tendencia a meter la pata. A no comprometerme con nada. A no saber qué quiero en la vida. Aunque, si soy sincera conmigo misma, sé que este malestar que noto en el estómago no tiene nada que ver con eso, sino con los recuerdos que abandoné aquí y que ahora vuelven con fuerza. Con aquel último verano que tanto me marcó.

Porque la última vez que pisé Varela creí enamorarme de un chico de paletas separadas, perdí la virginidad en la playa más bonita del mundo y me rompieron el corazón una tarde de tormenta. Y este podría ser el comienzo de una preciosa historia, el problema es que mi protagonista no es solo uno, sino tres. Las tres piezas de un amor de verano que acabó, como estos siempre hacen, y del que a ratos siento que aún no me he recuperado.

El abuelo

Ha visto a la niña por la ventana. Esta tiene el pelo castaño muy largo y las pecas marcadas por el sol. No quiere que crezca nunca, pero el paso del tiempo es inevitable y ya se ha convertido en una mujer. Detesta que la vida pueda hacerle daño y desea que cumpla sus sueños.

«¿Con qué soñará mi pequeña Aida?», se pregunta.

Abre la puerta antes de que ella la golpee con los nudillos y se encuentran cara a cara.

—¿Por qué has tardado tanto en volver de la tienda? Estaba preocupado.

Ella no sonríe. Su rostro está serio, adusto como el de los hombres curtidos por el mar. No entiende lo que le dice. No, es peor, porque lo observa como si fuera él quien no comprendiera lo que tiene delante. Entonces abre la boca, habla y Pelayo advierte que esa voz no le pertenece. Es menos dulce, más astuta. Es una voz que lo hace viajar hasta otros recuerdos, entremezclados y difusos, en los que su hija no tiene cabida.

—Abuelo, soy Alba.

Pestañea ante sus palabras. Le sacuden la cabeza y siente que todo da vueltas. Aida se marcha y deja a cambio a una joven más alta y ceñuda de lo que nunca fue su hija a esa edad. Pero sí, tiene razón, es Alba. Su nieta. No concibe cómo ha podido errar en algo tan obvio, porque se parecen, aunque nunca han sido dos gotas de agua. Pelayo la observa sin reparos. Recuerda su sonrisa torcida y la leve cicatriz blanquecina de su labio superior. Se lo abrió a los trece años en las rocas que rodean el faro.

—¿Qué estás haciendo tú aquí?

—Mamá te llamó, ¿te acuerdas? —No, no se acuerda, porque últimamente lo más familiar se aleja y por mucho que lo persiga se le escapa—. Vengo a pasar un tiempo contigo.

—¿Por qué ibas a hacer eso? Estoy muy bien solo.

Siente que algo en su interior se cierra, se pliega sobre sí mismo en un intento de protección. Porque cree que no necesita ayuda. No necesita más que su casa, su faro, su mar. Pese a ello, a Alba no parece importarle y se cuela dentro con una maleta.

—Pero yo sí que necesitaba un cambio. Los papás están hartos de mí, ¿sabes?, creo que me han dado por perdida. Piensan que unos meses aquí pueden hacerme reflexionar.

Pelayo la sigue y llegan al salón. Ella observa la casa y asiente, dando su aprobación. El hombre no sabe por qué lo hace, ya que todo está igual desde décadas atrás, pero entonces repara en su confesión y le pregunta con gesto severo:

—¿Qué has hecho?

—He dejado la universidad —responde Alba sin atisbo de vergüenza.

Al instante, un recuerdo sobrevuela su mente. Una sensación de que eso ya lo ha vivido. Le incomoda no entender por qué. Se apoya en el respaldo de una silla y lo aprieta con fuerza; necesita sujetarse a algo para dejar de sentir que todo se mueve, se desplaza sin que pueda evitarlo. Las piezas de su vida se desencajan cada vez más a menudo y necesita volver a afianzarlas en su sitio.

—Pero...

Ella intuye su confusión y le ofrece una certeza que Pelayo agarra al momento.

—Otra vez, sí. Después de abandonar Psicología, el curso pasado me matriculé en Sociología, pero este año... no. Se enteraron hace unos días, cuando empezaron las clases y no tenía adónde ir. Me gasté el dinero de la matrícula en un curso de fotografía. —Pone los ojos en blanco antes de que él la pueda reprender por su estupidez—. Sí, lo sé, una tontería. Pero es que soy de las que empalman unas con otras, está bien que lo sepas ya, por si acaso cometo alguna descomunal durante estos meses.

Ambos comparten una mirada en silencio. Su nieta va a quedarse, no tiene dudas, y además Pelayo les prometió a sus padres que con él estaría bien. Ahora se acuerda. Las lágrimas de Aida, la decepción de su voz, la desesperación por no comprender a su única hija. Si ella supiera lo parecidas que son...

—¿Hace cuánto que no venías a Varela? —le pregunta. Porque ya no sabe si es su memoria la que falla o que de verdad hacía años que no se veían. Al menos, no en el pueblo. En Navidad su hija lo arrastra a la capital, en un viaje exprés de ida y vuelta del que no para de quejarse hasta que toca de nuevo ese suelo.

Alba parece incómoda y su mirada se pierde en las fotografías familiares que llenan la sala. En muchas de ellas aparece como una cría desgarbada con magulladuras en las rodillas.

—Cinco años. Lo siento.

—Yo también.

Y Pelayo no sabe por qué le dice eso, si porque también se

siente culpable de estar tan atado a ese lugar como para no querer salir de allí o porque sabe que la visita de Alba no tiene nada que ver con su lamentable comportamiento, sino con que su propia cabeza se vacía por momentos. A eso ha venido la niña, a retener lo poco que queda de él antes de que los recuerdos mueran y su viejo cuerpo lo haga con ellos.

Enol

Los recuerdos son como flechas. Silenciosos. Rápidos. Su efecto es fulminante. Devastador. Puedes mantenerlos alejados, olvidados en un rincón de tu mente, pero un día algo los activa de nuevo, las compuertas cerradas a cal y canto se abren y caen sobre ti como un tsunami del pasado, capaces de arrastrarlo todo a su paso.

—Enol, cariño, llévale la comida a Quintana.

Obedezco a la abuela, cojo el cesto de mimbre y salgo caminando hasta la casa de Pelayo.

Varela de Mar es un pueblo pequeño. En verano los turistas llenan las calles, aunque pocos son los que duermen aquí, ya que solo contamos con la posada de mi familia y un hotel de apenas diez habitaciones a las afueras. Suele ser sitio obligado de paso por esta zona por sus callejas empedradas, la belleza de los acantilados y el paisaje de postal con el faro de fondo, pese a que la carretera de acceso es estrecha y está mal iluminada, lo que ayuda a que muchos desistan antes de llegar a su destino. Pero cuando empieza el otoño todo vuelve a la normalidad. Doscientos treinta y tres habitantes censados. Un bar. Una tienda de comestibles. Un horno de pan. Una vida sencilla y tranquila que solo unos pocos valoramos.

Por eso, cuando me paro frente a la puerta de los Quintana, me extraña ver un coche de color blanco. Tiene una abolladura en un lateral y está lleno de objetos desperdigados en sus asientos. Lo que se intuye una sudadera. Una fotografía oscura de lo que parecen dos pájaros. Un paquete de caramelos de menta.

Llamo a la puerta con los nudillos y espero a que el viejo me abra y me diga que no necesita nada. Le diré que la abuela ha hecho lentejas y mi madre su famoso arroz con leche cubierto de caramelo. Refunfuñará, pero me dejará pasar, yo sonreiré y le vaciaré el cesto en la mesa de la cocina. Me llevaré las tarteras del día anterior y le desearé buen provecho. Antes de irme me preguntará cómo está hoy el mar, con la mirada perdida en la ventana desde donde lo contempla, y le contaré que calmado y de ese color azul denso de las tardes de octubre. Básicamente, nuestro ritual de cada día.

Sin embargo, hoy no es Pelayo quien abre la puerta. Hoy en Varela ha sucedido algo que no esperaba ni para lo que estaba preparado. Hoy es el pasado el que me observa con los ojos entrecerrados y me obliga a enfrentarme a todos esos recuerdos que guardaba con candado.

—Hola, Enol.

Hoy es Alba la que regresa.

Pum. Como una flecha.

El mar

A los dieciséis años el amor es intenso, volátil, caprichoso y efímero, aunque la mayoría lo sienta eterno.

Eran cuatro y los veía corretear a menudo por la playa de Bocanegra. Tres chicos y una chica por la que estos bebían los vientos. Bonita, valiente, tan atrevida como ellos, tan lanzada que solía dejarlos atrás en todo lo que supusiera crecer, en aquellos días de sol y madrugadas frente a una hoguera. Se conocían desde hacía tiempo, pero la adolescencia les trajo nuevos estímulos, sentimientos y algún que otro desajuste hormonal.

Y cada verano crecían un poco más; experimentaban, aprendían. Se caían y se ayudaban a levantar.

—Nacho, ¿qué estás haciendo?

Alonso miró con confusión a su amigo, que se había quitado la camiseta y la había dejado caer sobre la arena antes de hacer lo mismo con los pantalones.

—¿Tú qué crees? Vamos a bañarnos.

Alba comenzó a reírse de ese modo que siempre los hacía sonreír: con la mano sobre los labios y pequeños hipidos. Era una tarde de julio, pero hacía frío, y por ese motivo la playa estaba vacía y entera para ellos. Enol se había sentado en la orilla y se quitaba las deportivas, aunque lo conocían de sobra para saber que aquel plan no iba con él. Siempre en un segundo plano. Siempre observando. Cogió el cigarrillo que descansaba en su oreja y lo prendió.

—¡Vamos, Alonso, tío! —exclamó Nacho, ya en calzoncillos—. ¿A qué esperas?

Entonces el otro sacudió la cabeza y, a regañadientes, se desprendió también de la ropa.

Solían funcionar así. Nacho era el que decidía, el que empujaba al grupo, el que los metía en líos a la mínima oportunidad, si no se andaban con cuidado. Alonso siempre dudaba e imitaba los pasos del primero; estaba claro que admiraba su arrojo y eso, sumado a que era un saco de inseguridades, le hacía actuar la mayoría de las veces arrastrado por las decisiones de los demás, olvidándose de las suyas propias. Enol rara vez participaba, aunque siempre estaba, como una sombra que les daba cobijo entre silencios y consejos dados solo cuando eran pedidos. Y luego estaba Alba. Me costó un tiempo entender cuál era su sitio dentro de ese grupo, pero un día comprendí que en todo mecanismo vivo hay un eje central sobre el que lo demás gira y respira.

Alba era ese centro vital.

Alba era el corazón.

—Joder, menudo frío —se quejó Alonso al desprenderse de los vaqueros.

Los otros chicos se rieron y Nacho le pellizcó la entrepierna mientras le decía que en cuanto tocaran el agua le desaparecería por completo.

La chica, en cambio, lo observaba de reojo con ese anhelo que había despertado en su interior desde que había regresado a Varela por las vacaciones. Para ella, Alonso había dejado de ser el chico torpe que tartamudeaba para convertirse en un joven guapísimo al que no podía dejar de mirar. Seguía teniendo las paletas un poco separadas, aunque lo que había sido un motivo de burla en la infancia, de pronto lo hacía dueño de una sonrisa pícara única que más de una chica se moría por besar. Su pelo rubio se aclaraba cada verano por el sol y sus ojos castaños sonreían cuando hablaba. Alba pensaba a menudo que estaba para comérselo, y no solo eso, porque además ella tenía la suerte de conocerlo y saber que era un buen chico con muchas otras cualidades que le hacían pensar en el primer amor, el mismo del que tanto hablaban sus amigas y que a ella se le resistía.

¿Estaría en lo cierto? ¿Era eso lo que se sentía cuando uno se enamoraba? ¿Estaba a punto de protagonizar su propia historia para el recuerdo?

Las preguntas perseguían a la chica sin descanso, mientras los otros dos parecían ajenos a sus sentimientos; Nacho, mucho más centrado en enrollarse con todas las turistas que se prestaran a hacerlo, tenía encanto suficiente para lograr que el número llegara a las dos cifras antes de que terminara el mes, y Enol, demasiado ocupado con su obsesión por las mareas, sus libros viejos y su soledad.

Alba se ruborizó cuando este último la pilló con los ojos clavados en el torso de Alonso y apartó la mirada. Luego se quitó el vestido por la cabeza de un tirón y los tres chicos contemplaron su cuerpo en ropa interior. Unos, sin disimulo, y otros, fingiendo que aquello no los afectaba, aunque lo hacía. Porque Alba era muy bonita y ellos no estaban ciegos, con la piel bronceada por las horas al sol, la espalda repleta de pecas y unas curvas recién descubiertas que era imposible que pasaran desapercibidas.

Después los tres valientes echaron a correr entre risas que acabaron siendo chillidos al tocarme. Nacho metió la cabeza bajo el agua y nadó unos metros mientras Alonso y Alba se quedaban rezagados donde sus pies aún palpaban la arena y daban saltos con la piel erizada por el frío. A lo lejos, Enol los observaba fumando con los ojos entrecerrados. El flequillo oscuro le rozaba las pestañas. Llevaba la camiseta de manga larga remangada hasta los codos. Los pantalones de loneta, que habían pertenecido a su abuelo, le dejaban los tobillos al aire. Sus piernas estaban estiradas y cruzadas sobre la orilla. Su postura resultaba más propia de una vieja estrella de cine que de un chaval de diecisiete años. Lástima que por entonces él solo se sintiera una pieza distinta a todos los demás que nunca terminaba de encajar.

Excepto con ella. Con Alba, Enol se sentía tranquilo de ser como era. Bien. Orgulloso, incluso.

Siguieron chapoteando en el agua. Nacho se bajaba los calzoncillos de vez en cuando y les enseñaba el trasero a los demás, que lo salpicaban y se reían sin parar. En un momento dado, Alonso aprovechó que Alba estaba despistada para tirar de su pie y hacerle una aguadilla. Ella se agarró a su brazo y lo arrastró debajo del agua. Y allí, dentro de mí, abrieron los ojos y se observaron por primera vez de una forma diferente. Solos. Ajenos al ruido del exterior. En una burbuja que únicamente les pertenecía a ellos.

Alba se atrevió a rozarle la cintura y Alonso se estremeció. El chico notó que su cuerpo despertaba y también una emoción desconocida en el estómago. Habrían alargado ese instante una vida entera, pero el oxígeno se terminó y salieron tomando aliento. Se buscaron con la mirada. Nacho se lanzó encima de ambos y volvieron a reírse como si nada hubiera sucedido. Pero lo había hecho. Y en los ojos de Alba se podía leer la confirmación de quien cree que se ha enamorado por primera vez.

Ay, el primer amor. Qué imprevisible. Qué juego de corazones cruzados.

De fondo, Enol atrapaba puñados de arena entre los dedos, a la vez que pensaba lo mismo, con los ojos enredados en la sonrisa de la chica que hacía latir su pequeño mundo.

Alba

Enol me mira como si fuera un mejillón que acaba de cortarle el pie al entrar en el agua. Su sonrisa es una mueca. Su ceño está fruncido. Su cuerpo, tan rígido que pienso que solo con un roce podría explotar. Supongo que el *shock* ha sido mutuo.

—¡Cuánto tiempo! —respondo a su silencio tenso—. Yo también me alegro de verte. ¿Qué haces aquí?

Él ignora mi sarcasmo y me pide paso con los ojos.

—Podría preguntarte lo mismo.

—Es la casa de mi abuelo.

Se cuela dentro y me sorprende lo alto que es cuando me doy cuenta de que mi frente rozaría su hombro. Y no solo eso. Sigue siendo delgado, pero su espalda se ha ensanchado, lo que hace que su cintura me parezca aún más estrecha.

—No sabía si lo recordarías —responde con acritud.

Su respuesta dañina me deja fuera de juego y lo ataco con la misma saña.

—¡Yo no soy la que se olvida de los demás con facilidad!

Y, en el instante en que pronuncio esas palabras, me arrepiento, porque estaban dedicadas a Enol y a su capacidad para borrarme de su vida, pero a la vez me recuerdan el motivo por el que estoy aquí y por el que otra persona nos observa sin pestañear desde el sofá.

Él. Mi abuelo. Su enfermedad.

—Pelayo, ¿cómo se encuentra hoy?

Refunfuña algo que no logro entender y Enol sonríe, como si entre ellos hablaran un idioma propio.

—Le gustará, se lo prometo. Las lentejas de Covadonga son uno de sus platos favoritos.

Entra en la cocina igual que en su casa y comienza a sacar recipientes y a guardar los vacíos que el abuelo ha dejado sobre la encimera. Mamá me había contado que, pese a las quejas de Pelayo, los Villar se ocupaban de llevarle cada día la comida, aunque no me imaginaba que sería Enol quien se responsabilizara de esa tarea. Lo hacía en alta mar, buscando nuevas especies marinas o analizando la calidad de las aguas, yo qué sé, pero no ayudando en el negocio familiar. Aunque, pensándolo bien, él tampoco me imaginaría de vuelta en Varela para cuidar del abuelo, lo cual solo nos demuestra que ya no nos conocemos. Ya no somos los dos chicos de las conversaciones raras, como nos llamaban los otros.

De repente, me pregunto si Alonso y Nacho también estarán en el pueblo y me tenso.

Enol se dispone a servir la comida en platos y entonces me acerco a él y le quito la vajilla.

—Trae, de esto ya me ocupo yo. Gracias.

Aprieta los labios, pero me obedece y se limpia las manos en un trapo antes de despedirse de una manera que escuece.

—¿Cuándo te marchas?

—No lo sé. Depende de...

Dejo las palabras en el aire, porque me duele pensar en el estado del abuelo y en las posibilidades que hay de que tenga que marcharme. Enol asiente pensativo y su mandíbula se tensa.

—Mañana traeré raciones para dos.

Antes de irse, se dirige al salón, se planta frente al abuelo y él le lanza una pregunta con la mirada perdida en la ventana.

—¿Cómo está hoy el mar?

—Agitado. Nervioso. Como si se hubiera encontrado con algo que no esperaba.

Entonces miro a Enol y siento sus ojos en mí, lanzando con esas palabras cuchillos que, en el fondo, quizá merezco.

Enol

Pum.
    Como una flecha.
    Sí, joder, en todo el pecho.

Alba

Varela siempre me ha parecido un lugar congelado en el tiempo. Pienso que, si pudiera viajar al pasado, la imagen que me encontraría sería idéntica a la que tengo ahora mismo delante. Un salto temporal a los ochenta, a los cincuenta, a los años treinta... ¿Qué más da? Todo seguiría prácticamente igual. El mar. Los gatos lamiéndose las patas en la calzada. Las casas de piedra salpicadas por flores de colores. Una señora con mandil tirando trozos de pan a los pájaros desde la ventana. Lo único que supondría un cambio en este paisaje de postal sería el faro, encendido años atrás y ahora apagado.

¿Lo echará de menos Pelayo? ¿Por eso le preguntará a Enol cómo está el mar, aunque pueda observarlo él mismo cada mañana? ¿En qué se convierte un farero al que le quitan su faro?

Sacudo la cabeza para apartar esas preguntas extrañas que sobrevuelan a menudo por mi mente y camino entre las callejas estrechas y empinadas hasta llegar a la playa. Bocanegra me recibe como siempre: me deja sin aire y me recuerda que ahí fuera somos diminutos e insignificantes, aunque nos creamos el centro del mundo. Siempre tuvo ese efecto en mí y eso no ha cambiado.

La marea está alta, así que no se puede pasear por ella. Es uno de sus encantos y el motivo de que el pueblo no haya sido tan explotado como tantos otros de la zona, ya que es su única playa y el acceso solo es posible la mitad de las horas del día. Cuando la marea sube, la arena de Bocanegra desaparece y solo quedan la oscuridad de las rocas y el sonido de las olas golpeando contra ellas. Es jodidamente bonito. También da miedo, porque me hace pensar a menudo en lo frágil que es todo y en lo poco que tardaría mi cuerpo en desaparecer si diera un paso adelante.

Me asomo a la baranda que protege el paseo del acantilado y siento la humedad que me trae la brisa en las mejillas. Se me eriza la piel y me pregunto cuántos cuerpos habrán aparecido en estas aguas. Marineros. Borrachos que acabaron siendo engullidos en un tropiezo desafortunado. Turistas estúpidos con ganas de hacerse la foto más arriesgada. Suicidas.

—¿Pensando en saltar?

Me giro sobresaltada y me encuentro con un rostro que me resulta familiar. Tiene el pelo oscuro y revuelto, los ojos marrones y la sonrisa tímida. Al instante, pienso en Enol. En cómo eran sus sonrisas tenues, esas que parecía que no estaban pero que siempre acababan dibujándose. Esas que ya no sé si es capaz de esbozar.

—¿Bras?

—El mismo, pero más guapo. O eso espero.

Me echo a reír y él me acompaña antes de darme dos besos. Ha crecido. ¡Vaya si lo ha hecho! Sigue siendo el hermano pequeño de Enol, aunque es obvio que ya no es un crío. Para bien o para mal, todos hemos avanzado.

—Ya eras el guapo de tu familia, pero ahora es innegable.

Le guiño un ojo y nos reímos de nuevo.

La última vez que lo vi solo era un chaval. Entre los trece

y los dieciséis o diecisiete años que teníamos los demás el último verano que pasé en Varela había un abismo insalvable. De más pequeños sí lo aceptábamos en nuestros juegos, aunque según crecimos lo dejamos atrás y a él no pareció importarle. Se unió a otro grupo más cercano a su edad y, de algún modo, permitió que ese verano fuera solo nuestro. Quizá fue su ausencia para poner límites la que nos empujó hacia lo inevitable.

—¿Estás aquí de fin de semana?

Su pregunta me deja en evidencia que Enol no le ha contado el motivo de mi visita sin billete de vuelta y no sé cómo me hace sentir eso. En realidad, sí lo sé. Me enfada. Me cabrea, porque odio desconocer qué estará pensando Enol en estos momentos sobre mí. Antes era capaz de leer lo que pasaba por su mente con solo una mirada, pero ahora siento que somos dos desconocidos que un día se cruzaron antes de perderse.

—Voy a quedarme un tiempo.

—Vaya, qué bien.

Sonrío a medias, porque no estoy tan segura de que mi llegada a Varela sea motivo de alegría para nadie. Ni siquiera el abuelo parece complacido por mi compañía. Me doy cuenta al instante de que la sensación que siempre me atosigaba en casa se ha venido conmigo. Esa certeza de que no encajo en ningún lugar.

Debería dejar de pensar cosas tan pesimistas cuando solo me separa un salto de un acantilado.

—Sí, un cambio de aires. He aparcado los estudios y, además, el abuelo necesita ayuda.

Su rostro se descompone.

—Oh, es cierto. Lo siento, Alba.

—No te preocupes. Es ley de vida.

—Pero sigue siendo una putada.

Asiento y miramos el mar. Porque lo es. Es una gran putada. Los achaques de la edad no perdonan a nadie, pero pueden ser más o menos crueles. ¿Y olvidar? Pese a que muchos pagarían por poder hacerlo, no se me ocurre una forma más perversa de acabar con una vida. Borrarla. Hacerla desaparecer. Robarte lo único que te queda que te ayuda a pensar que irte merece la pena: los recuerdos.

—¿Piensas en la muerte?

Bras suelta una risa ronca a mi lado y se estremece.

—No, joder. ¡Qué mal rollo, Alba!

Me río y me encojo de hombros. Yo lo hago continuamente. No de un modo enfermizo, sino con curiosidad, como una parte más de la vida. Vivir y morir como el comienzo y final de una cinta de carrete.

—Me pregunto si él lo hará. Si le tendrá miedo.

Bras suspira y se aparta un mechón de pelo con los dedos. El aire se está levantando y me abrazo. Se siente incómodo y no lo juzgo. Suelo causar ese efecto con una facilidad pasmosa. Es casi un don.

—Ya me decía mi hermano que eras muy rara.

—No voy a discutírtelo.

Sonrío. Recuerdo las conversaciones con Enol en esta misma playa y me pregunto si seguirá cuestionándoselo todo, como hacía entonces. Si aún creerá en la posibilidad de una vida alternativa en las profundidades del mar. Si aún se planteará si es más sensato comer lombrices o garrapatas, si tuviera que elegir.

—Pero creo que es normal tener miedo al final, Alba. Aunque solo sea porque no sabemos qué nos espera al otro lado. Tiene que ser acojonante, ¿no te parece? Somos piel, huesos y pensamientos y, de repente, ¡pum!, la nada. No me gusta ni pensar en ello. Si al menos fuera creyente, me quedaría algún consuelo, pero la religión no es para mí. —Bras chasquea la lengua y entonces me mira—. ¿Tu abuelo cree en Dios?

Niego con un leve gesto, aunque ni siquiera estoy segura de eso. De repente, me doy cuenta de que apenas conozco a mi abuelo. No en lo que importa. No en las cosas que lo conmueven, que guían su vida o le dan sentido.

—Mi abuelo solo cree en esto.

Observamos el mar y sonreímos. Bras es un chico de Varela, así que entiende lo que quiero decir. Luego hablamos de tonterías mucho más propias de nuestra edad, como de que acaba de empezar el grado de Turismo en Oviedo, que anda liado con una chica que lo tiene loco y que, aunque intuye que acabará echando de menos la tranquilidad del pueblo, vivir fuera de casa durante la semana está siendo una fantástica experiencia.

Sin embargo, no puedo dejar de darle vueltas a lo que Bras me ha hecho ver con claridad y el motivo de que yo esté aquí: Él. Pelayo. El hombre que comienza a olvidar. Un hombre al que quizá ha llegado el momento de conocer, antes de que el tiempo corra en su contra y desaparezca del todo.

Enol

—No sabía que la nieta de los Quintana había vuelto. —Bras suelta la bomba sobre la mesa y sigue comiendo como si nada.

Tres cabezas apartan la vista de su plato. Las cucharas se quedan a medio camino antes de que mi abuelo rompa el silencio.

—¿La hija de Aida? ¿Cómo se llamaba?

—Alba. —Es la dulce voz de la abuela la que responde por mí con una sonrisa.

Siempre le gustó la Alba niña. Como a todos, en realidad. Luego miro a Bras con dureza y el muy capullo se ríe entre dientes. Soy consciente de que no podía posponer demasiado compartir con mi familia su llegada, ya que mañana debo llevarles dos raciones de comida en vez de una, pero no me apetecía hablar de ella. Tampoco recordar cómo me ha afectado verla después de tanto tiempo. Porque lo ha hecho. Varela siempre ha sido calma, excepto cuando Alba pasea por sus calles, porque entonces siento ese aire fresco e incontrolable que anticipa tormenta.

—Ha venido a ocuparse de Pelayo. Su estado empeora.

Una nube gris nos cubre y tapa la mesa.

—¿Por qué no se lo llevan a la ciudad? —pregunta mi hermano.

Es el abuelo quien niega con la cabeza.

—Es un hombre de mar.

Todos asienten. Si hay algo que en Varela se respeta por encima de todo lo demás es ese sentimiento único que muy pocos entienden. Eso que tira de ti hacia la costa y que hace que, si te alejas, te falte el aire.

—¿Y qué pretenden hacer? —cuestiona mi madre, preocupada por el viejo.

—No lo sé.

Nos sumimos en el silencio y reflexionamos sobre las posibilidades de Pelayo, que, en realidad, solo es una: ser cuidado por su nieta hasta que la enfermedad avance tanto que no les quede otra que sacarlo de su hogar y llevárselo a la ciudad para recibir las atenciones necesarias. Me da lástima, no puedo evitarlo. Y sé que mi familia le tiene aprecio y que está sintiendo lo mismo.

Si el último farero de Varela se va, todos perderemos algo.

—Suceda lo que suceda, tendrá un plato caliente en la mesa hasta el último día —dice mi abuela.

El abuelo posa la mano arrugada sobre la de ella y la aprieta; es un gesto delicado, tierno y que me resulta demasiado triste. Mi madre asiente, igualmente conmovida. Bras engulle como el idiota que es y no se entera de lo que su comentario, en apariencia trivial, ha provocado. Y yo pienso en Alba. En su mirada, siempre un poco maliciosa, como si se esforzara por hacer visible a los demás que es tremendamente imperfecta. En su melena castaña, más larga que la última vez. En esos cambios apenas perceptibles que el paso de los años ha sumado en su cuerpo. En sus ojos, tan parecidos a los de Pelayo, astutos, intensos, fieros.

El abuelo

Abre los ojos tan temprano que el sol aún es solo una rendija anaranjada que se funde con el mar. Se pone las pantuflas y baja las escaleras evitando hacer cualquier ruido que pueda despertar a la niña. Enciende la luz de la cocina y se sienta. La silla cruje bajo su peso. Abre el cajón inferior de la mesa y saca la vieja libreta de bordes amarillentos y el bolígrafo.

Luego escribe con calma y se esfuerza por que las letras salgan lo más legibles posibles; el temblor de sus manos no siempre lo permite. Se recrea en cada trazo, lo repasa para que la tinta se marque con fuerza y, cuando termina, se guarda el papel en el bolsillo del pijama camisero y se levanta.

Se dirige a la entrada. Junto al perchero, un colgador con cuatro salientes almacena distintas llaves. Algunas ni siquiera sabe a qué cerradura pertenecen. Pero él solo busca una. Sus dedos se detienen en el tercer gancho y la agarra con fuerza. Es dorada y antigua.

Abre la puerta y sale de casa.

Cuando regresa una hora después, la niña aún duerme y el bolsillo de su pijama vuelve a estar vacío.

El mar

La primera vez que lo vi solo era un joven inexperto y enérgico. Tenía la mirada fiera. El cabello, oscuro. Los ojos, del color de las hojas secas en otoño. No era muy hablador, pero para un farero esa era, sin duda, una buena cualidad. La soledad se lleva mejor si encajas en los silencios.

El más joven de los Quintana tenía ganas de aprenderlo todo de mí y me amaba. No me temía. Sí me respetaba.

—Pelayo, ¿ves aquello? —Él observó las nubosidades oscuras que se acercaban con ferocidad a la costa a través del cristal del torreón—. Creo que vas a tener suerte y a estrenarte con un temporal.

El ingeniero marítimo le palmeó la espalda con camaradería y Pelayo cogió aliento antes de sonreír y fijar su mirada en el horizonte. No se tensó. No se amilanó. No se arrepintió del cargo que había asumido. Sin más, había aceptado el reto. Fue entonces cuando supe que seríamos amigos. También, que aquel joven de mirada astuta había encontrado su lugar en el mundo.

Alba

«Enfermedad de Alzheimer. Fases: Leve, moderada y severa.»

Leo de nuevo los folletos informativos. Me centro en los síntomas enumerados en esas tres agrupaciones y tacho en mi cabeza los que sé que ya han atacado al abuelo. La enfermedad progresa, salta de un grado a otro, y me aterra lo que pueda encontrarme a partir de ahora. La carpeta está plagada de documentos médicos, resultados de pruebas, test psicológicos y muchas palabrejas que apenas entiendo. Lo que sí comprendo es el alcance de ese diagnóstico en una vida.

Lo guardo en la alacena de la entrada bajo las cajas de facturas y recibos, evitando así que él lo vea, y entro en la cocina. El abuelo está desayunando por segunda vez. Le he dicho que ya lo había hecho, pero no lo recuerda y tiene hambre. Supongo que, mientras controle lo que ingiere, no pasará nada por evitarle el disgusto de recordarle en pequeños detalles como ese que está enfermo.

Lo observo separar los gajos de naranja con lentitud y llevárselos a la boca. El líquido dulce se le resbala por la barbilla. Los dedos le tiemblan. Me pregunto cómo será estar dentro de su cabeza. Cómo funcionarán los engranajes de su cerebro y en qué punto estarán deteriorados. Ojalá fuera tan fácil como colarme en su interior y apretar un par de piezas, sustituir unas por otras nuevas y engrasar la maquinaria para que todo empiece de nuevo de forma limpia y sin fisuras.

Cojo un bollo de leche y le doy un mordisco. Está esponjoso y cubierto de azúcar. Me recuerda a los desayunos alrededor de esta mesa de hace muchos años, cuando la abuela aún vivía y preparaba chocolate a la taza cada mañana.

¿Pensará Pelayo en ella? Un presentimiento horrible me sacude de la cabeza a los pies. ¿Y si ha comenzado a olvidarla? ¿Y si ya no recuerda su costumbre de pellizcarse la oreja cuando se sonrojaba? ¿Y si su risa ya no es más que un sonido desdibujado? ¿Y si su lóbulo temporal ha despedazado a mi abuela en pequeños trozos que orbitan sin descanso por ese espacio hasta desintegrarse?

Sé que el Alzheimer ataca primero a la memoria reciente, pero eso no evita que me aterre la posibilidad de que el abuelo olvide los últimos momentos con su gran amor. Está mal. Es cruel. E injusto.

—¿Qué piensas hacer?

Su voz grave me hace salir del laberinto de sesos en el que se ha convertido su mente y volver a la realidad.

—¿A qué te refieres?

Me mira sin pestañear. Si no supiera que está enfermo, diría que en este instante es el mismo que me regañaba cuando me escapaba para reunirme con los chicos en la playa fuera del horario que marcaban mis padres.

—¿Qué piensas hacer aquí, Alba? Estos días. O semanas. O el tiempo que pienses quedarte.

—Estar contigo, abuelo.

Suelta una risa ronca y trago saliva. No sé qué quiere que le diga. No sé cómo explicarle que he venido para evitar que se envenene por echar detergente en el café, como sucedió hace unas semanas. O para que los vecinos no lo vean salir en calzones largos a pasear de vez en cuando. Lo que menos deseo es ser un recordatorio constante de que algo falla en él, pero siento que eso es lo que ve cuando me mira. Y no me gusta.

—¡No necesito una niñera!

—Lo sé —miento.

—Y tú no debes perder el tiempo. La vida corre, niña. Vuela. Un día eres un crío fumando a escondidas en los acantilados y al siguiente un viejo con achaques al que todo el mundo mira con lástima porque no recuerda dónde ha dejado las llaves.

Sin poder remediarlo, me imagino una versión infantil de su rostro curtido. Soy tan curiosa que las palabras me salen solas. También necesito alejarlo de esa frustración que siente al saber que a ojos de los demás se está convirtiendo en eso. En un viejo tonto. En una carga. En un peligro para sí mismo.

—¿Qué edad tenías?

Él sonríe y su mirada, siempre algo vidriosa, se sumerge en los recuerdos.

—Nueve. ¡No, diez! Joaquín, el de los Velarde, robaba tabaco en la tienda de sus padres y lo liábamos en las rocas. Éramos unos trastos. Un día, nos pilló don Alfonso, el sacerdote que oficiaba la misa por entonces, y nos llevó de la oreja hasta casa. Todavía me escuece el trasero cuando pienso en la somanta de palos que me dio mi padre. Eran otros tiempos.

Sonreímos y parece más animado. Se limpia la boca con la servilleta de tela y vuelve a estudiarme con esa fijeza con la que siempre mira. Es de los que nunca apartan la vista. Pienso en que me gusta parecerme en eso a él.

Entonces, su sonrisa desaparece y la sustituye por una mueca.

—¿Qué pretendes hacer con ella? —Frunzo el ceño—. ¡Con la vida, Alba! —exclama, dando un golpe en la mesa.

La pregunta me deja fuera de juego. Me la han hecho tantas veces que siento que su significado se perdió en algún momento y ya no le encuentro sentido. Mis padres, algunos profesores, mis propios fantasmas cuando me persiguen de madrugada... ¿Acaso hay una respuesta correcta? ¿Acaso es malo no tenerla? ¿Vivir no consiste precisamente en eso, en ir descubriendo lo que quieres y lo que no por el camino?

Me cruzo de brazos y le contesto de esa forma altiva que me ha regalado más castigos que satisfacciones.

—Soy joven, yo sí que aún tengo tiempo para averiguarlo, ¿no?

Pero él solo parece decepcionado y niega con un gesto.

—No, el tiempo se escurre como arena dentro de un puño. Lo que tienes que hacer es salir de esta casa y comenzar a equivocarte.

Suelto una risa llena de sarcasmo.

—¿Más? Si estoy aquí es porque en la mía no dejaba de cometer errores. Soy una verdadera experta.

—Pero hay dos tipos de errores, Alba. —Abro los ojos con curiosidad; el abuelo suspira antes de compartir conmigo su propia teoría de los desastres—. Están los que frenan, los que restan y te paralizan; esos deben evitarse. Como, por ejemplo, gastarte el dinero de tus padres en unas fotos ridículas.

Acepto su reprimenda sin pestañear. Luego apoyo los codos sobre la mesa y acerco el rostro al suyo. Necesito saber que hay más. Necesito que me confíe eso que él conoce y con lo que, tal vez, aprenda que cagarla sin control puede traerme algo bueno. Necesito que me confirme que ser un desastre, quizá, tenga también cierto encanto.

Noto que sus ojos se pierden. Están viajando, recordando, y mataría por abrirle el cráneo con el mismo cuchillo con el que ha pelado la naranja para ver qué guarda en su interior. Un solo corte, ¡zas!, y la cocina cubierta de sangre e instantes de su vida.

Finalmente, Pelayo suspira y clava sus ojos oscuros en los míos.

—Y luego están los errores que te impulsan hacia lo que realmente quieres, los que suman. Los que, aunque puedan traerte consecuencias, hacen que la vida merezca de verdad la pena. Son esos en los que debes centrarte.

El abuelo asiente y me dejo caer de nuevo contra el respaldo de la silla. No lo entiendo, pero quiero hacerlo.

—¿Tú has cometido muchos de esos?

—De ambos.

Me muerdo el labio y no me contengo. Necesito saberlo. Necesito conocer qué puede ser tan especial como para que meter la pata acabe teniendo sentido. Porque nunca lo he experimentado. Solo la culpa, la decepción en los que me rodean y el arrepentimiento. Pero él no. En el rostro arrugado del abuelo puedo ver emociones surcando los pliegues de su piel. Puedo percibir eso tan intenso e importante para él que hace que sus ojos brillen con una fuerza que me recuerda a cuando me llevaba al faro de pequeña y estudiábamos el mar.

—Cuéntame tu mejor error, abuelo.

Entonces suelta una carcajada y su efecto es como si la ventana se hubiera abierto de par en par. Un soplo de aire fresco. Porque mi abuelo apenas se ríe. No recuerdo más que un puñado de ocasiones. Aquella vez en la que la abuela salió a la calle con un zapato de cada. Esa otra ocasión en la que me disfracé con su ropa a los siete años y fingí que me fumaba un puro con los pies sobre la mesa.

Suspiro y lo observo con detenimiento. Porque su risa se

ha cortado en seco. Sus manos están apoyadas sobre el mantel y tiemblan ligeramente. Su mirada se ha perdido en esos recuerdos que aún le pertenecen, aunque quizá lo hagan por poco tiempo.

—Porque para hacerlo, tendría que confesarte un secreto.

Se levanta, coge sus gafas y el libro de crucigramas del que no se separa, y se marcha a la sala de estar. Y, por primera vez, pienso en mi abuelo como una persona diferente. Puede parecer una tontería, pero de pronto soy consciente de que no solo es mi abuelo, sino de que también fue un marido, un padre y un hombre enamorado del mar, que vivía más allá de estas cuatro paredes en las que creó un hogar.

Enol

Salgo de la posada y camino hacia la casa de los Quintana. Lo hago despacio, quizá para posponer todo lo posible el encuentro con Alba, aunque sea inevitable. No me apetece verla. No me apetece recordar.

—¡Enol!

El grito me hace girarme y me encuentro con la abuela de los Figueroa asomada en la puerta de su casa. Sonrío, me armo de paciencia y me acerco a saludarla.

—Buenos días, María. ¿Cómo se encuentra hoy?

—Bien, ayer recibí los análisis semestrales. Estoy mejor de salud que muchas de veinte.

Asiento mientras aguanto su contoneo coqueto. A sus setenta y un años, María Figueroa es más presumida e insistente que la mayoría de las jóvenes que conozco. Y, pese a que sea una gran amiga de mi abuela, también es la mayor cotilla del pueblo.

—Me alegro, y me encanta charlar con usted, pero debo llevarle la comida a Quintana.

Entonces sus cejas se arrugan y me agarra del brazo para cuchichearme algo al oído. Estamos solos en la calle, pero en Varela las cosas se hacen así.

—De eso quería hablarte. Hoy he vuelto a verlo.

Me tenso en el acto.

—¿Cómo?

—Ya sabes que duermo poco. Estaba corriendo las cortinas para que a *Dafne* le diera el sol, ya conoces lo remolona que es esa gata, y entonces vi que Pelayo bajaba caminando. ¡En pijama y pantuflas!

—Entiendo.

Ella se muestra preocupada y no es para menos. No es la primera vez que sucede y sabemos que tampoco será la última. Además, lo que había sido algo anecdótico comienza a convertirse en una rutina que no pinta nada bien.

—No sé dónde demonios irá, pero me da miedo que un día se pierda o que tenga un accidente. O, quién sabe, ¡que salga de casa como su madre lo trajo al mundo!

No puedo evitar reírme ante su dramatismo, porque para María Figueroa es mucho más grave presenciar una escena impúdica a que suceda una desgracia de verdad.

—Gracias por contármelo, lo comentaré con Alba.

Ella forma una «o» con los labios y sonríe con complicidad.

—¡Es cierto! Se me había pasado que ya estaba aquí la muchacha de Aida. ¿Cómo se encuentra? Qué alegría. Ese hombre pasa mucho tiempo solo, qué bien que la chica haya querido hacerle compañía. ¿No te parece?

—Sí, es una suerte que esté en Varela.

Finjo una sonrisa, pero es lo bastante tensa como para que se dé cuenta. Antes de que siga hablando y me vea metido de lleno en un interrogatorio, me lanzo calle abajo y le digo adiós con la mano.

Cuando Alba me abre la puerta un par de minutos después, me digo que sí, que, sin duda, tenerla de vuelta es fantástico. Un premio de lotería envuelto en sarcasmo. Suspiro y paso sin dirigirle la palabra. A mi espalda, su voz me molesta tanto como una patada en las pelotas.

—Buenos días a ti también, Enol. ¿Cómo estás? Espero que hayas dormido bien. Mi primera noche aquí ha sido maravillosa. Solo me he clavado tres muelles en esa cama del siglo pasado.

Voy directo a la cocina para sortear sus impertinencias. Alba no es de las que preguntan por pura cordialidad, así que su cháchara no es más que un ataque encubierto, una forma de recordarme que está aquí y que tampoco le gusta esto que flota entre nosotros cada vez que nos cruzamos. Es denso. Espeso. Irrespirable. Deberíamos ignorarnos, pero no podemos. Es el rencor, que escuece. Y ambos somos demasiado orgullosos.

Hago lo de cada mañana, saco los platos recién hechos y los sustituyo por las tarteras del día anterior. Esta vez hemos preparado el doble de cantidad. Dos raciones de comida y dos de cena. Alba, a mi lado, vierte la sopa de arroz en una cazuela y la deja sobre un fogón apagado.

Aún me cuesta imaginármela en Varela, desayunando con su abuelo y pasando las horas en su compañía y entre estas calles. Ya sucedía en aquellos veranos; cuando ella llegaba, algo cambiaba. No me preguntes el qué, pero se notaba. Todavía provoca ese efecto, porque desde que la vi ayer al otro lado de la puerta siento que el aire es diferente y que el mar está más despierto. O más a la defensiva. Como yo.

Me limpio las manos en el paño y dejo escapar el aliento. Ella mete el dedo en la salsa de zanahoria de la abuela y se lo lleva a la boca. Luego frunce el ceño y repite el movimiento mientras gime. Lo hace muy bajito, aunque lo suficiente para percibirlo, tanto yo como el resto de mi cuerpo. Tiene el efecto de un chispazo eléctrico.

—Alba, ¿podemos hablar un minuto? Fuera.

Alza las cejas, sorprendida, me quita el paño para limpiarse los restos de salsa y asiente.

—Claro.

Me sigue y salimos al porche. El día es fresco y ella se cierra la chaqueta de lana en cuanto el viento eriza su piel. Se coloca a mi lado y espera sin dejar de mirarme. Tiene los ojos del color de las castañas que ya empiezan a llenar las calles.

—Necesito que sepas que Pelayo a veces sale de casa a horas intempestivas. Alguna vez lo ha hecho de madrugada, aunque normalmente lo hace cuando amanece.

Su expresión se desencaja. Ahora parece más vulnerable y no tan dura como muestra el resto del tiempo. Tal vez comienza a ser consciente de la verdadera responsabilidad que le ha caído encima. O, simplemente, tiene miedo de no ser capaz de afrontarla. No es que me compadezca de ella, pero asumo que debe de ser difícil.

—¿Y adónde va?

—No lo sabemos, pero María Figueroa, que vive en la esquina y a la que no se le escapa una, dice que baja hacia el paseo de la playa. —Le señalo la dirección y ella aprieta los dientes—. Hoy iba en pijama y zapatillas.

—¿Hoy? Pero... no es posible.

Se aparta los mechones sueltos que le caen por el rostro con nerviosismo. Ahora no solo está preocupada, también se siente culpable y un auténtico fracaso por no haberse enterado estando bajo el mismo techo que él.

—Supongo que sigues teniendo el sueño profundo —le digo para que deje de pensar que ha cometido un error. Al fin y al cabo, nadie nace enseñado; mucho menos para hacerse cargo de la imprevisibilidad de una enfermedad.

Su boca esboza una sonrisa y me mira.

—Sí, supongo que hay cosas que no cambian.

«¿Es eso cierto?», me pregunto. Y al instante sé la respuesta, porque durante los siete segundos que Alba y yo nos miramos en silencio, soy consciente de que la complicidad no muere ni cuando nos esforzamos por enterrarla. Está ahí. Viva. Despierta. Agazapada.

Carraspeo y aparto la vista. Al hacerlo el primero, siento que he perdido. Así funcionan las cosas con Alba. Siempre batallando. Siempre tensando una cuerda imaginaria que acaba zurciéndote.

—Ten cuidado con él, Alba. Es peligroso y hace unas semanas un vecino lo encontró desorientado en esta misma calle sin saber cuál era su casa. Si le pasa solo y a esas horas...

Por delante de nuestros ojos pasan las posibles consecuencias: una caída; una hipotermia cuando llegue el frío; un coche que no pueda esquivarlo. Se abraza con más fuerza a sí misma.

—Ya. Gracias por contármelo, Enol.

Me marcho sin mirar atrás. Cuando llego a la esquina, sé que Alba aún no ha entrado en casa y me observa desde lejos. Y solo entonces me permito recordar y vuelvo a aquella tarde en la que, por culpa de Nacho, nuestros caminos se cruzaron.

El mar

—¡Nacho! ¿Dónde cojones vas?

El grito de Alonso espantó a unas gaviotas que descansaban con tranquilidad sobre las rocas. El aludido se giró y le chistó de malos modos.

—Cállate, va a oírnos alguien.

—Si acabamos muertos, lo mismo dará.

—Alonso, no seas cagueta. Enol, dile algo.

Pero Enol rara vez hablaba. Solo sonreía. Y los seguía. Si no quería, se daba la vuelta y se marchaba. No tenía problemas para rechazar los planes de los otros dos chicos cuando no le convencían. Pero aquel día continuó caminando, sin saber que sus pasos lo llevarían a un destino inesperado.

Nos remontamos al principio de todo, a una tarde de julio en la que hacía un calor pegajoso. Había marea baja, así que la mayor parte del pueblo estaba aprovechando el buen clima y las horas de playa. Por ese motivo a Nacho se le había ocurrido que era una gran idea darse un chapuzón en los acantilados. Estaba prohibido y no estaban muy seguros de si se atreverían, solo habían oído rumores entre los chicos mayores de que a veces lo hacían a escondidas, pero a sus once años Nacho ya era demasiado temerario para su propio bien. Incluso cuando se trataba de rumores inventados por el ego adolescente de otros.

Saltaron el pequeño muro que bordeaba el faro y caminaron entre las primeras rocas. Unos doce metros los separaban del agua, que chocaba contra la muralla de piedra con cada oleada. Alonso estaba muerto de miedo, pero no quería que los demás lo notasen. Deseaba ser tan valiente y divertido como Nacho; desde que se conocían lo admiraba como quien admira a un hermano mayor, pese a que tuvieran la misma edad. Si Alonso aspiraba a algo en la vida era a ser como su amigo, aunque distaba mucho de parecerse a él, por su timidez, su falta de seguridad y su torpeza. Enol iba al final del grupo. Él no parecía ni entusiasmado ni nervioso, sino impasible. Todos pensaban que era un bicho raro; siempre con la cabeza metida en los libros, un chico que prefería pasear en soledad que juntarse con otros jóvenes y que vestía ropa que parecía sacada de un baúl de los recuerdos. Pero a Nacho le gustaba, porque daba un halo de misterio al grupo que intuía que unos años después les vendría bien para atraer a las chicas. Además, Enol nunca se quejaba, ni se chivaba, sabía guardar secretos y era inteligente, lo que ya los había sacado de más de un problema. No parecía interesarse por nada, salvo por cualquier cosa que estuviera relacionada conmigo, y eso a Nacho le intrigaba, motivo por el que lo había convertido en su compañero inseparable un par de años antes en la escuela. Alonso, en cambio, no le gustaba tanto, pero a nadie le molestaba tener un esbirro que siempre intentaba complacerlo. Además, solo iba a Varela en las épocas estivales.

Sin embargo, ese día, Enol estaba a punto de descubrir que sí que había algo en el mundo capaz de perturbarlo. Algo real, y no escondido entre las páginas de un libro.

Se asomaron a un saliente en el que cabían los tres y Alonso, en un ataque de osadía, dio un salto el primero a las rocas de abajo. Desde allí el agua quedaba a unos diez metros, aunque lo peligroso no era la distancia, sino las piedras afiladas y el movimiento de las olas rompiendo. Nacho lo siguió y Enol se arrodilló, aún desde arriba.

Este último no pensaba saltar. Era una tontería. Tampoco les permitiría que lo hiciesen. Solo dejaría que Nacho se las diera de superhéroe, como siempre, discutiría con él y lo haría entrar en razón. Después Nacho les contaría a las chicas que no había saltado solo porque Enol lo había detenido. «Le daba miedo», diría, y Enol asentiría en silencio. Alonso se mantendría callado, luchando contra sí mismo, entre las ganas de ser capaz de saltar como Nacho y el temor a cagarse encima.

A Enol no le molestaba. Nunca se había dejado arrastrar por lo que los demás pudieran pensar de él. Al fin y al cabo, iban a hacerlo igual y ser el chico raro del pueblo le había otorgado una seguridad en sí mismo que no estaba nada mal.

Si uno acepta quién es, todo resulta más sencillo.

Cuando ya temía por el arrojo de Nacho y estaba a punto de pedirles que no se acercaran más al precipicio, una sombra a su espalda lo obligó a girarse.

El sol brillaba con fuerza. Yo rugía. La vida era imprevisible.

Entonces la vio. Llevaba un vestido vaquero y una coleta deshecha. Sandalias de tiras y un reloj con dibujos de peces en la muñeca. Solo era una niña. Nada más. Una habitante del planeta con la que habían cruzado sus caminos una tarde de verano.

Sin embargo, Enol supo al instante que algo había cambiado. Las mareas. La dirección del viento. La fuerza del sol. No sabía el qué, pero lo sintió muy dentro la primera vez que vio a Alba y esa sensación nunca se marchó.

—¿Y tú qué miras? —dijo Nacho; se puso de pie y la fulminó con el ceño arrugado.

Ella no se amilanó. Alzó el mentón y habló sin vacilar.

—Dice mi abuelo que, si saltáis, os corta las pelotas.

—¡Mierda, tío, te lo dije! —exclamó Alonso, cada vez más pálido.

Nacho subió por las rocas de un salto y se colocó frente a la chica. Ambos se retaron sin pestañear. Él echó un vistazo a la ventana superior del faro. El viejo Pelayo ya se había jubilado y la Comisión de Faros había decidido que la mítica torre de Varela cayera en desuso después de su retirada. Pese a ello, todos sabían que continuaba entrando de vez en cuando con la llave que guardaba y miraban para otra parte. ¿Quién podía juzgarlo? Aunque ya no tuviera motivos para entrar allí, siempre sería el último farero de Varela y eso era algo que cualquier habitante del pueblo respetaba.

—¿Eres la nieta de Quintana?

—Sí —respondió ella con orgullo—. Y no es un farol. Mi abuelo es muy capaz.

Alba miró la bragueta del chico sin vergüenza alguna y le dedicó una sonrisilla de superioridad que Nacho quiso borrarle de un guantazo. Pero él no era de esos, y por ello se limitó a escupir sobre la arena, una manía horrible que había cogido ese verano, y comenzó a andar de vuelta a la playa.

Alonso lo siguió después de mirar de reojo y con timidez a aquella niña con la que nunca se habían cruzado. ¿Y si, tal vez, no se habían fijado en ella? Sacudió la cabeza, porque era imposible. Nacho tenía una memoria prodigiosa cuando se trataba de las chicas del pueblo. Tenía una obsesión que Alonso aún no comprendía. No tardaría en hacerlo y darse cuenta de que siempre iba dos pasos por detrás de su amigo; por mucho que se esforzara, jamás lo alcanzaba.

Enol, en cambio, no se movió. Solo la observó y esperó a que fuera ella quien diese media vuelta y se escondiera de nuevo en la torre. Pero, para su sorpresa y la mía, se sentó a su lado y fijó la vista en el horizonte. Sus piernas colgaban finas y llenas de arañazos sobre la roca. Mechones sueltos de pelo bailaban sobre su frente. Tenía las uñas mordidas y solo una de ellas pintada de azul.

Una chica. Solo eso. Nada más...

El aire le trajo un olor dulce que le provocó un cosquilleo y el chico se palpó el estómago. Pensó en esas criaturas marinas extrañas y fascinantes que vivían en mis profundidades; si un día lograba ver una, intuía que la sensación sería la misma que bailaba en sus tripas en aquel momento.

—Tú no ibas a saltar.

Alba rompió el silencio sin apartar los ojos de las olas, que se removían constantes.

—¿Cómo lo sabes? No me da miedo —contestó, demostrando que, pese a sus peculiaridades, era tan niño como los demás y temía que su ego saliera herido.

Ella suspiró y sonrió a la nada.

—Ya lo sé, pero eres más listo que esos dos. Si quisieras saltar de verdad, no lo harías delante del faro, a riesgo de que te viera mi abuelo.

Volvieron los rostros a la vez y compartieron una primera mirada cómplice, la misma que se repetiría a lo largo de los siguientes veranos. La misma que les enseñaría que hay cosas tan instintivas que nunca desaparecen, aunque nos esforcemos por ignorarlas.

—¿Y dónde lo haría, según tú? —le susurró.

Alba sonrió y algo cambió también para ella. Imperceptible. Liviano. Un murmullo mudo.

—En un lugar donde nadie pudiera encontrarte.

Y así fue como Enol supo que el amor solo depende de que alguien se cruce en tu camino y te vea de verdad. Alguien que lea en tus ojos que, si un día desearas desaparecer, lo harías donde nadie pudiese evitarlo.

Alba

Si me pagaran por dormir, podría hacerlo sobre una montaña de billetes. Sería inmensamente rica, y también más feliz, porque me sentiría satisfecha de poseer una cualidad que se me diera bien y que los demás valorasen. Para mi desgracia, dormir es una necesidad fisiológica y sigo sin destacar en nada. Ser capaz de babear doce horas sin inmutarme sobre la almohada no tiene ningún mérito.

Reflexiono sobre estas tonterías mientras me esfuerzo por mantener los ojos abiertos y miro de vez en cuando hacia la puerta, por si escucho el más mínimo ruido y veo a mi abuelo salir a hurtadillas de la casa. Pero nada sucede. Son las dos de la mañana y asumo que no puedo pasarme otra noche en vela esperando que ocurra algo, si no quiero dormitar después durante el día, así que me giro y desisto.

Llevo más de una semana en Varela y me siento encajada a la fuerza. ¿Ves esos juegos infantiles de piezas? Yo soy la niña que metía como fuera el triángulo en el hueco del rectángulo. Ahora soy el triángulo.

Me pregunto cuándo sucede. ¿Cuándo descubres dónde está tu espacio y sientes la calma de encajar en una forma que se corresponde con tu molde? Ese tipo de pensamientos tengo. Los mismos que siempre me han hecho sentirme diferente. Rara. No especial como algo bonito y digno de admirar, sino como una incomodidad pegajosa de la que me encantaría desprenderme. Especiales son las sirenas, pero también los bichos de las profundidades que protagonizan historias de terror, esos luminosos y con muchos dientes, y es obvio que no por los mismos motivos.

Cuando ya estoy empezando a soñar con criaturas marinas de las que meten miedo a los niños, algo capta mi atención. Es leve, casi podría pasar por un suspiro. Pero no lo es. Es un crujido y abro los ojos. Se me corta la respiración y el corazón se me acelera cuando escucho otro. El ruido de un pie despertando la madera. Me giro lo más despacio que puedo para que los muelles del colchón no me delaten y observo la sombra del abuelo saliendo de su dormitorio. Lleva el pijama de color granate que le compró mamá la última Navidad y las pantuflas de cuadros. Así vestido me parece más pequeño. Su cuerpo, más encorvado. Noto que algo me aprieta las tripas, una ternura inesperada, un dolor ante la imagen más pura de la vejez.

Baja las escaleras y me levanto. Me pongo las zapatillas y sigo su camino de puntillas. Ha encendido la luz de la cocina y se ha sentado. Abre el cajón y saca una libreta y un bolígrafo. No tengo ni idea de lo que hace, pero encuentro fascinante observarlo a hurtadillas, como si estuviera a punto de confiarme algo que jamás ha compartido con nadie. Algo solo suyo. Sus palabras se repiten en mi cabeza y me provocan un tirón de emoción.

«Porque, para hacerlo, tendría que confesarte un secreto.»

Quizá debería sentirme mal por estar invadiendo su intimidad sin permiso, pero la curiosidad es demasiado fuerte y nunca he sido la buena chica que se espera de mí. El abuelo se agacha sobre el papel y aprieta el bolígrafo entre los dedos. Le tiemblan un poco, por eso marca la tinta despacio, con una calma que me pone de los nervios, pero que él parece disfrutar. No hace falta ser un genio para intuir que se trata de algo importante.

Tengo que agarrarme a los barrotes de la escalera para no irrumpir en su tarea, arrancarle el papel de las manos y averiguar qué esconde con tanto mimo.

Cuando termina, lee con lentitud y asiente con la certeza de un trabajo bien hecho.

Luego alza la cabeza hacia la ventana y contempla el mar.

Mira que le he visto veces hacer eso, aunque nunca con unos ojos tan tristes.

Pelayo se levanta, dobla el trozo de papel y lo guarda en el bolsillo de la camisa.

Comienza a andar y se me sube el corazón a la garganta. Me escondo bajo el hueco de la escalera y lo veo apagar la luz y dirigirse a la entrada. Rebusca a oscuras entre las llaves, que tintinean al contacto con sus dedos, y después sale y se camufla en la noche.

Tardo unos segundos en reaccionar y seguirlo. Cojo mi juego de llaves y cierro al salir. Mientras lo sigo, pienso que cada vez que hace esto debe de dejar la puerta abierta, porque no es su juego de llaves el que buscaba, ya que este descansa en la mesa del recibidor. Varela es un pueblo seguro, pero, aun así, noto una sensación incómoda al pensar en todo lo que podría salir mal por cada descuido que tiene desde que está enfermo. Hasta este instante, no había reflexionado de este modo sobre todas las posibilidades de hacerse daño con las que juega a diario. El abuelo pende de un hilo. Está dando los últimos coletazos a la vida sobre una barra de equilibrista. No puedo dejar que se caiga. No, hasta que no sea su momento.

Bajamos la calle y cruza la carretera que lleva al paseo de la costa. El cielo está oscuro, encapotado por un fino manto de nubes grises, y hace frío para ir solo con el pijama. No obstante, no siento nada. Solo una fuerza que me grita que no lo pierda de vista y esas ganas de saber que me están ahogando. Gira a la derecha y se dirige al camino de piedra. Bocanegra está acotada por un paseo marítimo empedrado que rodea el pueblo y que llega hasta el extremo de Varela. Termina en unas escaleras que llevan al faro y después solo hay acantilados. Recuerdo las tardes con los chicos jugando a escondernos en las rocas. A Nacho pidiéndonos que lo dejáramos tirarse al agua, a Alonso muerto de miedo por si aceptábamos el reto y a Enol aguardando en silencio, como un padre paciente que cuida de sus polluelos.

Sacudo la cabeza para espantar los recuerdos y sigo al abuelo. Ha recorrido tantas veces este camino que no entiendo cómo no pensé antes que se dirigiría aquí. Siempre ha sido su lugar seguro. Un rincón de paz que solo le pertenecía a él, incluso cuando los tiempos modernos trajeron cambios y el faro se apagó para siempre.

Abre la puerta con la vieja llave y se cuela dentro. Yo me quedo ahí. Esperando en mitad de la noche. Con el mar de fondo que hoy solo es un murmullo calmado. Con la duda constante sobre si lo adecuado es entrar y llevarlo de vuelta a casa o mejor darle tiempo para que solucione en su cabeza lo que sea que le haya traído hasta aquí. Con los nervios a flor de piel cuando pasan los minutos y no da señales de vida.

¿Y si me equivoco al confiar en que dentro no hay peligro alguno? ¿Y si, como me dijo mi madre antes de llegar a Varela, tengo que ser tajante en mis decisiones con respecto a sus cuidados y no dejarme llevar por sentimentalismos? Me muerdo una uña y suelto un par de tacos, pero no me siento mejor. Un aguijón se me retuerce en las tripas y tira hacia fuera, como si quisiera arrancarme la piel y salir de mí.

Entonces, cuando ya me imagino sujetando con las manos mis intestinos escapistas, la puerta del faro se abre y suspiro de alivio. El abuelo camina despacio, respira con profundidad y tiene la mirada puesta en el mar. Si no fuera imposible, diría que habla con el océano. Solo con los ojos, como dos amantes que se entienden sin palabras o dos enemigos con demasiadas guerras a sus espaldas. Luego se marcha a casa. No me ve. No parece percibir nada más que sus propios pasos y sus pensamientos enredados, esos que lo llevan a hacer locuras como salir en pijama de madrugada a reencontrarse con su pasado.

Mataría por convertirme en una mota de polvo, entrar por su oído y descubrir el mundo que habita en su cabeza enferma.

Enol

Me gusta mi vida en Varela. Tengo veintidós años y soy feliz viviendo en un pueblo pequeño en el que la rutina se asienta y nunca te deja. Como todos los niños, soñé infinidad de veces con marcharme, pero esas inquietudes se fueron difuminando hasta desaparecer bajo el peso de las responsabilidades. Cuando mi padre murió y me di cuenta de que mi lugar estaba aquí, en el vacío que él había dejado, las centré en una sola cosa, la más grande y fascinante que podía existir, y jamás he necesitado más.

Si te enamoras del mar, estás perdido.

Por eso no entiendo por qué no dejo de analizarlo todo desde que Alba ha regresado. Tal vez porque me pregunto a menudo cómo será su vida lejos de aquí y si habrá logrado lo que deseaba. También si ella se preguntará lo mismo sobre mí y cómo verá al hombre en el que me he convertido.

Aparto las patatas del fuego y la abuela me palmea el brazo con cariño. Le gusta que me pasee por la cocina y le eche una mano, principalmente porque las suyas ya no son lo que eran y se niega a alejarse de los fogones. Toda una vida dedicada a la cocina la ha hecho adicta a este olor a especias y al calor de las ollas.

—Mete unos limones para los Quintana. Dile a la chica que exprima dos en las patatas un rato antes de comerlas.

—Uno de tus trucos.

—Eso es.

El abuelo entra y aspira el olor. Pasa al lado de la abuela y le da una cachetada en el culo que me hace reír.

—¡Manuel, por favor!

Pero ella sonríe y sigue girando la paleta de madera dentro de la cazuela en la que hierve pasta fresca. Él le saca la novela que guarda en el bolsillo del delantal y se sienta con una sonrisa canalla a echarle un vistazo. Atisbo el torso musculado de un hombre a caballo en la portada y sonrío. Mi abuela es adicta a las novelas románticas clásicas, algo de lo que se siente muy orgullosa, pese a que a menudo nos burlemos de ella por sus tramas inverosímiles y sus finales edulcorados.

—Veamos qué te traes entre manos, Covadonga. —El abuelo abre y escoge un párrafo cualquiera de entre sus páginas; ella lo observa con los brazos cruzados y una sonrisa preciosa—. «Arthur la cogió en volandas y la tendió sobre la majestuosa cama del castillo de los Cunningham. La falda se le había subido y dejaba sus carnosos muslos desnudos. La excitación del soldado se marcaba por encima de su casaca de piel...»

El abuelo y yo la miramos escandalizados y nos lanza un trapo de cocina.

—¡Es una historia preciosa! No tenéis ni idea de nada.

Nos echamos a reír y ella nos acompaña, no sin antes dejarle un beso en la coronilla a su marido.

Me encanta ser testigo de estos momentos. Siempre he admirado la relación de mis abuelos y la que tenían mis propios padres. Ese amor natural y sincero que cualquiera desearía y que, pese a que se aleja de la intensidad de las novelas de la abuela, justamente por eso es mucho más de verdad. Es a lo que, en el fondo, yo también aspiro.

En ocasiones, mi madre se nos une en la cocina cuando ha terminado sus tareas en la posada y charlamos todos alrededor de la mesa. No es su hija, sino su nuera, pero desde que mi padre nos dejó la adoptaron como tal y nadie en la zona recuerda que hubo un día en el que no fue una Villar.

Quizá este no sea el plan ideal de ningún joven de mi generación, pero me conformo con lo que tengo. Me gusta mi gente. Mi familia. Las calles que guían mis pasos y que el mar esté presente en cada segundo de mi vida. He tenido la suerte de crecer en un hogar en el que cualquiera se sentiría cómodo y aceptado. Además, siento que ellos también me necesitan.

La vida se mueve bajo el yugo de las prioridades.

El timbre de la recepción suena y les digo con los ojos que ya me ocupo yo. Mamá aún debe de estar adecentando las habitaciones y los abuelos se encuentran demasiado entretenidos cuchicheándose al oído.

Sacudo la cabeza y salgo sonriendo, aunque el gesto se me congela cuando veo quién me espera en la entrada.

—¿Alba? ¿Qué estás haciendo aquí?

—¡Ven! Necesito hablar contigo.

Parece nerviosa. Se muerde la uña del pulgar con impaciencia y sus ojos brillan. Recuerdo a la Alba que estaba a punto de hacer una chiquillada, como esconderle la ropa a Nacho antes de que saliera del agua helada o robar el pan colgado en la puerta de alguno de sus vecinos.

No obstante, no me apetece reencontrarme con esa versión de ella. No, si eso supone traer de vuelta también al Enol ingenuo e idealista de entonces.

—Ahora no puedo.

Coge aire e insiste, sin apartar los ojos de los míos.

—Es importante.

Le sonrío con cierta maldad, porque lleva apenas una semana aquí y ya ha precisado de la ayuda de algunos vecinos. Esto es Varela, y las noticias vuelan, sobre todo cuando suponen una ruptura de la rutina. Y Alba, sin duda, es una ruptura en toda regla. No puedo evitar sentir una punzada de decepción al ser consciente de que, hasta este instante, ha preferido acudir a otros antes que a mí.

—¿Cómo de importante? ¿No sabes encender la estufa? ¿Has mezclado los friegasuelos y temes intoxicarte?

Pone los ojos en blanco y me fulmina con una de sus miradas insolentes.

—¿Quieres dejar de ser un imbécil arrogante y acompañarme?

Entonces oigo pisadas a mi espalda y me encuentro con mi madre. Baja del piso superior con un montón de sábanas dobladas y sonríe entre dientes de forma maliciosa. Sé lo que está pensando. Sé lo que todos murmuran en cuanto me doy la vuelta desde que Alba ha regresado. Pero no tienen ni idea. Aquello se acabó antes de haber empezado.

Mamá apoya las sábanas en la silla de la recepción y saluda a Alba con una sonrisa.

—Enol, sal. Ya me quedo yo aquí.

Frunzo el ceño y desisto. Luego sigo a una Alba satisfecha de haber conseguido su propósito. Abre la puerta y espera a que salga tras ella. Recorremos unos metros para alejarnos de la entrada de la posada y llegamos a la pequeña plaza en la que convergen las tres calles principales de Varela. Apenas hay nadie a estas horas. Los niños están en la escuela. Los adultos trabajan o se encuentran en el mercado, situado al otro lado del pueblo. Solo uno de los viejos marineros nos observa, apoyado en su bastón bajo la sombra de un árbol.

Alba se deja caer en uno de los bancos y tira de las mangas de su jersey para evitar morderse más las uñas y hacerse daño. El gesto es tan familiar que casi sonrío.

—Esta noche Pelayo salió.

Sus palabras me hacen volver a la realidad de donde estamos.

—¿De noche?

—Sí, sobre las dos. Lo oí bajar a la cocina y lo seguí. Se sentó en la mesa y cogió una libreta —me confía emocionada, como si hubiera descubierto un misterio que nadie más ha sido capaz de desentrañar.

—¿Una libreta?

—Ajá. Escribió algo. Es muy lento, ¿sabes?, casi me hago vieja tras la puerta. Cuando acabó, guardó el papel en el bolsillo de la camisola y se dirigió a la salida. Me escondí bajo la escalera.

—¿No lo paraste? —le pregunto extrañado, pero ella niega con la cabeza.

—¡Quería saber adónde iba! Salí tras él y lo descubrí.

Se muerde el labio y su mirada se pierde en la fuente de la plaza. Tiene forma de barco en homenaje a los caídos en el mar. Mis ojos se quedan prendidos de ese gesto, con la carne rosada atrapada bajo sus dientes. Me pregunté tantas veces en el pasado qué se sentiría haciendo eso que es inevitable que me azote cierta nostalgia. ¿Se puede echar de menos algo que nunca tuviste, que te dolió y que jamás llegaste a probar?

Me paso la mano por el rostro y me tenso de nuevo. No sé a qué espera. Si pretende generar tensión con su silencio, o que le suplique que me cuente cómo acaba la historia, está muy equivocada.

—Alba, en serio, tengo cosas que hacer.

Ella chasquea la lengua y se gira de golpe. Su rodilla me roza el muslo. La ilusión se le escapa en cada respiración.

—¡Va al faro! ¿No es increíble? No sé qué hace allí. Apenas estuvo dentro unos minutos. Después regresó a casa como si nada y se sentó a la mesa de la cocina a tomarse un tazón de leche con magdalenas.

Me imagino a Pelayo caminando de noche y haciendo el mismo trayecto que recorrió tantas veces a lo largo de los años para iluminar el mar. Siento pena por él. Siento rabia.

—Será la rutina. Es un camino que ha hecho miles de veces. Saldrá pensando que va a trabajar, se dará cuenta de que ya no puede y volverá.

La sonrisa de Alba se debilita. Parece decepcionada por mi explicación.

—Sí. Es posible.

Pero no le convence. Siento que aún la conozco lo bastante bien como para saber que se está imaginando una historia detrás. Algo especial. Algo que embellezca la realidad de que su abuelo está enfermo y que esas salidas solo pueden ser un síntoma más de que su estado empeora cada día.

—¿Qué piensas? —Ante su silencio, pronuncio su nombre como una advertencia mal disimulada—. Alba...

—Nada. —Sonríe, pero no es una sonrisa de verdad, y sacude la cabeza con resignación—. Nada, no es nada. Tienes razón.

Suspira con pesar y tengo que contener el impulso de acariciar su mano para consolarla.

—La próxima vez debes frenarlo. Me duele en el alma, pero vas a tener que empezar a echar la llave por las noches y guardarla en tu cuarto.

—Sí, lo haré. No te preocupes por nada.

Y así, sin más, se levanta y se aleja. Tan imprevisible. Como una ola que te pilla desprevenido y después se va.

Regreso a la posada para ayudar a preparar el comedor. Queda apenas una hora para comenzar con las comidas y, aunque tras el verano apenas tenemos comensales, sí contamos con clientes fieles todo el año. En su mayoría, hombres de mediana o avanzada edad solteros o viudos, que prefieren el calor de la posada al frío de la soledad.

Cuando entro en la cocina, me encuentro con el abuelo muy concentrado en la tarea que le ha encomendado la abuela. Llena el cazo de natillas con mucho cuidado y lo vuelca en los boles de los postres. Después adorna cada uno con un par de galletas y los mete en la nevera. Me acerco a la cesta de los Quintana, ya preparada, y me pregunto por qué no se me habrá ocurrido decirle a Alba que esperase un poco para llevarla ella misma. De ese modo, no tendría que verla de nuevo.

Hacerlo me molesta.

Tenerla cerca revive sensaciones que no deseo que le pertenezcan.

—No sé qué os pasó, pero eres demasiado joven para estar tanto tiempo enfadado.

La voz del abuelo me descoloca y aprieto la mandíbula en un acto reflejo.

—No estoy enfadado.

—Ah, ¿no? —Alza una ceja en mi dirección—. ¿Y por qué te tensas cada vez que se la nombra o la ves? No soy tonto, Enol. He vivido ya mucho como para identificar el desamor cuando lo veo.

Me ruborizo sin poder evitarlo y aparto la mirada. Hablar de amor siempre ahoga. Es una palabra demasiado grande. Y yo me siento pequeño para pronunciarla. Ni siquiera sé qué fue lo que vivimos entonces. Qué sentí yo y qué me dio ella a cambio.

Entra la abuela y se coloca a su lado. Es lo que me faltaba. El equipo al completo.

—¿Habláis de la niña de Aida? Está preciosa. Es tan echada para adelante como ella, no hay más que verla.

63

Me sonríe con picardía y niego, en un gesto demasiado rápido como para que parezca sincero.

—No..., no os hagáis ideas raras. Fuimos amigos, pero ya no lo somos. Eso es todo.

El abuelo se va a colocar los manteles limpios sacudiendo la cabeza. La abuela suspira y lo deja estar hasta que, segura de que estamos solos, noto que su rostro cambia, el brillo siempre presente en sus ojos la abandona y parece perderse en sus pensamientos. Cuando habla, soy consciente de que quizá todos escondemos algo muy dentro.

—Enol, cariño, ¿puedo darte un consejo?

—Claro, abuela.

Se acerca a mí y me posa una mano en la mejilla. La tiene caliente y tersa, pese a las arrugas que la surcan. Luego me mira con esa dulzura que solo albergan las abuelas. Sigue teniendo los ojos más bonitos de todo Varela.

—Si fue tan de verdad como para que no lo hayas olvidado en cinco años, no te niegues disfrutarlo de nuevo, aunque solo sea por una última vez. Porque, si no lo haces, puede que llegue otra muchacha y te pases la vida pensando en lo que pudo ser con Alba y no fue. No permitas que el pasado determine tu futuro.

Asiento y miro el mar a través de la ventana. Está calmado. Suave. De un azul casi estival que brilla con el oleaje. Luego me marcho a llevar la comida a los Quintana, mientras pienso en qué viviría mi abuela para que ese consejo haya sonado tan sincero y real en sus labios fruncidos por el paso del tiempo. Al fin y al cabo, solo una persona que ha experimentado esa sensación puede comprenderla como ella lo ha hecho.

El mar

He sido testigo de muchas historias de amor, pero las que más me fascinan son las que desconocen que lo son. Las que se palpan en miradas, en primeros roces, en sonrisas perdidas; esas que muchos percibimos antes que sus propios protagonistas.

Tal vez por eso sentía predilección por aquellos chicos inexpertos que estaban descubriendo el mundo. La ingenuidad tiene algo que engancha, que no puedes dejar de observar, quizá porque es demasiado frágil y se convierte rápido en desencanto, pero mientras dura..., ay, mientras dura es todo un espectáculo.

—Albita, ¿sabes por qué la llaman Bocanegra? —preguntó Nacho con esa expresión soberbia que siempre lo acompañaba. Le encantaba saberlo todo. Llegar antes que nadie. Ir un paso por delante.

La marea estaba subiendo y ya les rozaba los pies. Los cuatro estaban tumbados, mirándome, mientras a su alrededor los últimos bañistas recogían sus pertenencias y se marchaban.

—Dice mi abuelo que es por la gruta escondida bajo el acantilado del faro. Cuando ves las rocas desde un barco, parece la boca oscura de un gigante.

Nacho negó con la cabeza.

—Esa es la versión para los turistas. En realidad, hace muchos años, hubo un hombre que mató a cinco mujeres en el pueblo. En mil ochocientos y algo, no lo sé con exactitud. Lo llamaban *Bocanegra*, porque llevaba la cara cubierta de hollín.

—¿Y qué tiene que ver eso con la playa? —cuestionó la chica sin creerse del todo esa historia, aunque sin demostrar el más mínimo temor. A esas alturas, los tres sabían que Alba no se asustaba fácilmente.

—Porque les cortaba la garganta y luego dejaba sus cuerpos aquí. Los encontraban al amanecer golpeándose contra las rocas.

Enol se rio entre dientes, sabía que esa versión no era más que un cuento de hoguera para asustar a los niños, pero dejó que su amigo alardeara delante de la chica. Con Nacho las cosas funcionaban así y todos aceptaban el papel que les había tocado.

Cuando las olas ya comenzaban a mojarles la ropa, Alonso y Nacho se levantaron de un salto y se dirigieron a la subida que los llevaba al pueblo. Los otros dos se quedaron allí, sin importarles que yo estuviera a punto de tapar la escasa arena que todavía quedaba al descubierto.

Alba miraba el horizonte y Enol la miraba a ella.

El chico se pasó la lengua por los labios y se sintió un poco estúpido al tener la necesidad de explicarle la verdad de ese nombre. Como si por un momento se convirtiera en su amigo Nacho y cargara con los mismos deseos de demostrar que sabía más que nadie. Pero no se trataba de eso. A Enol lo que le gustaba era hablar con Alba. A los quince años, ser el chico listo que se escondía en los libros y que prefería mi compañía a la de los demás no era fácil. Aunque con ella parecía sencillo. Con Alba, Enol podía hablar de las mareas o del origen etimológico del nombre de una playa y que pareciera algo interesante para alguien más que para él. Porque Alba nunca juzgaba. Ella escuchaba y, lo que era aún mejor, hacía preguntas, se cuestionaba las cosas, incluso las que solo tenían sentido para ellos.

—*Bocanegra* era un barco. Naufragó no muy lejos de aquí hace unos trescientos años y durante mucho tiempo era habitual encontrar restos en la playa. Maderos, trozos del navío, pertenencias de la tripulación e incluso cuerpos. Los aldeanos acabaron bautizándola así en honor a los que perdieron la vida, pero los hombres como tu abuelo respetan demasiado esa verdad y prefieren dejar a los muertos en paz. Por eso se inventaron la historia de la gruta. No hay mucho más.

Alba volvió el rostro y cruzó los brazos sobre las rodillas. Cada vez que me acercaba, acariciaba el comienzo de sus pantalones, aunque a ninguno de los dos le importaba. Ellos no se daban cuenta, pero esos ratos a solas que siempre saboreaban con calma no eran más que otra señal. Nunca tenían prisa por irse. Jamás echaban de menos a los otros. Siempre acababan sacando de ellos algún segundo para recordar.

—La historia de Nacho es más divertida.

—¿Más que un naufragio? —preguntó Enol con una sonrisa torcida.

Ella sonrió, aunque el gesto se desdibujó pronto y clavó la mirada de nuevo en mí. Con respeto. Con temor. Con ira. Como si pudiera oír por un instante los gritos de los que acabaron durmiendo en mis profundidades.

—Preferiría morir degollada por un psicópata que en el agua.

Enol la observó de ese modo que hacía a veces, con verdadera curiosidad y un poco de admiración. No era para menos, porque con ella las conversaciones siempre se volvían extrañas. Hablaban de la muerte con la misma facilidad que de la fuerza gravitacional de la Luna y su influjo en las mareas. Con los chicos lo sencillo era charlar sobre otras chicas, divagar sobre planes que hacer en el pueblo cuando ya lo habían probado todo y quejarse de los padres como buenos adolescentes. Pero con Alba..., con ella la mente de Enol ya no era retorcida y distinta a la de los demás chicos de su edad, sino que encajaba al lado de la suya.

—Entiendo, prefieres que te corten la garganta. Aunque lo hagan las manos de un loco.

Alba se rio.

—Un loco, al menos, se mueve por un motivo, a pesar de que nosotros no lo comprendamos. Pero acabar ahogada por aquello que tanto amas... No hay nada más triste que un marinero en el fondo del mar. Es como si aquello en lo que tanto crees te traicionara.

Me gustó Alba en aquel momento. Y a Enol mucho más de lo que ya lo hacía. Tenía algo intenso, una forma de ver la vida distinta a todos los que conocía. Una pasión contenida que se expresaba en una ira que a ratos se le escapaba en palabras o actos por los que acababa culpándose. Me recordaba a aquellos piratas que me habían surcado cientos de años antes y cuyos nombres habían forjado leyendas por su fortaleza y arrojo.

—Tiene sentido —asintió Enol—. Pero yo prefiero morir en los brazos de algo que quiero a hacerlo en los de un pirado desconocido que se maquilla con hollín.

Pese a la profundidad de esa reflexión, más propia de unos adultos que de dos críos, ambos estallaron en carcajadas.

Luego se levantaron y fueron en busca de sus amigos.

La mano de Enol rozó la de Alba en el paseo de madera por el que se accedía a la playa.

Sintió que el mundo bajo sus pies naufragaba.

Alba

Sé que no debería hacerlo. Una parte de mí es consciente de que está mal y de que estoy invadiendo su privacidad. No obstante, mi cuerpo camina solo. El impulso es tan grande que soy incapaz de frenar. Además, quiero ayudarlo. Necesito entender cómo funciona su mente para darle el apoyo que de verdad requiere. Necesito saber que lo que sea que haga de noche en el faro no puede provocarle más daño.

Hay errores que suman, ya me lo dijo él, y espero que este sea uno de ellos.

Me pongo la chaqueta de punto encima del pijama y busco la llave. Cada vez que dos de ellas chocan miro hacia la escalera, pero la respiración pausada del abuelo me tranquiliza. Está profundamente dormido y cruzo los dedos para que siga así en mi ausencia. Abro la puerta muy despacio y cierro con llave al salir; lo que menos necesito es que pueda seguirme y encontrarse algo inesperado en su rincón secreto.

Camino hacia el paseo bajo la luz de la luna. Octubre está siendo frío y me sale vaho de la boca con cada aliento. Aligero el paso y evito que mis pisadas resuenen contra la calzada.

Cuando veo el faro, me noto más despierta que nunca. Estoy nerviosa. Esperanzada. Ilusionada, aunque no sepa ni por qué. Soy una estúpida. Tengo tendencia a llenarme la cabeza de pájaros que después acaban siendo polvo, e imagino que hoy, pese al presentimiento que me recorre la espalda, no será menos.

Me tiembla la mano cuando meto la llave en la cerradura. Es pesada y tan antigua que cuesta girarla. Hace un ruido fuerte, y no puedo evitar mirar a mi alrededor por si alguien me descubre mientras noto los latidos acelerados en cada parte de mi cuerpo. Pero estoy sola. Nadie se acerca a los acantilados a estas horas una vez acaba el verano. Los únicos sonidos que me acompañan son los del mar y el viento, que se funden en uno propio.

Entro despacio y alumbro la estancia con la linterna del móvil. Huele a humedad y a sal. Sin embargo, está tan limpio que se podría comer en el suelo. Saber que son sus manos arrugadas y temblorosas las que aún lo mantienen así me forma un nudo en la garganta.

Me acerco a los primeros escalones y asciendo por la escalera circular. Es majestuosa. Cuando era pequeña me imaginaba que era un castillo y que en su cúpula habitaba un dragón. Nunca me vi princesa; sí una guerrera, una soldado dispuesta a morir por salvar al pueblo del monstruo que habitaba en aquella torre. Una pirata con ganas de guerra. No sirvo para esperar a que me rescaten; tampoco sé si alguna vez ganaría una batalla, pero sí que desde pequeña habría muerto sin miedo por defender mi causa, sea esta un dragón imaginario o un anciano con demencia.

Llego a la sala de control y no hay nada que me parezca distinto, por lo que sigo ascendiendo hasta llegar a la que llaman la sala del torrero, en la que el abuelo pasó más horas que en su propia casa. Me detengo y alumbro la estancia. La luna brilla a través de la cristalera. La cama en la que tantas veces descansó todavía está en un lateral, aunque no tiene sábanas, solo cuenta con una manta roída y una almohada demasiado fina por el uso. Hay una mesilla con libros y algunos periódicos viejos, y un perchero de madera en el que un día hubo ropa de cambio. Una palangana con un espejo descansa en un rincón.

Alzo la linterna para observar cada detalle, la pintura descascarillada que me gustaba jugar a arrancar con los dedos, la vieja alfombra que Pelayo se negaba a cambiar y en la que aún se distingue esa mancha enorme de café que tanto sacaba de quicio a la abuela.

Me acerco, porque hay algo nuevo en el muro que no alcanzo a distinguir. Parecen notas. O siluetas. Un mapa dibujado. ¿Serán indicaciones marítimas? ¿Coordenadas? ¿Datos, que no comprendo, relacionados con sus tareas aquí? ¿Anotaciones sobre el estado de las mareas? ¿Palabras sin sentido creadas por una mente enferma?

Doy un paso y solo entonces alcanzo a comprender qué es lo que tengo delante. Las formas cobran sentido y significado. Y lo entiendo. Están por todas partes. Se me encoge el corazón y noto que todo da vueltas mientras yo lo hago. Giro sobre mí misma, con la linterna apuntando a lo que me rodea. Decenas de papeles colocados en cualquier superficie. La letra fina y elegante del abuelo destaca en tinta negra en todos ellos.

Y no son coordenadas. Ni las horas de las mareas. Tampoco dibujos ni nada que tenga que ver con su cometido aquí dentro y con el farero que nunca dejará de ser.

No.

Son recuerdos.

Son instantes que guarda a buen recaudo para no olvidar.

Son un secreto escondido bajo llave en una torre abandonada que un día alumbró el mar.

El mar

La primera vez que lo vi colgar un recuerdo supe que la cuenta atrás había comenzado para el farero. Sus ojos vidriosos me hicieron viajar a ese pasado en el que todavía subía ágil las escaleras de dos en dos y en el que sonreía sin cesar con la ingenuidad de los enamorados.

La juventud se había esfumado hacía demasiado, pero los sentimientos... Esos permanecían intactos. De repente, recogidos con delicadeza en trozos de papel que pegaba al muro con sus dedos temblorosos.

El naufragio del primer amor siempre deja arena en el corazón.

Alba

El lunar bajo tu ombligo, una constelación perdida.

Lo leo y acaricio la letra con dos dedos. Me estremezco. Es una reflexión demasiado íntima, y cuando descubres algo que no deberías conocer suele ir acompañado de una sensación incómoda. Pegajosa. ¿Alguna vez has pillado a una pareja en una situación comprometida? Ese rubor momentáneo que despierta en ti, esa necesidad de apartar la vista con la misma fuerza que mantenerla. A eso me refiero. Eso siento cuando los recuerdos de Pelayo me invaden y se me graban en la cabeza, formando las piezas de un puzle sin montar.

Dejo el móvil fijo apoyado entre dos libros y apuntando a una de las paredes. Leo las notas con calma y pienso en mis abuelos, en su vida en común, en la felicidad que siempre he creído que vivían, y me azota de nuevo esa sensación de que algo no encaja. Sobra o me falta, aún no lo tengo claro. El presentimiento que me ha traído hasta aquí se intensifica y activa mis alarmas. Es una sensación que no se va. Porque esas palabras rezuman amor, sí, pero es uno que no conozco.

Un primer beso en una torre.

Me tenso. Y recuerdo a la abuela y sus negativas a acercarse al faro; sus historias sobre un primer beso con el abuelo en el jardín de la plaza una noche de verbena. Siempre respetó su trabajo, que le hacía pasar más tiempo en la torre que en casa, pero lo odiaba. Temía las alturas, las rocas y el agua. Era tan de la tierra como mi abuelo lo era del mar.

La canción con la que bailamos antes de verte marchar.

Una despedida. Una ruptura. Un final. Por lo que yo sé, mis abuelos estuvieron juntos durante cuarenta años, hasta que la abuela cayó enferma y la vida los separó. Durante los últimos meses estuvo prácticamente inconsciente. No hubo canciones ni bailes. Podría ser una metáfora, pero algo en mi interior me dice que no lo es. Además, todos sabemos que el abuelo nunca baila.

Analizo cada letra, cada palabra, las memorizo y las ordeno en mi cabeza, como una película de la que se me muestran los fotogramas entremezclados. El abuelo habla de caricias, de sonrisas a hurtadillas, de paseos por Bocanegra al amanecer, de deseo, un deseo abrasador que me estremece, de un café derramado en la alfombra que ahora mismo piso y de noches en el faro que anheló eternas, pero que acabaron.

Joder. Es una historia intensa, dulce, amarga, triste y preciosa. Sé todo eso solo por unas palabras condensadas que ni siquiera sé cuánto tienen de verdad y cuánto no, pero lo siento. En la piel. En las tripas. En mis ganas de vivir un amor igual. Sea el primero, el quinto o el último. ¿Qué más da? Lo que quiero es vivirlo, maldita sea. Y conocer lo que mi abuelo esconde tras estos muros.

Muevo el pie sobre la sombra de café de la alfombra. La abuela apenas entraba aquí, pero, si lo hacía, intentaba llevársela para limpiarla y que la mancha desapareciera. Él siempre se negaba. Nunca decía por qué. Lo que tampoco confesaba era que mentía, porque no habían sido sus manos las que lo habían derramado, sino otras que apreciaba tanto como para guardar aquella salpicadura igual que el que protege un tesoro.

Y, entre instantes y sentimientos, llego al último. Uno oculto bajo el hueco de la escalera que sigue ascendiendo hasta acabar en la cúpula. Es pequeño. Está algo ennegrecido, no sé si por el polvo o por haber sido más sobado que los demás. Es la prueba definitiva. Es un secreto. Y un arma que ahora siento que tengo entre los dedos.

Tus ojos, del color de mi mar en las noches de invierno.

El rostro de la abuela aparece en mi cabeza una última vez. Su pelo rubio, su nariz fina, sus ojos pequeños y vivos. No azules, sino de un intenso color miel.

Enol

Soy una persona rencorosa. Como a cualquiera, me duele que me humillen, que me hagan daño o que me decepcionen. Pero, además, no lo olvido con facilidad. No creo que haya nada malo en serlo, aunque tampoco significa que sea sencillo vivir con ello. No, cuando han pasado cinco años y mis abuelos tienen razón: si pienso en Alba, lo hago lleno de resentimiento.

Solo éramos unos críos y supongo que todos, de una forma u otra, nos equivocamos. Las hormonas, la inexperiencia, el egoísmo adolescente... No lo sé, éramos una bomba que se activó el primer día de aquel verano y que explotó la tarde en la que todo terminó.

Desciendo los escalones de madera que bajan a Bocanegra. La playa está vacía, exceptuando un par de perros que corren con sus dueños con la libertad que solo se les permite en temporada baja. También hay una chica en uno de los extremos. Juguetea con la arena y se mira los pies con una concentración que se rompe cuando mi sombra la cubre.

—¿Está ocupado? —le pregunto, señalando la arena con la mirada.

Alba pone los ojos en blanco y no puedo evitar sonreír. Me dejo caer a su lado y me quito los zapatos. La tarde es fresca, pero el sol hace que se esté bien. Ella parece confundida por mi compañía y no tarda en dejarlo claro.

—¿Qué haces aquí?

«No tengo ni la más remota idea, Alba. ¿Complicar aún más las cosas? ¿Intentar que sean más fáciles? ¿Un esfuerzo por demostrar que ya no me importas y que puedo comportarme como un adulto?»

Suspiro y me lanzo. Tiro de sinceridad y de la escasa madurez que siento que tengo cuando está a mi lado.

—Creo que no he sido justo contigo, Alba.

Para mi sorpresa, ella niega con la cabeza.

—Bueno, eso es relativo, ¿sabes? Tienes todo el derecho a no querer que yo esté aquí.

Asiento, porque es verdad, aunque también lo es que las cosas podrían ser de otra manera y que yo he escogido la peor de todas.

—Pero podría habértelo puesto un poco más fácil. No creo que venir a cuidar de Pelayo sea algo sencillo como para que yo te haga la estancia más desagradable. Al fin y al cabo, has regresado por él, no por mí.

Alba traga saliva y se abraza las rodillas. Hablar de su abuelo le duele. También se siente culpable. Demasiado tiempo fuera, viviendo su vida y olvidándose de lo que dejó en Varela antes de marcharse.

—No lo es, y de haber tenido otra elección no habría venido, pero me alegro de haberlo hecho.

Le sonrío y cojo una pequeña caracola que encuentro revolviendo la arena con los dedos. Sin poder evitarlo, se la coloco sobre el brazo, como tantas veces hice en el pasado, cuando jugábamos a hacer caminos de conchas en la piel del otro. Alba clava los ojos en ella y luego la atrapa en su mano

77

y desaparece. Entonces se gira con brusquedad y suelta eso que le bulle por dentro.

—Creo que mi abuelo tenía una aventura.

—¿Cómo?

Su revelación me deja fuera de juego. Sin embargo, ella parece desinflarse al poder confiarme esa información y me mira con los ojos brillantes.

—He encontrado algo. En el faro. No..., te lo explicaría, pero creo que es mejor que lo veas para entenderlo.

—¿Por eso estás así?

—¿Así cómo?

—Triste.

Deja escapar el aliento contenido y me mira como si nos hubiéramos desprendido del escudo que siempre llevamos encima. De algún modo, hemos viajado en el tiempo y volvemos a ser los chicos que se podían tirar horas hablando de lo primero que se les pasara por la cabeza, por muy absurdo o extraño que fuese, incluida la vida sentimental de su abuelo.

—El otro día me habló de un secreto, de un error que cometió, y creo que es a esto a lo que se refería. De hecho, siento que lo he traicionado, ¿sabes? Es obvio que si lo esconde allí es porque no quiere que nadie lo sepa. A la vez, me apena que su vida con mi abuela no fuera como siempre creí. Pensamos que conocemos a las personas, pero solo vemos una capa, Enol, como un iceberg que esconde lo más grande bajo la superficie. O una cebolla. —Me río por esa última metáfora y ella aprieta la caracola con más fuerza entre los dedos hasta que sus nudillos empalidecen—. Y, por último, me mata pensar que está olvidando los mejores momentos de su vida. Incluso los que nadie más conoce.

Tensa la mandíbula y esconde el rostro entre los brazos. Cuando Alba se muestra de más, siente al instante la necesidad de protegerse, como un cangrejo dentro de su caparazón. En eso no ha cambiado.

Nos quedamos en silencio y miramos el mar. Minutos después, Alba lo rompe con una pregunta que me recuerda demasiado a las que nos lanzábamos sin cesar siendo críos.

Siento que, pese a todo, la he echado de menos.

—Si mañana tu mente se quedara en blanco, Enol, si mañana esa parte de ti muriese, ¿qué se perdería para siempre? No puedo dejar de pensar en eso. En que todos guardamos algo muy dentro que nadie más conoce y, si desaparecemos, lo hará con nosotros. Como si nunca hubiera existido. Pelayo está a un paso de hacerlo. De que su secreto se entierre en una tumba para siempre.

Pienso en lo que dice. En mi hipotética muerte. En todo lo que llevo dentro que es solo mío y de nadie más. Eso que nunca comparto con nadie. Como en el miedo a apegarme tanto a la soledad que un día me quede realmente solo. O en los sueños pospuestos y olvidados, esos de los que nunca hablo por estúpidos, egoístas o imposibles. O en lo mucho que la quise.

Aparto ese pensamiento incontrolable y le devuelvo la pregunta sin vacilar, porque no soy tan valiente como para darle una respuesta.

—¿Qué temes perder tú, Alba?

Me observa con el ceño fruncido y me doy cuenta de que su expresión es más dura que segundos antes.

—Ese es el problema. Que llevo horas dándole vueltas y no he encontrado nada. Nada, Enol. Y no porque sea una persona sin secretos, sino porque me siento vacía.

Abre la mano y la caracola cae sobre la arena. La mira con fijeza y yo hago lo mismo con ella. Su expresión afilada. Su pelo revuelto por el viento. Su entereza, incluso cuando acaba de abrirse en canal. Te deja sin aire. Eso consigue Alba. No te lo esperas y hace o dice algo que te golpea con fuerza y te tambalea.

De repente, lo quiero saber todo de ella. Quiero que me cuente en qué ha ocupado cada puto minuto desde que se marchó de Varela hasta su regreso. Quiero llenar esos vacíos que dejó aquí; con un poco de suerte, podré descubrir a qué se deben los suyos.

—¿Qué has hecho? —Vuelve el rostro, confundida—. En estos años. Cuéntamelo.

Entonces se ríe. Su risa sigue siendo algo infantil, con hipidos ridículos que siempre le han dado vergüenza. Yo sonrío. Es automático. Y recuerdo a Nacho imitándola con tanta gracia que hasta ella acababa desternillada.

—Cagarla. Ese sería un buen resumen.

—En algo más habrás malgastado el tiempo. Yo, por ejemplo, he aprendido repostería.

Me mira con una sonrisa preciosa que acaba rompiendo en carcajada. Sé que me está imaginando en la cocina bajo las órdenes de la abuela, cubierto de harina, contando los minutos en el reloj y muriéndome por un pitillo. No va mal encaminada; por mucho que a mi abuela le pese, siempre he odiado la cocina.

—Vaya, vaya. Covadonga debe de estar orgullosa.

—No me gusta, pero todo lo que sea quitarle trabajo...

—Sigues siendo el nieto perfecto.

Sacudo la cabeza, aunque no bromea; siempre tuvo una percepción demasiado positiva de mí. Entonces tengo el impulso de compartir con ella algo más. Quizá porque Alba siempre fue la única con la que lo hice cuando solo era un crío con la cabeza llena de pájaros. Tal vez por lo que ha dicho hace unos minutos: si mañana me muriese, me llevaría demasiado a la tumba.

—También he empezado a dibujar —le confieso, a pesar de que hacerlo me da cierto pudor. Alba abre los ojos asombrada.

—¿Dibujar? ¿En serio?

—¿Tanto te sorprende? —Finjo estar molesto por su reacción, pero lo cierto es que me encanta romper sus esquemas.

—Eres un chico de ciencias. ¡Tienes corazón de científico, Enol! ¿Acaso me vas a decir que tienes alma de artista o poeta? Vistes como uno, pero déjame decirte que no te veo recitando versos a tus mareas.

Compartimos una sonrisa cómplice, aunque acabo negando, porque no siempre los sueños de niño permanecen en el tiempo y eso de viajar por el mundo para estudiar los océanos se evaporó antes de ser una posibilidad. A veces, los sueños se estancan. O se quedan vagando a la deriva. O desaparecen. Además, no es eso exactamente lo que hago, pero aún no me siento preparado para enseñárselo.

—Uno, que nunca llegó a estudiar nada de provecho.

Ella pone los ojos en blanco.

—Los estudios reglados están sobrevalorados. No creo que haya mucha gente que sepa tanto del mar como tú. Salvo Pelayo, claro.

Sus palabras me afectan más de lo que deberían y, tal vez, solo por eso sigo hablando sin pensar. Porque con ella siempre fue demasiado fácil.

—Doy clases extraescolares un par de días a la semana en la escuela. Tenemos un club de exploradores del mar.

—Qué tierno.

Me sonríe con cierta malicia, aunque en el fondo sé que la idea de verme rodeado de chavales le encanta.

—No te burles.

Se muerde el labio y me da un codazo. Por un instante, siento que la aspereza que nos acompañaba hasta ahora ha desaparecido.

—¿Y qué es lo que hacéis?

—Les enseño parte de todo eso que dices que sé. Paseamos por la playa, calculamos la hora exacta de las mareas, buscamos conchas o restos de seres vivos y aprendemos de ellos. Cosas así.

Asiente y veo un brillo de orgullo en sus ojos, aunque es tenue, como si, según su criterio, hubiese logrado un objetivo a medias o estuviera inacabado.

—Los bichos raros, al final, no lo fueron tanto —me dice.

—O somos más de los que pensamos. Está bien tener un club en el que encontrarnos.

Nos reímos y le pone voz a eso que había leído entre líneas.

—¿Y esto es todo? ¿Dónde quedó aquello de bañarte en todos los océanos del mundo?

Suspiro con pesar y pienso en aquel Enol que soñaba en los ratos muertos. El mismo que deseaba estudiar en algún lugar lejano, porque sentía que Varela y su mar se le quedaban pequeños. El que ansiaba saberlo todo de cada partícula de agua de esta vasta inmensidad que nos rodea.

Ese Enol que ya no existe. O que no sé dónde se encuentra.

—Sé lo que estás pensando, Alba, pero escogí quedarme en la posada y ayudar a mi familia. Mi padre murió y, con él, lo hizo una parte de mi madre. Los abuelos ya no podían seguir el ritmo de trabajo y necesitaban nuevas manos. Y ya sabes que Bras no es como yo, él ansiaba salir de aquí y se merecía una oportunidad. Por eso me quedé.

—Tú también la merecías.

—Bueno, pero fue lo que elegí, nadie lo hizo por mí.

—¿Cumplir tus sueños o que los cumplan otros? —me lanza en forma de uno de nuestros retos; no me gusta verlo así, pero asumo que lleva razón—. Ya entiendo.

Suspiro y decido cambiar el rumbo de una conversación que está empezando a incomodarme. Que Alba siempre vaya de cara no resulta sencillo si te obliga a enfrentarte contigo mismo.

—No espero que lo hagas. Cada uno toma sus propias decisiones y estas son las mías. Además, me compré un barco.

Entonces su rostro se ilumina y me da un codazo amistoso.

—¡Eh! Eso sí lo conseguiste.

Sin poder evitarlo, viajamos de nuevo a aquellas tardes en las que hablábamos no solo de escenarios apocalípticos y extremos, sino también de sueños. Ella me contaba que lo quería todo y a la vez nada. Así era Alba, decía desear ser rica para no tener que trabajar en su vida, porque, total, no sentía vocación alguna. Sin embargo, al mismo tiempo afirmaba que podría ser feliz en una isla solitaria con lo justo para subsistir. Yo, en cambio, era mucho más concreto. Supongo que porque siempre lo tuve claro. Compartía con ella mis inquietudes, siempre relacionadas con el mar, y acababa explicándole con todo detalle el barco que me compraría. Grande. Cómodo. Robusto. Lo último en tecnología marítima. Capaz de dar la vuelta al mundo.

Sacudo la cabeza y sonrío.

—Es pequeño, no te creas. Y viejo. Muy viejo. —Se ríe—. Aunque me permite salir y perderme.

«Llévame un día contigo», quiero que diga, pero Alba solo asiente y vuelve a clavar la mirada en el agua mientras su mente se enreda en sus propias decisiones. Quiero que hable, pero no voy a pedírselo. Quiero que me cuente quién es ahora y si sueña con algo con la misma intensidad con la que parece sentir todo lo demás.

Al fin, suspira y sus ojos se nublan.

—Cuando me marché, me dediqué a hacer una tontería tras otra. Tardé un año más en sacarme el bachillerato. Comencé a salir demasiado, a beber y a fumar en los recreos en vez de centrarme en las clases. A sacar de quicio a mis padres.

—Una rebelde.

Alba se ríe, aunque es obvio que esa versión de sí misma no le gusta.

—Una idiota, más bien. Pese a todo, saqué el último curso con buena nota y me matriculé en Psicología.

—Te pega, ¿sabes?

Tuerce los labios en una mueca.

—Pues siento decepcionarte, porque no acabó bien. Lo dejé y me pasé a Sociología. Durante esos dos años dejé de fumar, pero me enganché a... otras cosas. —Alzo las cejas, pensando en lo peor, aunque Alba me sorprende y murmura una palabra que me pone la carne de gallina—. Sexo.

Trago saliva. No me incomoda hablar con ella de esto, pero sí que me provoca sensaciones que están fuera de lugar.

—Vaya. A mí solo me ha dado por el regaliz —bromeo para relajar el ambiente.

—Ya... Ojalá pudiera decir que fue un cambio positivo y que solo disfruté de mi sexualidad con total libertad, pero lo que hice fue enlazar una relación pésima tras otra. Cuanto peor era él, más me enganchaba. La toxicidad es... tremendamente adictiva, más para alguien como yo. Fue divertido a ratos, no te creas, aunque también me decepcioné tantas veces que acabé asqueada.

Puede gustarme o no lo que me cuenta, pero esto también es Alba. Su parte autodestructiva es tan ella como cualquiera de sus encantos. Y siempre la lleva de cara, no la esconde. Resulta admirable aceptarse de tal modo que te permita llevar tus zonas oscuras por bandera.

—¿Y cómo has acabado en Varela?

Sonríe y se abraza de nuevo las rodillas.

—Digamos que tuve un tropiezo. El día que fui a la universidad a gestionar la matrícula del segundo curso, simplemente, no lo hice. De repente, me di cuenta de que no quería estar allí. Me agobié tanto que solo podía pensar en largarme y no volver, así que me di la vuelta en un impulso estúpido y me gasté el dinero en un curso de fotografía de aves.

—¿En serio?

Se ríe, y me contengo para no pasarle los brazos por los hombros y atraerla hacia mí. La siento vulnerable y me afecta demasiado.

—Sí. Pájaros. En movimiento. Pensé que si lograba atrapar solo uno en un recuadro sería también capaz de controlarme a mí misma. —Alza la cara al cielo y sus ojos persiguen dos gaviotas que vuelan hacia las rocas—. Sé que estás pensando que estoy loca, pero así están las cosas.

—En realidad, estoy pensando que no has cambiado tanto.

Suelta el aire contenido y se humedece los labios. Quiero besarla. Así. De pronto y sin venir a cuento. Joder. Quiero robarle la decepción de la boca, tragármela y escupirla después en el mar para que la marea se la lleve lo más lejos posible de ella. Quiero que nos olvidemos de todo y empecemos de cero en un mundo en el que ser dos bichos raros merezca la pena.

—Eso no debería parecer un cumplido —susurra.

Pero ambos sabemos que lo ha sido. Porque sigue pareciéndome fascinante. Con sus defectos, sus errores, su capacidad de escoger la peor decisión de todas y llevarla con la cabeza bien alta. Su modo de ver la vida, tan retorcida como solo comprendemos los que la vemos igual. Alba como sinónimo de «desastre», sin darse cuenta de que a los que vivimos por y para el mar nos parecen alucinantes. Un tsunami. Una tormenta eléctrica. Las mareas rojas. Una pared de agua. Una chica que choca contra sí misma una y otra vez.

«¿Cuánto has necesitado? Días, Alba. Unos días y ya me tienes de nuevo en el centro del remolino.»

—¿Me lo enseñas? —Cuando se gira, soy consciente de que estamos más cerca. Me quedo clavado en la cicatriz de su boca, esa que se hizo jugando entre las rocas cuando éramos unos críos; pequeña, blanquecina, un recuerdo que nos une como esta atracción imantada que nos conecta sin remedio—. Esta noche. Cuando él duerma.

Asiente con una sonrisa dócil. Le doy mi número de teléfono y sonríe.

—Vaya, Enol, ¡bienvenido al nuevo milenio!

Acepto su broma con resignación, porque incluso las *rara avis* acabamos sucumbiendo al progreso. Alba parece exultantemente feliz. Yo no sé si sentir ilusión o miedo. Lo que sí presiento es que acabamos de aceptar caer dentro de un agujero negro abierto en medio del mar.

Los desastres naturales atraen para sí otros sin remedio.

El abuelo

Lo tiene en la punta de la lengua. Lo nota. Es fácil. Solo tiene que encontrarlo en su cabeza y mover la boca hasta que su voz haga el resto. Pese a ello, es incapaz. Se atasca. Su mente tiene espacios en blanco donde antes había vida, esa vida que se le escapa entre los dedos.

Entra en la cocina. Rebusca entre los estantes, pero ya no recuerda a qué había entrado allí. ¿A por comida? ¿A por el libro de crucigramas? No lo cree; se empeña en continuar completando casillas para ejercitar su condenada memoria, aunque hace semanas que es incapaz de terminar ninguno. ¿Tiene sed? ¿Acaso iba a por un vaso de agua? Niega con la cabeza. Cada día es peor. A cada segundo el laberinto es más enrevesado y encontrar la salida supone demasiado esfuerzo.

De repente, oye pisadas descendiendo del piso superior y se tensa. Agarra una cuchara de madera y se enfrenta con el corazón dando tumbos a quien sea que se haya colado en su vivienda. Varela es un pueblo seguro. ¿Será posible que algún turista se haya atrevido a entrar en su propiedad? No tiene nada de valor. Solo es un viejo indefenso rodeado de recuerdos.

Sin embargo, enseguida descubre que es una chica. No parece violenta ni peligrosa, aunque estira el brazo y la amenaza con su arma improvisada.

—¡Tú! ¡¿Qué diablos estás haciendo en mi casa?!

Ella frena en seco y alza las manos pidiéndole que se tranquilice. Le resulta familiar, pero no comprende por qué. No sabe si son sus ojos, que le recuerdan a otros. O su postura, tensa y un poco a la defensiva, incluso intentando mantener la calma. Va descalza y sus calcetines de colores lo ponen más nervioso, porque nadie entra a robar en una casa ajena sin zapatos.

¿Y si ella ya estaba allí? ¿Y si es él quien se ha colado en un sitio que no le pertenece?

De nuevo, las piezas no encajan. Giran. Se esparcen en el espacio hasta perderse. El deseo de huir al faro y encerrarse en él para siempre es intenso.

—Abuelo, soy Alba. ¿Te encuentras bien?

«Alba.»

Cuatro letras. La acepción de un amanecer. Ese es el único significado que tiene ese nombre para él. No le encuentra ningún otro.

Sin poder remediarlo, recuerda uno, una mañana con el sol saliendo a lo lejos. Cierra los ojos y la casa se desvanece. Viaja hacia los acantilados. El faro y el mar como únicos testigos. Pelayo lo recuerda todo con tal nitidez que siente cada partícula de aire fresco en su piel. Cada sensación despertándole los sentidos como si fuera la primera vez.

Se estremece.

Era una mañana de primavera. Se habían sentado bajo las rocas del faro y habían compartido un cigarrillo, porque desde hacía tiempo fumar de la misma boquilla tenía otro significado. Las rodillas se rozaban. La brisa del mar les revolvía el pelo y la soledad que los envolvía hacía creer que todo era posible. Pelayo sabía que era la magia del faro, pero, aun así, se agarraba a eso con tanta fuerza que casi lo sentía real.

En algún momento, alguien movió la mano. No recuerda quién fue. Un instante después se estaban rozando y se entrelazaban.

Algo tan simple. Algo tan complicado.

Abre los ojos y los nota húmedos. No es tristeza ni nostalgia, sino una emoción tan desmedida que es incapaz de controlarla. Le tiemblan los dedos y aún siente los suyos amarrados con tanta dulzura que el corazón se le encoge.

—Fue la primera vez que nos tocamos. ¿Te acuerdas, mi amor?

Alba parpadea y se aparta conmocionada ante esas palabras tan sentidas que no están dirigidas a ella. Sabe que no es la reacción sensata, pero tiene ganas de correr, de huir, porque le horroriza la idea de que Pelayo ya no solo olvide, sino que distorsione la realidad hasta vivir en otra que hoy no existe. Y ahora está lejos. En un mundo que se desvaneció hace demasiado tiempo.

Alba desconoce cómo hacerle volver. ¿Acaso él quiere hacerlo? ¿Acaso ella es alguien para traerlo de vuelta contra su voluntad?

Traga saliva e intenta cogerle la mano, pero la aparta como si estuviera ocupada por otros dedos imaginarios. No sabe qué hacer, lo único de lo que tiene certeza es de que debe conocer esa historia que vive en la mente de su abuelo y que comienza a difuminarse junto a todo lo demás. Ya no por curiosidad, sino porque él parece agarrarse a ella más que a cualquier otra cosa en el universo, y Alba teme que un día desaparezca y nadie pueda ayudarlo a recordar.

—¿En quién piensas, abuelo? ¿Estás viendo a la abuela? Yo también la echo de menos —le dice, en un intento por acercarse.

Entonces él trastabilla. Enfoca la vista y regresa de golpe. Ve a su nieta, asustada, preocupada, con la lástima y el miedo pintados en el rostro. Le habla de su abuela, de la dulce y buena Eulalia; lleva días sin pensar en ella y la culpa lo carcome. De nuevo, está en casa. En su casa. El hogar que ambos levantaron con cariño y esfuerzo. Todo ha desaparecido. Las rocas. El faro. El mar. El amor condensado en un roce de manos jugando a conocerse. Unas manos que no sujetan las suyas desde hace cincuenta años.

—Ya no importa —dice con la voz rota.

—¡Claro que importa! Abuelo, yo... Puedes confiar en mí. Puedes contarme lo que sea que...

Pero él niega. Alba no puede hacer nada. El tiempo es una condena. Además, siente que no es nadie para desvelar un secreto que no le pertenece solo a él. Cierra los ojos, suspira con pesar y se aleja. Va a acostarse. Solo son las ocho de la tarde, pero ¿qué importa? Nada lo hace.

—Alba, vive el presente. Porque un día será pasado y te atormentará no haberte dado cuenta antes de que todo acaba, incluso lo que creías que era para siempre.

Sube las escaleras con lentitud y se cuela bajo las sábanas. Está cansado. Últimamente lo está demasiado a menudo. Le duelen los huesos. Y el corazón.

Sueña con un baile en la sala del torrero, sobre una alfombra en la que se derramó un café antes de que llegara el primer beso. Cuando Pelayo despierta horas más tarde, todavía siente la suavidad de su lengua en la boca y la inmensidad del primer amor. Más grande que el mismo mar.

Tus ojos, del color
de mi mar en las noches
de invierno

Alba

Son las dos de la mañana cuando aviso a Enol con un mensaje. Evito pensar en lo mucho que me inquieta tener a mano su número. Siempre fue un bicho raro que se negaba a comprarse un móvil, motivo por el cual Nacho se metía con él sin cesar y Alonso sentía una superioridad estúpida, pero a mí me gustaba que fuera así. Distinto. Un ejemplar en peligro de extinción al que le gustaba tenerme cerca. Un dodo despistado que hizo nido en Varela.

Cuando llega su respuesta, escueta y directa, acaricio las letras como una imbécil y me pongo de pie. Siento que tengo un arma entre las manos que puedo disparar en cualquier instante. Unas palabras, una tecla, y ¡pum!, otra cagada que sumar a la lista a mi completa disposición.

Me pongo un jersey encima del pijama y las deportivas, cojo la llave que cuelga en la entrada y me marcho sin hacer ruido. El abuelo se ha acostado pronto después de ese encuentro tan extraño que hemos tenido y aún noto que me tiemblan las manos.

«Fue la primera vez que nos tocamos, ¿te acuerdas, mi amor?»

Enol me espera en el punto de encuentro. Lleva una vieja cazadora vaquera y unos pantalones de algodón de color negro. Sudadera gris y el pelo escondido bajo la capucha. Fuma un cigarro con lentitud, de ese modo que a los dieciséis años le hacía parecer un chico mayor y experimentado de una forma tan natural que muchos envidiaban. Aunque él no se daba cuenta; Enol vivía en su propio mundo, al que casi nadie tenía acceso. Pienso que así, a lo lejos y apoyado en el muro de una casona de piedra, podría pasar por uno de esos tipos malos con los que me escapaba de casa y que solo me traían problemas. Pero Enol no es uno de ellos. Enol es tan distinto a aquello que sé que soy yo la que podría hacerle daño al mínimo descuido.

—Hola.

—Hola.

Mira mi pantalón de pijama y sonríe, divertido por que haya salido de casa igual que lo hace el abuelo. Es gris con pequeños corazones azules que brillan bajo la luz de un farolillo.

—Vamos, anda.

Tiro de él y atravesamos el pueblo en completo silencio.

Cuando llegamos al faro estoy demasiado nerviosa. Es por todo. Porque el abuelo no me haya reconocido. Por su tristeza al hablar de ese primer amor secreto del que nadie sabe nada y que tanto se esfuerza por retener. Por tener a Enol a mi lado, después de tanto. Por estar a punto de compartir todo esto con él.

El nudo de mi garganta es inmenso.

—Ven, es arriba.

Subimos las escaleras y nuestros pasos retumban en la torre vacía. Noto el corazón acelerado y la piel erizada cuando freno en la entrada de la sala y percibo el aliento de Enol en mi pelo. Lo roza en un suspiro y contengo el aliento. Es algo suave, tan sutil que podría pasar por invisible, pero su efecto es el de una ráfaga de aire. Alzo el teléfono para alumbrar la estancia y él se queda unos pasos por detrás de mí.

Al volver a verlos, me estremezco. No sé qué tiene este lugar, pero me provoca tantas emociones que me cuesta digerirlas. Es nostalgia, deseo, desencanto, tristeza, amor, esperanza. Todas entremezcladas en un cóctel molotov a punto de estallar.

—Alba, ¿qué es todo esto?

Enol lo observa desde lejos, pero no se muestra dispuesto a leerlos. Casi parece cohibido. Yo lo hago sin poder evitarlo, aunque ya me los sé de memoria. Sonrío con pesar al darme cuenta de lo sencillo que ha sido para mí aprendérmelos y lo difícil que es para Pelayo agarrarlos antes de que se le escapen. Si fuera posible, borraría la mitad de los míos para que él conservara para siempre los suyos.

—Son recuerdos.

—Recuerdos —repite él en un susurro.

Alzo las manos y giro, señalándole todos los papeles que nos rodean.

—Es una historia. Una historia de amor que acabó hace mucho tiempo. ¡A esto me refería, Enol! Tenías que verlo por ti mismo para entenderlo.

Él asiente, aunque no se mueve. Tiene la mandíbula tensa y me mira entre confundido y desolado.

—Esto es...

—Lo sé. Es infinitamente triste.

Intento tragar el nudo, pero no puedo. Lo siento como una bola de demolición contenida a la espera de una señal que la active.

—Y no deberíamos estar aquí —añade turbado.

Luego niega con la cabeza, se pasa las manos por el pelo y la capucha le cae hacia atrás. No se siente cómodo, y no lo culpo. No era lo que pretendía conseguir al traerlo. Ahora no importamos nosotros ni cómo nos sintamos, sino el abuelo y lo que un día vivió con tanta intensidad como para guardarlo en el sitio más seguro que conoce.

Enol se gira y sale de la sala.

—Pero... ¡Enol!

Lo sigo y acabamos fuera del faro. Lo rodea y se sienta en las primeras rocas que dan comienzo a los acantilados. Todo está muy oscuro y el sonido del mar nos envuelve. Me coloco a su lado y lo miro, confundida por su reacción. Sin poder evitarlo, me imagino al abuelo en este mismo lugar enredando unos dedos entre los suyos por primera vez.

—¿No quieres leerlos?

—Alba, eso de ahí... —Niega de nuevo con la cabeza y entrelaza las manos con fuerza sobre las rodillas—. Solo le pertenece a Pelayo. Es como si nos hubiéramos colado en su cabeza sin permiso. Y está mal.

Trago saliva y siento la culpa susurrándome en el hombro, como un pequeño diablo que no da tregua. Y sé que Enol lleva razón, pero también tengo la certeza de que, si estoy aquí, es para ayudar al abuelo de verdad, y siento que esto es una señal de que podría hacerlo. Porque él es mucho más que un hombre enfermo y quiero recuperar eso. Quiero que, si va a olvidar del todo, pueda llevarse algo consigo, por muy ínfimo que sea, de esa historia que con tanto ahínco protege.

—Hoy no me ha reconocido.

Las palabras me salen temblorosas y se me humedecen los ojos. Odio llorar, pero suelo hacerlo con facilidad cuando algo me supera. Y está claro que no saber cómo ayudar al abuelo lo hace. La impotencia de tampoco servir para esto.

—Alba... —Enol susurra mi nombre con tanta ternura que aparto la mirada y exhalo con fuerza para controlar las emociones.

—Ya sé que es lo normal. Esto avanza. Y lo hace rápido. Por eso yo tengo que serlo más.

—¿A qué te refieres?

Me encojo de hombros y clavo la mirada en la suya. Cuando Enol está cerca del mar es más guapo, más único. Ya lo pensaba entonces, pero ahora es innegable de un modo que abruma. Sus ojos verdosos parecen más intensos. El viento forma remolinos en su pelo. Me pregunto si la piel le seguirá oliendo a sal. Luego pienso en todas esas palabras que aguardan dentro del faro. En los detalles. En los instantes. En que el primer amor jamás debería caer en el olvido, aunque no se convierta en el último. En que el primer amor debería ser sagrado, maldita sea, pese a que duela o decepcione.

—Necesito saber quién es ella. Necesito conocer a la mujer de la que mi abuelo estuvo tan enamorado como para no querer olvidarla, aunque no saliera bien. Y sé que él no va a contármelo. Por respeto a mi abuela, por esa desconocida o por él mismo, no tengo ni idea, pero lo conozco y sé que tengo que hacerlo yo.

—¿Y si no quiere que lo sepas?

Acepto su reprimenda, pero es que Enol no lo entiende. Y me digo que es el momento de tropezar, porque eso hago, así funciono, aunque pueda levantar ampollas.

—Tal vez no debería, pero voy a preguntarte algo, ya que necesito que entiendas por qué esto es importante. Después olvidaremos que tengo la boca muy grande y muy poca vergüenza, ¿de acuerdo?

Enol me mira con curiosidad. Tengo que agarrarme las manos para no apartarle un mechón de pelo de la frente. Me siento un tornado a punto de pasarnos por encima y él ni siquiera es consciente. Solo espero no dejar demasiados destrozos por el camino.

—De acuerdo.

Cuando acepta, nos dejo al descubierto; nos desnudo como no llegamos a hacer en su día antes de que me marchara para no volver. Tiro de la costra y dejo la carne expuesta.

—Si mañana comenzaras a olvidar, ¿borrarías aquel verano, Enol? ¿Dejarías que sucediera o te agarrarías con uñas y dientes a lo que fuera para mantenerlo en tu vida? ¿Llenarías el faro de los recuerdos buenos para reencontrarte con ellos cuando ya no te pertenecieran? Si mañana te dijeran que vas a olvidarme, ¿te parecería mal que alguien se esforzara por mantenerme a salvo o permitirías que muriera en el olvido junto a todo lo demás?

Al acabar me siento más ligera, aunque esa sensación es sustituida con rapidez por la angustia ante el silencio de Enol. Lo miro y leo las dudas en su mirada. La posibilidad de olvidar todo lo que vivimos de un plumazo, por un instante, le parece una buena opción. El consuelo de que así todo sería más fácil y que una parte de él lo ha deseado muchas veces. Olvidar como sinónimo de «protegerse», aunque tu vida se convierta en una descafeinada y vacía.

Se me encoge el corazón y duele. Es como si alguien lo aplastase igual que a una nuez, rompiera su cáscara y lo dejara expuesto, frágil, desprotegido.

Crac.

«Yo jamás te olvidaría, Enol. Jamás permitiría que desaparecieras.»

Finalmente, se levanta y me observa desde arriba. Sus ojos están llenos de tanto que me estremezco. Ira. Nostalgia. Miedo. Despecho. Afecto. Es esto último lo que acaba hablando por él.

—Vale. Haz lo que consideres, pero no cuentes conmigo.

Suspiro con alivio porque lo haya entendido y no puedo evitar susurrar unas palabras con cierta soberbia.

—Eso me parecía.

A mi espalda, no lo veo, pero sé que Enol sonríe cuando la que habla es la Alba de siempre.

El mar

—Ataque zombi —expuso el chico con una ceja alzada.

Alba sonrió, complacida.

—¡Uno de mis escenarios favoritos!

Yo nunca he visto un zombi, así que no entendía lo que decían, pero era bonito contemplarlos. Los rodeaba algo tan puro que te alcanzaba sin remedio.

—Debes escoger entre amputarte una pierna o...

—¡Me arranco un brazo, Enol! Esa es demasiado fácil —se adelantó la chica, poniendo los ojos en blanco con altanería.

Sin embargo, él sonrió con malicia y volvió a la carga.

—No he terminado. Amputarte una pierna o los dos brazos, Alba.

Abrió la boca descolocada y después le lanzó un puñado de arena que le cubrió parte del estómago.

—Oh, joder. Eres lo peor.

—A veces me infravaloras.

Enol se dejó caer sobre la toalla y cerró los ojos. Alba se tumbó a su lado. El sol les calentaba la piel. Las palabras, algo mucho más interno que aún les costaba percibir y comprender.

—Tienes razón, perdona. Eres el mejor en esto de los escenarios apocalípticos y yo una simple aprendiz. Veamos. —La chica meditó ese dilema y acabó escogiendo a regañadientes—. Me cortaría una pierna. Me duele en el alma, tengo unas piernas estupendas, pero ¿de qué me sirve poder correr? No soy tan rápida y me tropiezo con facilidad. Si me acorralan los zombis, sin brazos estaría perdida. En cambio, puedo disparar un arma sin una pierna.

Enol sonrió ante su explicación y asintió.

—Bien pensado.

Luego siguieron con los ojos cerrados mientras la vida pasaba. A lo lejos, Nacho y Alonso intentaban captar la atención de un grupo de chicas, una rutina demasiado habitual para el primero cuando estaban en la playa. El silencio era cómodo. El verano, un regalo de los que valoraban una vez terminaba.

—Te estás imaginando limpiando las calles con una ballesta o una ametralladora, ¿a que sí? —le preguntó Enol, aguantando una sonrisa.

Alba rompió a reír y él la acompañó. Les encantaba ese juego. Solían plantearse situaciones imposibles que a sus amigos les aburrían, pero cuyas respuestas a ellos les decían demasiado del otro. Y eso resultaba adictivo. Porque se entendían. Y no se juzgaban. Jamás. Aunque plantearan dilemas políticamente incorrectos o fuera de lugar. La muerte, la tragedia, los tabúes... no eran murallas, sino más bien arena que pisaban con facilidad.

—Sabes que, incluso con todas las extremidades intactas, moriríamos demasiado rápido, ¿verdad? —dijo Enol con la mano de visera, mirándola de costado; Alba torció la nariz y sus pecas bailaron—. Si protagonizáramos una película, seríamos los pringados a los que se cargarían primero.

Ella asintió. Ninguno de los dos tenía madera de protagonista y lo aceptaban con dignidad. De su grupo, Nacho acabaría siendo el héroe, capaz de dar su vida por salvar la de una familia numerosa con cinco niños y tres perros, y Alonso terminaría como el último superviviente; tenía ese encanto que pasaba desapercibido y que le hacía ser el perfecto buen chico que cualquiera quiere que gane. Pero ¿ellos? Alba y Enol perderían la vida rápido cometiendo una estupidez, dejándose llevar por sus impulsos sin meditar las consecuencias o, simplemente, con un pie atrapado en una zanja, convirtiéndose así en presas fáciles de la manera más ridícula. Dos bichos raros que no merecían protagonizar la escena final antes de que el telón cayera.

Sin embargo, Alba sonrió con esa soberbia tan habitual en ella.

—Lo sé, pero lo haríamos peleando. Nos esforzaríamos, aunque fuera en vano. Tendrías que construirme una carreta para llevarme correteando por ahí con una sola pierna.

—Qué tristeza —respondió él al imaginárselo. Pese a todo, le gustaba la idea de luchar en un escenario tan dantesco con ella a su lado. Como un equipo. Como si tuvieran un vínculo inquebrantable.

Alba se rio de nuevo y se incorporó.

—Nos comerían vivos antes de llegar a los acantilados. Mis tripas decorarían el paseo al faro. —Clavó la vista unos metros a lo lejos y frunció el ceño; la diversión se acabó—. Aunque ellas morirían primero. ¿Tú las has visto?

Enol la imitó y se fijó en lo que había captado la atención de la chica. Nacho parloteaba alrededor de un grupo de turistas en bikini y Alonso le hacía sombra, callado, pese a que no mostraba intenciones de querer marcharse. Eso a ella le molestaba. Las chicas no tenían la culpa, pero eso no evitaba que la sacaran de quicio.

Alonso y Alba llevaban semanas jugando a mirarse. No

hacían gran cosa, él era demasiado inseguro como para dar un paso y ella no tenía muy claro que quisiera hacerlo en primer lugar. Sentía la necesidad de que el chico demostrase que lo que sentía era correspondido y que no se había vuelto loca, porque a ratos dudaba de si aquello sería lo que tanto buscaba o solo una fantasía, un anhelo mal entendido.

Después de aquel encuentro bajo el agua, habían llegado otros demasiado sutiles como para que fueran algo importante, pero con los ojos de la adolescencia Alba veía señales por todas partes: en sonrisas, roces casuales, una sudadera prestada por el viento frío. Y Alonso le gustaba. Por otra parte, deseaba tanto que sucediera, experimentar por fin ese primer amor del que todos hablaban, que se había obsesionado con la idea de que debía suceder entre ellos. Eran amigos, se entendían y se conocían hacía años, aunque solo se vieran los veranos; Alba había leído demasiadas novelas románticas juveniles para saber que era una ecuación ridículamente perfecta. Por eso el hecho de que él estuviera prestando demasiada atención a aquellas chicas la enfadaba. Tensó la mandíbula, y ese gesto fue lo que Enol necesitó para que su teoría se confirmase: Alba estaba colada por su amigo y debía aceptarlo. Además, ella también era su amiga, la mejor, y por eso debía apartar lo que sentía y comportarse como necesitaba en ese instante.

—¿Te molesta?

—¿Por qué iba a molestarme? —respondió a la defensiva.

—Vamos, Alba...

La chica se sonrojó. No podía negarlo y Enol era demasiado observador como para haber captado lo que pasaba; de hecho, le parecía que había tardado mucho en hacerlo. Pese a ello, tampoco tenía por qué responder. Además, ¿qué podía decirle? Ni siquiera tenía muy claro por qué sentía lo que sentía. Crecer era complicado.

Antes de que él insistiera, los otros chicos regresaron.

Nacho les contó, muy pagado de sí mismo, que había convencido a la rubia para que esa noche se vieran en los acantilados. Estaba seguro de que iba a marcar otra cruz en su lista de ligues de ese verano. Alonso, en cambio, miraba a Alba de reojo con cierta culpa.

—Hola.

—Hola.

Se sentó a su lado. Sus codos se rozaron. En cuanto ella notó la suavidad de su piel, se apartó.

—¿Qué te pasa?

—Nada.

Alonso no era muy avispado para captar las sutilezas, pero era obvio que a Alba le pasaba algo y que tenía que ver con él. Llevaba días pensando en ella, persiguiéndola con los ojos y fantaseando de más. Jamás se había creído capaz de captar la atención de la chica. Eran tres, y él siempre se había sentido el menos interesante, el menos atractivo. Sin embargo, los años lo habían hecho crecer y convertirse en un joven que atraía miradas. No comprendía por qué, seguía siendo el mismo, aunque a las chicas les parecía mono, y su timidez ayudaba a que, además, confiaran en él. Nunca tendría el encanto de Nacho ni la conversación de Enol, pero había descubierto que también podía gustar, y era una sensación a la que no pensaba renunciar. El chico bueno comenzaba a despertar.

—Nacho se ha salido con la suya.

Alba se volvió y lo fulminó con una de sus miradas. Normalmente, Alonso se achantaba cuando ella se ponía en ese plan, pero aquel día se dijo que debía ser valiente si quería que las cosas salieran bien. Y Alba merecía la pena. Desde que la conocían, no la habían visto con ningún chico. Ser el primero... era demasiado tentador. Ganar a Nacho..., mucho más.

103

—¿Y tú? ¿Tú te has salido con la tuya?

—Alba, yo...

Le costaba encontrar la voz. Pensó en que Nacho no habría dudado en soltarle cualquier cosa que le regalara los oídos y se habría llevado la situación rápido a su terreno. Por otra parte, Enol habría sido lo bastante listo como para no haber enfadado a la chica. Pero él... él se odió de nuevo por ser tan crío y tan cobarde.

—Déjalo —susurró ella, cruzándose de brazos.

Entonces Alonso la miró y se dio cuenta de que lo que fuera que había surgido entre ellos se alejaba, se difuminaba antes de ser algo. Era el momento. Tal vez, si lo dejaba pasar, no habría otro. Y ya había perdido muchos por ser como era. Así que cogió aire y dio un paso.

—Yo... yo me saldría con la mía si hoy pudiera acompañarte a casa.

Alba sintió la calidez del triunfo en el pecho y sonrió.

Alba

Entro en la cocina y, en cuanto me llega el aroma de lo que Enol está sirviendo en una cazuela, me rugen las tripas.

—¡Qué bien huele eso!

—Las patatas guisadas de la abuela son las mejores —me dice con orgullo.

—No lo dudo.

Cojo una cuchara e intento meterla en la olla, pero me lo impide con una cachetada en la mano. Me guiña un ojo y se lleva el dedo manchado de caldo a la boca. Noto un burbujeo inesperado en el estómago.

Desde nuestra visita al faro, las cosas han cambiado. No sabría decir en qué punto estamos, pero sí que nos mecemos en uno mucho más cómodo, en el que incluso sonreímos o bromeamos. Verlo en casa cada día sigue siendo extraño, aunque el hecho de que ya no ponga cara de que le estén practicando una laparotomía sin anestesia al verme hace que sea un momento que incluso espero con ganas. Tal vez no debería sentirlas. Es posible que la presencia de Enol se haya convertido en lo mejor de mi estancia en Varela y eso no sea algo positivo ni sano. No, teniendo en cuenta que voy a marcharme de nuevo sin billete de vuelta y que él sigue odiándome. Disimula, pero lo conozco y en su mirada hay algo turbio que no desaparece. Aun así, no puedo evitarlo. Además, es guapo y aquí estoy muy sola y tengo pocas distracciones. Muy guapo. Ya lo era de un modo clásico, casi escondido, una belleza de esas que pasan desapercibidas si no te fijas bien. Pelo oscuro y revuelto. Ojos verdosos y pequeños. Las orejas algo separadas. Las cejas pobladas. El ceño fruncido. Tiene las manos grandes y las uñas siempre limpias. Alto. Un poco desgarbado, aunque la madurez le sienta de miedo.

«Alba, ¿acabas de mirarle el culo?»

Carraspeo y aparto la mirada de la espalda de Enol, que sigue entretenido paseándose por la cocina con tanta naturalidad que siento que esta no es mi casa, sino la suya. Y eso sí que no me gusta. Quiero hacer las cosas bien, y eso pasa por responsabilizarme de todo lo que me rodea y hacerlo mío.

—Oye, Enol, con respecto a esto de la comida, siento ser tan despistada, pero no hemos hablado de... de...

Titubeo, porque hablar de dinero me da vergüenza. Tal vez porque siempre lo he valorado tan poco con mis padres que me hace enfrentarme a la cría estúpida que he sido en el pasado.

Él se gira y me mira con interés. Ladea el rostro y una sonrisa leve se despierta en sus labios. Es un capullo arrogante que sabe cuándo algo me incomoda y se recrea en ello. Sin embargo, eso también me gusta de un modo un tanto retorcido.

—¿Qué intentas decirme?

Inhalo con profundidad y suelto lo que lleva un par de días martirizándome.

—¡Ni siquiera sé quién os paga! Mi madre dice que de esto se ocupaba Pelayo y que, por ende, ahora debería hacerlo yo, porque es obvio que él no está en condiciones de administrar su dinero. Pero se lo he preguntado al abuelo y me ha gritado que no tenía ni idea de lo que le estaba hablando. Por eso necesito que me digáis si tiene deudas, cuánto debo pagaros ahora que somos dos y cada cuánto tiempo.

Enol se queda callado. Solo sonríe de esa forma que casi parece que no lo hace, pero que yo intuyo con facilidad. Aprendí hace mucho a cazar sonrisas de sus labios. Y me mira. Odio que me mire así, sin pestañear siquiera, al mismo nivel que me gustaba en el pasado. Cuando Enol observa algo, lo hace como si no existiera nada más. Pese a lo especial que te sientes, me vuelve loca no saber qué está pensando ni poder leer en sus ojos como lo hacía antes. Porque el Enol adolescente me miraba y no necesitaba hablar para compartir conmigo lo que estuviera pasando por su mente, pero el de hoy ha alzado un muro entre nosotros y solo veo una capa de niebla tras la que se esconde.

Cuando ya no lo soporto más, exploto.

—Joder, ¿no vas a decirme nada?

Finalmente, sacude la cabeza y su expresión es más comedida, más dulce.

—Es que, Alba, pensaba que lo sabíais. Esto no es por trabajo.

—¿Cómo que no es por trabajo? —pregunto extrañada.

Él da un paso hacia mí y frena cuando nos quedamos apenas a un palmo. Desde tan cerca, tengo que alzar el rostro para mirarlo. También huelo el jabón de su ropa. Y algo más. Algo que ha cambiado y que no reconozco.

Enol se pasa la lengua por los labios. La sal del mar siempre se los seca con facilidad. Recuerdo cuando me robaba el cacao de la mochila y se los untaba de rosa. Yo me reía porque pensaba que con ese gesto era casi como si nos besáramos y sentía cosquillas en el estómago, sin ser consciente de lo que esa reacción significaba. Tan perdida. Tan enredada.

—Mi familia se comprometió a cuidar de Pelayo por afecto. Lo hacen porque quieren.

—Pero... ¡ni siquiera mis padres están al corriente de esto!
—le digo un poco aturdida.

—No te preocupes más. Aquí las cosas funcionan así.

Y lo entiendo. Y ese gesto me enternece hasta el punto de que noto un picor en la nariz que no debería estar ahí. Pero el simple hecho de haber tardado tanto en preocuparme por este tema me recuerda que, haga lo que haga, sigo siendo un desastre.

—Al menos, deberíais aceptar mi parte.

—No digas tonterías. Si te empeñas, puedes hablar con mis abuelos, pero es posible que te lleves un par de collejas. Tú misma.

Me sonríe y le respondo igual, aunque no es más que el esbozo de una sonrisa que no llega. Me siento repentinamente triste, y no sé por qué.

Antes de marcharse, Enol se asoma al salón y el abuelo levanta la cabeza de su crucigrama. Desde aquí puedo ver todas las casillas vacías.

—¿Cómo está hoy el mar?

—Como una balsa, Pelayo. Calmado, parece dormido.

Él asiente y vuelve a bajar la mirada a las páginas en blanco. Se concentra, se esfuerza, no desiste. Enol se marcha. Yo me pregunto qué verá el abuelo cuando busca palabras en su cabeza que ya no existen. Siento ganas de llorar.

El abuelo

«Sentimiento intenso.»

Una. Dos. Tres. Cuatro.

Cuenta los huecos con el dedo sobre los recuadros. Cuatro letras.

Pelayo rebusca en su memoria. Esta parece fácil. Es una palabra corta, sencilla, y sabe que empieza por «a».

La tiene en algún lugar de su mente. Lo sabe. La siente.

Le duele.

Cierra los ojos y aprieta los párpados con las yemas. Cuando se esfuerza tanto, nota un ligero dolor de cabeza, pero no quiere parar. No puede. Siente que, si lo hace, lo harán también los engranajes de su cerebro y se convertirá en un vegetal. Debe mantener la maquinaria activa para que el olvido no se lo trague.

Se levanta con dificultad y se asoma a la ventana. El día está nublado, pero el mar, a lo lejos, está tal y como le ha dicho el chico. Calmado. Parece dormido. Aunque él sabe que nunca lo está.

Entonces un recuerdo lo golpea con fuerza.

Siente que sus brazos le rodean la cintura. Sus labios susurran sobre su cuello.

El mundo se desvanece.

«¿Cómo está hoy el mar, farero? Enséñamelo.»

Eso le dijo antes de que se asomasen al cristal del faro y observaran el agua. Apenas se movía. Parecía congelada. Una manta azulada.

«No hace falta que contestes, ya veo yo que está dormido. ¿Ves como es demasiado pronto para estar despiertos?»

Su risa le rozó la piel y le provocó un escalofrío. Siempre se quejaba de que Pelayo descansaba poco. Pero no podía cerrar los ojos durante demasiado tiempo. Primero, porque debía permanecer vigilante. Segundo, porque, si lo hacía, la vida se les esfumaría entre los dedos. Uno siempre es consciente de cuándo una historia tiene un final, por mucho que se resista a creerlo.

«No te confíes. El mar nunca descansa. Parece dormido, pero, en realidad, está agazapado. Esperando el momento de volver a mostrarnos su lado más fiero.»

Un ronroneo le puso el vello de punta y notó que su cuerpo respondía con rapidez. Era instantáneo. El calor. El fuego. El amor. Estaban tan pegados que podían percibir cada una de sus formas y los latidos de los corazones acelerados.

«Empiezo a pensar que el mar y tú os parecéis más de lo que crees.»

Pelayo se rio abiertamente y su risa acabó siendo un beso. Uno lleno de deseo, más lengua que otra cosa, más gemidos que susurros tiernos. Cayeron sobre las sábanas revueltas. Se desnudaron. Y allí, sobre ese camastro viejo y pequeño, comprobaron que, en efecto, el farero era más mar que tierra. Con sus secretos. Su fiereza. Su calma dormida esperando algo que lo hiciera vibrar.

Algo como ese primer amor.

Pestañea y vuelve al presente. Le tiemblan las manos.

Se sienta de nuevo en la mesa y agarra el bolígrafo con fuerza.

Luego rellena esos cuatro huecos en blanco.

«Amor.»

Y solo entonces siente que una vez más le vibra el cuerpo, el alma y el corazón.

Quizá sea la última.

Quizá el olvido lo borre todo y, más pronto que tarde, solo le quede el silencio.

Alba

Llevo poco tiempo aquí, pero a veces la casa me ahoga. Aunque, si soy honesta conmigo misma, sé que no son estas paredes ni lo que guardan, sino esos momentos, cuando la enfermedad se manifiesta en el abuelo, en los que desconozco cómo reaccionar. Me siento inútil y a ratos dudo de que estar aquí tenga sentido.

Cuando eso sucede, salgo y siempre acabo en Bocanegra. La observo desde la baranda o la recorro caminando, según como se encuentre la marea, pero recurro a ella cuando siento ganas de marcharme o, simplemente, la situación me supera.

Hoy ha sido uno de esos días.

Pelayo estaba callado, meditabundo, apagado. Me recuerda a un fantasma vagando por la casa. También me ha gritado. Sé que solo es un mal día, pero me asusta la idea de que todos comiencen a ser iguales.

Bajo la escalinata y me acerco a la orilla. La brisa me eriza la piel, veo a algunas personas caminando, aprovechando que la temperatura es agradable, y enseguida oigo una algarabía que rompe el silencio casi siempre presente en la playa fuera de épocas estivales. Están unos metros a mi izquierda y, si me acercara, sus cabezas me rozarían la cintura. Sonrío y entonces lo veo. Enol está en medio del grupo de niños, que salta a su alrededor y lo escucha con atención. En todos ellos percibo ese brillo en los ojos que siempre veía en él cuando estaba inmerso en una de sus lecturas. Lleva un chándal de color gris, unas deportivas blancas y un cuello negro de lana. El pelo alborotado por el viento y una expresión tan serena en el rostro que me cuesta reconocerla. Sonríe sin parar y se arrodilla para escuchar las respuestas de sus pupilos con verdadero interés.

Sin poder evitarlo, camino hacia ellos despacio y sin apartar la vista del chico de las mareas, que ha encontrado dónde dejar su legado. En un momento dado, Enol coge algo del suelo y todos exclaman asombrados, como si acabaran de encontrar un tesoro escondido bajo el agua durante millones de años. El profesor alza la caracola vacía al cielo y los niños la estudian con los ojos como platos. La imagen es tan tierna que me abrazo a mí misma para contener esa presión que noto en el pecho y que tiene el efecto de una onda expansiva.

—¿Tú qué crees que es, Marina? —le pregunta a una niña de coleta rubia y dientes de leche.

—Es la caracola de un ermitaño.

Enol le sonríe y asiente. Cuando vuelve a fijar sus ojos en la concha, me ve. Y esa expresión risueña que estaba dedicada a sus pequeños exploradores no desaparece, sino que se mantiene enredada en la mía.

—Así es. También se les llama paguros. Son crustáceos decápodos. Darío, búscalo en el libro y lee en alto para todos.

Enol le da el libro que sujeta bajo el brazo y el chico se arrodilla y pasa las páginas, buscando lo que le ha pedido. Los demás se sientan a su alrededor y esperan, impacientes como solo lo pueden estar los que encuentran fascinante saber más cosas sobre un cangrejo de mar.

Nos acercamos el uno al otro sin perder la sonrisa. Y, pese a todo, no me parece raro. Es natural. Una tregua. Una pausa en el arduo ejercicio de odiarnos por el resquemor del pasado.

—Me costaba imaginarte, no voy a mentir, pero se te dan bien.

—El truco está en tratarlos como a iguales. Solo soy uno más. ¿Qué haces aquí?

—Escapar.

Enseguida piensa en Pelayo y se muestra preocupado.

—¿Ha pasado algo?

—En realidad, no. Solo que a veces me pregunto si hago todo lo que puedo, o si lo hago bien, o si la estaré cagando continuamente sin darme cuenta. Ese tipo de cosas.

Me encojo de hombros y entonces me mira distinto. Más cercano. Más comprensivo de lo que se ha mostrado desde que regresé.

—Si mi opinión sirve de algo, creo que con que estés a su lado ya es más que suficiente.

Trago saliva e inhalo con profundidad. Me trago el olor salado del mar. Y, también, un poco las dudas y los miedos. Se disipan. Vuelvo a guardarlos.

—Me sirve.

El silencio que me sigue es intenso. Nuestra mirada, también.

—Hoy me ha preguntado cómo está el mar y no he sabido responderle —le confieso, muerta de vergüenza por mi inaptitud para improvisar.

Enol se coloca más cerca y me roza el brazo. Me estremezco cuando se vuelve y señala el océano.

—Obsérvalo. Y no pienses. Solo intenta poner palabras a lo que te transmite.

Suspiro y lo hago. Me empapo de las sensaciones que me

provoca la visión de esa inmensidad, del agua moviéndose a un ritmo constante, de la ondulación de las olas que rompen en la orilla, del color azul intenso y vivo que destaca bajo los leves rayos de sol que se asoman entre las nubes.

—Está contento.

Enol se ríe. Su risa, tan cerca de mi oído, me eriza la piel.

—Sí, es una buena forma de describirlo.

Sin embargo, este paréntesis nos dura poco. Los niños se acercan a nosotros de una carrera y le devuelven el libro a su mentor. Enol pone distancia entre ambos y nuestro momento cómplice se evapora.

—Enol, ya hemos terminado. ¿Podemos recoger piedras?

—Claro. Y si encontráis basura, ya sabéis lo que hacemos con ella.

Salen corriendo y nos dejan de nuevo solos. Mis ojos vuelan al libro que sostiene entre las manos. Hay algo en él que me resulta familiar.

—¿Me dejas verlo?

Enol asiente y me lo tiende, no sin cierto temor. A simple vista me había parecido el típico manual que él estudiaba siendo un niño, pero no. Es mucho más que eso. Lo abro y descubro el mundo a través de sus ojos. No solo hay un listado de la fauna típica de esta zona, sino también de su vegetación, una descripción exhaustiva de su clima, de sus calles, sus rincones más característicos y hasta sus costumbres o gastronomía típica. Y todo está escrito de su puño y letra, una letra alargada y preciosa con tinta negra.

—¿Lo has hecho tú?

Traga saliva y su susurro tímido nos envuelve.

—Te dije que había aprendido a dibujar. No soy bueno, pero necesitaba complementar la información con algunos bocetos.

Acaricio los trazos más gruesos que forman imágenes

con las que visualizar lo que explica en sus escritos. El orgullo se me escapa en cada aliento.

—Esto es Varela. Desde la piedra común con la que se levantó cada casa hasta las conchas que puedes encontrarte en esta orilla. Es... es increíble.

—Gracias. Llevo tiempo trabajando en ello. No sé si algún día servirá para algo, pero me gusta.

—Entonces, ya ha cumplido su propósito.

Sonreímos de nuevo y le devuelvo ese pequeño tesoro que dice tanto de él. Enol se muerde el labio un instante, como si estuviera a punto de decir algo para después contenerlo.

—Tengo que irme.

Asiento y le señalo a los niños con un gesto.

—Vamos, tus pupilos te esperan. Yo me quedo aquí otro rato.

Enol me obedece.

No obstante, mientras ellos terminan con sus actividades y yo observo el mar, nuestros ojos se buscan sin remedio. A tientas. Con disimulo. Como dos imanes que se atraen al mismo nivel que se repelen.

El mar

Voy y vengo en el tiempo, pero es que son tantos recuerdos, tantos momentos, que me cuesta escoger uno por encima de los demás.

Aquella vez, al poco de conocerse, cuando estaban haciendo una carrera con las bicicletas por el paseo y Enol fingió que se tropezaba, llevándose por delante a Alonso y Nacho y logrando así que Alba se alzara con la victoria. Nacho estuvo sin hablarle dos días, porque, de regalo, se llevó una buena cicatriz en la pierna, pero a Enol le pareció un precio justo a cambio de la expresión de la chica.

O aquella otra en la que los cuatro contemplaron en silencio una puesta de sol por primera vez, somnolientos y con los pies llenos de arena por el último baño, tan felices en ese instante como pocas veces volverían a serlo en algo tan cotidiano.

—Ya entiendo por qué la gente se obsesiona con los atardeceres. Imagino que drogarse debe de ser algo parecido —dijo Nacho.

Los demás se rieron. Pero tenía razón. Habían encontrado algo hipnótico y un tanto adictivo en ese silencio compartido con la luz escondiéndose a lo lejos.

Antes de que el último rayo los rozara, Enol miró a Alba.

—Acabo de darme cuenta de que tienes nombre de amanecer —le susurró.

La chica sacudió la cabeza, algo avergonzada, y le dio un manotazo en la pierna. Pero, por su sonrisa, sé que Alba notó el reflejo de su propio golpe a la altura del corazón.

O, quizá, esa otra ocasión en que los pillé desprevenidos en el agua y la resaca les dio un susto que nunca olvidarían. Los cuatro flotaban entre risas y aguadillas, pero, de pronto, la orilla se alejó y sus alertas se dispararon. Bocanegra es una playa salvaje, no vigilada por equipos de salvamento, y aún estaban muy lejos como para asustar a los pocos valientes que estaban tumbados en la arena a pesar de que el clima no acompañaba.

Fue Alonso, siempre tan precavido, el que dio la voz de alarma.

—Chicos, creo que tenemos un problema.

Nacho soltó uno de sus improperios. Enol se tensó y analizó la situación con esa seguridad que los demás admiraban. Y Alba... pues Alba frunció el ceño y le cogió la mano por debajo del agua.

No te asustes, no tuvieron problemas. Solo les costó un poco más de la cuenta avanzar. Lo hicieron de dos en dos, con las manos enlazadas para que ninguno se quedara rezagado, mientras nadaban hacia adelante y aprovechaban el empuje de las olas, intentando no gastar energía de más cuando sentían que mi fuerza los arrastraba.

Al tocar la arena con los pies, sonrieron y chocaron las palmas. Nacho aulló mirando al cielo y golpeándose el pecho, lo que los hizo reír a carcajadas, mientras Alonso seguía hacia adelante buscando tierra firme, aún temblando de miedo.

Bajo el agua, dos manos siguieron unidas hasta que ya fue imposible mantenerlas escondidas.

Momentos. Detalles. Señales.

Qué contradictorio me resulta que, con esos ojos tan grandes y expresivos, los humanos estéis tan ciegos.

Enol

Es noche de partido de baloncesto en el bar de los Velarde. Junto a la posada, es el otro local que hay en Varela que ofrece comidas; además, tienen el único bar del pueblo y una pequeña tienda de ultramarinos en la que puedes encontrar un poco de todo, desde productos de higiene hasta de bricolaje. Yo odio el baloncesto. No es nada personal ni un trauma infantil por mi escasa coordinación para botar un balón, solo que no le encuentro el menor interés. Ni a ese deporte ni a ningún otro.

Sin embargo, sé que de vez en cuando no viene mal socializar y dejarme ver entre la gente más joven del pueblo. Además, Bras ha venido a pasar el fin de semana y le gusta más la cerveza que la NBA. Cualquiera le dice que prefiero quedarme enredando con mis libros en casa.

Entro en la cocina y me lo encuentro comiéndose un bocadillo. Lleva una de esas camisetas ajustadas que ahora visten todos los chicos de su edad, de un color demasiado estridente para mis sentidos, y unos vaqueros que parecen mallas. No debería juzgarlo, menos aun teniendo en cuenta que suelo reciclar ropa de mi propio abuelo, pero es que a ratos me pregunto si puede siquiera respirar. Con mis pantalones de pinzas, mi camisa blanca y mis deportivas viejas, parecemos los dos opuestos de un medidor estético.

Cojo una manzana y le doy un mordisco bajo la atenta mirada de toda mi familia al completo.

—¿Por qué no la invitas a ir?

Me tenso al instante y su cara se me aparece sin necesidad de que pronuncien su nombre. Sus ojos castaños, un poco vidriosos cuando le conté que alimentábamos a Pelayo por simple amabilidad, su pelo liso, nunca adornado con nada, su nariz afilada, sus labios tensos.

—¿A quién? ¿A Alba?

Mi abuela pone los ojos en blanco, me llama «idiota» entre dientes y responde con tal sarcasmo que todos se echan a reír.

—No, a la fisgona de María Figueroa. ¡Pues claro que estoy hablando de Alba!

Bras se ríe más alto que ninguno y no puedo juzgarlo. Aunque intuyo que estar hablando de ella es solo culpa suya. Desde que ha vuelto, parece su tema de conversación favorito y no tengo muy claro cómo tomármelo.

—No creo que sea buena idea.

—No, claro. Malísima idea que una chica de veintiún años se tome una cerveza un sábado por la noche después de llevar aquí dos semanas acompañada de un viejo —aporta mi hermano; luego mira a los abuelos y les pone cara de niño bueno—. Con todos mis respetos a la gente mayor.

—Chaval, tú no puedes ofenderme ni aunque lo intentes —responde el abuelo, lo que los hace reír de nuevo.

—Estáis todos muy chistosos hoy, me parece a mí —les digo antes de dirigirme a la puerta.

No obstante, lo hago con la idea revoloteándome en la cabeza. Más aún cuando Bras me comenta que ha quedado con un par de colegas en casa de uno de ellos para tomar una birra antes de ir al bar. Premeditado o no, tengo tiempo de sobra para invitar a Alba a que nos acompañe. Mi hermano sabe que su primer plan no me hace sentir muy cómodo y que prefiero esperarlo en casa o directamente en el bar.

Cojo el abrigo y me despido de él con la promesa de vernos más tarde. Luego camino hacia el paseo de la playa mientras me fumo un cigarrillo. Y, como no podía ser de otra manera, pienso en Alba. En qué estará haciendo en este momento. En cómo reaccionaría ante un mensaje mío que no tuviera nada que ver con su abuelo. A cómo se sentirá después de lo que descubrió de Pelayo en el faro.

«¿Me olvidarías, Enol?»

Sus palabras me persiguen desde entonces. Solo ella se habría atrevido a hablar de aquello con tal honestidad. La gente normal evita los conflictos, los temas que duelen, lo que no se puede arreglar. Pero Alba no. Alba es de las que rascan encima de una cicatriz hasta convertirla en herida de nuevo.

Suspiro y Bocanegra me responde con un aire fuerte que me tira el cigarro de los labios. Casi me río. Casi siento que el mar me habla y me dice que lo haga, que me deje de chorradas y retome algo que fue importante para los dos.

Saco el teléfono y escribo antes de darme tiempo para el arrepentimiento.

ENOL: Te recojo en una hora.

Alba lee el mensaje al instante, pero tarda en contestar. Durante esos minutos, me imagino al menos diez realidades posibles en función de que diga que sí o que no. Reproches. Silencios. Una regresión al pasado. Una noche para el recuerdo. Una discusión. Una negación. Un beso. Las posibilidades son infinitas.

121

ALBA: Creo que te has equivocado
de número.

Suelto una carcajada y no me cuesta verla con su ceño fruncido, mordiéndose una uña con saña y pensando, a su vez, en los mil posibles escenarios que podrían llevarme a mí a recogerla en su casa un sábado a las once de la noche. Una broma pesada. Una decisión por una borrachera incontrolada. Un intento de homicidio. Un episodio de locura transitoria. Un deseo desbocado.

ENOL: Creo que no. O la chica de la foto de
perfil se parece demasiado a ti.

ALBA: ¿Y para qué vas a recogerme, si
puede saberse?

ENOL: Hoy hay partido. NBA. Trail Blazers
contra los Suns de Phoenix.

ALBA: Interesante. ¿Qué hace un pívot?

Arrugo el rostro, pero no puedo evitar sonreír. Entra tan rápido al trapo que me hace volver a esas discusiones tan nuestras que siempre acababan bien.

ENOL: ¿A qué viene eso?

ALBA: A que odias cualquier cosa que se
pueda considerar deporte, y yo también.
Y a mí no me engañas, no sabes ni lo más
mínimo de baloncesto. ¿Vas a decirme ya
qué pretendes con esa excusa barata?

ENOL: Sacarte de paseo. Según mis abuelos,
una chica joven no debe quedarse en casa
un sábado por la noche. Ni siquiera en
Varela.

ALBA: Ya veo, lo haces por la tercera
edad.

Me muerdo el labio y sacudo la cabeza. Está tirando de un hilo. Está forzándome para que le diga que quiero que venga, o descubrir mis intenciones, o lo que sea que se pase por su mente retorcida y siempre alerta. Pero es que no hay pretensiones. Solo un impulso. Solo un intento por regalarnos una tregua.

ENOL: ¿Te apetece o no? No tengo todo
el día. Ni tanta paciencia.

ALBA: No sé si debo.

Entonces me doy cuenta de que quizá no se resiste por nosotros, sino por lo que deja en esa casa. Tiene miedo. Y no estoy acostumbrado a lidiar con una Alba con miedo.

ENOL: Solo será un rato. Cierra con llave.
No le pasará nada y volverás pronto,
te lo prometo.

Tarda un par de minutos en responder, pero, cuando lo hace, sé que está sonriendo y que las ganas de huir se le escapan entre esas palabras.

ALBA: Pero paso del partido. Antes me
saco los ojos con una cuchara.

ENOL: Fingiremos que nos interesa mientras
bebemos cerveza.

Suspiro y me alegro de que haya aceptado, por mucho
que me pese.

La esperanza funciona como un veneno de lo más dulce.

Alba

Cuando Enol me avisa de que está fuera, ya estoy esperándole sentada en los escalones. Llevo puesto el mejor atuendo que he encontrado en la maleta para una noche de sábado: un pantalón vaquero y un jersey negro de cuello alto. Encima, la chaqueta beige de lana gruesa. El pelo suelto y las deportivas. Una elección de lo más aburrida, pero, al fin y al cabo, esto es Varela. Y es Enol quien me espera al otro lado. No debería importarme tanto y, pese a ello, no he dejado de mirarme cada dos segundos en el espejo del recibidor para comprobar mi aspecto.

El abuelo duerme profundamente y todo parece estar en calma. La calma me asusta. No debería, pero las películas de miedo me han enseñado que no debes fiarte del silencio ni de lo que parece imperturbable, porque en un instante la vida cambia de rumbo y un loco con una motosierra te abre el cuerpo en dos y todo acaba.

Pum.

La diñaste.

El telón cae.

Fin.

—Hola.

—Hola.

Nos miramos un par de segundos. En ese suspiro me da tiempo a estudiarlo de arriba abajo y comprobar que se ha peinado. Va vestido como uno de los personajes de *El talento de Mr. Ripley*. Tiene una elegancia innata que no casa con la generación en la que le ha tocado vivir; es fácil imaginárselo en los años cincuenta paseando por una playa de Nápoles. De hecho, el móvil de Enol podría considerarse objeto de coleccionista para algunos de mis amigos. O un ladrillo inservible para abrir nueces. Pero, te guste o no su estilo, tiene algo. Algo fuerte. Algo que admiras sin poder evitarlo. Que te imanta. Sin sentido. Sin razón. Como una escultura de arte abstracto, todo alambre, arcilla y dobleces. No la entiendes, no sabes si te gusta, pero te provoca. Te despierta. Te hace mirarlo. Y yo lo miro. Antes lo hacía, aunque era tan estúpida que no comprendía bien por qué, pero ahora... ahora quiero abrirle los ojos con dos palillos y estudiar a conciencia todo eso que se guarda solo para él.

Caminamos en silencio hacia el bar. No es un sitio que frecuentáramos entonces, ya que no nos vendían alcohol y, como buenos adolescentes, preferíamos compartir una botella a escondidas en la playa. Tal vez por eso no me incomoda tanto ir, porque no guarda recuerdos en su interior. Solo es una tasca de mil años que ha visto pasar por allí a todas las generaciones que aún viven en Varela. Los muebles son de madera y las sillas de una conocida marca de refresco. En una de las paredes hay un mural formado por fotografías del pueblo, los paisajes más característicos, atardeceres en Bocanegra o grupos de personas disfrutando en sus calles.

El dueño es un hombre fornido con un bigote espeso que parece haber nacido con un palillo en la boca. Sonríe con los ojos cuando entramos, aunque me doy cuenta enseguida de que no es muy hablador. En la barra hay pinchos de comida y platillos con frutos secos. Huele a cerveza y a friegasuelos de limón. Hay más ambiente del que esperaba y noto todos los ojos puestos en nosotros. No los juzgo, ver entrar a una forastera un sábado de finales de octubre con Enol debe ser, cuando menos, un espectáculo. Me pregunto si alguna vez habrá traído a alguna chica por aquí. También si saldrá con alguien. El Enol que conocí no se dejaba ver con nadie, pero empiezo e intuir que este esconde más de una sorpresa.

Escogemos una mesa algo apartada. Me extraña que esté libre, cuando muchos de los clientes están disfrutando del comienzo del partido de pie, pero en cuanto nos sentamos descubrimos la razón.

—Desde aquí vas a perderte el partido. No se ve una mierda.

—Qué lástima —susurra Enol con una sonrisa canalla y un puchero que debería estar prohibido.

El dueño, que responde al nombre de Antonio, nos trae dos botellines de cerveza y un plato de cacahuetes. Luego se marcha tan silencioso como había aparecido.

Doy un trago y Enol me imita. Nos miramos a través del cristal ambarino. La sonrisa me sale sola. Es raro estar con él y a la vez no. Me cruzo de brazos y le sonrío antes de lanzarme de cabeza a esto que somos en este instante.

—¿Vas a decirme de una vez qué estoy haciendo aquí?

Parece confuso, pero solo está fingiendo. Si yo siempre voy de frente, Enol da rodeos para preparar el terreno. Es más calmado en todo lo que hace, tiene más paciencia y se cuida más las espaldas. ¿Conclusión? Siempre fue más inteligente y veo que eso tampoco ha cambiado.

—Disimular que nos interesa el baloncesto. Beber cerveza. Comer cacahuetes. Atraer las miradas de un pueblo aburrido. No eres consciente, pero les hemos alegrado la noche. Mañana seremos carne de rumores.

Y, pese a lo que eso pueda significar, no parece incómodo en absoluto. La capacidad que tiene de que le importen un bledo las opiniones de los demás me parece admirable.

—Ya veo.

—¿No te gusta el plan?

Respondo a su sonrisa maliciosa con otra más amplia. Teniendo en cuenta todo lo que nos odiábamos, no podemos parar de sonreír. Es un acto reflejo. Somos tan volátiles que nos sorprendemos incluso a nosotros mismos. Aunque, tal vez, con lo que estoy a punto de exponer nos quedemos sin ganas de hacerlo.

Apoyo los codos sobre la mesa y acorto la distancia que nos separa. Él hace lo mismo. La mesa es pequeña, por lo que nuestros rostros quedan demasiado cerca como para analizarlos al detalle. Me gustan sus ojos. Son dos rendijas finas que esconden un color verde claro; no son del color del mar de Varela, sino de uno más cálido, más mediterráneo. Tiene las pestañas cortas pero espesas. Nariz de aristócrata. Boca de puto diablo, aunque hasta ahora no me había dado cuenta. Cuando la tuerce, me erizo como un gato asustado.

Se percata de que lo estoy mirando y se lame los labios. Está jugando. Conmigo. O con nosotros. No tengo ni idea. Tampoco sé si me gusta o, más bien, todo lo contrario, porque aún no entiendo muy bien cuáles son sus intenciones. Tenso los míos en una fina línea que él observa sin pudor alguno.

—Claro que me gusta el plan, pero no me lo creo. Seamos honestos, Enol. La última vez que me marché de aquí no nos caíamos demasiado bien. Yo a ti, por lo obvio.

—¿Qué es lo obvio?

Dudo, pero está retándome, así que hablo con toda esa honestidad que el resto de la gente normalmente se guarda para sí.

—Te rompí el corazón y todo ese melodrama.

Enol se ríe ante mi modo de expresarlo y se mete un puñado de cacahuetes en la boca. Se incorpora, alejándose un poco de mí, y me observa con una mueca divertida, como si estuviéramos hablando de anécdotas infantiles y no de que nos jodimos cuando más vulnerables nos sentíamos.

—Bueno, tanto como romper... Creo que el corazón adolescente no es de cristal.

—¿Y cómo es? Porque yo creo que nunca es más delicado que cuando aún no lo conocemos.

—De goma. Elástico. Moldeable. Nos creemos que se puede romper con facilidad, pero todo es una ilusión. El amor adolescente lo es. Las hormonas, la idealización, el egoísmo de sentirnos el centro del mundo cuando solo somos un grano de arena de una playa inmensa.

Medito sus palabras. No voy a fingir que no me sorprendan. Sobre todo, porque me hacen plantearme si lo que vivimos caló de un modo distinto en cada uno de nosotros. Hasta este momento, no me había parado a pensar en la posibilidad de que lo que yo sentí no tenía por qué coincidir con lo que experimentó Enol. Nuestra verdad nunca es la de otros. Lo que está claro es que, si la suya es distinta, me duele.

—No estoy de acuerdo.

—Ah, ¿no?

—No, porque yo sí me marché odiándote un poco por agrietar el mío.

Su rostro se descompone un instante. Creo que Enol pensaba que también estaba jugando, desafiándolo como siempre hacemos el uno con el otro, pero de lo que no se da cuenta es de que yo no sé vivir a medias, ni entre mentiras ni sutilezas. Y a mí aquello sí que me hizo daño.

—Alba... —susurra.

Estira la mano y hace amago de rozar la mía, aunque al final la deja a medio camino. Inerte. Vacía. No se atreve a tocarme, lo que solo me demuestra que es cierto que algo sucedió para que alzáramos estas barreras que ahora nos separan.

—No te preocupes, me lo gané a pulso.

Suspiro y miro a nuestro alrededor. La gente se divierte. Algunos dan voces señalando la televisión e insultan a algún pobre jugador que hoy no tiene un buen día. Un grupo de jóvenes charla en otra mesa; comparten jarras inmensas de cerveza y ríen muy alto. Las chicas van maquilladas y se tocan el pelo con coquetería. Algunos hombres viejos, marineros en otros tiempos, beben orujo en vasos pequeños y sus miradas se pierden al fondo de la barra. Todo es condenadamente normal. Agradable. Cómodo. Pero, de nuevo, siento que no encajo. Porque yo solo quiero decirle a Enol que lo lamento, que me equivoqué, porque es lo que mejor sé hacer, y que todavía pienso en él. No todo el tiempo, no de un modo intenso, pero me acompaña, le guste o no.

En vez de eso, me termino la cerveza de un trago y le sonrío, evitando perderme en sus ojos, aún confusos y vulnerables después de confesarle que a mí sí me dolió perderlo.

—Y, ahora, creo que necesito tequila.

El mar

Alba tenía las piernas llenas de arena. Estaba tumbada con sus catorce años, su primer traje de baño de dos piezas y un ojo cerrado mientras intentaba atrapar el sol entre los dedos de los pies. A su lado, Alonso y Nacho jugaban a las cartas y se insultaban cuando pillaban al otro haciendo trampas. Enol sujetaba un libro un poco más lejos, apartado para poder concentrarse en la lectura sin los gritos constantes de sus amigos.

En un momento dado, Alba se levantó y se tumbó a su derecha, ocupando un extremo de su toalla. Él, bocabajo. Ella, bocarriba. Si se miraban, los rostros quedaban apenas a un palmo. Demasiado cerca o demasiado lejos, según quién lo pensara y los deseos que ocultara.

—¿Qué lees?

Enol cerró el libro y la observó con una sonrisa tímida. Para muchos, era un friki. Un chaval de catorce años con más conocimientos sobre mí de los que muchos tendrían en su vida. Un chico que disfrutaba de leer en la playa, mientras sus amigos correteaban por la arena intentando captar la atención de otros jóvenes. No obstante, Alba se mostraba de verdad interesada, así que cruzó los dedos en su cabeza para que no lo tomara por el bicho raro que era.

—Es un libro de especies marinas que viven en las profundidades.

—¿Y por qué quieres saber qué hay tan abajo, si nunca podrás verlo?

Enol asintió. Era una pregunta interesante. Luego la miró con esa seguridad que ya se comenzaba a atisbar en él y le lanzó otra que ella entendió al vuelo.

—¿Por qué te gusta a ti atrapar el sol con los dedos?

«Porque es imposible.»

Alba sonrió. Él se perdió en la curva de sus labios. El viento les revolvió el pelo, que se enredó con el del otro por un instante.

Demasiado cerca.

Demasiado lejos.

Alba

El alcohol es una mierda.

Sé que ayuda a soltar las riendas. Te desinhibe. Hace olvidar. También te empuja a recordar. Diluye unas emociones y ensalza otras. Alimenta el deseo. Embellece una realidad no siempre bonita.

Me sé sus virtudes y sus defectos; los he probado muchas veces.

Sin embargo, su peor cualidad para una persona como yo, propensa al desastre, es que te hace ir de cabeza a por las cosas, incluso contra un muro.

Aun así, el tequila me gusta. Y con Enol, más.

Ahora sí que estamos jugando. No sé en qué momento ha empezado, pero ya no podemos parar. Supongo que ambos echábamos demasiado de menos estas conversaciones. Al fin y al cabo, yo solo las he tenido con él. Nadie más podría entenderlas. O entenderme a mí. Lo mismo da.

—Así que comerías cucarachas antes de tocar un ratón. Está bien saberlo.

Se ríe entre dientes y la sonrisa le llega a los ojos. Brillan. Yo me estremezco. Odio los roedores. No los exterminaría, no soy un monstruo, solo los prefiero lejos.

—Son resbaladizos —le explico fingiendo un escalofrío, pero sigue sin entender mi elección.

Enol coge el tequila y rellena de nuevo los vasos.

En cuanto compartí con él mi deseo, le pidió una botella a Antonio y la posó en medio de la mesa. Sin sal ni limón, como buenos marineros. Tardamos menos de un minuto en dejar los corazones rotos a un lado y reencontrarnos con los chicos que se lanzaban dilemas sin cesar, a cada cual más loco.

Lo observo coger un puñado de cacahuetes y llevárselos a la boca. Están cubiertos de sal, lo que me hace pensar continuamente en sus labios salados. Sonríe con picardía y juguetea con uno entre los dientes. Debería pegarle un puñetazo, pero este Enol es demasiado divertido.

—¿Comer cacahuetes cada día de tu vida, para siempre y ninguna otra cosa, o caca de perro una sola vez?

Al instante se le desencaja el rostro y me echo a reír sin control.

—¡Qué puto asco, Alba!

—La vida es así. Elecciones. Decisiones. ¿La píldora roja o la azul? —Le guiño un ojo creyéndome más astuta que él y acepta el reto.

—Con que esas tenemos... De acuerdo. Caca, entonces. Sin duda. Un enorme montón de excrementos malolientes y...

—¡Cállate ya! ¡Para! —exploto muerta de risa. Lo que peor he llevado siempre son los temas escatológicos y él lo sabe. Sin duda, he caído yo solita en mi propio juego.

Bebemos otro trago y espero a que Enol lance su pregunta. El alcohol me calienta el estómago y templa mis nervios. Su compañía es mucho más interesante de lo que recordaba. O de lo que supe ver. Trago saliva e ignoro la punzada de decepción que me retuerce por dentro.

—¿Una noche con una mujer atractiva o con un hombre que no deseas?

El cambio de tema me hace dejar a un lado esos pensamientos. Su mirada está turbada por algo que nunca he compartido con él. Es nuevo. Es más adulto. Es una versión más canalla de lo que nunca ha sido conmigo. Ladeo el rostro, meditando su pregunta, y no dudo ante este Enol travieso. Si quiere jugar, lo haremos.

—Con la mujer.

«Y contigo», pienso.

Se me acelera la respiración y noto las mejillas encendidas. Él también parece más despierto. Supongo que no es para menos, porque ambos nos lo imaginamos. El sexo tiene las alas siempre desplegadas para echar a volar.

—Te la devuelvo. ¿Una noche sucia y lasciva con un tío o con María Figueroa?

Enol se ríe tan alto que algunas cabezas se giran. Luego susurra con la boca demasiado cerca de la mía.

—¿Ves a ese de la camisa gris? —Sigo su mirada y asiento—. Es familiar suyo, así que controla esa lengua que tienes.

Sus ojos se desvían hacia mi boca y soy yo la que se crece entonces. Atrapo el labio entre los dientes y sonrío.

—No me has respondido.

Él no sonríe, pero sus ojos arden. El deseo es peligroso. Y escurridizo. Y tan adictivo que dentro de él es muy fácil perderse. Más aún, cuando nunca lo habías dejado fluir con esa persona. Siempre contenido. Siempre confundido.

—Con el hombre —responde sin pudor—. No sé si me gustaría, pero lo probaría todo. ¿Contenta?

Dejo escapar un suspiro sonoro y me abanico con la mano.

—Y acalorada. ¿Tienen puesta la calefacción?

Nos reímos y Enol carraspea antes de beberse el vaso de un trago.

No sé cómo ha sucedido, pero siento que nos hemos desprendido de algunos límites. Nos hemos dejado llevar y ya no sabemos dónde estamos, aunque tampoco importa demasiado. Solo importan las sensaciones, esta puta complicidad que se balancea de un lado a otro y lo que se respira entre nosotros.

Su mirada se vuelve a enredar con la mía. Nos tocamos con los ojos. Me susurra con la voz ronca apenas a un palmo de mi boca. Si no fuera una estupidez, le mordería.

—¿Follar aquí, en medio del bar lleno de gente, o en un vertedero?

—Eres un guarro —le contesto sin ocultar la sonrisa.

—Y no lo dices por el vertedero.

—Ni por asomo.

Me lamo los labios y me lo imagino. Con él. Con un Enol que es el mismo de entonces y a la vez otro completamente diferente. Con esta versión de sí mismo, que no sé cómo besará, ni acariciará ni se sentirá, pero al que deseo tanto que noto cada terminación de mi cuerpo llamándolo a gritos.

El pasado ya no importa. Es solo un espejismo que se difumina a cada sorbo de tequila.

Respiro de forma agitada y él cierra la mano sobre la mesa, en un puño firme con el que parece que se sujeta para no lanzarse.

¿Eso estamos haciendo? ¿Jugamos a pisar una línea y después salimos corriendo?

—Alba...

Cuando susurra mi nombre, siento que algo dentro de mí se deshace como una pastilla efervescente. Es cálido, chispeante, delicioso. Cierro los ojos un segundo y, al abrirlos, dejo que lo llene todo. Ni siquiera oigo las voces que nos rodean, no siento nada más que a Enol en cada parte de mí sin tocarme.

136

Cojo aire y hablo bajito, lento, marcando cada palabra para que se recree en ellas como yo ya lo he hecho en mi cabeza. Vuelvo el rostro y le señalo la barra de madera en la que Antonio limpia unos vasos. Enol sigue mi mirada y su mandíbula se tensa.

—Primero, sobre la barra. Entre esos dos hombres. Con las bragas bajadas a la altura de la boca que me acompañe.

Carraspea y se remueve en la silla.

—Nadie ha hablado de sexo oral.

—Ya lo sé, pero me gustan los preliminares.

Enol traga saliva y sigo con los ojos el movimiento de su nuez. Me pregunto cómo sería lamerla.

—¿Y después?

Exhalo con lentitud y busco con la mirada hasta posarla en la mesa más visible de todas. En el centro. Rodeada de otras tantas, con un foco justo sobre ella. La mano de él se pierde bajo la nuestra y se recoloca el bulto de los pantalones sin atisbo alguno de vergüenza.

—Luego, allí. Doblada sobre esa mesa. Con las manos en un extremo para sujetarme. Y él, por detrás.

«Él. Tú.»

Enol tensa la mandíbula. La tiene tan dura que le duele. Yo no soy menos. Me noto hinchada, pesada, húmeda. Y tengo sed.

Alzo el vaso y me lo llevo a la boca. Él no deja de mirarme. Me gustaría saber qué se siente al estar desnuda bajo esos ojos que atraviesan en vez de abrazar.

—Todo un espectáculo —dice.

—Si se hace algo, qué menos que hacerlo bien. ¿No crees?

Pese a la tensión que nos envuelve, Enol se ríe. Supongo que porque es obvio que acabo de lanzarle otro reto. Uno en el que le pido, le suplico, que pare esto y que nos saque de una maldita vez de aquí. O que me toque. Me bese. Me folle sobre la barra o sobre esa mesa, lo mismo me da, pero que me sujete para poder soportar esto que empieza a resultar irrespirable.

Sin embargo, como no hace nada, soy yo la que acabo explotando.

«Contra la pared, Alba. Siempre a ciegas. Siempre de cabeza.»

—¿Sales con alguien?

La pregunta se me escapa sin llegar a meditar sus consecuencias y todo se rompe. Ni siquiera soy consciente de que la he pronunciado hasta que veo a Enol fruncir el ceño y dejar el vaso a medio camino de sus labios. Luego se relame y sonríe, algo pagado de sí mismo porque me importe esa información, pero no soy quién para juzgarlo.

—Creo que el juego no es así. Debes plantearme dos escenarios y yo elegir uno, ¿entiendes?

Trago saliva y me muerdo una uña. De repente, lo siento lejos. Más frío. Más cauto. Pese a ello, necesito saberlo. Necesito saber dónde me estoy metiendo, porque siento que el agua me cubre hasta el cuello y ni siquiera sé cómo ha sucedido.

—No me jodas, Enol.

Él asiente y entonces el ambiente se transforma en uno más denso, turbio, lleno de cosas por decir y sentimientos descontrolados. El pasado escuece hasta hoy. Es innegable. Yo lo he traído de vuelta, lo he obligado a entrar en el bar y lo he sentado en esta mesa, dejándonos sin espacio para juegos. Pero necesito saberlo. Necesito entender quién es el chico que tengo delante y eso pasa por saberlo todo, incluso lo que pica.

—No, no salgo con nadie. No en este momento.

—¿Te has enamorado?

—No.

—¿Alguien se enamoró de ti?

—Sí.

—¿Te habría gustado hacerlo?

—Es posible.

—Vale. Podemos seguir.

Relleno los vasos y brindo con el suyo antes de llevármelo a la boca. La noto seca y las manos húmedas. El corazón me late demasiado rápido. No debería dolerme, pero lo hace. Por lo que tuve al alcance y no supe ver. Por lo que rompí antes de disfrutar.

Enol se apoya en la mesa y se acerca de nuevo.

—Lo divertido de cualquier juego es no jugar solo.

Chasqueo la lengua ante su sonrisa malvada y le doy lo que pide. Lo que se merece a cambio. A fin de cuentas, la culpa es mía por no saber contenerme.

—No salgo con nadie. No me he enamorado. Tampoco lo han hecho de mí. Ni por asomo querría que hubiera sucedido. Todas mis respuestas son «no». ¿Contento? —Asiente, pero no lo parece en absoluto; el ambiente vuelve a ser un puro desafío de algo que no llegamos a atisbar—. Creo que deberíamos dejar el tequila por hoy.

—Estoy de acuerdo.

Enol

Salimos del bar y nos acercamos a Bocanegra. Está apenas a unos minutos y, aunque el trayecto hasta su casa por aquí es un poco más largo, frente al mar siempre se respira mejor.

Alba se apoya en la barandilla del paseo y deja que la brisa le roce los párpados. Parece cansada. También, descolocada por lo que ha dejado entrever minutos antes.

La noche ha sido de lo más excitante, divertida e interesante. No sabía qué esperar de ella y me ha sorprendido con creces. Sin embargo, como siempre nos ocurre, también extrema. Hemos pasado de un lado al otro en apenas un parpadeo. Nuestra última conversación ha sido intensa, inesperada, incómoda, y me ha hecho recordar por qué es una pésima idea dejarme llevar por esta Alba que ha vuelto, aunque lo que aún me late bajo los pantalones no esté del todo de acuerdo.

Me coloco a su izquierda y observamos la marea. Cubre toda la playa y bajo el cielo nublado parece una masa oscura y densa.

—¿Cortarte las venas o tirarte por el acantilado? —Alba rompe el silencio y sonrío.

Porque este es su modo de vivir. Esto somos nosotros.

Posibilidades. Caminos que decidir mientras nos quedamos quietos y no avanzamos hacia ningún destino.

Miro hacia abajo; las olas chocan contra las rocas; la humedad nos roza las mejillas.

—El acantilado.

Asiente y luego comparte conmigo su elección. Dura y valiente como solo ella me lo parece.

—Yo me cortaría las venas. En la bañera. Dejaría una nota pidiendo perdón y, de fondo, una canción alegre en bucle para cuando me encontraran. *Walking on Sunshine* o quizá *Don't Stop Me Now*. Algo por el estilo, con fuerza, atemporal, ya sabes. —Sonrío y tarareo unas notas del éxito de Queen. Ella me devuelve el gesto con timidez, pero sigue hablando; continúa abriéndose como solo Alba lo hace: con crudeza y honestidad, sin apartar los ojos del mar—. No permitiría que algo que me gusta tanto me mate.

En este instante me doy cuenta de la contradicción que somos a veces. Tan diferentes. Tan iguales en tantas otras cosas. Unos enamorados del mar por motivos distintos. Y también regreso al pasado, a una conversación parecida sobre psicópatas y náufragos, cuando solo éramos unos críos que se buscaban más de lo que imaginaban. En este aspecto, seguimos siendo los mismos.

—Precisamente, yo lo elijo por eso.

Ladea el rostro y me mira con dulzura. Ella también ha recordado. La Alba dulce es tan bonita e inesperada como una tormenta eléctrica. Más aún, cuando sus palabras te atraviesan como un rayo.

—Tú morirías por aquello que amas, Enol. Siempre fuiste el mejor de los cuatro.

Se gira y camina en dirección a su casa. Sin más. Ignora el agujero que ha abierto bajo mis pies y se marcha. Cuando la alcanzo, lanza la pregunta como si hablar de los que compartieron con nosotros el pasado fuera algo normal, y no un tema que hayamos evitado hasta hoy.

—¿Cómo les va?

Suspiro y comparto con ella lo poco que sé.

—Alonso volvió un verano más, aunque ya nada fue lo mismo. Después se marchó a Madrid a estudiar y no he vuelto a verlo. Nacho vive en Gijón. Estudia Económicas. Viene de vez en cuando a ver a la familia.

—¿Seguís en contacto?

—Nos tomamos una cerveza cuando está de visita. Poco más.

Agarra con fuerza su chaqueta de lana y se abraza. No sé qué esperaba oír, pero es obvio que no esto. Alba camina más rápido y con la mirada gacha; ya podemos ver la casa de su abuelo a lo lejos. No quiero que la noche acabe así. Pese a todo, no quiero que se meta en la cama con la sensación de que esto ha sido un error. Y tal vez lo haya sido, aunque prefiero pensar que no.

Le rozo el brazo y se da la vuelta con brusquedad; tiene los ojos cargados de tanto que me estremezco.

—Eh, ¿qué pasa? ¿Qué estás pensando?

—Lo jodí todo, Enol. ¡Hasta eso! Fue culpa mía.

—¡Vamos, Alba! Éramos mayorcitos. —Alza una ceja con altanería y rectifico, porque tiene razón y no éramos más que unos críos—. Vale, o quizá no, pero sí lo bastante listos como para saber que, si dejamos de ser amigos, fue porque tampoco lo éramos tanto. La gente se esfuerza por lo que desea mantener, y ninguno de nosotros lo hicimos. Contigo o no, decidimos alejarnos los unos de los otros.

Traga saliva por la indirecta que acabo de lanzarle, pero no he podido ser más sincero. Ni Alonso ni Nacho ni yo lo hicimos; ella tampoco. Solo huimos y decidimos dejarlo todo atrás, como si no hubiera tenido valor. Escogimos crecer, pensando que hacerlo era olvidarnos.

Los ojos de Alba se mueven de un lado a otro sin control. Parece nerviosa. Mis palabras la han aturdido.

—Pero sí que lo fuimos. Algo, al menos.

Me mira con determinación y entonces lo recuerdo todo. Los detalles. Los instantes. Las emociones escondidas durante tanto tiempo. Los errores.

Le aparto un mechón de la cara y ella tiembla. Sigue pareciéndome tan bonita que me cuesta soportarlo.

—Sí. Supongo que...

—¿Qué?

Alba contiene el aliento. Estamos muy cerca. Nos hemos resguardado bajo el balcón de los Figueroa y la oscuridad nos envuelve. Podría dar un paso más y rozar su nariz con la mía. Podría dejar la mano ahí, en su mejilla, y llevarme a casa el tacto de su piel. Podría besarla por primera vez, dejarme de muros y aceptar que sigue provocándome tanto como nadie ha logrado nunca. Podría admitirle que claro que fuimos algo, algo inmenso, aunque indeterminado, pero no lo hago.

—Nada. Una tontería. Creo que el tequila empieza a obrar su magia.

—Dilo. Me gustan las tonterías. Las cometo todo el tiempo.

Se ríe. Sigue nerviosa. Y, por un instante, lo sé. Alba quiere que lo haga. Quiere que me acerque y que rompa la distancia. Quiere que la bese, que la abrace, que la toque. Leo en sus ojos uno de sus retos, un desafío, una súplica. Quiere arreglar lo que se rompió en su día, cuando ninguno se molestó en recoger los pedazos.

Sin embargo, si pienso en hacerlo y en las ganas que nunca se acaban cuando se trata de ella, también siento otra cosa. Es el orgullo, resbaladizo, que se me cuela y bate sus alas antes de que pueda frenarlas.

—Hay amores de verano, ¿no? Pues supongo que también hay amistades que duran solo una estación. Nosotros fuimos una de esas. Intensa, bonita, pero con fecha de caducidad. Frágil.

Me encojo de hombros y doy un paso atrás.

«Que te jodan, Alba.»

Eso es lo que acabo de lanzarle entre palabras. Una pequeña venganza que solo sirve para sentirme culpable por quitarle importancia a una amistad que, está claro, para ella sí la tuvo.

La burbuja se rompe.

Alba camina de nuevo.

—Supongo que lo que dices tiene sentido. Aunque también me parece triste.

—Es una visión más madura de lo que pasó, quizá.

—Más real —matiza ella.

Y, por un instante, deseo con todas mis fuerzas volver atrás en el tiempo y hacer las cosas de otra manera. Convertir este recuerdo de Alba en uno bonito e inolvidable. Pero ya es tarde.

La acompaño hasta la puerta de su casa. Todo parece estar en orden. Todo, menos el caos que noto por dentro. Todo, menos la sensación de que ella no es la única que comete errores continuamente.

Cuando voy a despedirme, se me adelanta.

—¿Qué prefieres, un corazón que sienta con toda la intensidad posible, pero capaz de hacerse añicos, o uno elástico de los tuyos, de los que les resbala todo?

Me pierdo en su mirada, valiente, provocadora, astuta. La mirada de alguien que también sabe jugar. La mirada de alguien que no soporta perder.

Pese a ello, ya no me apetece. Ya nos hemos dicho demasiado esta noche entre líneas, dilemas tontos y confesiones. Ya hemos dejado el pecho demasiado expuesto.

Le sonrío y le guiño un ojo mientras desando el camino de espaldas.

—Que descanses, Alba.

Me marcho. La dejo ahí plantada hablando de corazones rotos, mientras el volumen de las voces de mi cabeza es cada vez más fuerte.

«Elijo sentir, Alba. Contigo. Por ti. Hazme trozos, si quieres. Pero no desaparezcas otra vez. O, si decides hacerlo, déjame algo de ti antes de marcharte.»

El mar

Los humanos insistís en creer que algunos hechos lo trastocan todo, mueven el mundo, alteran las manecillas del reloj y la alineación de los planetas. Creéis que vuestros actos son trascendentes para cada partícula natural que habita la Tierra y vosotros, el centro del universo, incluso en los actos más anodinos.

Siento ser yo quien os baje del pedestal, pero eso es una gran mentira.

Tendéis a vivir más de ilusiones que de realidades, por eso estas acaban decepcionándoos más de lo esperado, aunque vuestras vidas no tienen más importancia que el bostezo de una hormiga o que el canto de un pájaro.

No obstante, me seguís pareciendo fascinantes; con las montañas que hacéis con granos de arena, con vuestra forma de sentir todo como si fuera el último aliento antes de morir, con la intensidad para querer u odiar, para sufrir y amar.

El día que Alonso y Alba se besaron, haciendo gala de su condición natural, creyeron que algo había cambiado. Pero nada lo hizo.

Era jueves, las ocho de la tarde, la playa estaba casi vacía y Nacho y Enol habían ido a comprar algo de beber para todos. Alba seguía en bikini, tenía el pelo húmedo del último baño y los labios un poco morados, aunque ya había podido observar que era una chica de sensaciones. Si hacía frío, le gustaba sentirlo en la piel. Si estaba triste, contenta o enfadada, se recreaba en esas emociones hasta exprimirlas al máximo.

En un momento dado, Alonso se armó de esa valentía que habitualmente se le escapaba y rompió el hielo.

—El otro día...

—No pasa nada.

Alba negó con la cabeza y le sonrió, aunque el chico no pareció convencido. Desconocía qué había sucedido, mis ojos no alcanzaban a tanto, pero, por cómo había cambiado su trato, había sido algo que a ninguno de los dos le agradaba demasiado.

—Quería acompañarte a casa, para hablar contigo y también para...

—Alonso, de verdad, no tiene importancia.

—¡Joder, claro que la tiene! Yo... —Se esforzó, pero las palabras se le resistían y su rostro era un batiburrillo de sentimientos; nunca se le había dado bien dar el paso y enfrentarse a las cosas; nunca había sido diestro en nada que tuviera que ver con chicas, a decir verdad, y eso lo avergonzaba—. No valgo para esto, Alba. Lo intento, pero no soy como ellos.

Entonces la postura de Alba se relajó, se olvidó de esa tensión que los envolvía y lo observó con cariño. Porque, para bien o para mal, Alonso era así. Un chico inseguro, tímido, con tendencia a no actuar por miedo. Y él odiaba ser de ese modo, ella lo sabía bien. Había tenido años para observarlo corretear siempre a la sombra de Nacho y ver el anhelo en su mirada, la admiración, la frustración.

Le golpeó el hombro con el suyo en un gesto cómplice.

—¿Te cuento un secreto? Es que no tienes que serlo.

—Sería mucho más fácil —confesó él y escondió el rostro en su cuello.

Sin embargo, Alba negó con efusividad.

—Pero ellos son como son, con sus cosas buenas y malas, y tú también. Todos admiramos o envidiamos a los demás en algo, Alonso, pero no puedes dejar que eso nuble lo que hace que tú destaques.

Le guiñó un ojo y el chico suspiró, algo más tranquilo por sentirla de nuevo de su lado.

Quizá Alba tuviera razón, el problema era que Alonso rara vez veía algo en él que despuntase. Nacho tenía una gracia especial, todo el pueblo lo sabía, un sinvergüenza que despertaba sonrisas hasta a las piedras, y de Enol, por mucho que fuese un bicho raro y no quisiera ser como él, admiraba su entereza, su seguridad, su madurez y su inteligencia. Pero él, ¿qué tenía él que ofrecer más que una cara bonita que no había llamado la atención de nadie hasta ese verano?

Entonces se giró y fue consciente una vez más de que tenía algo que sus amigos no habían logrado. A la chica. A la única que no sucumbía a los encantos de Nacho y que también era inmune a las atenciones de Enol. Por mucho que este disimulase, bien sabía él que Alba era lo único, aparte de mí, que fascinaba al chico de los libros. Y Alonso odiaba a Enol en silencio. A él y su impasibilidad. Para una persona a la que todo le afecta, cruzarse con alguien así supone un suplicio.

No obstante, nadie se daba cuenta.

Alba le devolvió la mirada y ambos sonrieron. La chica retomó la conversación en el punto que le interesaba y Alonso se olvidó por un rato de esos monstruos que lo mordían por dentro.

—Entonces, el otro día, ¿qué es lo que querías que pasara?

El chico se sonrojó.

148

—¿Hace falta que lo diga?

—Sí, porque a ratos ando perdida. Yo sé lo que quiero, pero a veces pienso que tú no buscas lo mismo.

Alonso cogió aire y fue más valiente que nunca.

—Quería besarte.

Alba sonrió.

—Pues hazlo.

—¿Ahora? —le preguntó descolocado.

—¿Por qué no?

Él dudó. Siempre lo hacía. Miró a su alrededor y después clavó los ojos en la chica. Ella no parecía nerviosa, y no comprendía cómo Alba podía tener tanta seguridad en todo lo que hacía, o tan poco miedo, o lo que fuera. Nada nunca la frenaba, aunque pudiera hacerse daño. Luego se acercó y posó los labios en los suyos.

Para ninguno era el primer beso, eso ya les quedaba lejos, pero sí el primero que creían que podía significar algo. ¿Les gustó? Yo diría que sí, aunque tampoco se escucharon fuegos artificiales. ¿Fue decepcionante? Tal vez, un poco. Las expectativas nunca son buenas compañeras... Lo que es seguro es que fue lo que Alba necesitó para agarrarse a la idea de que estaba viviendo el primer amor.

Cuando se separaron, solo miraron al frente y asintieron. Al fin y al cabo, ambos habían conseguido algo que ansiaban hacía tiempo. Lo que ninguno se atrevía a aceptar en alto era que no estaban pensando en un beso.

—Eh, ¿por qué estáis tan callados?

Nacho rompió el silencio cómodo que los acompañaba desde que el contacto se había terminado. Alba contuvo una risa ante el rostro descompuesto de Alonso, que temía decir o hacer algo que pudiera estropearlo de nuevo. ¿Debía decirles a sus amigos lo que había sucedido? ¿Debía esperar a que Alba quisiera hacerlo? ¿Significaba eso que iba a repetirse?

Las dudas lo carcomían, así que la chica decidió ponérselo fácil. Deslizó la mano por la toalla y la apoyó sobre la suya. Fue un gesto leve, pero que no pasó desapercibido para ninguno de los tres.

A veces, los cambios más tenues llevan detrás el volumen de un estruendo.

—Nacho, ¿sabes eso que dicen de que si no tienes nada interesante que decir es mejor quedarse callado? —le soltó Alba con burla.

—Esos dichos no van conmigo. Además, tengo demasiado que decirle al mundo como para mantener la boca cerrada.

Se dejó caer al lado de sus amigos y abrió una lata de refresco. Miró las manos juntas sobre la toalla y asintió con naturalidad antes de sacar bebida de la bolsa para los demás. Para Nacho las cosas eran así, las veía, las aceptaba, las integraba en su vida. No había mucho más.

Sin embargo, a su espalda, otra mirada seguía congelada en ese punto. En esos dedos enredados que decían demasiado.

Cuando Alba se giró, notó los ojos de Enol puestos en ella. Su verde, más intenso que nunca. Su simpatía, nublada por algo más turbio. La chica tragó saliva e ignoró la opresión que notaba en el pecho. Principalmente, porque no la entendía. No tenía sentido. Y, sin darse cuenta de lo que hacía, apartó la mano de la de Alonso y se abrazó las rodillas.

—¿No vienes?

Enol no contestó. Solo se quitó la camiseta y se acercó a la orilla.

Esa tarde tiñó mis aguas de pesar, rabia y desencanto.

Enol

Vuelvo caminando hasta el bar de los Velarde. Son casi las dos de la mañana y aún se percibe el jolgorio de un sábado noche tras sus puertas. Aquí no hay más leyes que cumplir que las que sus vecinos permitan, así que Antonio cierra cuando le place o cuando Sagrario, la dueña de la casa de al lado, dice que es la hora de la retirada.

Nada más entrar lo veo. Tiene un *gin-tonic* en la mano y el muy condenado sonríe cuando nuestros ojos se encuentran. Me acerco y sus amigos me saludan con ese respeto que solo se guarda a los mayores. No sé por qué sucede, pero siempre me siento un anciano al lado de los amigos de Bras. Él dice que es porque me ven como un hombre de otra época encerrado en el cuerpo de un chico de veintidós años; según ellos, tengo un aura antigua que les hace pensar en sus padres o abuelos, lo cual no sé cómo me hace sentir.

«Eres como una pieza *vintage*, Enol, y no tiene nada que ver con esa ropa apolillada que gastas.» Eso me dijo una vez. Dudé entre si reírme o empujarlo escaleras abajo.

Cuando llego a su altura, nos retamos con la mirada. Él parece satisfecho, lo que significa que ya le han contado que he estado allí con Alba un rato antes. Solo con recordarlo me

151

pongo nervioso. ¿Seré capaz de volver a mirar la mesa del medio del bar sin imaginarla tumbada sobre ella?

—Me la has jugado —le digo a mi hermano sin andarme con rodeos, porque que no haya aparecido antes por aquí no ha sido una casualidad.

—Y espero que haya merecido la pena. ¿Lo ha hecho?

Alza una ceja y lo recuerdo todo. Cada puto segundo desde que la he recogido en su casa hasta que la he acompañado de vuelta un par de horas más tarde. Aún percibo el sabor del tequila en los labios y la intensidad de cada una de nuestras conversaciones bajo la ropa, rozando la piel. Eso me hace Alba. Roza sin querer. Escuece. Puede llegar a resultar desagradable. Aunque eso no significa que quieras que deje de hacerlo.

Pese a ello, ¿ha merecido la pena? Sacudo la cabeza y sonrío, porque es mi hermano y con él puedo quitarme la máscara por un rato.

—Es posible.

—Me alegro. Tenéis que limar asperezas.

Bras alza su vaso como si brindara conmigo antes de llevárselo a la boca. Acabo claudicando y le pido una copa a Antonio con los ojos. Luego me siento a su lado. Sus amigos desaparecen en otra mesa como mosquitos espantados por un simple soplido. No me molesta, en realidad se lo agradezco, así que quizá sí que sea un poco como todo el mundo por aquí piensa; reservado, muy mío, un bicho raro.

Le doy las gracias a Antonio con un gesto y doy un trago. En Varela aún no ha llegado la moda de las copas de balón ni de las florituras para adornarlas. Al momento la acidez del limón se mezcla con el amargor de la tónica y la ginebra. Bras me observa de reojo y no tarda en dejar que su curiosidad hable por él.

—¿Qué pasó?

—Bras, no...

—Ya sé que me vas a decir que eras un crío, y lo entiendo.

Pero tú estabas colado por ella. Y Alba siempre te miraba diferente.

—¿Era tan obvio?

Su carcajada es una respuesta en sí misma.

—Para todo Varela, menos para vosotros. Vamos, Enol, nunca has sido...

Las palabras se le atragantan. Me mira con arrepentimiento y no me gusta. Es mi hermano. Debería poder decirme lo que quisiera sin miedo a equivocarse o a hacerme daño. Le palmeo el hombro y parece relajarse.

—Dilo.

—Eres un espécimen único. Como esos hombres del mar que viven más allí que aquí, incluso cuando están en tierra, y sobre los que los niños acaban inventándose historias cuando llegan a viejos. —Mi carcajada sincera lo anima y se crece—. Nunca te afectaba nada. Ni de niño ni de adolescente. Cuando los demás dudaban de todo y se pasaban el día intentando destacar como estúpidos monos de feria, tú ni te inmutabas. Siempre con tus mareas y tus libros de especies raras. No necesitabas más. Las chicas te miraban y parecías imperturbable. Los chicos te respetaban de forma innata. Y tú no hacías caso a ninguno.

Asiento y bebemos en silencio. Verse desde los ojos de los demás es, cuando menos, curioso. De fondo, el cuchicheo de los amigos de Bras me hace sonreír.

—¿Por eso tus amigos me miran tan raro?

Él contiene una sonrisa y los llama «idiotas» entre dientes, aunque sé que los adora.

—No te entienden. Y lo que no se entiende da respeto. Y un poco de yuyu.

Bras se estremece y rompemos a reír.

—Siempre me he sentido diferente —le confieso; aunque sea una obviedad para todos, creo que es la primera vez que lo digo en alto.

—Eso no es malo. Muchos matarían por destacar.

—Ya lo sé, pero tampoco lo he buscado. Sencillamente, siento que no encajo en ningún lugar.

—Con ella sí.

Sonrío y suspiro.

—Con ella... con ella me sentía como cuando estoy solo en la playa. Cuando miro el mar todo eso desaparece, Bras. Pues con Alba me pasaba algo parecido.

—La hostia, qué profundo.

Le doy una colleja suave y me pide perdón con los ojos. Los tiene enrojecidos por las copas que ya lleva encima.

—¿Y qué piensas hacer ahora que ha vuelto?

Me termino lo que queda en el vaso de un trago y lo golpeo con demasiada fuerza contra la barra. Los hielos, aún sin deshacer, tintinean.

—De momento, irme a casa.

—Vamos, Enol, no seas cobarde. ¿Llegó a pasar alguna vez algo entre vosotros?

«Todo», quisiera responderle, porque así lo sentía yo. En cada momento a solas, en cada conversación, en cada mirada. Yo sentía un todo jodidamente único. Pero estaría mintiendo. Porque, pese a que sigue escociendo, no fue a mí a quien Alba escogió.

Niego con la cabeza.

—Pues no te tragues las ganas. Si va a volver a marcharse, cuando lo haga, que al menos esta vez tú no te quedes así.

Me señala con los ojos y me tenso. Porque sé lo que ve cuando me mira. Sé que parezco un chico triste, roto, despechado. Y no me gusta que ella tenga tanto poder después de los años que han pasado y cuando todo sucedió siendo solo unos críos. Nada debería marcarte tanto.

—Estoy bien.

—Sí. Ya. —Pone los ojos en blanco e ignora lo mal que ha sonado esa mentira en mis labios—. Pero estarías mejor si, cuando pensaras en vosotros, pudiera ser por un «¿te acuerdas de esto o lo otro que vivimos...?», y no por un «¿te imaginas cómo habría sido hacerlo...?».

Observo a mi hermano de reojo y me sorprende darme cuenta de que ha crecido en un suspiro. Incluso puede llegar a parecerme una persona sabia, y no un atolondrado con las hormonas revolucionadas.

Le paso el brazo por el cuello y le doy un apretón afectuoso. Él sonríe comedido y después clava la mirada en el culo de una de sus amigas. Lleva una faldita corta y botas de tacón. Si Bras fuera un dibujo animado, sus ojos saltarían como dos muelles y su barbilla rozaría el suelo.

—Y ahora, si me permites, voy a ver si consigo que Helena y su falda me dejen vivir con ellas una de mis fantasías.

—¿Tú no tenías un lío en la facultad? «Estoy profundamente enamorado, Enol.» «Es la mujer de mi vida, Enol.» —Lo imito con gracia y el muy condenado se encoge de hombros.

—Aún soy un niñato. No me juzgues.

Sacudo la cabeza con resignación, le dejo a Antonio un billete sobre la barra y me marcho. Lo hago cabizbajo y despacio para alargar la vuelta a casa. También pensando en lo que me ha dicho mi hermano acerca de la realidad y la ficción. Y en Alba. Sí, sobre todo pienso en Alba. En lo que fuimos. En lo que nunca llegamos a ser. En lo que podríamos hacer ahora siendo otros. En las posibilidades. En las elecciones.

«Enol, ¿prefieres vivir con Alba un solo instante real, aunque sea fugaz, o imaginaros para siempre?»

Con la respuesta entre los labios, me acuesto e intento dormir. Pero no puedo. En vez de eso, sueño una vez más despierto. Me masturbo pensando en ella, en su boca, en sus manos, en nosotros como un escenario hipotético que ambos elegimos.

El abuelo

Lleva sentado al borde de la cama una eternidad. Quizá debería levantarse. Dar unos pasos. Quitarse el pijama y ponerse la ropa de día. Pantalones de pana beige. Camisa azul. Zapatos de cordones.

Sin embargo, es incapaz.

Los músculos no le responden.

Los ojos están fijos en la prenda de ropa que sujeta en las manos, pero que no reconoce. Para él y su mirada vacía solo es un trapo. Un trozo de tela áspera por tantos lavados. Tiene dos agujeros grandes que atraviesan el tejido cuya utilidad no consigue descifrar y una pieza metálica en un extremo con forma de luna llena. Está fría y suave, y parece que encaja en otro agujero, como las piezas de un puzle que hacen «clic». Observa la prenda desde varios puntos de vista y acaba apoyándola encima de la cama.

No sabe qué hacer.

No entiende la vida.

No puede respirar.

—Abuelo, ¿estás bien?

No, no lo está. Aunque no sabe por qué.

No sabe nada.

Los ojos se le humedecen. No es hombre de llorar, pero no puede evitar que una emoción se expanda desde dentro y lo desborde.

—Eh, abu, espera. Ya te ayudo yo.

Sus manos pequeñas y finas se acercan y lo tocan. No tiemblan, sino que recorren seguras su cuerpo mientras le quitan el pijama con delicadeza. La niña lo desnuda con ternura y en silencio. Él llora. Sus lágrimas le humedecen el rostro y después la camiseta interior. Pero ella no se detiene. Coloca sus brazos bajo las axilas y lo levanta con una fuerza que no sabe de dónde saca para continuar con su misión. Lo viste. Lo peina. Le limpia la cara y las manos con una esponja y agua tibia. Le echa unas gotas de colonia en el cuello de la camisa.

Cuando termina, lo observa y asiente con una sonrisa. El resultado es bueno; si se mirase a un espejo, se vería incluso resultón. Él ya no llora. Se siente mejor. Cuidado. Limpio. Querido.

Bajan juntos a la cocina y el día comienza como si nada hubiera sucedido.

A través de la ventana, Pelayo le da los buenos días a su mar.

Todo parece estar en calma.

Alba

Llevo dos horas observándolo. No ha querido comer más que un yogur y se ha dejado guiar hasta el salón como un niño pequeño acostumbrado a recibir órdenes. Allí, he escogido en la televisión una antigua *sitcom* familiar de esas horribles, con risas enlatadas y chistes malos, pero él sigue ausente.

Me remuevo inquieta desde la entrada y acabo escondiéndome en la cocina. Me da miedo que perciba mi estado. Es posible que no recuerde nada de lo que ha ocurrido, pero, aun así, me niego a que piense que este nudo que tengo atravesado en la garganta es por su culpa. Una puta bola de miedo, ira y tristeza que no se va.

Me sirvo un vaso de leche cuando el móvil empieza a sonar sobre la mesa. Veo que es mi madre y apoyo la cabeza en la puerta de la nevera. Me apetece cogerlo lo mismo que golpearme el cráneo contra las rocas.

Sin embargo, no tengo escapatoria y, antes o después, debo enfrentarme a su llamada. De no responder, sería capaz de aparecer aquí en unas horas para comprobar que ambos seguimos vivos. Aida Quintana confía tanto en mí como en los boletos de lotería que mi padre compra cada semana.

—Hola, mamá.

—Alba, ¿cómo va todo?

Me muerdo el labio para contener un gemido y adopto el papel de hija sarcástica e inaguantable que tanto esfuerzo me ha costado dominar. Prefiero ser esa que la versión vulnerable y abatida que me siento en este momento.

—Bueno, no hay grandes novedades, Varela no es que sea la alegría de la huerta. —Entonces recuerdo uno de los cotilleos que han compartido las vecinas conmigo y decido escudarme en eso para no hablar de lo que de verdad importa—. ¡Miento!, el nieto de los Suárez se ha casado, ¿tú lo sabías? Solo tiene dos años más que yo, ¡por favor! La gente está loca.

Mamá suspira y su tono se vuelve más tenso y beligerante. Ahora sí que somos las de siempre, y esa familiaridad, contra toda lógica, me hace sentir mejor.

—Alba, no llamo para preguntarte por la vida de los vecinos. ¿Cómo está él?

Que titubee no ayuda a que sea más fácil enfrentarme a esto. Exhalo y cierro los ojos. Tal vez debería decirle que hoy he tenido que vestirlo, porque era incapaz de comprender el mecanismo de un pantalón. Dos agujeros. Dos piernas. *¡Boom!* Su cerebro a punto de estallar y yo controlando las ganas de llorar. Quizá debería confesarle que a ratos desaparece, se transforma en la sombra de un hombre que no conozco y al que tengo que adaptarme para que la convivencia sea llevadera. También, que me da miedo equivocarme en algo y que esta caída hacia el final se precipite antes de tiempo. Y que verlo llorar ha sido una de las cosas más tristemente bonitas que he visto en la puta vida.

Cojo aliento para evitar que me tiemble la voz y no digo ninguna de esas cosas, porque es mi madre y ella y yo no funcionamos así. Además, tengo que protegerlo y esto pasa por, si es necesario, mentir a su propia hija.

—Está bien. Según con qué lo compares, claro. ¿Con un deportista de élite? Pues francamente mal, mamá.

—Alba, por favor.

Soy insoportable, lo sé. Pero me resulta más fácil eso que ser honesta y gritarle que el abuelo se nos va más rápido de lo que creíamos y que no hay nada que podamos hacer.

—Pues a ratos mal. En otros, tiene momentos de lucidez y es llevadero. Casi parece que todo es normal.

—¿Llevas a rajatabla la medicación?

—Sí, menudo chute me metí el otro día con el donepezilo —le digo con sarcasmo, pero ella ya es inmune a mi encanto natural y balbucea algo entre dientes. Noto su ceño fruncido al otro lado de la línea y chasqueo la lengua—. Pues claro, mamá. ¿Por quién me tomas?

Suspira con exasperación y no puedo juzgarla. La Alba que conoce podría haber trapicheado con la medicación del abuelo entre la juventud del pueblo para sacarse unos billetes. Pero ya no soy esa Alba. No tengo muy claro en quién me estoy convirtiendo, aunque sí que he descubierto que aquí, en la casa del abuelo, soy una chica que teme tanto cagarla como para intentar hacer las cosas lo mejor posible. Por primera vez en mi vida, ser un desastre me asusta.

—Ya sabes que cuando lo veas complicado debes llamarnos, ¿de acuerdo? Iremos a buscaros y lo traeremos a casa.

Pienso en la posibilidad de sacar a Pelayo de aquí, de alejarlo de su faro y de su mar para meterlo en una residencia donde pudiera recibir los cuidados que necesita, y me estremezco. Y comprendo que sería lo más sensato, pero ¿para quién? ¿Acaso tenemos más poder de decisión sobre su vida que él mismo? ¿Es eso justo?

—Aún no es necesario, mamá. Cuando tiene un buen día, hablamos mucho, ¿sabes? Se acuerda prácticamente de todo y está más charlatán que nunca —miento. Y, pese a que debería, no me siento ni un poquito culpable.

—Me alegro, cariño —responde aliviada.

Al otro lado de la pared, el abuelo está sentado en el sillón con la televisión de fondo.

Sin embargo, su mirada está perdida en sus manos callosas y arrugadas. Las mueve y las mira sin cesar desde distintos ángulos, como si no comprendiera lo que tiene delante ni para qué sirve. No ha pronunciado palabra desde ayer. Hoy me parece un fantasma, la cáscara de un cuerpo que comienza a desintegrarse. A ratos me da miedo dejar de mirarlo por si, en un simple parpadeo, desaparece. Necesito traerlo de vuelta. Necesito que se agarre con fuerza a lo que sea para encontrar el camino que lo haga regresar. Aunque se trate de los recuerdos de un amor que nadie más conoce.

—Oye, mamá, ¿tú sabes si el abuelo tuvo alguna otra novia antes de la abuela?

Mi madre tarda un par de segundos en responder, a todas luces confusa por ese cambio de tema.

—No, no que yo sepa. Siempre fue un hombre solitario y muy reservado. ¿A qué viene esa pregunta?

—Nada, solo es que me gustaría conocerlo todo lo posible.

—Eso está muy bien.

—Gracias, mamá.

Cuando cuelgo el teléfono, siento que estoy estancada. Que no avanzo. Que no hay nada que pueda hacer para ayudarlo y eso... eso me mata.

Debo contener las ganas de gritar.

El mar

La primera vez que se vieron fue en la parte más escondida de la playa, entre las rocas a las que solo se podía acceder cuando la marea estaba del todo baja.

Se saludaron con un gesto educado. Se sentaron y me observaron, como tantas veces hacían por separado, aunque no hubieran coincidido hasta ese día.

Luego, cuando el agua comenzó a comerse la arena, siguieron su camino.

Sin embargo, el farero giró la cabeza antes de ascender la pasarela de madera y se encontró con otros ojos que aún lo miraban.

Cálidos. Brillantes. Curiosos. De un color que le recordaba al mar en las noches de invierno.

Unos ojos en los que pensaría cada día de su vida a partir de ese instante.

La canción con la que bailamos antes de verte marchar

Enol

Cuando llego a casa de los Quintana, Alba me abre como un vendaval y regresa a toda velocidad al sofá. Sin poder evitarlo, la sigo en vez de dirigirme a la cocina. Mordisquea un bolígrafo con las piernas cruzadas y una libreta en el regazo. Lleva unas gafas que no sabía que usaba y que hacen sus ojos más grandes, más vivos. Dos putos pozos sin fondo en los que perderse.

—¿Gafas o aparato dental? —le pregunto, recordando una de nuestras tontas conversaciones.

—Aparato dental, sin duda, por eso los malvados dioses me han castigado con hipermetropía.

Se pone bizca y sonrío. Dejo la comida sobre la mesa de comedor y me siento a su lado. En un impulso, acaricio la patilla metálica y por el camino rozo su pelo.

—Te quedan bien.

Ignoro el leve rubor que cubre sus mejillas. No sé por qué he actuado así, pero no me arrepiento. Principalmente, porque es raro que algo la afecte y una delicia lograrlo con un simple halago y un roce. Y porque es verdad. Está muy guapa. Lleva el pelo recogido en un moño medio deshecho y una sudadera que le llega casi hasta las rodillas. Desde la otra noche, no paro de pensar en cómo le brilla el pelo y la forma en la que sus ojos me desvisten en silencio.

No nos hemos visto desde entonces. Creo que ambos necesitábamos espacio para digerir tantas sensaciones. Por ese motivo, el domingo ha sido Bras el que se ha encargado de traerles la comida mientras yo me escondía como un imbécil para no cruzarme con ella.

Pese a todo, Alba no parece molesta. También me consta que apenas ha salido más que a pasear con Pelayo por la tarde y para que él viese de cerca su mar. La imagen de los dos frente a Bocanegra con los brazos entrelazados me conmueve.

Echo una mirada hacia la puerta al recordar que no estamos solos y ella contesta sin necesidad de preguntarle.

—Está en la cama. Ayer fue un día duro y ha pasado mala noche. Se levantó tres veces de madrugada con la intención de salir de casa, es un *ninja* muy insistente. —Sonríe, pero le duele—. No se lo permití.

La culpabilidad aflora en ella de tal modo que es casi tangible. Alba se abraza las rodillas y, de repente, parece más pequeña. Se encoge. Se convierte en una niña asustada envuelta en una montaña de algodón sintético.

—Hiciste muy bien, Alba.

Suspira y se muerde el labio con saña.

—Ya lo sé. Aun así, me siento fatal. No sirvo para carcelera, soy más carne de celda. —Sonrío y me devuelve el gesto con aparente cansancio; tiene toda la pinta de que tampoco ha dormido demasiado—. Había descansado tan poco que le metí un tranquilizante en la leche, como una traidora que envenena a alguien a escondidas. Lleva horas dormido, y las que le quedan.

Estiro la mano y rozo su pierna. Solo muevo los dedos sobre su gemelo, pero ella lo siente y cierra los ojos un segundo. Quiero consolarla, aunque no sé cómo hacerlo sin que parezca que me estoy saltando uno de esos límites confusos entre los que nos movemos; los mismos con los que la otra noche jugamos y acabaron quemándonos. Los amigos se consuelan, ¿no? Claro que, si pienso en Alba, la amistad cobra un significado distinto.

—Es duro —le digo finalmente.

—Es una mierda.

—Pero lo estás cuidando. Pelayo necesitaba esto.

—Pues no lo parece. No me quiere aquí y no lo juzgo. A veces me grita, me rechaza. Sé que no es él quien lo hace, sino la enfermedad, pero..., joder, siento que lo estoy obligando a algo que no desea. Y no hay nada peor que eso. No hay nada peor a que te empujen a tomar decisiones que no estás preparado para tomar.

Aparta la vista cuando se da cuenta de que es demasiado obvio que, quizá, no solo esté hablando de su abuelo. Aprieto los dedos sobre su carne y traga saliva. Está mal, y de repente sé que quiere que yo esté aquí, que ella también necesita a alguien que la cuide mientras cuida a otro.

—Me llamó «mi amor» —continúa con la voz tomada—. Esta noche, mientras lo sujetaba y lo llevaba escaleras arriba, no paraba de decirme «¿por qué me alejas, mi amor? ¿Por qué no me eliges?».

—Alba...

Su mano encuentra la mía y la agarra con fuerza. Son solo unos segundos antes de soltarme y cambiar de postura para romper el contacto, pero los suficientes para saber que por fin somos Alba y Enol, sin todo ese resquemor que nos guardamos.

—Lo sé, sé que todo esto es normal. Y quizá ni siquiera sean recuerdos reales, ¿sabes?, pero quiero creer que sí.

Coge la libreta que sigue entre sus piernas y me la muestra.

—¿Eso estabas haciendo?

—Sí, pero es como encontrar una aguja en un pajar.

Veo en ella lo que parecen pistas para encontrar a una mujer que supuestamente vivió una historia de amor con Pelayo hace medio siglo. Entre setenta u ochenta años. Ojos azules. Un lunar bajo el ombligo.

—¿Sigues con tu investigación?

—Sí, pero apenas tengo nada. Además, no soy una persona con paciencia, así que ya te puedes imaginar cómo me va. Por otra parte, ¿qué pienso hacer? ¿Desnudar a la población anciana de Varela en busca de lunares?

Sacude la cabeza avergonzada y la sonrisa me sale sola, aunque no me agrade que se esté inmiscuyendo donde no se la ha invitado. Pero esta Alba es la que más me gusta. La que se obceca con algo y no lo suelta. La que cree en las cosas, aunque parezcan un imposible. La que quiere a manos llenas a los suyos, pese a que lo demuestre de un modo extraño. La que intenta atrapar el sol con los dedos de los pies.

Me incorporo y le tiendo la mano...

El mar

Se os llena la boca hablando de amor. Escribís novelas, canciones, poemas. Dejáis que la vida gire alrededor de ese sentimiento. Lo buscáis con una insistencia feroz. Matáis y morís en su nombre.

Sin embargo, ¿qué es el amor? Hay muchas formas de describirlo, aunque yo nunca lo haya vivido. A pesar de ello, he observado lo suficiente para poder afirmar que el amor es esto:

1. Alba, a los trece años: se tropieza y se da bruces con una roca; Enol le limpia la herida con el cuidado y la precisión de un cirujano, aunque le tiemblan las manos.
2. A los quince años: una chica y un chico se lanzan dilemas absurdos y alargan los minutos en una playa solitaria; estiran el tiempo todo lo posible antes de volver a la realidad.
3. A los dieciséis años: Enol disimula que no busca momentos a solas que pasar con ella mientras Alba finge que le gusta un chico de paletas separadas, aunque, en el fondo, mira al que tiene al lado como el que sabe que no necesita nada más.

4. Pasados los veinte: una chica a punto de reventar por dentro, triste y perdida por no poder ayudar a su abuelo, y un chico que, aunque sabe que compartir más instantes con ella solo puede enredar las cosas, le ofrece su mano sin dudar.

Enol

—Vamos.

Alba alza el rostro y me mira desorientada.

—¿Adónde?

Su mano encuentra la mía antes de resolver su duda y sonrío. Ella también lo hace.

—A perdernos.

Alba

El barco de Enol es el típico que podría protagonizar una película antigua. Y no una de amor con paseos bajo la luz de la luna, sino una de naufragios que acaban con los supervivientes comiendo bichos y algas en una isla minúscula y sucia antes de enloquecer. Ya nos veo protagonizando un éxito de taquilla: él, como Tom Hanks, y yo, como el balón de voleibol que convierte en su inseparable.

—¿Estás seguro de que no vamos a morir?

Su carcajada sería contagiosa si yo no estuviera un poquito asustada. Adoro el mar, pero es una de las pocas cosas en esta vida que respeto de verdad, por todo lo que esconde, por su fuerza, su poder y su capacidad de convertirte en nada en un suspiro si se lo propone.

—Confía en mí, Alba. Será viejo, pero está restaurado y es seguro. Además, hoy el mar parece una balsa. Y estás conmigo. —Lo último lo dice un poco pagado de sí mismo, pero se lo permito porque sé que es una de las personas que reaccionan bien en situaciones de crisis.

Me siento y procuro relajarme. Miro a mi alrededor y debo admitir que hace un día precioso para navegar. El agua apenas se mece, el sol se deja ver a ratos entre las nubes y la temperatura es agradable. Enol se coloca junto al motor y lo enciende. Luego se resguarda en la pequeña cabina, agarra el timón y comenzamos a movernos. Al sentir la brisa golpeándome las mejillas, alzo el rostro al cielo y cierro los ojos.

Si me esfuerzo un poco por dejar la mente en blanco, casi lo consigo y todo desaparece. Los errores. La enfermedad. Los primeros amores sin final feliz.

¿Esto es lo que sentirá el abuelo? ¿La nada se parece a navegar por el mar con el sol de cara y las caricias del viento? Cruzo los dedos para que así sea, no me imagino una forma más plácida de convertirte en vacío.

—No está tan mal, ¿no?

Enol rompe mi momento zen y abro los ojos. Intuyo que lleva un rato mirándome y la sensación me hace cosquillas.

—No. No lo está.

Sonríe y su ilusión es contagiosa. Me señala el barco y comparte conmigo este sueño cumplido como un niño que ha recibido el mejor de los regalos.

—Seis metros de eslora. Timón hidráulico y manual. Le adapté un pequeño motor y el abuelo y yo sanamos la madera y lo pintamos.

Y puede sonar como algo sencillo, pero a mí me parece alucinante. Tener algo que desees tanto como para esforzarte hasta conseguirlo. Disfrutarlo con el brillo de satisfacción que tiene Enol en este instante. Encontrar en un barco viejo un remanso de paz solo tuyo. O en un manual escrito con tus propias manos. Lo que sea, pero un motivo más que suficiente para levantarse por las mañanas.

¿Alguna vez encontraré el mío? ¿Llegaré algún día a desear algo con tanta intensidad?

Como me estoy poniendo un poco intensa, me escudo en el humor para alejar de mi mente todos esos pensamientos que solo me hacen daño.

—Podrías haber escogido un color más moderno. Púrpura o naranja, no sé, o un estampado atrevido. ¿Azul? Eres viejo hasta para esto —bromeo.

Enol se ríe y se le entrecierran los ojos. Parece contento. Mucho. De hecho, me atrevería a decir que aquí, sobre el agua y según nos alejamos de la orilla, parece más tranquilo, más feliz. Más el Enol que el resto del tiempo vive escondido, ajeno a todos los que le rodean.

—Un nostálgico es lo que soy. Qué le vamos a hacer.

Su pelo se mueve con el viento. Los picos de la camisa que se escapan bajo su chaqueta ondean. Lleva vaqueros oscuros y unas deportivas demasiado gastadas. Así, de espaldas, parece un hombre de Varela, de esos que protagonizan historias de otras épocas. Sin duda, siempre he pensado que Enol ha nacido en el momento equivocado. Y qué alivio. Eso siento, puro alivio. Y también agradecimiento a quien sea que rige las realidades espaciotemporales por hacer posible haber coincidido en el mismo plano con él.

Escondo las manos dentro de las mangas de la sudadera para no morderme las uñas; pensar de ese modo en Enol me inquieta y siento que desde que he vuelto no dejo de hacerlo, cada día más lejos de lo que es cuerdo. Me centro en el paisaje que dejamos atrás. Varela no es más que una masa de puntos color tierra con diminutas formas en tonos vivos por las flores que adornan sus balcones. El faro blanco, con su cúpula rojiza, destaca como una vela en un pastel.

Pienso que no es un mal lugar para nacer, vivir, morir. El abuelo me viene a la cabeza y me tenso. También me siento culpable por haberme escapado, dejándolo bajo la vigilancia siempre atenta de María Figueroa, a la que Enol le ha pedido el favor para que yo me quedase tranquila. No es la primera vez que salgo sin él, pero sí la primera en la que lo he dejado bajo el efecto de una pastilla y sin saber quién es ni qué sucede en ese mundo suyo que se derrumba poco a poco.

Enol apaga el motor y un silencio aún más denso nos envuelve. Saca dos latas de cerveza de una nevera escondida bajo los asientos y me ofrece una. La acepto y brindamos con sonrisas más tímidas de lo que estamos acostumbrados.

Siento que estamos en medio de ninguna parte y que no necesito nada más.

—¿A cuántas chicas has sacado a pasear en tu barco?

Se ríe y se ruboriza. Ya no me parece el chico atrevido del otro día, sino uno más distante, más cauto. Pese a ello, su sonrisa sí es traviesa, de esas que esconden algo.

«Vaya, vaya, Enol... ¿Es posible que tu respuesta esté a punto de sorprenderme?»

—Si querías que dijera que eres la única, siento decepcionarte —me dice con una caída de ojos de lo más malvada. No duele, aunque no voy a negar que habría sido bonito. Como en esas novelas en las que todo finge no ser perfecto, pero siempre acaba siéndolo—. Digamos que estos años he sabido verle el lado positivo al turismo.

—Entiendo. ¿Ocupando el puesto de Nacho?

Su carcajada me enciende y se pasa los dedos por los labios en un gesto que me estremece. Tiene algo. Algo que ya se intuía en él hacía años, pero que con la experiencia se ha intensificado. Algo que me muero por descubrir.

—Supongo que de un modo más sutil, pero... sí, me he divertido.

Me incorporo para susurrarle más cerca. Pese a todo, me siento cómoda presionándolo para hablar de esto. Es un terreno que domino y prefiero moverme en él que entre las otras sensaciones que me despierta. Además, mientras hablemos de lo que hacemos con otros no lo haremos de lo que sea que sintamos nosotros.

175

—Vale, ahora tengo la imperiosa necesidad de saber si has desnudado a alguien donde tengo plantado el trasero.

Golpeo el asiento y le guiño un ojo. Su mirada se ilumina por los recuerdos que le he traído de vuelta. Me viene a la cabeza el Enol excitado de la otra noche y me pregunto si al que desea a otras le brillarán los ojos como a él o más.

—Es posible.

—Vaya. Qué sexi.

—Aunque aquí no traigo nunca a nadie que no sea especial.

Ignoro lo que esas palabras provocan en mí por lo que significan y me centro en este Enol que parece estar muy lejos del chico que nunca aceptaba las atenciones de nadie.

—Y, bueno, ¿me lo vas a contar o tengo que suplicártelo?

Alzo las cejas con complicidad y él duda. También se relame la boca y sigo la lengua con la mirada. Rojiza. Húmeda. Capaz de hacer enloquecer a una chica que no soy yo en este barco y en medio del mar.

—Se llama Tamara. Vive en un pueblo cercano. Estudia Filología Francesa a distancia y trabaja en el negocio familiar, una tienda de muebles. Estuvimos un año juntos. Fue bonito.

Trago saliva, porque, pese a que me alegro por él, la sombra de algo más oscuro es inevitable. ¿Envidia, quizá? No debería, pero ahí está.

—Así que te susurraba guarradas en francés..., normal que la trajeras aquí.

Enol se muerde el labio conteniendo una sonrisa de lo más canalla y se me eriza la piel.

—Sí, pero no funcionó. Ahora somos amigos, aunque creo que no durará mucho tiempo.

—Se enamoró de ti.

—Sí.

Y él no lo hizo. Ya me lo dejó claro. También, que le habría gustado. Pero no sucedió. «¿Por qué, Enol?», quiero preguntarle, «¿porque no era para ti o porque tu corazón ya estaba ocupado?».

Frunce el ceño y me doy cuenta de que esa chica, incluso con su agridulce final, le importa. Porque Enol es así, de los que solo escogen a unas pocas personas para incluirlas en su vida y lo hacen a conciencia.

—¿Y tú? Cuéntame. —Yo resoplo, porque somos tan diferentes en ese aspecto que no sé siquiera si lo comprenderá.

—No hay mucho que contar, ya te lo dije. Dos relaciones más estables que las demás, aunque no me atrevo a llamar «serio» a unos meses de idas y venidas de lo más dañinas. Un puñado de *follamigos* y alguna experiencia de una noche de las que no aportan gran cosa, pero que te sirven para saber qué te gusta y qué no.

«Eso soy yo, Enol. Una lista interminable de errores sin sentido. Porque, aunque me avergüence, la mayoría de esas personas ni siquiera me gustaban, solo buscaba huir. Buscaba eso que se me escapó frente a este mar hace años por no saber mirar lo que tenía justo delante.»

Pese a la amargura de mis pensamientos, él se ha quedado en la superficie. En la imagen de la chica que habla sin tapujos de sexo. Me observa curioso. Los ojos, más verdes que nunca, y los hombros, tensos. Me lo imagino sin camisa, como tantas veces lo vi en el pasado, pero más crecido, menos niño. Él no aparta la vista de mi boca. Si no fuera una completa locura, ahora mismo gritaría. Al menos, me serviría para soltar esa desazón que comienza en el estómago y que se propaga a toda velocidad por mi cuerpo. Eso que empezamos la otra noche y de lo que ya no somos capaces de desprendernos.

—¿Y qué te gusta? —murmura con la voz áspera.

—Vaya, ¿en qué momento hemos pasado a hablar de lo que nos gusta en el sexo?

—Has sido tú —responde con fingida inocencia.

Pestañeo y me aparto el pelo de la cara. Tengo la piel caliente. Y las ganas. Luego clavo la mirada en la suya y susurro sin un atisbo de duda.

—Bien. Pues no me gusta que me aten. Me agobia. Me cabrea. Me da miedo. Pero me encanta que me tapen los ojos e imaginarme que son otras manos las que me tocan.

El sonido de un cigarro encendiéndose rompe el silencio. Nuestras miradas siguen unidas. Y sé que Enol me está imaginando desnuda. Lo siento bajo la ropa. Entre las piernas. En cada centímetro de piel. Yo hace un rato que le arranqué los pantalones en mi cabeza. También que, tal vez, fueron sus propias manos las que me acompañaron en momentos con otros cada vez que cerraba los ojos.

Los suyos se deslizan hasta mi cuello y exhala el humo con lentitud.

—Siento cortar el rollo, pero yo soy mucho más tradicional.

Sonrío.

—Lo tradicional no es malo.

Asiente y acerca su torso a mí. Luego deja el cigarro en el suelo y coloca una mano a cada lado de mi cuerpo. Este encierro sí me parece de lo más estimulante.

—Tamara y yo lo hacíamos aquí. —Aprieta los dedos sobre la superficie y noto la presión en mis muslos—. Ella sentada sobre mí. Con la ropa aún puesta, por si nos cruzábamos con algún otro barco. Solía ser rápido y silencioso.

—Tiene su encanto.

Él niega, sin dejar de mirar cada centímetro de mi cara como si fuera algo especial.

—Demasiado... normal. Rutinario. Mecánico.

—No importa que sea un misionero bajo las sábanas o un arrebato contra la pared, Enol. La clave está en la compañía. La clave está en lo que tienes entre los brazos.

Cuando pronuncio la última palabra, ambos somos conscientes de que estoy hablando de nosotros. De todas esas posibilidades ficticias en las que su cuerpo y el mío se descubren.

Suspiro contra su boca y me imagino un beso. Uno único. Uno que nunca me ha dado nadie. Uno en medio del mar, perdidos, donde solo habita el silencio.

Enol

La he tenido muy cerca. Tanto que ahora sé que Alba huele a algo más que a mi adolescencia. A algo dulce que mezclado con el mar impacta. Te deja seco. Te hace querer más al momento. Quererlo todo.

Podría haberla tocado. Apoyar la mano en su cuello y averiguar la velocidad de sus latidos cuando estoy a su lado. Rozar sus labios. Lamer su saliva y descubrir de una jodida vez a qué sabe y si besa como hace todo lo demás, desafiándote, exigiendo más a la vez que te lo quita.

Sin embargo, me he apartado, ella ha cerrado los ojos y todo ha terminado.

Es mejor así, no era mi intención sacarla de casa para esto, aunque eso no evita que la tensión se haya quedado flotando entre los dos y que sea Alba la que se atreva a romperla como solo hacemos nosotros.

—Si nos quedáramos a la deriva y yo muriera, ¿qué harías con mi cuerpo, me comerías para sobrevivir o me tirarías al mar?

Sus palabras caen como lo que son: un dilema incómodo, políticamente incorrecto y de lo más violento. No obstante, me echo a reír y me acompaña. Tiene una parte oscura que me vuelve loco. No conozco a nadie que hable de la muerte o de la parte fea del ser humano como ella, con tanta naturalidad, sin miedo ni vergüenza. Y me lo pienso. Me imagino a los dos en medio de una tormenta que rompe el motor y nos aleja de la costa tanto como para no saber regresar. No hay embarcaciones a la vista. Los teléfonos no funcionan. El barco no tiene navegador. Estamos perdidos, sin comida ni agua, y muertos de frío. Ella comienza a empalidecer un día y deja de hablar. Al séptimo, muere. Y me quedo solo. Con Alba y sus labios agrietados ocupando todo lo que soy.

Le sonrío y le doy una respuesta que no es la que espera, pero la única posible.

—Te tiraría al agua.

—¡Qué decepción! Me gustaba tu versión caníbal.

Me guiña un ojo y niego con la cabeza, porque no he terminado.

—Te tiraría al agua, pero entre mis brazos.

Alba traga saliva y mira por la borda. Bajo las suaves olas que nos mecen, se imagina un abrazo entre su cadáver y mi yo suicida.

—Es bonito —murmura con la mirada perdida.

—Es jodidamente siniestro.

Explotamos a reír y todo vuelve a ser como antes. Tan como antes que a ratos se me olvida que un día me hizo daño y que podría volver a hacerlo, porque Alba es así, totalmente imprevisible.

Me levanto y comienzo a recoger para regresar. Las nubes han cubierto el cielo y ella tiene frío. No lo dice, pero le castañetean los dientes. Saco una manta de uno de los armarios ocultos y se la tiro.

—Ahora soy yo el que muere. Tú eres más afortunada y acabas en una isla. ¿Qué preferirías, que estuviera desierta

181

y pasar el resto de tu vida sola o que su único habitante fuera la persona que más odias?

Se coloca la manta sobre los hombros y me taladra con la mirada. Luego la aparta y me da la espalda.

—Esa no es válida.

—¿Por qué no?

—Porque ambas respuestas son la misma opción.

Frunzo el ceño, pero entonces lo comprendo. Hasta para esto es intensa, porque Alba a quien más ha odiado siempre es a sí misma. Por no entenderse. Por no llegar nunca a conocerse.

La vuelta la hacemos en un silencio cómodo.

Cuando amarro el barco en el puerto, ella desciende de un salto y me lanza la manta con una sonrisa de agradecimiento que le devuelvo con ganas y que no abarca solo el tejido, sino todo lo demás. La escapada. Perdernos por unas horas. Olvidar lo que dejamos atrás.

—Por cierto, no me has dicho cómo se llama.

Alba acaricia la proa y noto un nudo en la garganta. Ya no sonrío, y ella se da cuenta. Mis ojos se mueven hasta el lateral en el que escribí esas letras blancas sobre el fondo azul hace ya un par de años y me imita. Al instante, contiene el aliento. Sus mejillas se encienden. Traga saliva y me mira. Lo hace con las preguntas bailando en sus pupilas y el pulso golpeando su cuello con fuerza.

—«Nada.»

Cuando lee esa palabra que no parece albergar significado alguno, su voz está tomada por una emoción desmedida. Compartimos una mirada infinita. El mundo parece congelarse.

—Soy un nostálgico, qué le voy a hacer.

Repito lo que le dije antes en el barco y ella se marcha.

Cuando llego a casa, tengo un mensaje en el teléfono.

ALBA: Gracias por no olvidarme.

Le contesto sin pensar, dejándome llevar por esa «nada» que parece inundarlo todo desde que ha regresado.

ENOL: Gracias a ti por perderte hoy conmigo.

El mar

Alba y Alonso tonteaban sobre la toalla. Llevaban semanas fascinados el uno con el otro. No hacían gran cosa solos más que besarse de vez en cuando, aunque de un modo demasiado casto para lo que decían desearse. Tenían una relación a ojos de los demás, una más que correcta, como si siguieran las instrucciones de un manual explicativo sobre el primer amor.

Alonso se levantó y se acercó a la orilla. Nacho ocupó su lugar y se sacudió el agua para empapar a Alba, una broma que la sacaba de quicio.

—Pareces un chucho pulgoso.

Él ignoró su comentario y le dio un codazo amistoso.

—Entonces, ¿qué? ¿Estáis juntos? ¿Sois novios? El muy capullo no suelta prenda. Se pone a titubear y no lo saco de ahí.

Alba puso los ojos en blanco, aunque no pudo evitar sonreír, porque aquella descripción iba tanto con Alonso que no era para menos.

—No seas crío, Nacho. No hace falta poner nombre a las cosas.

El chico apoyó la barbilla en el hombro de Alba y le hizo

un puchero. Era un payaso, pero uno con encanto al que todos acababan adorando.

—A mí me gustaría que lo fuerais. Si tú y yo no tenemos futuro, y mira que lo he intentado, prefiero que estés con uno de ellos dos que con cualquier otro idiota.

Señaló a sus amigos. Enol acababa de volver de su paseo por la orilla y se zambulló junto a Alonso entre las olas. Solo yo podía percibir la tensión entre ambos, bañándose uno al lado del otro, en un silencio que nunca había resultado tan incómodo. Siempre habían sido las dos partes de aquel equipo más alejadas, pero ese verano había hecho mella en ellos de un modo silencioso que ya no tenía remedio.

—Oh, gracias, Ignacio. Tu generosidad me abruma —dijo Alba con sarcasmo.

—No seas tonta. ¿Te gusta?

La chica suspiró.

—Creo que... no sé. Que podría ser algo bonito, ¿no? Podría estar bien.

—Hablas de ello como si fueras a montarte en el barco turístico.

Alba chasqueó la lengua, incómoda por la conversación. Lo cierto era que, desde que Alonso y ella se habían besado, parecía estarlo siempre. Como si cada gesto, cada paso y cada roce fueran calculados de una forma que distaba mucho de las emociones.

—¡Es que no tengo ni idea de lo que es! Me ilusiona la idea de vivirlo. Me gusta estar con él. Es tremendamente guapo.

Alba alzó las dos cejas de una forma un tanto infantil y él fingió una arcada.

—Tienes el gusto en el culo, pero vale. Alonso es el guaperas oficial este año de Varela. Acepto el segundo puesto con dignidad. Además, no pasa nada, porque yo la tengo más grande.

—¡Cállate! —Alba le dio un puñetazo en el abdomen, aunque no pudo evitar reírse. Con Nacho era imposible no acabar cada conversación con una carcajada.

Frente a ellos, un Enol salido del agua los miraba con los ojos entrecerrados por el sol que le daba de cara. Él no reía a menudo. Tal vez por eso sus sonrisas eran más valoradas. Quizá también por eso, Alba las estudiaba con más calma, como si se merecieran un tiempo extra por insólitas. A ratos pensaba que Enol leía libros de especies raras para ver si se encontraba a sí mismo entre sus páginas. Le parecía tan inalcanzable como todos esos animales que protagonizaban leyendas.

—¿De qué habláis?

—De lo grande que tengo la polla.

—¡Nacho! —La chica le lanzó una sandalia y ambos rompieron a reír más fuerte.

Era habitual verlos así. Tenían una conexión especial. En realidad, Alba compartía un vínculo diferente con cada uno de ellos, aunque costara entenderlo al principio. Eran un mecanismo único que funcionaba y que no necesitaba más explicación.

Alba y Alonso. Alba y Nacho. Alba y Enol. ¿Lo ves? Ella, el eje. El núcleo. El corazón. Y ¿qué pasa si le quitas la pieza clave a una máquina? Que deja de funcionar...

Cuando se relajaron, Nacho la miró con afecto y cogió las palas para retar a Alonso en cuanto saliera del agua. La relación entre ambos, en cambio, se basaba en una absurda competitividad que ninguno sabía cómo ni por qué había comenzado, pero que no podían frenar. Antes de marcharse de una carrera, se giró.

—¡Ah! También comentábamos que puede que Albita se haya enamorado.

Ella se tensó, lo llamó «bocazas» y Enol ocupó el sitio vacío sobre la toalla.

—¿Cómo sabes que es amor?

—No lo sé. Pero podría serlo, ¿no? —Alba no se percató de que Enol había apretado los dientes—. ¿Qué es el amor para ti?

—Eso no importa.

—A mí me importa.

El chico se apartó los mechones húmedos de la cara y clavó la mirada en el infinito. Sus ojos tenían miedo, pero también estaban llenos de todo eso que Alba no veía y que comenzaba a pesarle demasiado como para seguir llevando solo la carga.

—Creo que tiene que parecerse a la nada. —Alba lo miró extrañada y se rio, aunque enseguida se dio cuenta de que Enol estaba hablando en serio—. Como cuando te lanzas al agua y metes la cabeza debajo. Esa sensación de que todo desaparece y te sientes... bien. Cómodo. Vivo. O como cuando flotas en mar abierto, cierras los ojos con el sol de cara y sonríes, porque en ese instante no necesitas nada más. ¿Me entiendes?

Alba tragó saliva y se imaginó flotando en medio de mi inmensidad. Abriendo los ojos y observando el cielo azul. Sola. En una calma absoluta. Con los oídos taponados por el agua convirtiendo el más mínimo suspiro en silencio.

Se volvió para mirar a Enol y asintió, aún con la sensación de vacío y ligereza que le había aportado imaginárselo. Si había podido sentirlo sin ser real, ¿cómo sería vivirlo? Tenía tantas ganas que le costaba soportarlas. No hay nada peor que desear algo que persigues y que siempre se te escapa.

—Sí, creo que sí. La nada.

—La nada —repitió Enol mientras sus ojos se aventuraban hacia la boca de la chica—. ¿Alonso te hace sentir así?

Alba no respondió. Dibujó un círculo con el dedo sobre la arena y después un cuerpo dentro, flotando a la deriva, solo.

—La nada —susurró de nuevo para sí con el ceño fruncido.

Aquella tarde Alba se mantuvo un poco ausente. Observó a Alonso a conciencia. Parecía que lo hacía por gusto, pero en su expresión había una duda feroz que llevaba a pensar que quizá lo estudiaba por otros motivos. Aceptó sus sonrisas, que el chico no podía evitar dedicarle a cambio de lo que creía que eran atenciones. Lo besó con ganas al despedirse en el paseo sobre la playa que separaba sus calles, con una pasión que hasta el momento se había guardado y con los ojos turbios por ese deseo adolescente que pide más y que no se conforma con menos. Y, después, se quedó un rato contemplándome desde la barandilla, con la mirada llena de interrogantes y las uñas a cada segundo más mordidas.

Y, si aún tienes dudas, su respuesta a la pregunta de Enol era «no». Con Alonso siempre sentía que faltaba algo, nunca estaba satisfecha, y no por ganas de más, sino porque aquello se le quedaba corto. La sombra de una quimera que nunca encajaría con lo que ella ansiaba vivir.

La nada.

Solo se siente con unas pocas personas.

Solo unos pocos afortunados saben lo que es sentirse en calma, saciados, livianos, completos. Motas de polvo flotando en mitad de mis aguas que se encuentran y que, pese a sus manos vacías, sienten que lo tienen todo.

Alba

Entro en casa aún con el corazón acelerado. Me noto las mejillas encendidas como una colegiala impresionada y un nudo en las tripas que podría convertirse en cosquilleo si se lo permitiera, pero que, en cambio, va a acabar provocándome una úlcera de tanto contenerlo.

El abuelo está en el salón con su crucigrama de tachones y espacios en blanco, así que me cuelo en la cocina y me sirvo un vaso de agua. Tengo la boca seca y todavía noto la última mirada de Enol enredada en la mía. También percibo la sacudida de esos recuerdos que regresan con fuerza y me agarro a la encimera.

«Nada.»

Una palabra. Cuatro letras. El vacío para muchos y un nombre tonto o sin importancia para otros. No para nosotros. Así se llama el barco de Enol. Como su percepción del amor. Como lo que un día deseé que sintiera por mí cuando ya era demasiado tarde. Como lo que he sentido esta tarde con él en medio del mar, compartiendo dilemas absurdos y confesiones más serias.

—¿De dónde vienes?

La voz del abuelo me sorprende y me giro aturdida. Se

encuentra apoyado en la entrada de la cocina y me observa con suspicacia. Sus ojos inteligentes centellean y sonrío emocionada, porque lo reconozco al instante. Es él. Es mi abuelo. El de siempre. No el que se desvanece en el olvido, sino el que vivía por y para el mar desde el interior de su faro. Lo veo en su mirada, en los andares, en esa expresión serena y a la vez adusta que siempre lo acompaña.

—¡Abuelo! Siento el retraso, ¿tienes hambre?

Estoy tan contenta y aliviada de que el tiempo nos dé una tregua justo hoy que me apetece disfrutarlo del modo que podamos. Nos sentamos alrededor de la mesa, ilusionados de poder compartir uno de sus momentos de lucidez, cada vez más esporádicos. Le sirvo un trozo de empanada de los Villar y comemos mientras comentamos el talento que tiene esa familia para los fogones.

—Covadonga está mal aprovechada en este pueblo.

El abuelo sonríe.

—Siempre soñó con irse a alguna gran ciudad y convertirse en chef.

—¿En serio?

Asiente y su mirada se pierde en los recuerdos, hoy nítidos.

—Lo habría logrado, pero escogió quedarse, formar una familia... Lo normal en esos tiempos.

El abuelo sacude la cabeza y, de forma instintiva, pienso en Enol. En sus propios sueños olvidados. En sus propias decisiones. En las similitudes con su abuela, aunque dudo mucho que esté al tanto. De repente, me doy cuenta de que tengo un hilo por el que tirar y no lo dudo.

—Te tienen mucho cariño. ¿Sois muy amigos?

El abuelo permanece unos segundos en silencio. En ese corto espacio de tiempo, siento que, por primera vez, estoy viajando al pasado con él de su mano y no siendo solo testigo de esas regresiones guiadas por la enfermedad.

—Lo fuimos. Éramos un grupo que se entendía, solíamos quedar en Bocanegra y acabábamos viendo la luna en el mismo lugar. Los Villar, los hermanos Figueroa, Joaquín Velarde, tu abuela y yo. Eulalia y yo aún no éramos ni novios, fíjate la de años que han pasado. —Su sonrisa brilla; la nostalgia es una tela de araña que te atrapa con facilidad—. Fue una época bonita. La juventud siempre lo es.

—¿Y qué pasó?

Me observa y mi astucia no le pasa desapercibida. Es obvio que algo sucedió para que, pese a que ahora cuiden de que se alimente cada día, hasta hoy nunca había tenido constancia de una relación entre las familias. Incluso María Figueroa se preocupa de su estado desde lejos. El farero es un hombre esquivo. Aunque, quizá, no lo fue siempre. Puede que lo moldearan las circunstancias. O los secretos.

Finalmente, bebe un trago de agua y zanja el tema con unas palabras que podrían estar dirigidas a mis propias experiencias en Varela.

—La vida, Alba, que da muchas vueltas. Hoy estás aquí y mañana allí. Y eso no solo se reduce a los sitios; también a las personas.

Trago saliva ante su consejo, tan sabio como todos los demás, y pienso en nosotros. En Alonso, en Nacho, en Enol. En aquello que creímos firme y que no fue más que, como me dijo este último, una amistad de verano.

¿Me acordaré de ellos dentro de cincuenta años? ¿Lo haré con cariño o con desdén? ¿Sentiré nostalgia o solo indiferencia?

—Enol me ha llevado a navegar —le digo con la boquita pequeña. Su expresión se suaviza.

—Ah, ¡Villar y su barco! Se lo vendió Eusebio, el del puerto, por cuatro perras. Estaba viejo, pero hizo un buen trabajo.

—Sí, ha sido divertido.

Me muerdo una sonrisa de lo más significativa que sus ojillos inteligentes no pasan por alto.

—Eso es lo que tienes que hacer, divertirte y no estar pendiente de este anciano.

—Bueno, no ha estado mal, pero, las cosas como son, tú eres más interesante.

Le guiño un ojo con malicia y el abuelo se ríe. Siento tanta ternura que contengo las ganas de abrazarlo.

—Es un buen chaval. Un poco suyo, pero los hijos del mar somos así.

—A veces, me recuerda a ti —le confieso.

Nunca lo había pensado, pero de pronto los veo como dos versiones de un mismo molde.

—Habría sido un buen farero.

—¿Lo echas de menos?

El abuelo sonríe con pena.

Pese a que iba y venía del faro a casa, su hogar estaba allí. Pasaba más horas entre esos muros que con su familia. Las noches eran del mar y los días los dividía entre la necesidad de ver a los suyos y de volver a aquel lugar que tiraba de él incluso cuando no era imprescindible que estuviera. Las tecnologías, cada vez más avanzadas, hacían que su labor fuera a menos y le permitían más descanso y relegar responsabilidades en el progreso, pero el abuelo era un romántico, un enamorado del mar y un adicto a esa vida solitaria.

—Cada día. Los fareros tenemos el corazón de agua, Alba. Necesitamos estar cerca. Si nos alejamos, nos secamos.

«Ya sabes que cuando lo veas complicado debes llamarnos, ¿de acuerdo? Iremos a buscaros y lo traeremos a casa», recuerdo las palabras de mamá y trago saliva para que el nudo pase, pero no lo consigo.

Y en este preciso momento decido que voy a hacer todo lo posible para que no le arrebaten lo que más ama. Sean recuerdos escritos en un papel, la sombra de un faro o las paredes de esta casa. Nadie se merece morir lejos del lugar al que pertenece.

—No tienes por qué alejarte de aquí. Este es tu hogar.

El abuelo suspira y entonces me doy cuenta de que lo sabe. Es plenamente consciente de que su tiempo en Varela se acaba, y que cuanto más avance la enfermedad más aumentan las posibilidades de que decidan por él. A ratos me pregunto: ¿qué es mejor, tener conciencia de una realidad tan cruel u olvidarlo todo? Ser un vegetal puede tener muchas ventajas para un corazón que duele.

—El hogar se lleva aquí dentro.

Se roza el pecho y noto algo latir en el mío. Aunque no sé qué es, porque todavía no he encontrado eso que te hace sentir en casa.

—Quiero hacerlo, abuelo, quiero divertirme. Quiero sentir. Pero también me da miedo equivocarme —le confieso con las ganas en la garganta—. Ya lo he hecho demasiado. Estoy harta de ser una decepción para los demás.

Él me mira con intensidad, complacido con lo que ve, y es una sensación a la que no estoy acostumbrada.

—Lamento decirte que eso sucede siempre que alguien te importa. Y a mí no me tomes por tonto, ese chico siempre te ha importado.

Arrugo la nariz, pero no lo niego. Y, por un instante, vuelvo al barco. A nuestros retos entre líneas. A lo que decimos y a lo que callamos. A Enol hablándome de amor y sexo. A desearlo con una intensidad que nunca había experimentado.

—Es que no quiero decepcionarlo. A Enol no.

Me tiembla la voz al dar forma a lo que siento desde que he vuelto.

El abuelo niega con la cabeza y sigue regalándome todo

eso que su mente despierta aún conserva en algún lugar; eso que, poco a poco, desaparecerá junto a todo lo demás.

—Estamos hechos de expectativas, Alba. Y después vamos rompiéndolas hasta que demostramos a los demás lo que de verdad somos. Ahí es donde, si se quedan tras ver lo que guardamos, sabes que también merece la pena quedarse.

—¿Tú te equivocaste mucho?

Sin querer, le hago volver a aquella conversación sobre errores que frenan o empujan que mantuvimos a mi llegada, y su mirada se pierde en esos recuerdos que hoy parecen intactos. Los ojos se le nublan. Y, de repente, sé que está pensando en su secreto. En la protagonista de esos pedazos sueltos escondidos en el faro. En su primer amor.

—Demasiado.

—¿Y mereció la pena?

El abuelo lanza una risa ronca. Es inesperada, bonita y casi feliz, aunque esté recordando un final.

—Más que nada que haya vivido.

—Pero no siempre se quedaron contigo.

Cuando alza el rostro y lo clava en el mío, me arrepiento de haberme expuesto tanto.

Sin embargo, él no parece molesto ante la posibilidad de que sepa algo más de eso que oculta con la misma fuerza con la que lo cuida dentro del faro. Solo se levanta y habla una última vez antes de recoger su plato y dejarme sola.

—No, no siempre lo que vieron en mí fue suficiente.

Paso la tarde enredando aquí y allá. Limpio, ordeno y ayudo al abuelo a vestirse cuando María Figueroa llama a la puerta con la intención de sacarlo a pasear. Su expresión de fastidio al verla no tiene desperdicio, pero como hasta yo sé ya que esa mujer puede ser realmente insistente, él decide no discutir y se marcha agarrado de su brazo y sin rechistar.

También hago algo que no debo. Aprovecho la soledad para curiosear por la casa en busca de cualquier cosa que me ayude a deshacer los nudos de esa historia que cada vez me parece más importante, aunque no encuentro nada.

Acabo rodeada de fotografías de mi abuela, de sus pertenencias, del aroma a flores que aún está impregnado en sus pañuelos de seda. Y no puedo evitar pensar en ella, en si tendría o no un papel en todo aquello, en si le haría daño o si nunca llegó a saberlo. Acaricio una de las imágenes y sonrío.

—No quiero que esto pueda dolerte, abuela, pero necesito hacerlo por él. ¿Lo entiendes?

No me contesta, los muertos no hablan, aunque me gusta pensar que asiente desde algún lugar, convertida en mota de polvo.

Cuando me acuesto, todavía noto el olor del mar en el pelo. No hace falta bañarte para que se pegue a ti. Y pienso en Enol una vez más, como esa canción que te obsesiona y no te puedes sacar de la cabeza. Y en lo que podría suceder de dejarnos llevar. Y en la risa del abuelo y su mirada cada vez que evoca esa historia secreta de amor. En sus palabras entre líneas y en su pasado roto, tan parecido al mío. Pero, por encima de todo, pienso en que quiero vivir algo tan especial como lo que guarda para sí el farero; algo así de intenso, de feroz, de único. Aunque un día termine. Aunque un día solo sea recuerdo. Y que, de suceder, solo sería posible con el chico raro de los libros y las mareas.

«Enhorabuena, Alba, acabas de aceptar tu próximo error.»

El abuelo

Cuando se mete el sol, Pelayo siente que ha sido un buen día. Reflexiona sobre él y lo sabe, lo nota en la calma que lo invade. Si se para a pensarlo, no recuerda demasiado. Un paseo hasta la plaza con esa vecina tan charlatana, un bollo de canela con leche al regresar... y la niña. La niña por todas partes. Desde que se levanta hasta que se cuela entre las sábanas.

Piensa en Alba y a ratos le cuesta recordar de qué color son sus ojos o por qué está bajo su techo, pero de lo que sí tiene la certeza es de que le gusta tenerla cerca. Su energía llena la casa y le recuerda que aún está vivo.

Hoy la ha visto especialmente despierta. Intuye que se debe a que tiene algo con el joven de los Villar. Lo sabe por cómo se miran. No es dulzura ni afecto, sino desafío. Como cuando estás frente al mar bravo, llega la ola y debes decidir si la atraviesas por debajo o si la saltas por encima. Eso sienten. Eso se dan. Lo conoce bien, aunque él lo viviese hace ya demasiados años. Porque lo universal nunca cambia, permanece igual, pese a las generaciones. Y Pelayo está viejo. Sus facultades se descomponen, se deshacen como papel quemado entre los dedos. Sin embargo, podría olvidarse hasta de

196

quién es, pero las sensaciones..., los sentimientos..., no se olvidan con facilidad. Solo se sienten. Un músico con demencia puede olvidarlo todo y recordar a la perfección cómo se toca su canción favorita, pulsar las teclas del piano y volar sin límites.

Por eso, cuando ve el brillo de la niña ese día, lo sabe. Porque Pelayo no es músico, pero solo ha tenido dos certezas en su vida: el amor y el mar. Inamovibles. Infinitas. Y llegará un momento en el que también olvidará sus nombres, aunque es imposible que los tenga delante y que el corazón no le lata con rebeldía.

Enol

Me despierta el sonido de un mensaje en el teléfono.

ALBA: ¿Un chapuzón en agua helada
para estrenar noviembre o no volver a
bañarte jamás bajo el sol?

Sonrío como un idiota. Me siento así desde que la dejé ayer en el puerto. Como un crío con las hormonas disparadas, cuando ni en su momento lo fui. Pero es que esto no es solo un calentón, ojalá lo fuera, sino más. Mucho más. Todo. Nada. Siento que con Alba las medidas pierden el sentido.

ENOL: La duda ofende.

ALBA: Pues no sé a qué esperas...

Recibo una fotografía de Bocanegra desierta. El mar parece revuelto y los pies desnudos de Alba se ven en la imagen. Lleva las uñas pintadas de verde. Su piel es tan pálida que destaca incluso sobre la arena. Intuyo que tiene los dedos congelados.

Me incorporo de un salto y me visto con lo primero que encuentro. Minutos después, camino rumbo a un desafío escrito con una sonrisa somnolienta. Ella sigue sentada en el mismo lugar desde donde se ha hecho la foto. Ha extendido una toalla y sus zapatillas descansan junto a una mochila. Está tan distraída encuadrando el vuelo de dos gaviotas sobre su cabeza con el teléfono que no me oye llegar.

—¿Hemos pasado de los dilemas hipotéticos a los reales? ¿Ahora vamos a tener que cumplir lo que escojamos? Porque, teniendo en cuenta nuestra obsesión por las situaciones mortales, lo veo complicado.

Sonríe y pulsa el disparador. Luego me enseña la imagen borrosa de las dos aves sobre el cielo. Dos puntos grises que apenas se distinguen. Es una foto espantosa, pero ella parece satisfecha, así que no se lo digo.

Me gustaría saber cómo se ve el mundo a través de su mirada. Me imagino una realidad alternativa distinta, con colores únicos y sensaciones desconocidas. Como vivir bajo el agua y poder respirar.

—No, pero quería sacarte de la cama y no sabía cómo.

—Podías haberme invitado a desayunar.

Entonces me guiña un ojo y se levanta. Se sacude la arena de la ropa y guarda el móvil en la mochila.

—Eso es demasiado normal para nosotros. Prefiero que sigamos siendo dos bichos raros.

Tras decir eso, Alba se desprende de su jersey y sigue con los pantalones. Su actitud es tan inesperada que me quedo quieto, sin apartar los ojos de sus manos, de cada movimiento, de las curvas de su cuerpo y de su sonrisa, cada vez más extensa. No lleva bikini, sino unas braguitas de color azul y un sujetador deportivo blanco. Los pezones se le marcan al instante por la brisa y me pregunto cómo sería ser viento y poder rozarla cuando me viniese en gana. Salta sobre sus pies por el frío y la risa se le escapa en cada bocanada de aliento. También me mira. Parece entusiasmada y no sé muy bien qué hacer para que este momento nunca termine. Para que todo se congele en este instante. Ojalá pudiera guardarla dentro de una botella, como esos barcos de madera encerrados en cristal que se venden en las tiendas de recuerdos. La pondría en una repisa para recordarme cada día que la felicidad puede ocupar muy poco.

—La idea no era hacerlo sola, ¿sabes? —me dice con una sonrisa tímida, animándome a dar un paso.

Y esta Alba... esta Alba es la que siempre estuvo ahí pero que nunca tuve al alcance. Una Alba que me descoloca al mismo nivel que me engancha a todo eso que me deja ver cada día un poco más. Una Alba a la que solo puedo decir que sí, porque con ella todo se parece a lanzarse al agua helada en noviembre.

Por fin reacciono y la imito. Me desprendo de la ropa con demasiada calma, aunque lo hago con la intención de alargar el momento todo lo posible. Ella no me quita ojo, me estudia igual que yo he hecho segundos antes, y a ratos se muerde el labio. Es preciosa. Siempre lo ha sido, pero aquí, hoy, decidida y contenta al lado de mi mar, es alucinantemente bonita.

Ya los dos en ropa interior, nos miramos sin pestañear y sonreímos como tontos. Su suspiro largo y profundo es la señal que necesito para tirar de sus dedos y arrastrarla al agua. Cuando esta nos toca, Alba chilla y noto que el cuerpo se me despierta de sopetón. Está congelada y la piel se queja a cada centímetro que la mojamos. Pero no paramos. Seguimos avanzando mientras las olas rompen en nuestras piernas. Siento que podríamos llegar hasta el final, hasta ese punto en el que el cielo y el mar se fusionan en uno. Sin soltarnos de la mano. Riéndonos. Retándonos a dar un paso más.

De repente, una ola más elevada le empapa el abdomen y Alba salta de la impresión hasta colgarse de mi torso como un koala. Yo le acaricio las piernas. Resbaladizas. Suaves. Perfectas. Un nudo marinero que ojalá fuese irrompible.

—¡Eso no vale! —chillo, y le pellizco la carne.

Ella patalea y se ríe como una niña traviesa. Sus carcajadas me retumban en el oído y sus brazos me rozan el cuello con más delicadeza de la que implica su agarre.

—¡No hay normas, Enol!

—¿Estás segura de eso?

Antes de que pueda responder o arrepentirse, me zambullo dentro de la siguiente ola con ella enredada a mi cuerpo. El agua nos cubre. El corazón nos pide tregua para no morir congelado. Nos abrazamos con firmeza hasta que la fuerza del propio mar nos separa. Alba sale a la superficie y se ríe a carcajadas que resuenan en toda la playa. Yo la observo. Tiene el pelo revuelto y lleno de arena y la piel erizada. Sus pezones no solo se marcan, sino que se transparentan, mostrándome un color rosado parecido al de sus labios.

Noto una ola romperme dentro del pecho. Un golpe seco. Un latido que deja eco.

—¡Eres insufrible! —exclama mientras me salpica.

—¿Qué he hecho ahora?

Niega con la cabeza y entonces me sonríe con dulzura y su voz se apaga un poco.

—Siempre ganas. Alonso y Nacho competían entre ellos sin cesar porque contra ti era imposible hacerlo. ¿No lo sabías?

Pienso en aquellos años en los que para ellos dos todo era una carrera, un a ver quién llegaba primero o podía más. Siempre me mantuve ajeno a esa guerra silenciosa y absurda, excepto con una cosa. Con ella. Con Alba siempre quise salir vencedor. En esa batalla de tres a la que nunca pusimos nombre, yo deseé firmar el fin con el mío. Por eso, me tenso y la miro sin ocultar la decepción que aún me despierta el pasado.

—Pero no es cierto. No gané siempre, Alba.

Por cómo la miro, sabe que estoy hablando de ella. De nosotros. De lo que pasó aquellas últimas semanas. No obstante, arruga la nariz y da un paso hacia mí. Se aparta el pelo pegado al rostro y se relame los labios salados.

—Quizá no seas tan listo como todos creíamos —susurra sin apartar la vista de los míos.

—¿A qué viene eso?

Sonríe y, por primera vez, veo miedo en ese gesto. Duda. Timidez, incluso. Una vulnerabilidad que destaca sobre todo lo demás. Unas emociones que chocan con la Alba afilada y segura con la que siempre me he enfrentado.

Da otro paso y noto que tiembla, pero creo que no es por el frío.

—Viene a que hasta cuando ellos me trataron como un estúpido premio, al final, tú has acabado siendo el vencedor. Si no, ¿por qué iba a estar a punto de hacer esto?

Alba se mueve con lentitud sin dejar de mirarme. Estamos tan cerca que respiramos lo mismo. Es una ola la que la mece hasta pegarse a mi cuerpo. Solo entonces, se pone de puntillas, sujeta mis mejillas entre las manos y su boca roza la mía. Es una caricia, apenas un suspiro compartido. Es tan sutil que me recuerda al viento. Pero es real. Es un beso. O un maremoto a pies quietos.

Sus dientes atrapan mi labio con dulzura. Me muerde y gime en un soplo que acabo absorbiendo. Apoyo la mano en su nuca y la acerco a mí. Y el mar hace el resto. Una ola más viva la empuja y la acojo entre jadeos. Alba entreabre la boca y su lengua sale a mi encuentro.

La sensación es tan jodidamente indescriptible que soy

incapaz de ponerle nombre. Es un chispazo. El golpe de una ola rompiendo contra las rocas. Un salto desde los acantilados.

El agua nos mece. El equilibrio es difícil, pero tampoco lo necesitamos. Lo único que ansío es perderme con ella. Me da igual aquí que en cualquier otro rincón del mundo, pero solos, rodeados de nada.

Sonrío dentro de su boca al pensar precisamente eso. Y solo por un puto beso...

—¿Qué pasa? —me dice con la respiración acelerada.

—Nada.

Le retiro un mechón de la cara y le beso el cuello. Ella cierra los ojos y gime. Luego apoya la frente en la mía y vuelve a besarme con calma, con tanta delicadeza que tiemblo.

Y no sé si se habrá dado cuenta de cuál ha sido mi respuesta, pero yo sí. Y me da miedo. Aunque también más ganas. De ella. De esto. De nosotros.

Se separa. Abro los ojos. La miro. Sonríe. Y, con las mismas, se marcha. Se aleja de mí, sale del mar y se viste, como si nada hubiera sucedido. Como si fuera verano y solo se tratase de un baño para refrescarnos. Alba en su estado más puro.

Meto la cabeza debajo del agua y todo desaparece. Todo menos ella, su beso y el rastro de cosquillas que me ha dejado en la lengua.

«La nada... Hay que joderse, Alba...»

El mar

Los seres humanos no podéis ser más diferentes entre vosotros. Mentes, corazones y cuerpos infinitos, millones de combinaciones que os convierten en ejemplares únicos.

Sin embargo, da igual las generaciones que transcurran, siempre que veo un grupo de jóvenes frente a mí me doy cuenta de que estos se parecen más de lo que jamás imaginarían. Las mismas inquietudes, miedos, deseos y dudas.

Aún recuerdo aquella tarde como si no hubieran pasado cincuenta años. Reían y charlaban sobre la arena de Bocanegra. Fumaban cigarrillos largos y compartían una botella de vino sin vasos, sintiéndose libres en un acto tan sencillo como ese.

Pelayo liaba tabaco en silencio con la mirada perdida en mí. Se le atisbaba el pecho por los primeros botones desabrochados de la camisa. Llevaba los pantalones recogidos bajo las rodillas y hundía los pies desnudos en la arena húmeda. Tenía el pelo tan crecido que casi le rozaba los hombros y le tapaba el rostro a cada poco.

Una de las chicas se sentó a su lado y sonrió con la mirada alzada al sol.

—Qué día más bonito.

—Demasiado calor —dijo él, sintiendo la camisa pegada a la espalda.

Ella rio y gesticuló con gracia.

—Claro, el farero prefiere viento, tormentas y complicaciones.

Pelayo se volvió y la observó. Sonreía con un deje de superioridad que le gustó. Llevaba el pelo rubio recogido en un moño y pendientes de plata. Los pantalones cortos dejaban sus piernas desnudas a la vista. Por detrás, sintió la mirada de Joaquín Velarde puesta en la chica, deseando sus atenciones.

No obstante, últimamente solo se las llevaba él y no comprendía por qué.

Nunca se había mostrado interesado en Eulalia. Era una de las chicas más guapas del pueblo, pero sentía que eran muy diferentes como para encajar. Ella, demasiado charlatana; él callaba más de lo que hablaba. Ella odiaba la playa, no sabía nadar y me temía; él se entendía mejor con las mareas que con los de su especie. Ella era de una familia tradicional que esperaba que se casara y tuviera hijos más pronto que tarde; él, un joven cuyo oficio de farero era su prioridad y la soledad de la torre el único hogar que consideraba perfecto.

Además, a todas esas diferencias había que sumarle que su cabeza estaba en otra parte. En otro rostro. En otros encuentros. En otros ojos que percibía clavados en su nuca, por mucho que lo disimulasen.

Pelayo alzó la mirada al cielo despejado.

—Mañana lloverá.

Luego se encendió el cigarrillo y ella, en un impulso atrevido, se lo robó tras la primera calada. Intuía que a Eulalia no le gustaba fumar, pero en aquella época había algo sexi y revolucionario en hacerlo.

—¿Estás seguro?

Él se rio con cierta condescendencia. De otra cosa no, pero de mis señales y de las del cielo sabía más que nadie.

—¿Quieres que nos apostemos algo?

—Si no llueve, ve a buscarme a casa e invítame a un helado.

Pelayo observó sus ojos, escondidos bajo unas largas pestañas y de un precioso color miel, y se dijo: «¿Por qué no?». Todos lo hacían. Todos tenían citas, se besaban, se prometían la luna y después se olvidaban. Pese a que seguían bajo el yugo de una dictadura, la sociedad estaba cambiando de forma sutil y la juventud lo disfrutaba a escondidas. Además, en el fondo y por mucho que le doliera, no le debía explicaciones a nadie. Así estaban las cosas.

Pese a ello, el farero nunca se equivocaba y al día siguiente llovería, así que lo suyo con Eulalia tendría que esperar un poco más para encontrar su momento.

Recuperó su cigarrillo y asintió. Ella se ruborizó y cambió de tema para que no fuera tan obvia su emoción por ese paso que acababa de dar con el único chico que le interesaba. Contaba con algunos pretendientes, entre ellos el bueno de Joaquín Velarde, pero Pelayo... él tenía algo que le llamaba poderosamente la atención. No sabía si era su hermetismo, esa mirada siempre algo atormentada que le provocaba ganas de acunarlo o ese aspecto dejado que le daba un aire rebelde. Fuera lo que fuese, Eulalia lo quería para ella, y ya por entonces era una mujer de objetivos fijos.

Entonces pensó en lo único que creía que seguía entorpeciendo su camino, cogió aire y soltó lo que le habían confiado y que muy pronto todos sabrían. Al menos, Eulalia cruzaba los dedos para que fuera así.

—Creo que van a prometerse.

—¿Quién?

Ambos giraron la cabeza hacia el resto del grupo. En el

medio, Fernando y María, los hermanos Figueroa, peleaban sobre algo que el resto no entendía, como siempre. A su alrededor, los demás reían. Entre ellos, una pareja se miraba y se susurraba confidencias que parecían importantes. Estaban sentados muy cerca. Tanto como para que sus rodillas se rozasen y la postura resultara íntima.

Pelayo tragó saliva.

—Villar está colado por ella. Dice mi padre que de este mes no pasa, se lo ha confiado el suyo en el puerto.

La expresión masculina se enturbió. Un cielo repentinamente cubierto de nubes.

—¿Y Cova qué dice?

Ambos clavaron la mirada en la joven. Covadonga García tenía una melena oscura y ondulada que brillaba bajo el sol. Sus ojos azules eran tan bonitos que Eulalia no podía evitar envidiarla. Su cuerpo, enfundado en un bañador blanco, parecía hecho para protagonizar películas. Todos los chicos del pueblo la deseaban, bien lo sabía ella. Incluido el farero, que nunca mostraba fascinación por nada más que por mis aguas, las mismas que a Eulalia le daban tanto miedo, pero al que había pillado observando a la chica demasiado a menudo. Deseaba con fervor que algún día Pelayo la mirase también así, con ese fuego contenido, con esa pasión que se reserva para muy pocas cosas en la vida. Al lado de Cova, Eulalia era consciente de que no tenía nada que hacer, pero con ella fuera de juego... quizá aún hubiera una oportunidad para alcanzar su meta.

Pelayo suspiró al comprender lo que Eulalia le estaba diciendo con esa confidencia y notó que se le encogía el corazón.

—Cova parece convencida. De hecho, no sé por qué ha tardado tanto en aceptar que lo suyo con Manuel tiene futuro.

La mano de Pelayo se cerró sobre la arena y atrapó un

trozo de concha en su interior. Hizo tanta fuerza que percibió que la punta le arañaba la piel. Supongo que prefería sentir eso a la rabia y el dolor de descubrir que su propia historia de amor comenzaba a tener un final escrito.

Cuando Cova se acercó a los labios de Manuel y lo besó por primera vez delante de todos, Pelayo cerró los ojos para contener las emociones. Un torrente oscuro y denso le atravesó el pecho, como un rayo fulminante que abre el cielo y quema la tierra que toca. Luego le tendió a Eulalia el cigarrillo y le sonrió con una frialdad que la chica no percibió, pero que ese día se instauró en él y tardaría mucho en abandonarlo.

—Les irá bien. Hacen una bonita pareja. Me alegro por ellos.

La chica pareció complacida por la respuesta y se levantó de un salto. Se sacudió la arena de los pantalones y le ofreció la mano a Pelayo para hacer lo mismo.

—Vamos, el pesado de Joaquín quiere hacer una foto.

Él obedeció y se mezclaron con los demás. Se colocaron entre risas y empujones de frente al sol, con los ojos entrecerrados por la luz y agarrándose de las cinturas, mientras Joaquín les daba órdenes para sacar el mejor retrato de una tarde entre amigos inolvidable.

Aún recuerdo a la perfección la imagen, sus detalles, sus luces y sombras. Sus sonrisas. Las burlas de Fernando, la alegría contagiosa de su hermana María, la belleza innegable de Covadonga, su mejilla apoyada en el hombro de Manuel y cómo él rozaba con los labios la cumbre de su cabeza, la timidez de Eulalia cuando se colocó al lado de Pelayo y entrelazó el brazo con el suyo, y la mirada fiera del farero. Sus ojos de tormenta. El movimiento de su rostro justo en el instante en el que se pulsaba el disparador. Su dolor congelado para siempre en una instantánea en la que todos miraban al frente menos Pelayo, que sostenía en sus pupilas lo que nunca más podría ser.

Enol

—Buenos días, abuela.

—Buenos días, cielo.

Le dejo un beso en la mejilla y ella me observa con los ojos entrecerrados antes de sonreír con malicia. La Covadonga suspicaz es una de las que más temo.

—¿Por qué me miras así?

—Hueles muy bien.

Chasqueo la lengua y me escondo dentro de la nevera. Reviso los estantes hasta que cojo un brik de zumo, aunque no tengo sed, pero lo que sea con tal de escapar de lo que viene a continuación.

—Espero que eso no signifique que lo habitual es que huela mal.

Bufa entre dientes y contengo una sonrisa.

—Eres tan insufrible como tu abuelo.

Me giro y le sonrío ampliamente, como si eso fuera un halago, y me sirvo un vaso de zumo bajo su atenta mirada. Como sé que es imposible que escape de esta, decido colaborar igual que en un interrogatorio policial.

—Voy a casa de los Quintana.

—¿Tan pronto? —El reloj no marca aún las doce a nuestra espalda.

—La comida ya está hecha. —Alza una ceja y le doy lo que tanto desea—. Y así puedo ver un rato a Alba.

Asiente con satisfacción y sus ojos se cubren de algo dulce.

—Te gusta.

—Siempre me ha gustado —confieso, harto de esconderme. A fin de cuentas, no hay una puta piedra de Varela que no lo sepa.

—Pero ahora te gusta distinto.

—¿Cómo que distinto?

—Más de verdad. Menos idealizado.

—Siempre idealizamos a los demás, ¿no?

—Supongo que sí, pero cuando alguien nos decepciona una capa se desprende y lo vemos más como de verdad es.

Lleva razón, ya me lo dijo la misma Alba: somos capas que van cayendo hasta que dejamos a la vista lo que guardamos solo para nosotros. No obstante, al mismo tiempo me doy cuenta de que en mi caso no es exactamente así. Yo siempre he visto a Alba. Ese es el problema. Nunca he esperado de ella algo que sabía que no podía ofrecerme o que no encajara con quien es. La he visto cruda, desnuda a unos niveles que no tienen nada que ver con la ausencia de ropa, más tangible que nadie que haya conocido. Por eso se me quedó más dentro, porque yo vi lo oscuro que también es y, aun así, me gustó.

¿Cómo se escapa de eso?

—Ayer me besó.

La abuela parpadea, un poco descolocada por mi confesión. Tal vez sea extraño hablar de esto con ella, porque nunca lo he hecho. Yo no soy como Bras, que es capaz de hacer una reunión familiar para contarnos con todo lujo de detalles cada encuentro íntimo con una chica. Pese a ello, me siento bien compartiéndolo con alguien que, por nuestras últimas conversaciones, intuyo que puede comprenderme.

Tendemos a ver a nuestros mayores como seres sin vida anterior, en un único papel más puro y casto bañado de esa ternura que provoca la vejez, pero se nos olvida que ellos también sintieron, sufrieron, amaron, follaron. Sí, joder, ellos ya pasaron por todo esto que nosotros apenas comprendemos con la inexperiencia emocional de los veinte años.

—Y hoy tú quieres besarla. ¿Me equivoco?

—No.

La abuela me palmea la mejilla al pasar. Yo oleré a perfume como un idiota que quiere impresionar a alguien, pero ella huele a pan recién hecho y a limón, y no hay nada que se le iguale.

—Te mereces ser feliz, Enol. Que no se te olvide.

Trago saliva y la abuela sale de la cocina. Por un instante, se me pasa por la cabeza si ella lo será como siempre he creído. Si sus capas permanecerán intactas o apenas le quedará expuesto el hueso.

Cuando llego a casa de los Quintana, es Pelayo el que me recibe. Tiene los ojos muy abiertos y lúcidos, lo que últimamente es tan habitual como que en Varela salga el sol.

—Pasa, chico. Estamos haciendo galletas. ¡Galletas! ¿Te lo puedes creer? —Sacude la cabeza con resignación—. Esta niña haría lo que quisiera conmigo.

Sigo sus pasos hasta la cocina y allí me encuentro con Alba. Lleva puesto un delantal de flores y el pelo recogido con una cuchara de madera. No lo sabe, pero cuando Pelayo la mira con una dulzura que rara vez muestra, sé que en ella está viendo a Eulalia.

Alba se gira, me sonríe y se echa a reír, mientras señala al cielo con las dos manos.

—¡Por fin alguien ha escuchado mis plegarias!

—¿Qué diantres dice ahora? —pregunta Pelayo, tan atónito por el comportamiento de su nieta como complacido por poder compartir momentos como ese con ella.

Demasiado tiempo viviendo en una casa vacía. Demasiado tiempo solo.

Sin esperar respuesta, el viejo se sienta frente a la mesa y continúa con su tarea, formando figuras temblorosas con la masa.

—Abuelo, Villar sabe de repostería. Covadonga lo ha enseñado bien. Enol, ven y dime por qué se me abre la mezcla. Estaba a punto de enloquecer y tirarlo todo por el retrete.

Dejo la cesta con la comida en la encimera y me coloco a su lado. Sonríe tanto que no parece Alba y eso me hace sonreír a mí. La observo sin prisas, recreándome en ese brillo que le llena los ojos, en la nariz arrugada al ver el nefasto resultado de sus esfuerzos culinarios, en su sonrisa, que hoy parece tatuada en sus labios y no un espejismo efímero. En lo feliz que es porque la vida le esté dando la oportunidad de regalarle a su abuelo pequeños momentos.

—¿Qué pasa? —me pregunta, algo incómoda por mi escrutinio.

—Échale un chorro de leche y mezcla de nuevo —le contesto, como si estuviéramos hablando solo de recetas y no de por qué no puedo apartar mis ojos de ella.

A nuestra espalda, Pelayo murmura algo sobre unas galletas de jengibre y miel.

Alba me obedece, saca la leche de la nevera y la vuelca hasta que le digo con un gesto que ya es suficiente. Luego remueve la masa con las manos, sin dejar de mirarme. Sus dedos se cubren de una capa blanquecina. Me la imagino jugando a manchar otras partes de su cuerpo. Comiendo galletas sobre su estómago. Recogiendo un camino de migas con la lengua.

Nos envuelve algo intenso. Algo que, si lo respiras demasiado, te atraganta. De más jóvenes resultaba sutil, porque éramos tan inexpertos que apenas lo distinguíamos, pero ahora es insoportable. Es pesado. Molesto. Es un jodido motivo perfecto para decirme que esto que estoy haciendo con ella tiene sentido.

No se puede ignorar lo que existe durante mucho tiempo.

Alba inspira con profundidad, tan agitada como yo, y susurra con la voz ronca por las emociones.

—Lo que pasó ayer...

Como siempre, de cara. Contra el oleaje en vez de a su favor.

Me apoyo en la encimera y mi cadera roza la suya. Me pregunto si encajarán tan bien como parece.

—Ya...

—¿Ya qué? —pregunta confusa.

Sonrío y le aparto un mechón de pelo de la cara. Sus dedos se revuelven dentro del cuenco de madera.

—Pue eso. Que fue...

Se pasa la mano por la nariz, manchándose por el camino, y se sujeta a la encimera. Está nerviosa y le cuesta contener todo esto que nos rodea. Cuando se pinza el labio y me lanza una mirada altiva, reprimo una carcajada. Porque hasta para esto es así, incapaz de dejar las cosas en el aire, fluir solas, sino que necesita verlas de frente, ponerles nombre, voz y chocar con ellas.

—¿Fue qué?

Y entonces la siento de nuevo, la ola entre las costillas, como un vaivén inevitable que me cincela por dentro hasta hacerse un hueco.

—Joder, Alba.

La sujeto por la nuca y la distancia desaparece. Las bocas se encuentran. Es un impulso rápido, casi reflejo. Un beso tan fugaz que apenas nos da tiempo a saborearnos, pero sí a romper la tensión que comenzaba a quemarnos.

Cuando me separo, la siento suave, vulnerable, descolocada aunque complacida. Preciosa.

Me mira a los ojos, tan cerca que veo que los suyos arden. Son las ganas, que comienzan a superarnos. ¿Cuánto se puede contener el deseo sin reventar? ¿Cuánto más podremos ser Alba y Enol sin caer en lo que cada vez me parece más inevitable?

Se lame los labios y se los rozo con el pulgar.

—¿Cómo está el mar hoy?

La voz de Pelayo nos devuelve a la realidad y me aparto, un poco aturdido por haberme dejado llevar así con él en la misma habitación. Alba se centra en seguir amasando, con las mejillas acaloradas y la boca húmeda, aún temblando, y también sin comprender cómo es posible que el mundo desaparezca hasta tal punto solo con un beso. La jodida nada, capaz de engullirte en cuanto bajas tus defensas.

El viejo se levanta y se asoma a la ventana.

—Fiero. Impaciente —le contesto.

Al instante, la miro de reojo y la sonrisa cómplice que esconde en el bol me calienta la piel. Porque así me siento yo. Ansioso por continuar, por besarla de nuevo, por descubrir qué escogemos a continuación de todo lo que sea posible.

«Tenemos la vida al alcance, Alba. Estamos rozándola con los dedos.»

Pelayo asiente y se dirige a la salida.

—Va a llover —nos dice.

Luego se pierde entre los pasillos de su casa y nos quedamos solos.

Alba se gira y me lanza un trozo de masa resbaladiza a la cara.

Yo me río y cuento los segundos hasta volver a perdernos como solo nosotros sabemos.

214

El abuelo

Entra en el salón y se sienta en el sofá. La risa de los chicos se oye de fondo desde la cocina. Su deseo es palpable; su ilusión, contagiosa. Aunque para él ya sea demasiado tarde, revivirlo a través de otros siempre es bonito.

Enciende el televisor y deja un programa cultural de esos de preguntas para obtener un cuantioso premio. Recuerda que a Eulalia le gustaba jugar desde el sillón a ver cuál de los dos lograba más aciertos. Era muy competitiva y siempre ganaba ella; lo que Pelayo nunca le contó fue que solía fallar a propósito de vez en cuando para verla sonreír feliz cuando se alzaba con la victoria.

Se frota una uña y un resto de masa reseca se desprende. Nunca había hecho galletas. Y, al sentir la textura blanda y dulce bajo sus yemas, no ha podido evitar que Eulalia desaparezca de su mente y viajar hasta otro recuerdo. Uno de esos que se prohibió durante muchos años, pero que desde que el olvido lo persigue con insistencia no dejan de aparecer, de regresar, de reavivarle las sensaciones bajo la piel.

En esta ocasión recuerda una tarde en el faro en la que apareció con una bandeja de pastas. Aún se pregunta por qué llevó galletas, si como un modo de pedirle perdón o de que el adiós fuera más dulce. Eran de jengibre y miel. En sus labios, el sabor se intensificaba.

Pelayo cierra los ojos y se deja llevar. Ahora es lo único que tiene.

Vuelve a su apreciada torre de luz. A una tarde de lluvia fina que apenas sonaba al golpear las cristaleras.

Recuerda el olor de las galletas llenándolo todo. Las sonrisas postizas mientras hablaban del tiempo y de la inminente boda, que ya casi era una realidad. El dolor punzante y sordo que a Pelayo se le enredó ese día por dentro, como una hiedra venenosa enmarañada en el corazón.

Los besos que llegaron después.

Sinceros, tristes, abrumadoramente intensos.

«Una última vez. Solo una última vez.»

Su voz.

El abrazo que acabó siendo un baile sin canción, solo al ritmo de sus suspiros.

Su adiós.

Abre los ojos e inhala con fuerza, sintiendo que le falta el aire. Pensar en la despedida siempre lo deja exhausto.

Le llega el olor de los dulces que ha hecho con la niña horneándose.

El estómago se le cierra.

No ha vuelto a comer galletas sin notar el sabor amargo que deja un corazón destrozado.

El café derramado sobre
la alfombra. ¿Quién besó
primero a quién?
Nunca lo sabremos

Alba

Hoy va a ser un gran día. No estoy acostumbrada a confiar en ello; menos aún cuando apenas es la una del mediodía. ¿Cuántas posibilidades existen de que algo se tuerza y piense todo lo contrario al meterme en la cama? Se me podrían ocurrir un centenar, a cada cual más terrorífica, pero soy incapaz de pensar en otra cosa que no sea en el rato que he compartido con el abuelo en la cocina haciendo galletas. Nos hemos divertido y hemos charlado como si el mundo entero se condensara entre esas paredes, en un espacio sin enfermedad, sin reproches, sin recuerdos que duelen. Tampoco puedo quitarme de la cabeza a Enol. En su visita temprana, que solo puede significar que estaba tan inquieto por volver a verme como yo, en esa manera tan suya de mirarme, con tanta intensidad que todavía me arde la piel. Y en su beso.

Maldito canalla capaz de descolocarme de la forma más tonta solo con un beso...

Me deshago del delantal y me lo acerco a la nariz antes de colgarlo detrás de la puerta. Todavía huele a la abuela. Luego me lavo las manos y me las seco con calma, mientras él me observa en silencio, apoyado en el borde de la mesa con una sonrisilla tan ridícula como encantadora. Porque aún no se ha ido. Sigue aquí. Llenándolo todo con su estúpida presencia.

Lleva el pelo hacia atrás, algo húmedo por una ducha reciente, y una camiseta de manga larga negra que se le pega al cuerpo bajo la chaqueta de lana. Las largas piernas enfundadas en unos vaqueros y cruzadas. Parece tan seguro de lo que hace y de lo que ocurre entre nosotros que me dan ganas de meterle la cabeza en el horno.

Galletas de chico bueno de Varela con pepitas de chocolate.

Lanzo el trapo a su lado y me acerco con lentitud. Cada paso me despierta un poco más. Aún noto su sabor en la punta de la lengua. A mar y lluvia. A verano y sal.

—Me has besado.

—Así es.

La maldita sonrisa se intensifica. Tengo que morderme la mía para fingir que estoy molesta y no deseando que lo repita.

—Delante de mi abuelo.

—En realidad, detrás —me dice con inocencia.

Doy otro paso. Dos más y podría tocarlo. Dos más y él podría hacerlo también.

—Ya sabes a lo que me refiero.

Trago saliva y mis pies se impulsan solos. Los ojos de Enol se mueven por mi boca sin descanso. Cuando me ha tocado los labios, sus dedos ásperos han avivado algo en mi piel que no sabía que estaba dormido.

—Y volvería a hacerlo —susurra.

El último paso me deja apenas a un suspiro de él. Si no me diera tanto miedo, diría que esto debe de parecerse al amor. Este vacío que nos engulle cuando estamos cerca y todo desaparece. Incluso el abuelo sentado apenas a un metro hace minutos. Esta ansia de romper la distancia y anudarme a su espalda. Esta falta de aire, que solo necesita el de su boca para volver a respirar.

—¿Quieres subir a mi cuarto?

Enol alza una ceja y se cruza de brazos. De repente, su sonrisa petulante me parece de lo más insoportable.

—Eso ha sonado a una fantasía adolescente demasiado manida, ¿sabes?

Le suelto un manotazo en el pecho y me doy la vuelta. Pese a ello, me gusta esta faceta de Enol, esta versión descarada que en el recuerdo de chico bueno que le guardaba no tenía cabida.

—¿Vienes o no? —pregunto sin mirarlo.

Pongo el horno al mínimo y cierro con llave para que el abuelo escapista no haga una de las suyas. Enol no responde, solo sigue mis pasos escaleras arriba mientras mis latidos se aligeran. No sé adónde nos dirigimos, pero sé que necesito tenerlo a solas, cerca, en un sitio en el que solo seamos nosotros. Ya no hay vuelta atrás y, lo que es mejor, si la hubiera, tampoco querría regresar.

Naufragar no siempre es la peor opción, si el chico raro de Varela te acompaña.

Enol

El dormitorio no solo huele a Alba, sino que la siento en cada centímetro de espacio que nos rodea. Aunque no sea más que un cuarto de muebles antiguos que ni ha escogido ni le pertenecen, hay algo en ella que se pega en todo lo que toca. En las cortinas. En la madera del techo. En el espejo desde el que, por un segundo, nos miramos. En los veranos de mi adolescencia. En mí.

Se asoma a la ventana y se sienta en el borde de la mesa que hace función de escritorio. Se quita las deportivas y dobla una pierna bajo la otra. También esconde las manos en las mangas de lana de su jersey para agarrarse a sí misma, como siempre hace.

—Cuando era pequeña me pasaba horas aquí sentada.

—¿Antes de conocernos? —le pregunto, porque la Alba del pasado era muy difícil de contener dentro de casa. Era la primera en salir a nuestro encuentro en aquellas tardes tan interminables como fugaces y la última en retirarse.

Sin embargo, me doy cuenta de que sé muy poco de la niña que hasta ese momento venía los veranos a visitar a sus abuelos, pero que no se relacionaba con nadie. Otra inadaptada más que buscaba sus propias piezas que la completasen.

—Sí. Me gustaba mirar el mar a lo lejos y contar los limones del limonero.

Me asomo a su lado y veo los árboles del jardín de su vecino más cercano. Motas amarillas rompen el verde que lo llena todo.

—Fascinante.

Me río y ella me pellizca el brazo.

—¡No te rías! Estaba muy sola y nunca se me ha dado bien hacer amigos.

—Con nosotros fue fácil.

—Porque erais vosotros. Tenía que ser así.

Frunzo el ceño y, sin poder ni querer evitarlo, me acerco y dejo caer un brazo a cada lado de su cuerpo, atrapándola en un abrazo que no llega a ser.

—¿Estás pensando en el destino o algo parecido?

—No, no exactamente. Pero hay cosas que son, que salen solas. Fluyen, sin más.

Traga saliva y asiento. Alba parece perdida en los recuerdos de aquellos veranos en los que fuimos tan felices, aunque ahora solo nos dé por recordar lo amargo. Las risas. Las confidencias. Las travesuras. Los baños a deshoras. Alguna escapada de noche sin que nuestros padres se enterasen. Las primeras cervezas compartidas. Los primeros deseos, que confundían los límites de aquella amistad unida solo a una estación.

—¿Sigues enfadada con Alonso?

Sonríe con una nostalgia inesperada.

—No. Se me pasó rápido. En realidad, no estaba cabreada con él, sino conmigo. Por ser tan estúpida. Por creer que era amor cuando solo era la ilusión adolescente de esos primeros sentimientos que nos cuesta distinguir y enfocar en la dirección correcta.

Me mira de reojo y siento que las últimas palabras están destinadas a mí.

223

—¿Y con Nacho?

Su sonrisa entonces es más amplia y honesta. Supongo que da igual el tiempo que pase, Nacho siempre tiene ese efecto en todos los que lo conocemos.

—Con Nacho es imposible enfadarse. Y tampoco tenía motivos. Fue el único sincero de los cuatro.

Digiero ese pequeño ataque que sé que merecemos y que siempre me ha costado aceptar. Porque sí, Alba quizá hizo las cosas mal, pero yo tampoco me esforcé demasiado para que no sucedieran ni por aceptar mi papel en todo aquello.

Solemos esquivar las verdades que duelen cuando no sirve de nada afrontarlas, pero Alba no. Alba las encara. Siempre me ha parecido brutalmente valiente.

Levanto la mano y la poso sobre su muslo. Se gira y clava los ojos en mis dedos antes de fijarlos en mí.

—Podríamos serlo ahora —le digo—. Sinceros. Dejarnos de tonterías y centrarnos en esto que somos hoy.

Suspira y su cuerpo se recoloca, dejándome acceso total para seguir con mis caricias.

—Estoy de acuerdo.

—Quizá podría empezar diciéndote que no dejo de pensar en ti —susurro.

Mi otra mano le sube por el brazo y acaba probando la suavidad de su cuello. Sus latidos resuenan en mis yemas.

—¿En mí o en besarme?

Sonrío. Ella se estremece. Los dedos me bailan hasta su mejilla.

—En ti. En tu boca. En tu sabor.

Exhala contra la mía y la respiro. Abro sus labios en un pellizco y me moja con su saliva.

Le separo las piernas y me coloco entre ellas en un movimiento que acerca su trasero al borde de la mesa hasta que roza las mías.

Alba gime.

Y yo... yo me trago ese resoplido ronco, sutil, instintivo.

Las bocas se juntan y el beso llega. Más intenso que los que ya nos hemos dado. Menos cuerdo. Hundo la lengua en ella y la sujeto por ambas mejillas. Sus manos se cuelan bajo mi camiseta y me arañan la espalda. Me estremezco. Atrapo la carne entre los dientes y la saboreo. Los suspiros se convierten en jadeos.

Y lo quiero todo. Quiero todo lo que me dé, sea mucho o poco. Dure solo el otoño o nos llegue hasta primavera, me importa una mierda. Pero lo quiero.

Alba cierra las piernas y se mece contra mi cuerpo. Se pelea con mi chaqueta y la suelto solo para ayudarla a desprenderme de ella. Su sonrisa húmeda me dice que no se conforma con eso, así que me quito la camiseta en un solo movimiento y la lanzo al suelo. Sus ojos se deslizan por mi cuello hasta mi pecho, que se mueve agitado. Los dedos se atreven a hacer el mismo recorrido y se deslizan hasta el ombligo. Mi excitación es tan obvia que traga saliva al verla y eso solo provoca que se me ponga aún más dura.

—Alba —le digo.

Ella me mira y no necesito hablar más para que sepa lo que le estoy preguntando.

Su jersey y su camiseta desaparecen en segundos.

La sujeto por la parte baja de la espalda y la alzo. Enreda las piernas en mi cintura antes de caer ambos sobre la cama. Los muelles resuenan en toda la casa y se tensa. Nos llega el murmullo del televisor encendido en el piso de abajo. El mundo, que se había evaporado, vuelve a moldearse a nuestro alrededor, recordándonos que no estamos solos. Aún quedan algunos supervivientes repartidos por todo el planeta.

—No —susurra con firmeza.

Asiento y voy a levantarme, pero sus ojos me paralizan y sus manos me frenan. No es esto lo que quiere. No podemos terminar lo que nos morimos de ganas de probar, aunque tampoco desea que esto se quede en el aire por más tiempo. Así que me tumbo a su lado, ambos con la respiración entrecortada, y entonces Alba me sorprende de nuevo. Me lleva a su terreno. Toma una decisión que acato porque no sé qué más puedo hacer. Estoy perdido.

Se desabrocha el pantalón y lo desliza apenas unos centímetros por sus caderas. El encaje de unas bragas blancas me recibe. Aparto sus dedos con delicadeza; ella traga saliva. Cuelo la mano bajo el tejido y cierra los ojos. Se deja hacer. La acaricio, descubriendo cómo le gusta, memorizando cada uno de sus gestos, sus suspiros, la imagen de su boca entreabierta y su piel erizada por las sensaciones.

La Alba más vulnerable de todas, la más sincera, la menos punzante.

En un momento dado, alarga la mano y busca mi propia excitación con dedos torpes, pero la detengo. Abre los ojos y hablamos con una sola mirada.

«No, Alba. No necesito esto. No, ahora. Este momento es para ti. Y para mí. Porque verte ya es un regalo.»

Suspira y, en un arrebato, me sujeta por la nuca y me acerca a ella. Me muerde la boca. Respira contra mis labios. Apoya la frente en la mía y se arquea por la excitación. Mi mano se acelera. Me trago sus jadeos. Y cuando su cuerpo tiembla y se deshace entre mis brazos, silencio su grito con la lengua. La beso con suavidad, con una languidez que acaba siendo calma absoluta cuando Alba recupera la respiración y me sonríe con dulzura.

Saco la mano de sus bragas y le rozo el ombligo. Ella se ríe como una niña. Después suspira con la mirada fija en el techo y el silencio que nos envuelve es demasiado cómodo.

Demasiado bonito. Se parece al que solo he apreciado en mar abierto.

Vuelve el rostro y sus ojos se iluminan.

—¿Masturbarme o follar conmigo en tu imaginación?

En cuanto suelta la pregunta se tapa la boca con la mano para no explotar en carcajadas. Yo gruño y escondo la cabeza en su cuello. Es malvada, pero las brujas siempre han tenido su encanto. Finalmente, Alba se ríe y sonrío sobre su pecho. Me recoloco el bulto de los pantalones y alzo el rostro, porque necesito mirarla a la cara para decirle esto. Quiero que lo entienda. Quiero que se lo crea.

—Aunque un día me reviente, elijo tenerte cerca, Alba.

Le aparto el pelo de la cara y suspira, todavía con las mejillas encendidas. Luego desliza los ojos hasta mi entrepierna y su sonrisa maliciosa regresa.

—Lo siento.

—¿Por correrte en mi mano? Oh, tranquila, te perdono por semejante suplicio —le digo con sarcasmo.

Ella se pinza el labio y tengo que contenerme para no empezar de nuevo. Masturbarla en bucle hasta que nos muramos de inanición no suena nada mal...

Sin embargo, sé que es la hora de marcharme. Me incorporo y recupero mi ropa. Me visto notando sus ojos en mí. Luego le lanzo sus prendas y me dirijo a la puerta.

—Imagino que el mar sigue revuelto —me dice.

Percibo un temblor. Y no solo en mi entrepierna, sino también en el pecho.

—No te imaginas cuánto.

Cuando bajo, Pelayo sigue sentado frente al televisor. No me mira, pero siento que su sonrisa astuta está dirigida a mí.

Antes de llegar a la esquina de la calle, he sacado el teléfono y los tonos me retumban en el oído. Es un suspiro de

Alba el que responde. Eso y un silencio cargado de cosas que no se necesitan decir.

—Sal esta noche. Conmigo.

—¿Qué me propones?

Sonrío y me prendo un cigarrillo. Comienza a chispear y sacudo la cabeza, asombrado por la capacidad de Pelayo para predecir el tiempo.

—Unas cervezas, una de nuestras conversaciones absurdas, un beso en tu puerta al traerte de vuelta. Soy un chico formal.

—Muy formal.

Nos reímos. Me doy cuenta de que aún la llevo en los dedos.

Doy una calada profunda. Comienza a llover más fuerte, aunque no me importa. El mar ruge con fuerza al otro lado de la calle. El deseo ya ha menguado, pero todavía percibo mis jodidos latidos por todo el cuerpo. Me resguardo bajo un balcón y fumo en silencio. Ella, al otro lado, respira muy lento. La imagino aún tumbada, sin camiseta, con la piel suave y pálida y el cuerpo blando por el orgasmo. Tan cercana como inalcanzable.

Carraspeo y le susurro con una intensidad que se me escapa sin remedio.

—Vamos, Alba. Déjame darte lo que no fui capaz de ofrecerte en su momento.

Cuando ella responde, el cielo ya truena y tengo la ropa empapada, pero no me importa.

Nada lo hace.

—Recógeme a las once.

228

El mar

Alba caminó hacia las rocas. Necesitaba pensar y aclarar los nudos que no dejaban de asfixiarla en su cabeza. El verano seguía su curso y tenía la sensación de que estaba cometiendo un nuevo error, aunque no sabía exactamente por qué ni cómo acabar con ese presentimiento pegajoso e incómodo.

Alonso y ella... No sabía ni qué pensar sobre Alonso y ella. No quería reconocerlo, porque hacerlo sería admitir que se había equivocado, pero aquello no estaba saliendo como esperaba. Si lo suyo con el chico de las paletas separadas era amor..., pues Alba debía aceptar que este era un sentimiento insípido, aburrido y carente de emoción. Pero si no se trataba de eso, ¿qué diablos era lo que buscaba con tanto ahínco? La frustración la estaba matando.

Por ese motivo, se había alejado de los chicos en cuanto se habían metido a dar un baño.

No obstante, ella no lo sabía, pero había uno de ellos que leía mejor sus estados que nadie. Y Enol llevaba días preocupado, siguiéndola con la mirada y anticipándose a sus necesidades, intentando aportarle lo que fuera para hacerla sentir mejor.

Aprovechó que sus dos amigos estaban nadando en una

de sus carreras absurdas para salir del agua y buscar a Alba. Cuando llegó a su altura, le pidió permiso con los ojos para sentarse a su lado y ella se lo concedió.

—¿Estás bien?

—Me apetecía estar sola.

—Es el mejor lugar para eso —dijo Enol con una sonrisa torcida.

Alba se volvió y lo observó. Tenía el cuerpo salpicado por pequeñas gotas que se deslizaban muy despacio por su piel. El pelo húmedo le caía por los ojos y le hacía entrecerrarlos de ese modo que a ella le recordaba a los grandes rebeldes del cine. Tan humano como irreal. No se dio cuenta de lo que hacía, pero el dedo se le escapó en un impulso y atrapó una de esas gotas en el brazo del chico.

—¿Tú vienes mucho?

—Algunos te dirían que demasiado.

Era cierto. Desde que era un crío yo lo veía a menudo paseando solo, mirando al infinito desde las rocas, lanzando piedras al agua y estudiando las especies de moluscos que encontraba en la orilla. Mientras los demás chicos corrían con sus bicicletas por el paseo o pisaban la playa para refrescarse, Enol se perdía en sí mismo y me descubría poco a poco. Cada secreto. Cada detalle. Cada grano de arena que se le pegaba a la piel.

—Siempre se critica lo que no se entiende —le respondió Alba, que había convertido en un juego lo de apresar las gotas que aún no se habían evaporado con los dedos.

Enol disimulaba bien, aunque se encogía cada vez que ella lo rozaba.

No eran conscientes, pero era algo que hacían a menudo. Todas esas ocasiones en las que Alba meditaba cada roce con Alonso, en las que le cogía la mano porque creía que era lo que tocaba, le salían solas cuando estaba con Enol. Él recogía conchas y caracolas que luego posaba en el antebrazo o en la pierna de la chica; creaba figuras y laberintos cuya silueta después miraban fascinados marcada por el sol. Ella le limpiaba la arena que todos solían llevarse pegada a casa, y lo hacía con mimo, de la nuca a la espalda, con movimientos precisos y meditados, a la vez que se fijaba en que Enol tenía muchos lunares que apenas se percibían. Pequeños puntos oscuros que rompían en su piel y que pensaba en unir con un rotulador, como esos dibujos incompletos de los que hay que descubrir la forma.

—A veces vengo porque aquí es donde el mar parece más vivo —le confesó con la intención de que ella olvidara lo que fuese que la tenía intranquila y con tantas ganas de desaparecer—. Si cierras los ojos, da la sensación de que Varela no existe. Que estamos en medio de la nada y que solo hay agua, rocas y arena. Su presencia engulle los problemas, las preocupaciones. A su lado, somos insignificantes y la marea se lleva todo eso.

—Los últimos habitantes del planeta.

—Algo así.

Ambos compartieron una mirada llena de complicidad. Y podrían haberlo sido. De haber estado bajo mi elección, los habría elegido a ellos con mucho gusto como los únicos supervivientes de una tragedia para mi distracción.

—¿Por eso te gusta tanto? —preguntó Alba, señalándome con su curiosidad siempre despierta.

—Me gusta porque es imprevisible, incontrolable y tan inmenso que cuesta hacerse una idea. Me fascina porque, formando los océanos el setenta por ciento del planeta, solo conocemos un cinco por ciento de ellos. Siempre aprendes algo del mar, Alba. Nunca te deja indiferente.

«Como me sucede contigo», gritaban los ojos de Enol mientras la miraba. Ella, en cambio, observaba el movimiento de mis olas con esa ansia de saber más que siempre la acompañaba. También con un brillo nuevo, un anhelo que le temblaba en las manos mientras las gotas robadas se volatilizaban en sus yemas.

Suspiró y dejó que se le escapara un pensamiento que no sabía si era correcto decir en alto.

—Eres especial, chico de las mareas.

Enol rompió a reír, porque era el mote que durante unos años había recibido en la escuela, pero, en el fondo, en la boca de la chica cobró un significado distinto. Y, pese a su queja y su mohín, aquello le gustó. Verse de ese modo a través de los ojos de Alba encendió una chispa en él y alimentó la ilusión.

—Joder, no me llames así. Ya me siento lo bastante diferente como para encima ponerle nombre.

—Pero es que lo eres. Eres distinto a todos los que he conocido. Y no debería avergonzarte.

—¿Y él? ¿Él también es especial? —le preguntó en un arranque de valentía.

—Alonso es... es un chico guapo.

La expresión de pasmo de Enol me habría hecho reír, si pudiera hacerlo. Supongo que no era para menos, lo que él no sabía era que Alba se había quedado sin palabras. No solo para encontrar algo que pudiera explicar lo que estaba haciendo con Alonso, sino porque había deseado que Enol le dedicara una declaración parecida a la suya.

—¿Y eso es lo que quieres, Alba? Pasar el verano en los brazos de un chico guapo, ¿no?

—Supongo que lo sencillo también tiene su encanto; más aún cuando eres una chica complicada.

—Tú no eres complicada, Alba, solo estás enredada.

—¿Enredada?

—Sí, como una madeja. Debes encontrar la punta del hilo por la que tirar.

Ella sacudió la cabeza con una sonrisa. La primera que sentía que se le dibujaba en todo el día. Y el único culpable había sido él. Siempre él, quisiera o no darse cuenta.

—¿Lo ves? Eres...

—El chico de las mareas, ya.

Sonrieron de nuevo y ocurrió. El mundo al completo desapareció y se quedaron a solas. Dos náufragos atrapados en mis rocas que aún desconocían lo que flotaba entre ellos.

—El chico capaz de hacer que me olvide de todo.

—Objetivo cumplido entonces, ¿no? Para eso te habías escondido aquí.

Cuando Alba lo miró, sentí la velocidad de sus latidos retumbando sobre la arena.

—Sí, supongo que sí.

Alba

«Creo que nunca he salido con un chico.»

Eso es en lo único que pienso cuando abro la puerta y Enol me espera al otro lado. Su sonrisa, que parece tímida, pero que ya he descubierto que esconde una más pícara que reserva solo para quien él quiere. Su aspecto pulcro y elegante, aunque sea a su manera, con un jersey trenzado gris y unos pantalones negros. La forma de mirarme, joder, esa que me hace pensar en cosas en las que rara vez me permito, como en que podría salir bien. Vivir algo bonito. Por una vez, no estar abocada al desastre.

—Estás guapa.

—Gracias.

Le sonrío, aunque me dan ganas de darle un tortazo. Porque, por su sonrisa ladeada, sé que no es un simple halago, sino que Enol se ha dado cuenta de que lo he intentado.

Cuando hice la maleta no metí más que ropa cómoda y abrigada, pero hoy me apetecía poner también un poco de mi parte. Quizá, por una vez, sentir la ilusión de una chica cualquiera ante la primera cita. Y ya hemos hecho esto antes, pero no, no es lo mismo. Por eso he abierto el armario de mi abuela, ese que hace años que nadie abre, y he rebuscado

234

hasta encontrar una camisa de mangas acampanadas de color vino. Tiene el escote en uve y unos pequeños botones dorados de lo más sofisticado. Bonita, sencilla y sexi de un modo sutil. Sin duda, los setenta fueron estéticamente increíbles. Con mis vaqueros, el pelo recogido con un pañuelo de seda que también le he tomado prestado y los labios pintados, parezco otra. Espero que una que se ha esforzado para que esta noche merezca la pena.

Ya vemos el bar a lo lejos y las luces del letrero de una conocida marca de refrescos iluminan la calle. Enol coloca la mano en mi cintura para cruzar y se acerca a mi oído lo suficiente como para que note su aliento cálido en la piel.

—Aunque estabas más guapa esta tarde.

Y después de ese disparo me suelta, como si no acabara de provocar un terremoto bajo mis pies. Me giro, un poco boquiabierta por ese comentario, y vuelvo a pensar que esto es nuevo. Que, para bien o para mal, es la primera vez que noto un burbujeo en el estómago que no tiene nada que ver con la anticipación del sexo. O al menos no solo con eso. Esto es otra cosa. Porque hasta la forma en la que caminamos, uno muy pegado al otro, pero sin tocarnos, con las manos a punto de rozarse y yo conteniendo el aliento cada vez que parece que van a encontrarse para después alejarse, es diferente. Yo me siento diferente. Y me gusta ser esta Alba, una que no sabe por dónde camina, que se siente vulnerable y algo perdida, aunque, por una maldita vez, en un lugar en el que perderse suena demasiado bien como para no arriesgarse.

«Creo que nunca he salido con un chico.»

Sonrío contra el cuello de mi abrigo.

«No, Alba. Tantas vueltas, tantas experiencias y, de pronto, aquí está tu primera vez.»

Enol abre la puerta y me deja pasar en primer lugar. Al ser un día de diario hay menos gente, pero, aun así, el ambiente es agradable. La temperatura caldea enseguida, una emisora de radio nos deleita con los últimos éxitos del pop y un perro descansa bajo las piernas de su dueño.

—¿Qué te apetece tomar?

—Tequila no.

Tuerzo los labios en una mueca y me sonríe con complicidad.

—No, será mejor que hoy nos mantengamos serenos.

—Una tónica, por favor.

Enol se aleja y ocupo una de las mesas libres. Justo es la que queda debajo del mural de fotografías que decora una de las paredes. Me distraigo con las imágenes y rápidamente reconozco a Antonio con al menos diez años menos en las fiestas de agosto. Sale en varias de las instantáneas, casi siempre con una mujer. En una de ellas parece aún más joven, casi un adolescente, y en otras, en cambio, su aspecto es el actual y rodea los hombros de dos chicos flacuchos y desgarbados. Si la memoria no me falla, creo que uno de ellos era amigo de Bras. También veo a Joaquín, el padre de Antonio, al que reconozco con facilidad porque cuando era pequeña paseaba a menudo con mi abuelo. Sé que falleció hace unos años y me imagino que las imágenes más antiguas tienen que haber salido de sus manos. Hay muchas de Bocanegra, de los barcos pesqueros amarrados en el puerto y del mismo mar, que se entremezclan con las de la gente joven del pueblo. La mayor parte parecen recuerdos familiares, momentos que encierran un enorme cariño o un instante memorable. Es un mural feliz, de eso no hay duda, y me parece bonito que los dueños no lo guarden solo para su intimidad, sino que lo expongan y que cualquiera pueda ser testigo de esa felicidad.

Enol regresa con dos tónicas y un platillo con frutos secos.

—Los Velarde, ahí donde los ves, tienen alma de fotógrafos —me susurra, señalando a Antonio—. Su padre era un fanático de la fotografía y él continuó sus pasos. Era habitual verlos juntos por el pueblo buscando la instantánea perfecta.

—Es bonito. Es un altar a la gente de aquí.

Se sienta frente a mí y mira a su alrededor con afecto.

—Es que este sitio es un poco de todos. En este lugar se han celebrado desde bodas hasta fallecimientos.

—¿Un entierro triste e íntimo o una fiesta ruidosa y multitudinaria para celebrar que has estirado la pata? —le planteo sin poder evitarlo.

—Fiesta, por supuesto. No somos tan aburridos como piensas. Nos gusta celebrar las cosas importantes.

Sonríe orgulloso y algo me vibra por dentro.

—¿Y por aquí también han pasado muchas primeras citas?

—Intuyo que sí. De hecho, me suena que mis abuelos coleccionan entre estas mesas muchos momentos.

Intento imaginármelos, igual que no dejo de hacer con mi abuelo desde que he regresado, pero me resulta demasiado complicado. Las escenas se me aparecen veladas. Con un manto nublado, como si las cubriera el polvo propio del paso del tiempo y no me permitiera contemplarlas como deseo.

—¿Piensas alguna vez en cómo habría sido vivir en aquellos años? Verlos jóvenes, fingiendo que disfrutan de una tónica mientras, en realidad, lo que se mueren es por estar a solas y arrancarse la ropa.

Le guiño un ojo con picardía y Enol sacude la cabeza. Las sonrisas son inevitables. Soy demasiado lanzada para mi propio bien. Sin embargo, él es más maduro y deja de lado la insinuación de que cuento los segundos para encontrarnos solos y se centra en la parte seria de mi reflexión.

—Me he sentido tantas veces un marciano en esta época que me ha sido fácil imaginarme en la suya.

—Usarías la misma ropa.

Nos reímos y me callo decirle que si siempre bromeo sobre eso es porque admiro su seguridad. Su autenticidad. Eso que a menudo siento que a mí se me escapa.

—¿Viajar al pasado o al futuro? —me pregunta. No tengo ni que meditar la respuesta.

—Al pasado.

—Estás pensando en Pelayo.

Aparto la mirada, un poco avergonzada por ser tan transparente, pero asiento y doy un trago antes de explicarle mis motivos, que no son otros que esa historia incompleta que parece perseguirme y que no me saco de la cabeza.

—Me escondería entre las rocas. Sería un testigo silencioso de su vida. No lo juzgaría. Solo me empaparía de todos los detalles para que, cuando la enfermedad lo pillara desprevenido, no tuviera que esforzarse tanto por recordar. ¿Tú?

—Al futuro.

Alzo las cejas, sorprendida, porque Enol tiene alma de científico, pero de los que aún escriben los resultados de sus investigaciones en pluma y escuchan música en gramófono. Me lo imagino tomándose un té con Einstein o discutiendo sobre evolución con Darwin o Lamarck.

—¿Estás seguro?

Da un trago a su vaso y asiente. Y, por el brillo de sus ojos, sé que está a punto de decir algo con la capacidad de afectarme. Una capacidad en la que, por otra parte, parece haberse convertido en un experto. Enol sonríe con misterio y luego habla con indiferencia, como si un futuro en plural no importase ni me desestabilizara en absoluto.

—Para saber hacia dónde vamos. O dónde estaremos de aquí a un tiempo.

Trago saliva y mi pierna se pierde por debajo de la mesa. La cuelo entre las suyas. Es una caricia leve, pero tan intensa en significado como las palabras que Enol lanza sin inmutarse.

—¿Adónde quieres llegar? Conmigo. Con esto.

Sus rodillas me atrapan la pierna bajo la madera. Sus pupilas se dilatan, se cruza de brazos y se acerca a mí. Se relame los labios con malicia y clava los ojos en los míos.

—¿Estamos hablando de lo que creo que estamos hablando?

Me río sin poder evitarlo. Siento cosquillas arremolinadas en el estómago; descienden y se instauran en ese punto aún sensible por el recuerdo de los dedos de Enol regalándome caricias. Noto el eco del orgasmo. No sé cómo lo hacemos, pero ya estamos rozando el fuego de nuevo, sin frenos, con más ganas que cabeza. Los veinte años adormecen el cerebro a favor de la piel.

—Dijiste que eras un buen chico o algo así, ¿no?

—Y lo soy. Eres tú la que siempre piensa en sexo.

Abro la boca ofendida y le tiro un cacahuete de los que Antonio nos ha servido y que hoy no hemos tocado.

—¡No es verdad!

Pero me río. Muy alto y con esos hipidos que tanto odio. Tanto que todos los clientes del bar me observan, aunque no me importa. Mucho menos cuando Enol me acompaña y sus ojos se entrecierran de ese modo tan bonito, igual que cuando contempla una puesta de sol.

—Lo es, pero me gusta. Me gusta cómo eres, Alba. Me gusta tu honestidad. Tu crudeza. Tu lascivia. Tu descontrol. —Jugueteo entre los dientes con la rodaja de limón que he sacado del vaso para mantener las manos ocupadas; él la sigue con la mirada—. Tu boca.

—Eso ya me había quedado claro.

—Pero por eso mismo no pienso solo en sexo. No siempre, al menos. Solo en ti. En ti, ¿entiendes?

Y por un instante lo hago. Me veo a través de sus ojos.

239

Entera. Con lo bueno y lo malo. Y me gusta tanto lo que encuentro que me da miedo. Suspiro y dejo el limón travieso en su sitio. Enol se termina el refresco. De fondo, un lugareño comenta lo mal que ha ido la pesca esta semana. La vida sigue. El mundo gira. Pero yo... yo no puedo moverme sin sentir que caemos en un agujero.

Sin duda, estaba en lo cierto: es la primera vez que salgo con un chico. Es la primera vez que rozo eso que tanto busqué con la yema de los dedos.

Enol

Alba me suplica en voz baja que la saque de aquí y me levanto para pagar la cuenta. Me tiemblan las manos. Le dejo a Antonio el dinero en la barra y su bigote baila cuando sonríe. Se apoya sobre los codos y la señala con los ojos.

—¿Y qué? ¿Va bien la cosa?

Tenso la mandíbula, aunque finjo que sus palabras no me afectan como lo hacen.

—¿Antonio Velarde, carne de cuchicheos?

—Es bueno saber qué se cuece en casa de uno.

Como no me aparta la mirada, acabo claudicando. En Varela la gente puede ser muy insistente.

—Pues va, creo. —Alzo las manos y las dejo caer sobre la barra—. Yo qué sé, Antonio... Ha sido algo de lo más inesperado y no tengo mucha experiencia en estas cosas.

Para mi sorpresa, él se ríe. La risa de los Velarde siempre ha sido profunda, como un gesto distintivo que los une a través de las generaciones.

—¡Ni que fuera necesaria! El amor no se aprende, Enol. Solo se siente.

Cuando me giro y veo a Alba obnubilada con el mural de

fotografías, noto una nueva sacudida entre las costillas. Esa ola que me golpea sin descanso.

¿Cuánto puede durar un amor de verano? ¿Cuántas estaciones es capaz de sobrevivir congelado en el tiempo esperando su momento? ¿Cuánto tarda, una vez probado, en desvanecerse?

El mar

—¿Vivir en la tierra o bajo el mar?

Enol la miró y curvó los labios. Los dilemas de la chica siempre le despertaban sonrisas.

Luego clavó la vista en las olas que los rodeaban. El agua les llegaba hasta la cintura y jugaban a flotar de vez en cuando. Había mucha gente a su alrededor, pero era obvio que, en ese instante, las personas no eran más que puntos difuminados y que solo existían ellos y sus extrañas preguntas.

—Ojalá fuese posible. Ojalá me convirtiera en una mantarraya y pudiera recorrer las profundidades. Descubrir lo que esconden. Respirar bajo el agua.

Alba deseó ser una para perderse con él y se deslizó hasta que le cubrí los hombros. Luego nadó y frenó apenas a un palmo del chico. Él hizo lo mismo, dobló las piernas y compartieron una mirada solo con los rostros en la superficie, mientras debajo sus rodillas casi se tocaban.

—Si fueras una mantarraya, no volvería a verte —dijo ella sin ocultar que aquella posibilidad no le agradaba.

—Me acercaría a la orilla y te haría cosquillas en los pies.

Alba se rio y él tragó saliva. Quiso hacerlo en ese momento, pero solo yo podía ver sus manos tentadas, buscando las

243

de la chica, dudando sobre si tocarla era una locura o, quizá, todo lo contrario.

—Qué romántico.

—Un romance prohibido que el mundo no entendería.

Sonrieron y sintieron esa caricia con forma de secreto. Él contuvo el aliento al notar la piel de Alba entre sus dedos un segundo fugaz. Ella encogió los pies como si hubiera recibido una descarga. Pero, en realidad, solo era yo, que los empujaba con movimientos casi imperceptibles el uno junto al otro, deseando que un día, cuando llegara su momento, pudieran cumplir todos esos deseos.

Alba

No estoy acostumbrada a que me digan cosas bonitas. No al menos con tanta honestidad. No, si estas no se refieren a mis virtudes físicas como un intento de llevarme a la cama. No es que haya tenido una vida difícil, solo que yo solita me la compliqué tomando decisiones nefastas. Cuando te conviertes en fuente de frustración y decepción constante para tus padres, es lógico que lo bueno pase a un segundo plano; incluso que desaparezca. De igual modo que, si aceptas que el sexo sea lo único que te acerque emocionalmente a una persona, los demás acabarán viendo solo eso de ti, aunque en el fondo lo que busques sea mucho más. Un todo. Una jodida historia que merezca la pena. Y te acostumbras.

Por eso, cuando Enol me dice por segunda vez en un día que piensa en mí, el efecto que me provoca me desequilibra. Me siento un reloj de cuco, oscilando de un lado a otro sin encontrar un punto medio soportable en el que anclarme.

Me bebo los hielos deshechos del vaso y lo observo. Está apoyado en la barra y charla con Antonio. Su espalda se tensa en esa postura y me pregunto qué se sentirá al tumbarme sobre ella, piel con piel, y cerrar los ojos. Como una balsa segura y plácida en la que mecerme durante unos instantes.

Carraspeo, incómoda por todas esas sensaciones insistentes, y me distraigo de nuevo con las imágenes del mural. Veo a una niña pequeña a la que le faltan dos dientes. Una pareja paseando por la playa con un perro de aguas color canela. Una tarta nupcial. Y entonces, entre tantos instantes que se intuyen especiales, los veo. Son seis. Jóvenes, en la veintena, con ese encanto natural de quien se cree inmortal y capaz de todo. Ellas llevan pantalones cortos y camisas livianas. Una, la más atractiva, luce un bañador blanco que marca demasiado sus curvas para la época. Su pelo negro y los ojos claros destacan por encima de los demás. Abraza a uno de los chicos con esa ternura del que siente algo que va más allá de la amistad. Se parecen tanto a los de ahora, pese a los años, que me provocan una ternura instantánea. A la pareja de uno de los extremos creo que no la conozco, aunque me resulta vagamente familiar. Sin embargo, en el otro, una joven de pelo rubio y sonrisa dulce mira a la cámara con ese gesto que he visto infinidad de veces en los retratos desperdigados por mi casa. A su lado, un chico moreno de pelo rebelde la sujeta por el brazo. Es el único cuyos ojos no se encuentran fijos en el objetivo. Porque los ojos del farero están clavados en otro punto y gritan tantas cosas que me estremezco.

—¿Nos vamos?

Aparto la vista de la fotografía y me encuentro con la mirada franca de Enol. Me tiende la mano y sonrío, intentando regresar de ese instante pasado que imagino que Joaquín Velarde inmortalizó y después colgó en el muro de su bar como un momento que merecía ser recordado.

Enol entrelaza sus dedos con los míos. Y así salimos al frío de noviembre, todavía sintiendo mi respiración agitada por lo que creo haber descubierto, pese a que eso me hace mirar al chico que me acompaña de un modo diferente.

El pasado y el presente se trenzan frente a mis ojos.

«¿Por qué narices mirabas a los Villar, abuelo? ¿Qué os unía con tanta fuerza como para que los rescoldos lleguen hasta hoy?»

El mar

Las fiestas siempre dan problemas. He sido testigo de muchas. Hogueras en mis orillas, barbacoas en zonas cercanas, bailes a la luz de la luna bañados de alcohol y sueños.

Y aquella, por supuesto, no sería menos.

Se acercaba el final del verano y todos estaban expectantes. Alba, porque pensaba que esa sería La Noche. Con mayúsculas. La que quedaría grabada con una cruz encima para el resto de su vida con la importancia que los adolescentes le dan a todo. Alonso y ella llevaban semanas tonteando y el tiempo se les acababa. No habían pasado de los besos y de algún roce demasiado inseguro, pero estaba decidida a consolidar lo suyo y a que no terminara cuando lo hiciese agosto. El chico parecía nervioso y, si alguno se hubiera fijado de verdad en él, también enfadado. Sentía que las vacaciones se evaporaban y que seguía siendo el mismo perdedor que había llegado a Varela dos meses atrás, siempre a la sombra de Nacho y con la sensación de que daba igual lo que hiciera, porque estaba destinado a no destacar en nada, ni siquiera con Alba a su lado. Nacho, por otra parte, estaba exultante; no había nada que le gustara más que la playa llena de cervezas y chicas, así que estaba seguro de que iba a ser una noche memorable. Y Enol... Pues Enol estaba confundido. Y asustado. Y decepcionado consigo mismo por no haberse atrevido antes a dar un paso en la única dirección que ansiaba.

Sin embargo, estaba decidido a hacerlo esa noche. Me lo había susurrado entre las rocas. Era su última oportunidad y no pensaba desaprovecharla, aunque, quizá, eso supusiera traicionar a Alonso. Pero se trataba de Alba. Llevaba colado por esa chica desde el primer día que la vio y lo que ellos compartían no se parecía en nada a lo que Alonso y ella fingían tener. No era la primera vez que lo había visto aceptar las atenciones de las chicas con las que Nacho tonteaba y lo conocía bien para saber que le gustaba más la posibilidad de superar al otro en algo que la propia Alba. Era un imbécil que solo pensaba en sí mismo y en dominar sus inseguridades. Apenas dos días atrás, después de acompañar a Alba a casa, les había dicho que lo suyo no tenía importancia. Una distracción. Una experiencia. Una medalla prendida en la camiseta. Eso era Alba para Alonso.

Por ese motivo, Enol estaba harto. Y decidido. Por eso, también, estaba muerto de miedo.

Abrió la lata de cerveza y se la llevó a los labios. Se hallaba un poco apartado del grupo, que bebía y bailaba alrededor de una hoguera al ritmo de la música que salía por unos altavoces enchufados a un teléfono. No era un chico de fiestas, pero, de vez en cuando, solía dejarse llevar por la inercia de lo que dictaba la adolescencia.

Y por ella. Sobre todo, por ella.

La vio acercarse con una sonrisa. Llegaba la última; sus padres habían querido ir a cenar a un pueblo cercano y por esa razón no había aparecido hasta que la mayoría de la gente ya estaba entregada al ambiente. Llevaba un vestido corto rojo y una cazadora vaquera. Y el pelo suelto, que se retiraba sin cesar de la cara en un gesto que a Enol le encantaba. Se dejó caer a su lado y le ofreció un trago de su cerveza. Alba bebió en silencio mientras observaba lo que los rodeaba con ojos críticos y con un anhelo que Enol sabía a qué se debía. Lo estaba buscando y eso lo mataba por dentro.

Pese a ello, llevaba un rato sin verlos. Nacho había bailoteado alrededor de la pelirroja con la que llevaba semanas obsesionado y de sus amigas, pero después habían desaparecido e intuía que Alonso los había seguido. Siempre detrás, como un perrito faldero. Nunca habían tenido afinidad, pero durante ese verano Enol había comenzado a mirarlo con otros ojos y había llegado a la conclusión de que Alonso no le gustaba. Y no solo porque había conseguido sin esforzarse lo que él tanto deseaba, sino por cómo se comportaba. Era un hipócrita que únicamente se movía por interés y con la personalidad nula de una estrella de mar.

Alba sonrió al descubrir que una de las chicas de la hoguera observaba de vez en cuando a su amigo y sintió un tirón en el estómago, una leve punzada a la que no le encontraba explicación, pero que ahí estaba. Últimamente su cuerpo le susurraba cosas que no entendía cuando se trataba de Enol, aunque ella prefería silenciarlas, enterrarlas para no tener que enfrentarse a esos errores que cada vez se mostraban más claros. Además, Enol era... era como uno de esos peces plateados que veían saltar entre las olas y que nunca se podían atrapar.

—¿Un tsunami, aquí y ahora, o bailar en medio de ese grupo de damiselas?

Las señaló y él no pudo más que reírse.

—Un enorme tsunami que te cierre la boca.

Alba le dio un codazo amistoso; después se olvidó de ese cosquilleo inesperado y se atrevió a preguntarle algo que no lograba comprender y que llevaba tiempo dando vueltas en su cabeza. Enol era un chico guapo. Tenía algo distinto, un aura de misterio y una conversación más interesante que cualquier otro joven de su edad. No era la primera vez que una chica se fijaba en él, pero Alba había comprobado que el interés nunca era mutuo. Eso la inquietaba. Principalmente porque esa actitud lo alejaba aún más del resto de los chicos. Más diferente. Más inalcanzable, tal vez. Más especial. Para Alba, Enol parecía moverse en una realidad alternativa que ella no entendía del todo y que se moría por conocer. Cada día un poco más. Cada vez, su curiosidad era más intensa, más incontrolable.

—¿Por qué no lo intentas?

—¿Por qué iba a hacerlo? —respondió él, más tenso que segundos antes.

—¿No hay ninguna que te atraiga, ni siquiera un poquito? Son guapas, han venido a divertirse y no tendrás que volver a verlas. Si lo que no quieres son complicaciones, es la ecuación perfecta.

Enol se volvió y clavó los ojos en esa Alba que lo estaba empujando a comportarse igual que los demás. ¿Eso era lo que ella quería? ¿Que se pareciera más al idiota de Alonso o al Nacho más frívolo y superficial? De repente, Enol pensó que quizá se había equivocado y donde él veía conexión solo había lástima por parte de Alba. O incomprensión. De pronto, sí se sintió ese bicho raro que muchos creían que era, cuando jamás le había sucedido a su lado.

La situación estaba dando un giro inesperado.

—¿Y quién te dice a ti que eso es lo que yo quiero?

Ella chasqueó la lengua y se encogió de hombros. Lo que menos deseaba era molestar a su amigo, pero había algo en él que no le encajaba del todo. Y Alba, cuando no entendía algo, se lanzaba hasta que lograba atisbarlo.

—No lo sé, Enol. A todos nos gustan las atenciones, los besos...

En el momento en que Alba pronunció aquella palabra, se quedó sin voz. Lo observó de reojo y se dio cuenta de que estaba tenso. Tenía los dientes apretados y hundía los dedos en la arena con fuerza. ¿Y si eso era lo que sucedía? ¿Y si nunca lo había visto con una chica porque Enol jamás había estado a solas con una en ese aspecto?

La pregunta le salió sola y, nada más ver la expresión en sus ojos verdes, se arrepintió, aunque ya era tarde.

—Enol, ¿nunca has besado a nadie?

Él sonrió, pero no fue una sonrisa de verdad, sino una cargada de reproches. No podía comprender cómo había pasado de querer confesarle a Alba que sentía algo por ella a estar tan enfadado.

De repente, le apetecía quedarse solo. Pasear por mi orilla y que el agua en los pies lo calmara. Alejarse de ese grupo de jóvenes de los que se sentía a años luz en tantos aspectos que todos le sobraban. Incluso ella. Incluso la única chica que había creído que era diferente, pero que, al final, había acabado dando importancia a las mismas tonterías.

Sin embargo, se giró y le dijo a Alba lo que tanto ansiaba saber.

—Sí, he besado a alguien. Esto no va del chico rarito que nunca ha estado con una chica, ¿vale? He tenido mis líos. He...

—¿Lo has hecho? —preguntó entonces Alba muerta de curiosidad. El sexo era un tema que, como a cualquier otro adolescente que todavía no lo ha probado, la fascinaba.

—¿Y eso qué importa?

Enol suspiró, más incómodo por momentos, pero ella no daba tregua. Para bien o para mal, Alba era así, con todas las consecuencias.

—A mí me importa. ¿Qué se siente?

Él pensó entonces en aquello. Se había visto con una chica de clase ese invierno. No había sido nada serio, solo habían compartido sus primeras veces y las habían disfrutado. Se caían bien, se gustaban y poco más. Enol era como era, y ni siquiera se lo había contado a Nacho. Era la primera vez que lo hablaba con alguien, pero es que ¿qué necesidad había de compartirlo todo? ¿A quién podía importarle lo que él hiciera en la intimidad con otra persona? Eso era algo que quedaba entre ellos. Por este motivo, entre muchos otros, Enol sentía que no era un chico normal. Se sentía un marciano que no lograba entender cómo funcionaba el cerebro adolescente, porque el suyo parecía tener mil años.

No obstante, con Alba siempre tendía a darse de más. La miró a los ojos, grandes, expresivos, ansiosos por conocer lo que fuera sobre aquella primera vez a la que todos daban más trascendencia de la que en verdad tenía, y fue todo lo sincero que supo.

—Es como correrte solo, pero multiplicado por diez. Todo se siente con más intensidad, pese a que luego acaba y las sensaciones desaparecen como si nunca hubieran existido. Te sientes vacío, aunque tengas a alguien al lado. ¿Me entiendes? No sé explicarlo mejor. Además, supongo que para cada persona es distinto.

Alba meditó sus palabras sin dejar de mirarlo. Lo hizo con calma, sin esconder que su respiración se había agitado y sus pupilas, dilatado. Hacía tiempo había tenido una conversación parecida con Nacho y su respuesta había sido muy diferente; la reacción de su cuerpo, también.

—Es la hostia en verso, Albita. Como si tuvieras una bomba en la polla y estallara. *¡Boom!*

Sin duda, dos universos alternativos. Tan opuestos que a Alba a ratos le costaba comprender cómo Nacho y Enol podían ser amigos.

Como si supiera que estaba pensando en él, la risa de

Nacho se oyó por encima del jolgorio del grupo. A su lado, Alonso bebía de un vaso de plástico y movía los pies al ritmo de la música sin mucha gracia. Charlaba con una chica pelirroja. La misma que Nacho tenía en su punto de mira desde hacía días.

Alba suspiró y se mordió el labio con saña. Sabía que había llegado el momento. También comenzaba a asumir que lo que tanto se había esforzado por creer no había sido más que una ilusión que se evaporaría cuando las hojas comenzaran a caer. Pero ella no era de las que se rendían. Deseaba su amor de verano y lo tendría. Aunque con el tiempo no fuera más que un recuerdo pasable, ni siquiera memorable.

—¿Me dolerá?

Enol la miró estupefacto.

—Alba, no estarás pensando...

Se levantó, se sacudió la arena de las piernas y se dirigió a la hoguera.

—Luego te veo.

—¡Alba, espera!

Pero ella ya no escuchaba. Y Enol sentía que todo se había desmoronado antes incluso de haberlo intentado. Se bebió el resto de la cerveza de un trago mientras, a lo lejos, esa conexión tan especial que siempre habían creído tener los cuatro estaba a punto de romperse en pedazos.

Enol

Caminamos hacia Bocanegra. Hace frío, aunque al menos la lluvia nos ha dado una tregua por la noche. Bajamos la escalinata de madera y nos sentamos en el trozo de arena que la marea va dejando descubierta. Está húmeda, pero es algo que nunca nos ha importado. Cuando vives en el norte, por un motivo o por otro, te acostumbras a la posibilidad de llegar a casa con la ropa mojada.

—¿Te acuerdas de la última vez que estuvimos así? —le digo en un impulso.

Alba sonríe con tristeza y viaja conmigo a una fiesta de verano. Casi podemos ver la hoguera encendida frente a nosotros. También a los jóvenes bailando con los vasos llenos y las ganas de comerse el mundo aún intactas.

Coge aire y, con sus palabras, nos lleva hasta ese momento.

—Me hablaste de tu primera vez. Y luego yo...

Le cojo las manos y las escondo en mi regazo. Las tiene frías.

—No pienses en eso ahora. No he venido aquí para que hablemos de nuevo de lo que la jodiste, eso ya lo sé. Y no podemos cambiarlo.

—¿A qué hemos venido, entonces?

Sonrío. Y me doy cuenta de que hoy no tengo miedo.

—A hacer lo que no me atreví aquel día.

Ella traga saliva. Apenas veo su rostro. La luna está escondida tras las nubes, solo nos iluminan las farolas del paseo desde arriba. Pese a ello, los ojos le brillan con una intensidad especial. La Alba curiosa siempre destacó por encima de todas las demás.

—Pensaba decírtelo esa noche —le confieso—. Por eso fui a la fiesta y te esperé.

—Odiabas las fiestas.

—Sí, pero tú me gustabas demasiado.

Sonreímos y caliento sus dedos con mi aliento antes de continuar.

—Quería confesártelo, quería decirte que estaba colado por ti desde hacía años. Que, cuando te ibas, me esforzaba por olvidarte, solo eras una chica que volvía por vacaciones, pero siempre estabas por aquí. En mi cabeza. En los baños de invierno. En esta playa.

Alba entrelaza una mano en la mía y la otra busca también un hueco por el que colarse.

—Yo no...

Niega con la cabeza y noto que se le humedecen los ojos. Se culpa. Es lo que siempre hace, se culpa incluso por lo que no depende de ella.

—Ya lo sé. Tú no lo sabías, porque estabas perdida. Como todos. Alonso lo estaba en esa rabia que lo consumía por no aceptarse tal cual era. Nacho, porque, en el fondo, llamar la atención solo era su forma de encontrar un sitio en el mundo. Tú, porque andabas más pendiente de poder decir que estabas viviendo el primer amor con quien pudiera encajar en ese papel que en vivirlo de verdad cuando lo tenías justo al lado. Y yo... yo porque me costaba asimilar que me hubiera

256

enamorado siendo un crío. Más aún, cuando era tan distinto a todos que me parecía imposible que pudiera ser correspondido.

Alba aprieta mis manos entre las suyas. Lo hace tan fuerte que podría resultar molesto, aunque solo necesita anclarse a algo. Luego llora. Son lágrimas silenciosas, casi invisibles, pero están ahí y yo las dejo ser, porque es lo que Alba necesita. Liberar la culpa. El peso. Todo eso que llevamos a cuestas entre silencios y palabras por decir.

Madurar es tremendamente complicado, pero eso estamos haciendo. Juntos. En el mismo lugar donde un día nos hicimos daño.

Me suelta solo para secarse las mejillas y entonces me sonríe. Siento que la tormenta ya ha pasado. Así funcionan las emociones en Alba, van y vienen, se desbocan y, un instante después, llega la calma.

—Quizá es que todavía era pronto —susurra.

—¿Para qué?

—Para el primer amor.

Le sonrío, y entonces rozo su piel con las yemas y me llevo conmigo esa emoción.

—Podemos vivirlo ahora.

—Creía que ya lo estábamos haciendo.

La acerco a mí y escondo su rostro en mi cuello. La abrazo. La brisa nos revuelve el pelo. La temperatura sigue bajando, pero creo que, aunque nos quedáramos bajo cero, en este momento ninguno querría moverse de aquí.

«¿Morir congelados o separarnos ahora?» No hay dudas al respecto.

Alba saca una mano de su escondite y dibuja un círculo con el dedo sobre la arena. En su interior, traza dos cuerpos que nadan juntos, acompasados, ya nunca más solos.

Sin embargo, el tiempo nunca da tregua, así que nos levantamos a regañadientes y la acompaño a casa. Ya en la puerta, nos miramos como dos niños sin saber qué decir hasta que rompemos a reír. Alba apoya la frente en mi pecho y tiembla por las carcajadas. Acaricio su espalda y le beso el pelo.

Y parece sencillo. Algo tan natural como respirar. Ella y yo, los silencios, las risas que se escapan y las ganas. Las putas ganas de que la noche no acabe. Y mucho menos este amor de verano que nos ha encontrado tantos otoños después.

—Bueno, chico formal, tengo que irme.

Asiente y jugueteo con uno de sus mechones.

—Si no me equivoco, creo que ahora es cuando te beso.

Se muerde el labio y se contiene, aunque la conozco bien para saber que se sujeta a las solapas de mi cazadora para no hacerlo primero.

—¿Enamorarte una o cien veces? —me dice con su picardía infinita.

Apoyo los labios en el lóbulo de su oreja y suspiro. Ella tiembla. Sus puños se cierran con fuerza en mi ropa. Sus pies se alzan de puntillas. Mi nariz acaricia su mejilla antes de que mi boca sobrevuele la suya.

—Cien. O mil. Todas las posibles. Pero de ti.

El tsunami nos encuentra en un beso.

Todo desaparece.

Somos nada.

El abuelo

«Recordar, del latín *re-cordi*, volver a pasar por el corazón.»

Escucha su voz a lo lejos leyendo palabras de ese libro de definiciones que tanto le gustaba. Estaban desnudos y compartían cigarrillos entre beso y beso. La vida parecía sencilla.

Ahora, tumbado en su cama con setenta primaveras a las espaldas, Pelayo siente una vez más el significado de ese verbo en la piel; le atraviesa el pecho, hace nido en el órgano que late y después lo deja huérfano sin mirar atrás.

Cierra los ojos.

Y se esfuerza por recordar una vez más, aunque todo se difumina. Su mente es un folio en blanco.

—No, por favor. No me dejes. Aún es pronto. Aún no estoy listo para decirnos adiós... —suplica.

Pero está solo. Nadie lo escucha. El olvido ya es una realidad y no una elección.

Alba

¿Cuántas frases se han escrito sobre el amor? ¿Cuántas metáforas estúpidas se usan para hablar de los sentimientos? Miles. Sentirse en una nube. Las mariposas en el estómago. Encontrar tu media naranja. El hilo rojo del destino.

¿Tonterías? Es posible. El amor no deja de ser una reacción biológica.

Sin embargo, aquí estoy. Con cara de lela, dando vueltas al café con leche mientras el abuelo come magdalenas como si no hubiera un mañana. Las sonrisas me salen solas. Me quedo mirando un azucarero y suspiro. Si un pájaro se posara en la ventana, la abriría y le cantaría una canción cursi con voz de pito.

El amor nos hace rematadamente imbéciles.

El abuelo, siempre suspicaz ante el más mínimo cambio, hoy está ausente. No es un buen día. Después de dos meses aquí, ya he aprendido que la enfermedad funciona así. Te da una de cal y otra de arena. Te permite reencontrarte con el que era para, al día siguiente, arrebatártelo sin miramientos.

Le quito la bollería de la vista antes de que se coma hasta el papel. Es otro de los síntomas que odio, esa inercia, ese no poder parar hasta acabar con todo. La guardo y le limpio la boca con la servilleta cuando termina su tazón de leche. A ratos, siento que tengo un niño al que acunar en brazos.

—Venga, abuelo, vamos.

Me obedece y me sigue. Lo ayudo a ponerse el abrigo. Le anudo una bufanda al cuello. Le planto un gorro de lana que le tapa hasta las cejas. Le palmeo la mejilla y, en un arrebato poco propio en mí, le doy un beso sonoro antes de entrelazar el brazo con el suyo y salir a la calle.

Caminamos en silencio hasta el paseo de la playa. Él mira el mar. Siempre tiene un ojo puesto en él, vigilante, como si lo calmara. Hace frío, pero creo que aquello que nos despierta tiene que ser algo bueno. En apenas unas semanas el abuelo ha perdido agilidad, así que sus pasos son cortos, lentos, renqueantes. Si pudiera cambiarme el cuerpo por él, lo haría, aunque solo fuera durante unas horas. Para que recordara lo que es sentirse sano, invencible, capaz de todo. Lo imagino corriendo por la arena y zambulléndose en el mar, sin miedo, sin dolor.

A lo lejos, vemos una pareja paseando por la orilla. Van de la mano, se dan besos a cada instante y parecen felices. Me pregunto qué sentirán, si verán la vida de un modo distinto o si ese estado durará más allá de lo que lo haga el paseo.

—Están en ese momento —me dice.

—¿Qué momento?

—Cuando todo parece posible.

Miro al abuelo. Sus ojos están vidriosos, pero en este instante es una buena señal. Significa que ha vuelto, aunque solo sea por unos segundos antes de viajar otra vez muy lejos, hasta esos recuerdos que van y vienen, como las olas del mar.

—¿Y no lo es? No es que yo sea una ingenua ni una persona precisamente positiva, pero es bueno creerlo, ¿no? Es bueno pensar que las cosas van a salir bien. Al menos, para que no te entren ganas de enterrar tus huesos en una cuneta.

Se ríe y gira el rostro. Entre la bufanda y el gorro, apenas le veo más que un puñado de arrugas y una sonrisa de esas que me gustaría no olvidar nunca. Desde que él lo hace, me esfuerzo tanto por memorizarlo todo que el cerebro me arde.

No obstante, el abuelo no resuelve mi duda, sino que me regala una de esas perlas de sabiduría que no dejo de recoger y de almacenar en mi cabeza con mimo. Cuando no esté, espero poder guardarlas a buen recaudo bajo el título: «Cosas que Pelayo me enseñó antes de marcharse».

—El verbo «amar» se parece sospechosamente al océano. ¿No te habías dado cuenta? Lleva el mar en sus letras porque contiene algo igual de inmenso. Pero no debes dejar que se derrame, podría arrollarte.

Me golpea en el pecho con el dedo y continúa andando, aunque yo no me muevo. Porque ahí está de nuevo, un secreto colándose entre sus palabras, una historia que se ha convertido en un fantasma que siempre nos acompaña. Solo puede hablar así quien un día se vio atropellado por ese sentimiento.

—¿Y qué pasa si te arrolla? —le pregunto.

Él sonríe con tristeza y el corazón se me sube a la garganta.

—Que nunca olvidas.

El bar de los Velarde está casi vacío. Solo hay dos lugareños, con más años que mi abuelo, sentados a la barra tomándose algo que no parece muy sano para ser mediodía. Él los saluda con un gesto y elige la mesa más cercana a uno de los ventanales. Desde aquí no se ve el mar, pero lo busca. Siempre lo hace.

Le pido dos mostos a Antonio y me pone, además, un platillo con aceitunas.

—¿Cómo está?

—Va y viene.

Me encojo de hombros. No me siento cómoda hablando de su estado con nadie, aunque me conmueve el cariño que todo el mundo le demuestra.

—Si sirve de algo, le sienta bien que estés aquí.

Intuyo una sonrisa bajo su frondoso bigote y noto que me escuecen los ojos.

—Gracias.

Vuelvo a la mesa. El abuelo me recibe feliz como un niño al ver el botín de encurtidos. Lo observo comer en silencio y disfruto de un momento más que el tiempo nos ha regalado, uno que puede parecer tan cotidiano que pierde importancia, pero que para nosotros es una pequeña fiesta en la que hasta brindamos.

Antes del segundo trago, la mirada del abuelo revisa cada rincón del bar y asiente para sí.

—Joaquín era un buen hombre.

—Eso parece.

—Estaba enamorado de tu abuela, ¿lo sabías?

Pestañeo con incredulidad, porque eso sí que no me lo esperaba.

—¿En serio?

—Hasta las trancas, como decís los jóvenes.

Me río y me sonríe como un niño travieso. Pese a todo, no me cuesta imaginarme una versión canalla del abuelo con cincuenta años menos.

—Pero te la llevaste tú.

—Bueno, no es que compitiéramos ni nada de eso, solo que Eulalia se fijó en mí, vete tú a saber por qué, y Velarde nunca tuvo nada que hacer al respecto.

Clava los ojos en el contenido del vaso y luego bebe despacio. Y siento que es el momento. Que podría preguntarle al abuelo por mucho más, por sus amigos de aquella época, por si hubo alguien más que quiso a otro alguien que no fuera correspondido. Lo tengo delante, a un paso, pero, de repente, solo puedo pensar en ellos. En Pelayo y Eulalia. En su propia historia de amor. En la vida que compartieron. Porque eso también es bonito recordarlo, y mucho más hacerlo con él.

—La querías mucho, ¿verdad?

Vuelve a fijar sus ojos en mí y recuerdo la sonrisa dulce de la abuela. Sus abrazos. La suavidad de su voz cuando nos tarareaba canciones al oído. Su ternura infinita.

—Era imposible no hacerlo.

Sonreímos. No siempre es momento para secretos. A veces, las verdades reconfortan mucho más que lo que no conocemos.

Un rato más tarde, el abuelo parece cansado, así que miro el reloj y me levanto para colocarle la bufanda y el abrigo. Sin embargo, antes de irnos, actúo. Aunque le ha gustado la visita al bar de los Velarde, no soy tan buena nieta y lo he traído con otras intenciones. Y sé que es el instante perfecto: Antonio se ha colado en el almacén a hablar por teléfono; los hombres de la barra han desaparecido; Pelayo está perdido en su mundo.

Me levanto y me acerco con rapidez al muro de fotografías. Busco la que necesito y la separo del resto, juntando las demás lo justo para que no se note su ausencia. La escondo bajo el jersey y vuelvo a la mesa.

El abuelo alza la mirada y me observa muy quieto. No pestañea. Noto que se me acelera la respiración ante la posibilidad de que sepa lo que oculto bajo la ropa.

No obstante, de pronto suelta una carcajada y palmea mi mano con cariño sincero.

—Eulalia, mi vida, ¿por qué pides mosto, si no te gusta?

A través de sus ojos, la veo. Una versión joven de mi abuela que aprieta su mano y le sonríe con dulzura.

Tal vez debería decirle que no soy su mujer, que ella murió hace tiempo, sino su nieta. Pese a ello, me callo, ignoro el grito sordo que reverbera en mi pecho y dejo que su recuerdo se mantenga vivo, aunque solo sea un espejismo.

—Porque ya te gusta a ti por los dos.

La sonrisa que me regala bien vale todas las mentiras del mundo.

Enol

Tengo ganas de verla. Tengo ganas de tocarla. De escuchar su voz. De perderme a su lado. De meter la cabeza bajo el agua y, al abrir los ojos, encontrarme con ella. Tengo ganas de besarla hasta que me pida que pare. De dilemas estúpidos planteados. De sonrisas ladinas y de robarle comentarios malintencionados de los labios.

Tengo ganas de todo.

Tengo ganas de nada.

De Alba. Joder..., tengo ganas de Alba.

El mar

Iba a pasar algo. Se notaba en el ambiente, aunque para ellos, tan centrados en disfrutar de la noche hasta su último suspiro, esa sensación pasaba desapercibida.

Alba lo buscaba entre la gente. Algunos ya estaban borrachos y se movían de manera lánguida alrededor del fuego. Otros se besaban sobre la arena. Nacho contaba anécdotas de esa forma suya en la que siempre exageraba su papel de héroe. Pero ¿y Alonso? Lo había visto hacía un minuto y ahora parecía que se lo hubiera tragado la tierra.

—Albita, ¿qué pasa?

Nacho le tiró del pelo, un gesto habitual en él, y la miró de arriba abajo con aprobación. Era un sinvergüenza, pero Alba ya estaba acostumbrada a su coqueteo constante, que cuando se trataba de ella no era un flirteo como tal, sino una muestra de afecto disfrazada. Ya habían dejado atrás la fase en la que el chico se esforzaba por lograr meterle la mano bajo la ropa.

—¿Has visto a Alonso?

Nacho frunció el ceño y lo buscó a su alrededor, como si no se hubiera percatado hasta el momento de su ausencia. Estaba tan acostumbrado a que fuera su sombra que no había reparado en que había desaparecido. Al instante, se dio cuenta de que faltaba alguien más. Una chica de falda corta y ojos verdes que lo traía loco desde hacía días; de hecho, por primera vez, Nacho parecía de verdad interesado en algo más que en averiguar qué ocultaba entre las piernas. Se lo había dicho a Alonso un par de tardes antes mientras se zambullían en mis aguas.

—Me gusta, tío. Me gusta más que la cerveza, que las croquetas y que cualquier otra.

No era una declaración muy profunda, pero se trataba de Nacho y ya era suficiente para comprender que era importante.

Las piezas encajaron en su cabeza e hicieron un ruido sordo. No solo porque no había que ser muy hábil para entenderlo, sino porque fue consciente de algo mucho más turbio. Del engaño. De que la amistad no siempre se mantenía en un equilibrio sano. De que la traición tenía muchas formas, pero la peor de todas era la que se hacía en silencio, poco a poco, cuando uno ya confiaba plenamente en el otro. Cuando la puñalada era tan inesperada que ni la notabas.

Algo en la mirada del chico siempre sonriente cambió. Lo noté yo, las chicas que lo acompañaban y Alba, que parecía anticipar lo que iba a ocurrir, aunque tampoco estaba dispuesta a huir y evitarlo. En aquella época, ya iba de frente contra las cosas, incluidos los problemas.

La mirada de su amigo se perdió unos metros más cerca de la orilla y Alba percibió que cerraba los puños con fuerza. Cabrear a Nacho no era algo sencillo y con ese simple gesto ella supo que algo estaba a punto de romperse. Se giró y descubrió que, entre las sombras, una pareja se abrazaba y compartía un momento íntimo.

Alba no tardó en comprender lo que Nacho ya estaba digiriendo.

Porque, si de verdad hubieran querido esconderse, lo habrían hecho.

Si Alonso hubiera deseado que no lo pillaran, era tan fácil como alejarse hacia las rocas.

Si aquello hubiera sido un error, no habría abierto los ojos mientras la chica aún lo besaba ni habría buscado a sus amigos con la mirada para asegurarse de que se alzaba vencedor.

Nacho no meditó demasiado. Cogió la mano de Alba con firmeza y avanzó hasta estar tan cerca que ya no dudaban de a quién pertenecían sus rostros.

—Oh, yo... —Alonso titubeó, pero, por primera vez, ambos pensaron que ese disfraz de chico inseguro y tímido tenía una doble cara—. Lo siento, no pensaba...

El eterno chico bueno había resultado ser un lobo con piel de cordero.

—Déjalo —dijo Alba, antes de darse la vuelta y caminar en dirección opuesta a la fiesta.

No quería oír sus explicaciones. No necesitaba poner palabras al dolor que le recorría el cuerpo. En primer lugar, porque no servían de nada. Y en segundo lugar, y más importante, porque Alba fue consciente de que lo que sentía no era tristeza ni desamor. No había lágrimas por el efecto de un corazón roto. Lo que Alba experimentó fue una decepción tan grande que apenas podía respirar.

El orgullo herido es un animal peligroso.

Y no solo estaba decepcionada por el que creía que era su amigo, sino por ella misma. Por haber sido tan ingenua. Tan tonta. Por haberse emperrado en que entre Alonso y ella había algo cuando solo era una fantasía. Ni siquiera había sentido una punzada al verlo con otra. Le importaba bien poco que acabara desnudándola esa noche. Lo que ella había experimentado se parecía más al desencanto y la frustración por haberse equivocado que a lo que se esperaba de dar carpetazo al primer amor.

La voz de Nacho, más afilada que nunca, fue lo último que oyó antes de alejarse y de perderse en mi orilla.

—Eres un comemierda. Ni se te ocurra acercarte nunca más a nosotros.

Alba

Nos enseñan que en todas las relaciones hay momentos clave. Instantes que marcan lo que esas dos personas terminarán siendo. Hechos puntuales con los que se puede resumir su historia.

El primer encuentro. La primera cita. El primer beso. La primera vez. El primer viaje. La primera decepción. El primer sueño compartido.

Yo nunca había dado importancia a nada de eso, puede que como consecuencia de mis fracasos en el pasado con mis primeras veces. Creía que no eran más que tonterías que acababan olvidadas o a las que se les daba más peso del que tenían.

Sin embargo, cuando se trata de Enol, una parte de mí desea convertirlas en un álbum de recuerdos. Desde que sé lo que supone olvidar aquello que más te importa, necesito anclar esos momentos a mí. Marcar sus huellas con fuerza. Llenar mi interior de cientos de notas con instantes apuntados, como hace mi abuelo en su apreciado faro. Tanto como para que su trascendencia se palpe incluso a través de una imagen congelada para siempre en papel fotográfico.

No he dejado de estudiar la imagen desde que he llegado a

casa. El abuelo descansa en el salón; el paseo lo ha dejado exhausto. Yo me he sentado en la cocina y he sacado la foto como si estuviera hecha del material más frágil que existe. La he puesto con delicadeza sobre la mesa y me he empapado de cada detalle, de cada sombra, de cada mirada.

Hay algo en ella que me sacude. Como esas escenas de las películas que cambian el ritmo de la historia y hacen que el corazón te salte. Pum. Eso siento cuando recorro sus rostros alegres uno por uno hasta llegar al del abuelo, tenso, fiero, clavado en un punto que no corresponde a la vida que conocemos de él.

«¿Qué mirabas con tanto recelo?»

«¿Cuánto dolor puede reflejarse a través de un objetivo?»

Cuando el timbre suena, escondo la foto robada dentro de mi libreta y corro con la emoción bailando en mis tripas por verlo. No sé si tengo más ganas de besarlo o de compartir con Enol eso que creo que he descubierto y que nos incumbe a ambos. De repente, siento que su vida y la mía siempre han estado más unidas de lo que parecía, un hilo que nos ataba desde hacía décadas y cuyo extremo alcanza hasta hoy.

Al otro lado él me espera sin sonreír, pero con los ojos llenos de todo eso que me burbujea desde que nos despedimos de madrugada.

—Alba... —susurra mi nombre y encojo los dedos de los pies.

—Vaya, el chico de la comida.

Señalo la cesta con un gesto. Enol se ríe entre dientes y me empuja con suavidad para pasar. Al hacerlo, su mano se posa en mi cintura con firmeza y durante más tiempo del necesario. Su aliento roza mi pelo. Su olor me obliga a cerrar los ojos. Me siento tonta, blanda y una Alba desconocida, pero, aun así, me río y lo sigo.

—Espero ser algo más que el chico de los recados.

Sus palabras me atraviesan como una bala que hace nido dentro y que huye de encontrar un agujero de salida. Entra en la cocina y me apoyo a su lado, mientras se ocupa de las tareas de cada día. En segundos, todo huele a delicioso arroz caldoso. Yo no dejo de mirarlo. Pienso en todas sus versiones, las que ya conocía y las que he descubierto estos meses, y le susurro con un coqueteo muy poco sutil.

—El chico formal que me deja sana y salva en el portal, el que usa un barco para escapar, el que debería haber nacido en el siglo pasado..., escoge el que quieras.

Enol sonríe, me observa con detenimiento de esa forma que me hace temblar y se acerca. Sus piernas me atrapan entre él y la encimera. Cuando me roza el cuello con la nariz, creo que dejo de respirar.

—El que no deja de pensar en la chica...

Me pinzo el labio y los suyos dibujan una media luna. Noto cosquillas en la piel.

La distancia entre ambos es ridícula. Me pregunto cuándo dejas de desear besar a alguien. Cuándo sucede y te sacias. Cuándo se termina esto que me late con desenfreno muy cerca del corazón.

—El chico que me espera esta noche en el faro. ¿Qué te parece ser ese?

La idea es repentina. Puede que sea una locura o una tontería, pero me nace tan de dentro que no puedo contenerla. Enseguida me veo temblando de las ganas de que él diga que sí.

Enol me mira a conciencia, con esa entrega con la que me parece que lo hace todo cuando se trata de mí, y al fin asiente. Suspira contra mis labios y se aparta. Siento frío, y hambre, y una sed que podría ahogarme.

—Pero abrígate. Hace frío.

—Sí, papá —le contesto con retintín.

Me da una cachetada en el culo de lo más inesperada y se marcha.

Tengo que sujetarme a la encimera para templar mis nervios.

El mar

La noche seguía su curso. Alonso ya era historia para dos de las tres partes que formaban con él aquel equipo extraño. Enol continuaba rumiando sus propios miedos unos metros por detrás de la hoguera, miedos que seguían alimentándose entre cigarro y cigarro. Alba se había quitado las zapatillas y me observaba, con el agua hasta las rodillas.

—¿Estás bien?

Nacho se colocó junto a ella y la observó preocupado.

—Sí.

El chico chasqueó la lengua y le rozó el brazo con comprensión.

—Venga, Albita. Es una putada. Te la ha jugado. Y a mí también, aunque es lo de menos.

—Soy una estúpida, no sé cómo no me di cuenta.

Pese a que Alba parecía a un paso de derrumbarse, su voz no temblaba ni un ápice.

—Si hay un gilipollas aquí, es él. Ni se te ocurra culparte de nada.

Entonces ella salió del agua y comenzó a gesticular con rabia.

—No me culpo por eso, sino por estar tan ciega. ¡Todo

275

este tiempo solo he sido un premio!, ¿es que no lo ves? Quizá ni siquiera le gustaba.

Ahí estaba la verdad. La más fea. La que ninguno, a pesar de todo, podía negar.

—Claro que le gustabas. Joder, ¿a quién no podrías gustarle? Eres nuestra chica.

La sonrisa de Nacho, tierna y sincera, la calmó un poco. Lo justo para que la ira se convirtiera en una tristeza densa.

—Por eso mismo. Solo quería ser el primero en algo, ¿es que no lo entiendes? Igual que con ella. Llevas días hablándonos de la pelirroja, ¿te crees que ha sido casualidad o un desliz por la cerveza? Incluso sintiéndose avergonzado al vernos, había un brillo en él de superioridad. No le importamos. No es como nosotros.

—Menudo imbécil.

Ambos se quedaron callados. No había mucho más que decir.

A lo lejos, la fiesta estaba en su punto más álgido. No lo sabían, no podían verlo, pero Alonso bebía con tanta rapidez que apenas media hora después acabaría vomitando entre dos rocas, solo, abandonado por la pelirroja y con el peso de haber traicionado a los únicos amigos que lo aceptaban de verdad tal cual era. Y él nunca lo admitiría en alto, pero, antes de que saliera el sol, lloró como un niño que, en un intento por ganar, descubre por primera vez lo que significa perder.

Alba recordó lo que había creído que sucedería esa noche. Como muchas chicas de su edad se había esforzado para que el momento tuviera algo mágico. Perder la virginidad siempre ha sido un hito adolescente de gran trascendencia. Se había imaginado haciéndolo con un chico que le importase. Uno bueno, en el que confiara y que, aunque lo suyo no funcionara, le dejase un buen recuerdo. En su cabeza, hacerlo en Varela tenía todo el sentido. Estaba harta de escuchar a sus amigas narrando esas experiencias, a cada cual más cursi y manida, pero, en el fondo, ella quería poder hacer lo mismo. Por una vez, deseaba encajar y ser la protagonista de algo. Y, de pronto, todos los castillos que había hecho en el aire se habían desvanecido.

Se apartó una lágrima de la mejilla y suspiró.

Se giró para mirar a Nacho, que la acompañaba en silencio, y pensó que era el momento. Necesitaba quitarse ese lastre de encima. Además, era su amigo, sabía que podía confiar en él y se entendían. Con Nacho no había espacio para la decepción. Por otra parte, ¿quién mejor que el sinvergüenza del pueblo para enseñarle lo que encerraba tanto misterio?

—Vamos. Llévame al acantilado.

Las piernas del chico temblaron bajo el agua.

—¿Qué?

Ella puso los ojos en blanco y se cruzó de brazos con altivez.

—¿Acaso va a gustarte todo el maldito mundo con faldas menos yo?

Nacho, con el rostro desencajado, la miraba sin pestañear y totalmente desconcertado. Pero ella no se inmutaba. Aquello iba en serio. La observó de arriba abajo, sus piernas empapadas, su vestido corto, su expresión, siempre desafiante y más bonita que ninguna.

—Albita, joder, me gustas más que muchas. Llevo años intentando tocarte las tetas, pero esto no sé si...

—¿Si qué?

Nacho salió del agua y comenzó a caminar de un lado al otro como un animal enjaulado. Su cabeza volaba. Sus instintos se despertaban. A cada segundo la miraba de reojo y negaba, como si no pudiera creerse lo que estaba sucediendo y tampoco supiera si era algo terrible o maravilloso. Alba lo siguió y lo frenó, posando la mano sobre su pecho. El chico respiraba rápido.

—¿Y qué pasa con Alonso? Yo no soy como él.

—Tiene la lengua metida en la boca de otra chica, Nacho. Asúmelo. No le importamos lo más mínimo. No más de lo que se importa a sí mismo.

Él tragó saliva y aceptó que llevaba razón. Ya no tenía sentido preocuparse por serle desleal a una persona que no había dudado ni un segundo en jugársela.

Sin embargo, en la mente de Nacho bullía algo más. Algo que nunca se había hablado. Algo que flotaba siempre por encima de todo, aunque fuera silencioso, invisible y lo ignoraran. Algo que a él sí le importaba.

—¿Y Enol?

Alba dio un paso hacia atrás y se tensó. Aquella pregunta la descolocó por completo. Notó un cosquilleo extraño que acabó en quemazón. Se sentía incómoda, más aún que minutos antes, y necesitaba que esa sensación terminara de una vez por todas.

—¿Qué pinta Enol en esto?

—No sé... Yo...

Pero a Nacho las palabras no le salían. Tal vez porque, en el fondo, sabía que no le correspondía a él pronunciarlas. Si Enol sentía algo por Alba, era su deber compartirlo. Si su mejor amigo deseaba lealtad en ese aspecto, debería haber sido sincero con él y nunca lo había hecho.

Todos ocultaban cosas. Todos cargaban parte de culpa de lo que habían acabado siendo.

Se pasó las manos por el cabello y tiró de los mechones. Frente a él, Alba se humedecía los labios y lo llamaba a gritos. Nacho era puro corazón, pero cuando los instintos despertaban... lo demás desaparecía.

—¿No me tienes ganas o qué?

Se rio y la chica supo que su fortaleza menguaba.

—Albita, yo..., joder, quiero besarte desde que te conocí. Eres mi chica preferida, pero me has pillado desprevenido.

Ella sonrió y se acercó de nuevo. Estaban solo a un palmo de tocarse.

Entonces Alba notó un nudo en su garganta a punto de devorarla. Si Nacho le decía que no, debería asumir un nuevo fracaso y no podía soportarlo. Cerró los ojos y se abrió del todo.

—Eres mi amigo. Y lo necesito. Necesito acabar con esto que siento aquí. —Cogió la mano del chico y la posó en su corazón—. Por favor.

Y Nacho, por muy leal que fuese, no era de piedra. Así que, simplemente, lo hizo...

Enol

Cuando llego al faro estoy nervioso. Me río con fuerza antes de abrir la puerta y me seco las manos en las perneras del pantalón, porque me he convertido en un crío asustado.

«Solo es Alba», me repito. «Solo es una chica con la que nunca ha habido espacio para dudas, inseguridades ni fingimientos. Una chica a la que llevo mucho tiempo esperando.»

Empujo la puerta y me cuelo dentro. Pese a que solo he estado en su interior un par de veces, enseguida me golpea ese olor característico que ya me resulta un poco familiar. No me he dado cuenta hasta ahora, pero Pelayo huele a este lugar, a esta mezcla de hormigón, mar y polvo.

Hago el mismo camino hacia el que ella me guio la última vez y llego a la sala del torrero. Alba está sentada con las piernas cruzadas sobre la cama. Ha estirado una manta y se ha cubierto los hombros con otra de lana. Un par de velas alumbran la estancia y, además, sujeta entre las manos una linterna con la que apunta a un libro que sostiene entre las rodillas. Lleva las gafas puestas, el pelo suelto que le tapa parte de la cara y un grueso jersey que diría que no es suyo, sino de Pelayo, sobre unas mallas negras.

Podría imaginarme mil escenas mucho más incitantes,

mil atuendos más provocativos o un recibimiento mucho más elocuente, pero, aun así, este momento ganaría para mí como el más excitante. La fantasía perfecta existe, y la mía huele a mar, lana y hogares abandonados. De pronto, siento que Alba pertenece a este lugar, se ha mimetizado con él como siempre hace con todo, pese a que ella sienta que nunca llega a encajar. Lo ha hecho suyo. Un faro convertido en el refugio de una chica perdida que no deja de buscar. Además, Alba no necesita artificios. Cuando una persona te gusta de verdad, lo que quieres es que sea más ella que nunca. Con su pelo sin ordenar, la ropa con la que más cómoda se encuentre, sus deficiencias a la vista. Cuanto más ella sea, más única te resultará.

Su sonrisa torcida me recibe y le ofrezco una parecida.

—Veo que también puedes ser el chico que llega tarde a las citas.

Cierra el libro y lo aparta; distingo en la portada que es un antiguo tratado de náutica. Ese detalle, por muy desconcertante que resulte, me la pone dura. Siento que el bicho raro que vive en mí está de suerte.

Estira las piernas y la manta le cae por la espalda.

—Lo siento. Mi madre me pilló saliendo. Tuve que confesarle que había quedado contigo.

—¿Les parece mal?

—Ni por asomo. Les encantas. —Se ríe, aunque lo hace con cierto rubor que casa muy poco con Alba; siempre ajena a lo que ven los demás en ella; siempre más consciente de sus defectos que de todo lo demás—. ¿Te sorprende?

Suspira y cambia de tema.

—Quiero enseñarte algo.

Asiento y me acerco a ella. Me dejo caer a su lado y el colchón tiembla bajo mi peso. Alba se lame los labios con malicia. Supongo que ambos pensamos que por fin estamos a solas de verdad sobre una cama. Y una que rechina siempre provoca pensamientos inevitables.

Le retiro un mechón de la cara y le quito las gafas. Ella no dice nada. Solo me mira. Me permite tomar la iniciativa. Se deja llevar. Y cuando Alba te mira, te aseguro que te sientes mejor que nunca, como si valieses más, como si todo fuera posible.

Me pregunto si lo será...

Le acaricio el cuello y cierra los ojos. La linterna se le escapa y cae sobre la alfombra. Un gemido sigue el mismo camino a través de su boca. Todo desaparece. Nos olvidamos del motivo de que hoy estemos aquí, en la guarida de Pelayo, de madrugada y escondidos como dos niños que ocultan algo y que no quieren que los pillen.

—Enol...

Su susurro me empuja. Me arrastra. Me provoca.

Acerco los labios a su piel y le beso en ese punto en el que sus latidos vuelan. Recorro su garganta con la lengua. Su sabor dulce me despierta del todo y me acelero. Las manos se me escapan y le acaricio la nuca, las mejillas, la espalda por encima de la tela. Alba se agarra a mis hombros y suspira, tiembla, se estremece. La tumbo y me dejo caer a su lado.

Y nos miramos.

El silencio en el faro siempre parece más silencio, tal vez por eso nuestras respiraciones lo llenan todo. Los dedos de Alba se acercan con delicadeza y levantan mi camiseta. Me roza el ombligo y tira del vello que lo rodea. La abrazo en un impulso y nuestras piernas se enredan.

Podría dar un paso. Podría comerle la boca y lanzarnos de una vez por todas a esto que estaba escrito desde que volvimos a vernos. Podría hacer lo mismo que ella, meter la mano bajo su jersey y buscar el contorno de su pecho. Podría actuar de tantas formas que me llevarían al mismo sitio...

Pero no lo hago. Porque este momento también me vale. Porque la mirada de la Alba que tiene miedo, la que está descubriendo algo que nunca ha vivido y que no sabe cómo afrontar, es demasiado bonita para que el orgasmo la supere.

Más aún, cuando se muerde el labio con picardía y me demuestra de nuevo por qué me vuelve loco sin remedio.

—¿Hacer el amor o follar salvajemente?

Sonrío y se le escapa una risa nerviosa. Mi erección se le pega al muslo y se mece contra ella. Se arquea cuando paso la mano por su torso con excesiva suavidad y el pezón se endurece.

—Podemos hacer lo que tú quieras, Alba. Pero debo decirte que, con la persona adecuada, suele ser lo mismo.

Sus ojos brillan de una forma nueva. Frunce el ceño por un instante y, al fin, lo entiende.

—Eso estamos haciendo, ¿verdad? —me dice con cierta ingenuidad, refiriéndose al amor.

—Y aún no hemos empezado.

Sonríe con timidez y tengo que morderme los labios para no decirle que la sigo queriendo. Que lo hice una vez cuando no sabía ni cómo se hacía, ni lo que significaba, ni lo que suponía. Pero que ahora también lo hago. Aunque solo sea por estos momentos. Aunque se acaben en unas semanas o meses. Aunque solo seamos ese amor de verano que no sucedió y que ha encontrado ahora un resquicio por el que colarse, pese al frío.

Alba traga saliva y asiente sin dejar de mirarme. Solo entonces, acaba con la distancia que nos separa y me besa. Y, joder, hay besos por los que esperar merece la pena.

Alba

Hasta esta noche no lo sabía, pero hay momentos que pueden suponer una primera vez, aunque sea la número cien. Puedes dar mil besos en tu vida y que, entonces, un día te roben uno y te des cuenta de que ninguno se le parece. Puedes acostarte con infinidad de personas y descubrir dentro de un faro que nunca lo habías hecho de verdad. Que todo había sido un entrenamiento para llegar a la única que realmente iba a importarte. La única que escribirías en un papel y colgarías entre tus mejores recuerdos.

Eso pienso cuando Enol me besa. Eso siento cuando sus manos me desnudan. Eso acepto cuando, piel con piel, me mira a los ojos y entra en mí, primero con suavidad y luego con más rabia, más acelerados ambos en cada movimiento, menos nuestros y más del otro.

—Alba... —susurra antes de rozarme la boca con dos dedos.

Yo cierro los ojos. Agarro su mano y la coloco sobre mi pecho, a la altura de mis latidos. Le muerdo el cuello. Gimo palabras sin sentido. Y lo siento. En cada poro de mi piel. En lo que me guardo dentro, solo para mí, haciéndose un hueco y echando raíces. Noto a Enol en las vísceras, en las venas, en

284

los huesos. En la lengua. En mi sexo. En ese lugar que no tenía nombre hasta esta noche.

Cuando el orgasmo llega, lo beso, lo muerdo y sonrío. Sonrío tanto que me duele. Sonríe tanto que el corazón me tiembla.

—Escoge, ¿esta noche o todas las que has...?

No me deja terminar la pregunta. Su boca cubre la mía y responde por los dos.

El mar

La noche se complicaba, como ya había vaticinado.

Entre unas rocas y a la luz de la luna, Nacho y Alba se dejaban llevar por sentimientos que nunca deberían ir unidos al sexo; menos aún, cuando para una de las partes se trataba de la primera vez. En otro punto de la playa, una chica pelirroja rechazaba a Alonso al darse cuenta de que solo la había utilizado; este, al mismo tiempo, se odiaba de nuevo por haber decepcionado a otra persona más. A lo lejos, en la oscuridad de la arena cercana a la subida al pueblo, Enol se mordía una uña, fumaba y refunfuñaba mientras buscaba a Alba sin cesar y sin saber con exactitud si estaba más cabreado con ella o consigo mismo.

Las cosas se torcían y ninguno de ellos parecía capaz de frenar aquel desastre.

Eran más de las cuatro cuando Enol la vio regresar por el extremo más oscuro de Bocanegra. Allí era donde iban las parejas a esconderse de ojos curiosos. Todo el mundo lo sabía. Todos los jóvenes, antes o después, acababan dando rienda suelta a sus instintos en aquel trozo de arena que había visto demasiado.

Enol no era un santo. Como bien le había contado a Alba,

había experimentado y lo había disfrutado. No obstante, no era algo de lo que alardeara y prefería que su intimidad siguiera siendo solo suya. Verla a ella volver de ese lugar le provocó una opresión en el pecho. Porque quería que Alba regresara de allí de su mano y, en cambio, lo hacía sola y él continuaba clavado en el suelo.

—¿De dónde vienes?

Apartó la mirada unos segundos y fue todo lo que necesitó para saber que había sucedido. Que Alonso y ella habían dado un paso más. Uno que a él lo alejaba de Alba de forma indirecta.

—Estaba con Nacho dando una vuelta.

Enol frunció el ceño, porque eso sí que no se lo esperaba. Tampoco, cómo le hacía sentir saber que Alba había acudido a Nacho, y no a él, después de su primera vez. ¿Tan mal había hecho las cosas? ¿Tanto se había equivocado como para que ella lo eligiera el último? No comprendía nada y, cuando Enol no entendía el mundo que lo rodeaba, se cerraba más en sí mismo, se colocaba una coraza y no dejaba que nadie la traspasara.

Alba se cruzó de brazos y se sentó a su lado, aunque, por primera vez, el chico notó que dejaba demasiado espacio entre ambos de forma premeditada.

El amor es complejo. Eso me lo habéis enseñado bien...

Enol la observó a conciencia. Tenía el pelo revuelto, los labios hinchados por otros labios y arena pegada en zonas que no eran de fácil acceso. Alba llevaba la palabra «sexo» grabada en la piel y él no podía creerse que todo hubiera acabado así. Tan diferente a como lo había imaginado en su cabeza. Tan lejos del ideal adolescente de lo que era un amor de verano. Ni siquiera para Alba esa premisa se había cumplido, a juzgar por su expresión endurecida y la tensión que la acompañaba.

«Entonces, ¿por qué lo has hecho?», gritaban los ojos del chico. Pero no había respuesta para eso. Rara vez existe; a decir verdad, los seres humanos sois expertos en convertir lo sencillo en complicado y los caminos rectos, en callejones sin salida.

—¿Ha merecido la pena?

Alba se volvió, golpeada por esas palabras que no tenían otra intención que la de demostrar que Enol estaba dolido, y contestó con el mismo desafío, pese a que ya notaba el peso de las primeras lágrimas y el sabor del arrepentimiento. Aún no conocía los motivos, pero en su interior Alba ya sabía que se había equivocado.

—Sí y no. Sí, porque ya no tengo por qué continuar buscándolo en personas que no merecen la pena. Y no, porque me sigo sintiendo igual. Igual de perdida. Igual de sola. Igual de frustrada por no entender nada sobre el amor.

El chico sacudió la cabeza y dio una patada a la arena. Estaba harto. Frustrado a tantos niveles que no midió, solo explotó su verdad, aunque quizá fuera el peor momento para hacerlo.

—¡Es que no estás hablando de amor, Alba! ¿Cuándo vas a abrir los ojos? ¡El amor es otra cosa que no tiene nada que ver con lo que tú has vivido con Alonso! El amor es no buscar con insistencia que sea correspondido, sino esperar a que ella se dé cuenta. El amor es preguntarle a la chica en la que no dejas de pensar si su primera vez con otro ha merecido la pena.

Enol soltó una risa ronca con su última confesión y Alba tembló. No entendía por qué él decía precisamente algo como aquello. O quizá sí... Tal vez todo se mostraba de repente tan claro delante de ella que apenas era capaz de respirar. Mucho menos, de pronunciar alguna palabra coherente.

Observó a Enol; su pelo, siempre un poco rebelde y ondulado por la humedad; sus ojos, verdes, achinados, escondidos; su postura, tensa y a la defensiva; sus manos, jugando a perderse entre la arena. Lo estudió con detenimiento, su expresión torturada, sus silencios. Y lo recordó todo. Cada conversación. Cada instante compartido. Cada segundo alargado para seguir los dos a solas porque nunca necesitaban a nadie más. Cuando estaban juntos, el mundo desaparecía y quedaba la nada. Esa nada que él había intentado explicarle y que Alba no había sabido encajar. Y lo entendió. Lo comprendió a un nivel tan profundo que le dolió y se rozó el pecho.

Quiso decírselo. Quiso pedirle perdón. Quiso borrarlo todo y empezar de cero. Quiso ser otra chica, una que no fuera ese desastre absoluto que siempre acababa decepcionando a todo el que le importaba. A sus padres. A sus amigos. A él. Quiso abrazarlo. Quizá, besarlo. Pero no podía. No, porque Enol ya estaba lejos. Y dolido. Y porque no merecía besarlo después de haber usado esos labios para destrozarlo todo. Así que se calló, y fue él quien rompió el silencio con algo que la rasgó en dos.

—El fin del mundo llega. La civilización en su totalidad muere, excepto nosotros cuatro. Nos quedamos atrapados entre las rocas de Bocanegra. Se forma una playa para siempre que no se cubre con la subida de la marea.

Se volvió y la miró con una expresión que era nueva. Dura. Dañina. Llena de reproches, rencor y tristeza. Una que provocó que la de Alba se humedeciera.

—No lo hagas, no me lo preguntes —le suplicó con voz queda.

Ella sabía que daba igual cuál fuera su respuesta, porque llegaba tarde. Al fin y al cabo, ¿qué importaba lo que le dijera? Alba ya había escogido. Y no una vez, sino dos. Y ninguna llevaba el nombre del chico.

—Solo quedamos nosotros tres y tú, Alba. Y debemos repoblar la tierra. Suena bien, ¿eh?

La chica no ocultó las lágrimas, que no eran más que la expresión de esa vergüenza que sentía por no haberlo visto antes. Por no haberse dado cuenta de la verdad que se cernía sobre ella y que le gustaba más que ninguna otra. Una en la que ni Alonso ni Nacho tenían cabida.

Sin embargo, él ya no era el mismo Enol dispuesto a intentarlo. Se había convertido en otro. Había madurado en solo una noche por el desengaño.

La decepción tiene un poder demencial en los sentimientos, en el orgullo y en las decisiones.

—Enol..., ¿por qué ahora? ¿Por qué has tardado tanto?

Él negó con la cabeza y se encogió de hombros.

—Estabas tan obsesionada con él que no lo entendía. No... no quiero hablar mal de Alonso, aunque te juro que no lo comprendo. Él no te escucha. No te ve. Solo te mira por lo obvio, pero no...

Las palabras se quedaron en el aire. Enol le sonrió con pena. Seguía observándola de ese modo en el que los humanos contemplan lo que les fascina. Es un brillo especial. Una intensidad única. Yo lo veía y Alba, de golpe, también. Por eso, en aquel instante, la chica comprendió que todo era todavía peor de lo que parecía. Porque Enol estaba hablando de lo suyo con Alonso, pero aún había mucho más que desconocía y que haría que la odiara del todo.

Podría haberse callado. Podría haberlo convertido en un secreto por el bien del grupo. Podría haber hecho tantas cosas... Pero Alba no era así. Alba se lanzaba de frente, aunque la marea estuviera baja y no cayera sobre el agua. Y eso hizo. Sin apartar la mirada. Aceptando que no era la chica que todos querían, sino otra más caótica, volátil y dañina.

—Me he acostado con Nacho.

Soltó las palabras y, con ellas, la esperanza se evaporó.

—De puta madre. ¡Joder, Alba, de puta madre!

Enol escondió el rostro entre sus brazos unos segundos. Ella, en cambio, lo alzó al cielo.

—Yo..., no lo sabía. No tenía ni idea de que tú..., ¡de que pudiera estar mal!

Se mordió con saña una uña y lo miró. Él no era capaz, así que seguía con los ojos clavados en mí, oscuro y lejano detrás de las luces de la hoguera.

—La culpa es mía, por creer en imposibles cuando solo sigo siendo el chico raro de las mareas. —Se rio con malicia y Alba supo que sus siguientes palabras se convertirían en herida—. No se puede conocer el fondo del mar ni tampoco atrapar el sol, ¿a que no?

Ella suspiró. Aquello de verdad dolía.

—Da igual quién seas, Enol. Para mí, ante todo, eres mi amigo. El mejor que tengo, en realidad. ¿No es suficiente? —En ese preciso instante, se dio cuenta de que, una vez más, había actuado como una kamikaze que jamás hacía nada bien, sino que acababa estropeando todo lo que tocaba; odiaba ser así, pero no sabía cómo cambiarlo—. Dios mío..., he intentado proteger lo mejor que tenía aquí y también me lo he cargado.

Y entonces Enol sí la miró. Ladeó el rostro y clavó sus ojos llenos de rencor por el orgullo herido en los de la chica, colmados de caos y culpa.

—Eso es cierto. Lo has roto. Esto. Lo que fuera. Está hecho pedazos.

Se levantó y la dejó sola. Alba tardaría otra hora en moverse de allí. Ni el frío de la madrugada, ni las primeras gotas de llovizna que dieron por finalizada la fiesta, ni ver a Nacho buscándola entre la gente le dieron motivos para hacerlo.

Porque, para bien o para mal, Alba era así. Especialista en desastres, sí, pero también en castigarse.

Los días siguientes no se vieron. Cada uno siguió con su vida como si los demás no existieran. Alba apenas salió de casa más que para pasear con su familia al caer la tarde. La veía mirarme, al otro lado del paseo, y su necesidad de escapar de Varela era tan intensa que la sentía casi mía. Observaba el torbellino de emociones en el que se había convertido. Percibía lo mucho que los echaba de menos. A menudo la encontraba pensando en Alonso, en la desilusión y la decepción que suelen acompañar al primer amor de verano. También en Nacho, en la facilidad de conectar con una persona a nivel físico únicamente por confiar en ella, pese a que al terminar se había sentido vacía y solo había querido buscar a Enol. Y, por último, pensaba en él. En su mirada siempre ausente. En esa calma tan parecida a lo que sentía al sentarse en la orilla y escuchar el rumor de las olas. En todas las señales para las que había estado ciega. En que el cosquilleo se había transformado en una marejada en su interior que tiraba hacia él, pese a que fuera tarde.

El día antes de marcharse, Alba lo intentó. Mandó un mensaje a Alonso y Nacho, y le dijo a este último que quería verlos a los tres, que él se encargara de avisar a Enol. Era una tarde fría de finales de agosto y una tormenta estaba a punto de abrir el cielo en dos. A pesar de eso, quedaron en los acantilados, porque era un lugar especial para ellos y a Alba no se le ocurría un sitio mejor para una despedida. Quería solucionar las cosas. No podía marcharse de Varela con esa sensación en el estómago. Necesitaba pedirles perdón y que supieran que no les guardaba rencor por los errores que también habían cometido. Por una vez, deseaba arreglar la situación y no estropearla más, así que lo intentó.

Cogió la bicicleta y recorrió las calles con la capucha de la sudadera puesta. Cuando llegó al punto de encuentro, había una figura esperándola. El pelo oscuro se movía por el viento y se le aceleró el corazón ante la posibilidad de que fuera él. Frenó en seco y casi se cae de la bici al darse cuenta de que en eso consistía. Nada más le importaba. En ese instante, solo había pensado en Enol. El único al que habría escogido esa tarde. Y la siguiente. Y todas las que vendrían, si el planeta girase al revés y el tiempo caminara hacia atrás, como los cangrejos, dándole la oportunidad de volver a empezar. Porque el chico inalcanzable, quizá, no lo era tanto, sino que solo necesitaba que ella le tendiera una mano.

Pero la vida seguía. Y quien la esperaba no era Enol, sino Nacho.

Apoyó la bicicleta en el faro y se acercó. Se asomaron al acantilado y los saludé con una caricia de espuma por las olas que golpeaban las rocas. En los ojos de Alba pude leer que sabía que no iba a acudir nadie más a su cita.

—No debimos hacerlo —dijo Nacho.

—Ya lo sé.

—Me gustó, Albita. Y espero que para ti fuera lo que esperabas, pero no debimos.

Ella asintió y apoyó la cabeza en el hombro del chico.

—No va a venir.

No fue una pregunta, sino una afirmación.

—Imagino que no estás hablando de Alonso.

Alba no pudo evitar reírse.

—No, claro que no.

Nacho suspiró e hizo lo que se esperaba de él yendo hasta allí. No quería, pero era consciente de que se lo debía a su amigo. Además, necesitaba que Enol lo perdonase. Nacho era de los que no soportaban estar a malas con nadie y, por mucho que Alba fuera su chica favorita, a él iba a tener que verle la cara a menudo y eso pesaba más.

—Dice que se acabó. Que no quiere verte. Que te vayas y que te olvides de esto.

Ella tragó saliva y cerró los ojos con fuerza.

Una punzada. Dos. Tres...

—Olvidar no es fácil.

—No, pero a veces es lo único que podemos hacer.

Un rayo los iluminó en el mismo instante en el que el rostro de Alba se encogía.

Ver un corazón romperse es tan bonito como una tormenta de verano.

Enol

Alba está desnuda. Tiene las piernas enredadas en la manta y la cabeza apoyada en el hueco entre el hombro y mi cuello. Su pelo se me pega a la boca y lo retiro cada poco con los dedos. Huele a algún champú dulzón y a Varela. A mar y arena. Al frío de noviembre y a este lugar. Creo que, como no puedo dejar de tocarla, también huele un poco a mí.

Paso la mano por encima de su pecho y su pezón se endurece. Sonríe y se muerde el labio, pero no se aparta, ni se tapa, ni muestra pudor. Solo me mira sin pestañear y me pide más con los ojos.

Pese a que me muero por dárselo, la pregunta que me lanza me recuerda que esto no solo va de sexo, sino de mucho más.

—¿Me has perdonado?

El pasado sigue aquí, con nosotros, aunque ahora es distinto. Es solo una neblina que se va disipando. Reflexiono sobre ello. Sobre aquellos días. Sobre cómo me sentía, atrapado en unos sentimientos que no sabía manejar, independientemente de lo que Alba hiciera. Pienso que el primer amor debería aparecer con un libro de instrucciones, una guía para los novatos a los que les llega demasiado pronto como para no saber qué hacer con él. Sin la madurez necesaria, los sentimientos no son más que una cárcel, una batalla.

Alba alza el rostro y acaricio su nariz antes de abrir esa puerta que me esforcé tanto en cerrar con llave, aunque no sirviera de nada.

—He acabado aceptando que no tenía que perdonarte, Alba. Tú y yo no éramos más que dos amigos que se reencontraban en verano. No me debías nada y tampoco te lo pedí. Pero estaba herido.

Ella se lame los labios y mi yema áspera sigue el mismo recorrido. Tocarla se está convirtiendo en mi pasatiempo favorito.

—No importa que no tuvieras motivos. No son necesarios para sufrir, amar o enrabiarse. Los sentimientos funcionan así. Van a su aire. No hay que buscarles razones.

—Es posible, pero eso no justifica que me portara de ese modo contigo.

Viajamos hasta entonces. Recuerdo la mirada culpable de Nacho cuando vino a mi casa a darme unas explicaciones que no quise escuchar. La misma que se convirtió en una de decepción cuando le dije que no pensaba volver a verla. Que, si de verdad era mi amigo, le hiciera llegar a Alba el mensaje de que no quería saber nada de ella. Las palabras sucias y rencorosas que salieron de mi boca. Los pensamientos tan feos que le dediqué. Y también recuerdo cómo me sentí aquella noche, cuando Alba ya se había ido de Varela y llovía a mares al otro lado de la ventana. Ya en mi cama, pensé en todo lo vivido y en lo imbécil e injusto que había sido. Porque las cosas no salen como uno quiere si nos quedamos quietos, esperando que lleguen por arte de magia.

—Fuiste un cobarde —me dice con su mirada valiente.

Le sonrío y, por primera vez, me siento tranquilo pensando en aquello. Esa sensación de quietud que deja la lluvia cuando cesa.

—Si te soy sincero, no fue por cobardía por lo que mandé a Nacho de mensajero. Lo hice porque no sabía si podría mantenerme firme contigo. Necesitaba olvidarte durante un tiempo, porque lo que sentía me hacía daño. Y no me veía capaz de decirte adiós a la cara, Alba.

Ella suspira y me responde con expresión severa, pese a que me acaricia el mentón con una suavidad casi opuesta.

—Solo necesitaba pedirte perdón, habría respetado lo que tú quisieras.

—Lo sé, pero eres tan imprevisible que me daba miedo dejarme llevar por ti.

Su ceño se relaja. Mis manos se deslizan por su espalda hasta el comienzo de su trasero. Su sonrisa es capaz de derribar cualquier muro que aún mantuviera alzado para ella.

—Y tú, ¿me has perdonado? —pregunto con miedo.

—Yo lo hice enseguida. Cuando te echaba tanto de menos que lo demás dejó de importar. —Su sonrisa se amplía y me pierdo en ella; en todo lo que me dice sin parar, y no solo con palabras—. Y ahora, ¿te parece una mejor idea dejarte llevar?

—Ahora estoy dispuesto a que hagas conmigo lo que quieras.

Alba se arrastra hasta mi boca y me besa. Lo hace con ganas, con cariño, con esa honestidad con la que vive, con una lascivia que me vuelve loco, con el puto corazón en la mano y entre las piernas.

La tumbo y me coloco encima de ella. Se abre para mí. Me susurra todo lo que quiere que le haga. Acepto cada palabra y me esfuerzo por llevarla al límite con ellas. La muerdo, la pruebo. Recorro con la lengua cada zona que aún desconozco. Me bebo un orgasmo que me sacude como una descarga en mitad del pecho. Me dejo guiar por sus manos pequeñas y expertas. Ocupo su lugar. Sus labios juegan a pintar un camino hasta mi erección. Se la mete en la boca. Se lleva con ella una parte de mí.

Cuando me corro sobre su sonrisa, me digo que hay momentos que solo llegan cuando tienen que llegar. Da igual lo que los busquemos, como hacía Alba, da igual lo que nos frenaran, como me sucedía a mí. El instante perfecto aguarda hasta que nos revienta en la cara.

El abuelo

Abre los ojos y vuelve el rostro hacia la ventana. La luna se asoma entre dos nubes espesas y el viento silba entre los árboles. Se levanta, sintiendo sus huesos crujir en un quejido sordo, y se pone muy despacio las zapatillas.

Nunca ha sido un hombre de sueños. Eulalia siempre le contaba historias rocambolescas al despertar que transcurrían mientras dormía a su lado, pero él apenas recordaba más que alguna imagen distorsionada. El descanso para Pelayo siempre había sido un lienzo en blanco que solo se pintaba al despertar.

Sin embargo, en los últimos tiempos se le aparecen imágenes. No sabe si será por la enfermedad, que se ha colado de tal forma en él que guía incluso su subconsciente, o que los recuerdos han tomado tal fuerza que no lo dejan en paz ni cuando cierra los ojos. El caso es que cada noche uno llama a la puerta de su inconsciencia y la atraviesa sin permiso.

Hoy ha sido uno de primeras veces.

«Las primeras veces no importan», siempre se había dicho Pelayo, «lo hacen las últimas, porque son las que dejan estela hasta el momento presente».

Pese a ello, en esta historia todo es diferente. Supone que

el primer amor lo es, y no hay nada que pueda hacer al respecto. Por eso, para bien o para mal, todo el mundo lo recuerda. Como la niña y el chico de los Villar, que se creían que podían escapar de él y lo tienen tejido entre los dedos. Se alegra por ellos. Y desea que les salga bien. Cada noche antes de acostarse, le pide al mar, lo único parecido a Dios que Pelayo conoce, que les dé la oportunidad de ser algo más que un pasaje efímero.

Baja las escaleras y entra en la cocina. Se prepara un vaso de leche templada y se sienta. Coloca las manos sobre el cristal y se las calienta. Y saborea otro de esos regalos que no dejan de arrollarlo en forma de recuerdos, dormido o despierto, lo mismo da.

Cierra los ojos y viaja hasta el faro, a aquella habitación tan austera que acabó guardando lo más extraordinario que Pelayo había visto jamás.

«No me creo que no sepas bailar. Todo el mundo sabe.»

«Yo no.»

Y rememora en su propia piel el miedo que sintió en ese instante. Porque estaban a punto de tocarse. No como en las rocas, cuando sus manos se rozaron, sino de un modo más cercano, más íntimo, más excitante.

«Venga, farero. ¡Es fácil! La música tiene algo que nos hace movernos de forma innata. Mírame.»

Pelayo recuerda sus pasos. Cómo sus piernas se deslizaban por la sala, todavía con la taza de café en la mano, tarareando una canción que salía del viejo transistor que le había regalado para que no se lo comiera el silencio. Su sensualidad. Su atrevimiento. Su encanto. Su sonrisa. El movimiento de su cadera. El chispazo que sintió cuando lo atrapó para llevarlo consigo en ese baile y en todo lo demás. Sus dedos en su cintura. Su aliento golpeándole en la boca. Las dos risas unidas cuando el café se derramó en la alfombra junto a sus pies. Las mismas que desaparecieron cuando los ojos se prendieron, como un barco que ha encontrado la luz que lo hará volver sano y salvo a casa.

Los labios.

Cada vez más cerca. Cada vez menos sensatos.

El roce.

Esa milésima de segundo en la que Pelayo creyó que había dejado de respirar, pese a que jamás había estado más seguro de nada.

El beso.

El primer beso, suave y casto al inicio; ardiente e inolvidable después.

Las manos, volando. Las lenguas, lamiendo. Los corazones, en plena explosión.

Y una separación.

Su expresión descompuesta y avergonzada teñida de arrepentimiento antes de desaparecer sin pronunciar palabra.

«Espera...», estuvo a punto de decir Pelayo, pero la súplica murió en su garganta.

Luego se dejó caer en la cama, miró al techo con la respiración aún agitada y sonrió.

Porque, pese a todo, más que nunca, sabía que regresaría. Vaya si lo haría...

Abre los ojos y su mente vuelve a la cocina. La leche ya está fría.

Saca el papel y el bolígrafo del cajón y coloca la punta sobre la hoja.

No obstante, los dedos no le responden.

Se esfuerza por recordar qué era lo que deseaba rescatar de su mente para guardarlo en el faro, junto a todos los demás, pero de pronto se ha quedado en blanco.

Todo ha desaparecido.

Se levanta y revisa en los armarios hasta encontrar un paquete de almendras. Se las come una a una, muy despacio, y no piensa en nada. Solo se deja mecer por la inercia del que comienza a ser más vacío que persona.

El lunar bajo
tu ombligo,
una constelación
perdida

Alba

Tengo que volver a casa. Sé que estoy en Varela para cuidar del abuelo, pero también que es posible que no vuelva a sentir esto que me atraviesa de la cabeza a los pies desde que Enol decidió dejarse llevar y a mí con él.

Me gusta que estemos aquí. No solo porque aún siento los latidos del último orgasmo y su sabor en la lengua, sino porque no me imagino un lugar más perfecto para darle forma a este recuerdo. Rodeados de otros. Con el halo mágico que siempre aportan las historias de amor, aunque permanezcan dormidas entre estos muros esperando que alguien las despierte de nuevo.

Sonrío cuando sus labios acarician mi frente.

—Cuando era pequeña mi abuelo me decía que dentro de un faro la vida siempre es distinta. Se ve, se siente e incluso se respira diferente. Hablaba de un aura mágica, una especie de neblina que le regala el mar y lo recubre. Una bruma especial que hace que todo parezca posible. Era una cría, pero ya por entonces me reía, porque nunca creí en los cuentos de niños. Me sobraba coraje y me faltaba ingenuidad. Pelayo me decía que, cuando fuera el momento, lo entendería. Que un día abriría los ojos aquí dentro y percibiría eso que

305

solo unos pocos tienen el privilegio de ver. En el fondo, supongo que siempre ha sido un idealista.

Enol traga saliva y rozo el movimiento de su cuello. Había querido sentirlo en los dedos en infinidad de ocasiones y, de repente, me doy cuenta de que puedo. Todo es posible. La sensación me abruma.

—¿Y ahora lo entiendes? ¿Ves lo que Pelayo pretendía explicarte?

Lo miro con detenimiento y no tengo dudas. No sé lo que viviría mi abuelo aquí dentro, pero comprendo lo que quería decir. Porque entre estas paredes, con la mano de Enol acariciándome sin cesar, siento que cualquier historia de amor tiene cabida. Incluso las que parecían imposibles.

—Sí. Creo que sí.

—¿Sabes lo bueno? Que aún tienes la oportunidad de compartir eso con él.

Sonreímos y me apetece besarlo otra vez. Vuelta a empezar. Un bucle infinito de besos, roces y sexo. Solo que sacudo la cabeza y me río como una niña.

—Yo no te había traído aquí para esto, ¿sabes?

—Ah, ¿no?

—Bueno, al menos no era mi primera intención.

Nos miramos con complicidad y me incorporo para vestirme. Empieza a notarse el frío, así que me cubro con la camiseta y el jersey, olvidándome de la ropa interior, mientras Enol no me quita ojo sin el menor disimulo. Luego recupero el libro que sujetaba cuando él llegó y me desconcentró con sus encantos. Lo abro y de entre sus páginas se desliza la fotografía.

—Yo quería enseñarte esto.

La sujeta con el ceño fruncido y estudio la expresión de su cara. Va cambiando y leo en ella muchas emociones. Dudas. Miedo. Enfado. Decepción. No sé si por el hecho de que siga obsesionada con este tema y haya roto la burbuja en la que nos mecíamos o porque ha visto en esa simple imagen lo mismo que yo.

Se pasa la mano por el rostro y suspira con paciencia. Apoya la fotografía sobre la cama con delicadeza y se levanta para coger sus prendas. Lo observo de la cabeza a los pies, desnudo, inquietantemente perfecto. Son sus palabras las que desvían mi atención de nuevo a lo que ahora importa.

—Alba, pero esta foto...

Me mira de reojo y acepto su represalia.

—No digas que la he robado, porque no es verdad. Solo la he tomado prestada del bar de los Velarde. Te juro que no voy a quedármela.

Se pone el jersey y siento un frío repentino en las piernas aún desnudas.

—¿Y qué es lo que pretendes? ¿Qué intentas demostrar con esto?

—¿La has visto bien?

Trago saliva y lo contemplo con una súplica imposible de esconder. Porque necesito que lo entienda. Necesito que Enol esté conmigo en esto, pese a que me dijo que no contara con él. Necesito que sus ojos vean lo mismo que he visto yo, eso que intuyo que es mucho más que una aventura sin importancia y que nos incumbe a ambos.

Sin embargo, está tan tenso que enseguida soy consciente de que estoy sola en lo referido al secreto de Pelayo.

—Sí. Los hermanos Figueroa, mis abuelos y los tuyos eran amigos de jóvenes, algo que ya sabíamos. —Con su explicación me resuelve el enigma de los dos rostros que aún no tenían nombre—. ¿Qué quieres que vea?

—Vamos, Enol...

Me acerco y acaricio su mano. Él acepta el roce y su expresión se suaviza. Pese a ello, sigue nervioso.

—No, Alba. Solo es una foto. No puedes crear castillos de arena de la nada. No puedes interpretar una imagen en función de lo que se le antoje a tu imaginación. Mucho menos cuando se trata de la vida de otros.

Acepto su reproche y entiendo que se cierre en banda por lo que mi insinuación supone, pero entrelazo sus dedos con fuerza entre los míos para sujetarme a algo. Me siento más pequeña, más perdida, como tantas veces antes, aunque también cada vez más segura de que esto es lo que tengo que hacer. Por el abuelo. Por sus recuerdos. Por su dolor. Al menos, asumo la certeza de que debo intentarlo.

—Pero no es solo mi imaginación. Las piezas encajan. Te guste o no, tu abuela tiene los ojos azules, tuvo una relación cercana con mi abuelo que en algún punto se distanció, y esta mirada, signifique lo que signifique, habla por sí sola.

Cojo la imagen y la pongo entre los dos. La estudiamos en silencio y, como siempre me ocurre cuando la observo a conciencia, me estremezco cuando me encuentro con los ojos del abuelo. Transmiten tanto que es imposible que Enol no lo sienta también.

Cuando alzo el rostro hacia él, sé que no me he equivocado. Apoyo la frente en su pecho y le dejo un beso dulce sobre el jersey. Suspira con profundidad, me rodea la cintura con un brazo y me acerca más a su cuerpo. Tiemblo, y me recreo en este sencillo gesto que dice tanto.

Me imagino flotando en medio del mar.

—Vale. Y de ser así, ¿qué pretendes? ¿Hablar con mi familia y suplicarles la verdad? ¿Sacar a la luz un secreto que no sabes hasta qué punto hizo daño en su momento o influyó en sus decisiones? ¿Remover un pasado que ellos han dejado atrás solo porque tú deseas que le sirva de consuelo a tu abuelo?

Me estremezco ante esas preguntas susurradas. Enol habla con suavidad, pero en esa calma se percibe un resquemor del que ya nos habíamos desprendido. Esto le duele. Esto alza un pequeño muro entre ambos. No tarda más que unos segundos en confirmármelo.

—Déjalo estar, Alba. Por favor. Cuida de Pelayo. Acompáñalo en sus últimos momentos. Regálale instantes nuevos para que cuando se marche lo haga feliz, aunque no los recuerde. Disfruta de esta oportunidad. Deja de buscar el modo de complicar las cosas.

Levanto la mirada y me pierdo en la suya. Es una mirada tierna, una con la que me suplica que me olvide de ese tema y que disfrute con él de esto que, por fin, nos hemos permitido. Una que me recuerda lo capaz que soy de decepcionar a los demás. La verdad se muestra ante mí de una forma dura.

—¿Eso hago?

Sacude la cabeza y me aprieta entre sus brazos.

—Perdona. No quería...

Suspiro y asiento.

—No, Enol. Tienes razón.

Me dejo mecer por su abrazo y cierro los ojos. Me empapo de su olor. Me digo que debo empezar a tomar decisiones que no supongan tropezar cada vez que logro avanzar tres pasos. Estoy cansada de ponerme la zancadilla y quiero que esto funcione. Necesito que lo haga. Y, más aún, porque se trata de él.

—Siento si he sido duro, pero es mi familia —me susurra en el oído.

Y no lo dice, pero yo sé que siempre ha idealizado tanto a sus abuelos que la posibilidad de darle motivos para que eso cambie le frena, le duele, le aterra.

Lo agarro con más fuerza. Estamos tan pegados que parece que bailamos sobre la alfombra, dentro del faro, sin más música que la de nuestros suspiros. Sin poder evitarlo, pienso en otro baile que no conozco, uno encerrado en esos recuerdos de papel.

—No lo has sido, solo has sido sincero. En realidad, esto es lo que necesito, ¿sabes?, que alguien me pare los pies antes de cometer otra equivocación de la que termine arrepintiéndome.

Enol me sujeta por la barbilla y me atraviesa con sus ojos verdes.

—Aun así, es bonito que te esfuerces tanto por la gente que te importa.

Sonrío y me pregunto cómo será que un chico como él te quiera, que te lo demuestre y grite sin miedo a nada más que a no poder hacerlo de nuevo. Y lo deseo con tanto fervor que me prometo intentarlo. Me prometo dejar el pasado atrás y centrarme en lo que tenemos entre las manos, en este amor que está despertando y que llena cada rincón del faro. A fin de cuentas, en eso consiste vivir, ¿no?

—Y todavía puedo esforzarme más...

Me pongo de puntillas y el beso es cálido, seguro, un remanso de paz.

El mar

—Quédate.

—No puedo.

—¿Por qué no?

—Porque te amo, pero esto no es lo que quiero.

Y Pelayo se quedó solo. Con el corazón roto. Con su faro. Con sus recuerdos.

Alba

La percepción del tiempo es algo curioso. Lo hace elástico. Moldeable. Tan subjetivo que parece mentira que estemos hablando de una magnitud física objetivamente cuantificable. Un mismo acto puede durar una eternidad o un segundo, según los ojos que lo vivan.

Por ejemplo, cuando Enol me toca, siento que todo se ralentiza, que las manecillas se paran y el aire se congela a nuestro alrededor. Que el planeta cesa su movimiento y los pájaros se quedan fijos en el cielo en mitad de su vuelo, perfectos para ser fotografiados. Y a la vez, las sensaciones son tan intensas como efímeras, y todo acaba en lo que dura un suspiro.

¿Es posible? ¿Es acaso real? ¿Puede el amor hacernos tan rematadamente estúpidos?

—¿En qué piensas?

—En cuando me tocas.

Enol rompe a reír y sus dedos se cuelan bajo mi camiseta. Tiene la costumbre de dibujar olas que terminan en mi ombligo.

—No es que tenga queja, pero tienes la mente un poco sucia, ¿no?

Escondo el rostro en su cuello y sonrío. Y no lo hago porque me dé vergüenza que pueda creer que me paso el día rememorando nuestros encuentros desnudos, sino porque lo que me da pudor es precisamente lo otro. El que no pueda dejar de pensar en lo demás. En los detalles. En las caricias. En los momentos en silencio en los que me mira y siento el mar bajo la espalda, meciéndome a la deriva.

—Pensaba en que medir el tiempo es una estupidez.

—Explícate.

—¿Qué sentido tiene saber que llevamos aquí una hora, si en mi cabeza solo han pasado tres segundos y, a la vez, una pequeña eternidad?

—Supongo que es una forma de no perder la cordura. Porque tus tres segundos pueden ser para mí una hora y tu eternidad, un pestañeo.

Frunzo el ceño. Es demasiado listo. Y guapo. Y besa como navega, con la seguridad aplastante del que sabe bien lo que hace.

—Me gustaría saber cómo lo percibe él. —Suspiro al pensar en el abuelo y me dejo abrazar por Enol; siempre que hablamos de Pelayo lo siento más cerca, como si me sujetase para no caer—. Me imagino que en su mente es una mecha. Cuando estaba sano, no tenía fin, pero la enfermedad la prendió y cada día está más consumida. Su tiempo se acaba y no es solo eso, sino que su recuerdo también mengua. Dentro de poco sus setenta años se verán reducidos a los dedos de una mano. Es angustioso.

Me hago un ovillo y me enredo en su cuerpo. Sus labios me rozan el pelo. Su olor me recuerda que olvidar no siempre es una opción, porque, a ratos, me gustaría convertirme en el abuelo para poder ignorar su realidad. Me siento culpable por ello, pero huir siempre suena demasiado fácil como para no tenerlo en cuenta.

—¿Te duele estar aquí?

Alzo el rostro y lo miro extrañada.

—¿A qué te refieres?

—Llevamos diez días rascando momentos para estar a solas. —Diez días. Otro engaño del tiempo que me hace pensar que Enol lleva entre mis brazos años y, a la vez, que han transcurrido en un segundo—. Momentos que le quitas a él. No quiero robarle tiempo, Alba. No quiero que te veas obligada a elegir ni que te sientas culpable por ello. Aquí no hay espacio para nuestros dilemas tontos.

Sonrío. Y me incorporo para darle un beso que se ha ganado solo por existir.

—No te metas con nuestros dilemas —le recrimino con un mohín que él deshace con los dedos. Tiene una obsesión de lo más placentera por mi boca.

—Estoy hablando en serio, Alba. ¿Quieres que me vaya? Tú solo dímelo. Lo entenderé. —Como respuesta, me agarro con más firmeza a él, como un koala—. ¿O te apetece que lo incluyamos en algún plan?

Noto la ilusión bailándome en las tripas. No había barajado la posibilidad de que Enol pudiera también formar parte de nuestro día a día. Ni siquiera se me había pasado por la cabeza que estuviera dispuesto, bastante ha hecho ya por el abuelo antes de que yo llegara.

Sin embargo, suena tan bien que me subo a horcajadas sobre él y le cubro el rostro con las manos. Le retiro el pelo de la cara y estudio cada uno de sus rasgos, sus formas, las pequeñas marcas que muchos tachan de imperfecciones pero que para mí son huellas únicas que le pertenecen.

—¿Harías eso por mí?

—Claro. Solo tienes que pedírmelo.

Sonrío tanto que las mejillas me duelen. Aunque únicamente lo hago para espantar el nudo de emoción atravesado en la garganta. Luego le doy las gracias de ese modo que tanto le gusta. Con mi boca, con mis manos, con su sexo entre mis piernas y su nombre en mis labios.

Enol

—Pelayo, ¿hacía cuánto que no navegaba?

El viejo no me contesta, pero no importa. Continúa con la mirada perdida. Sigue el movimiento de las olas con excesiva concentración, como si el mar pudiera hablarle en alguna especie de código que solo él conoce con ese vaivén infinito.

Alba, a su lado, le coge la mano y la entrelaza con la suya. Luego me sonríe. No deja de hacerlo de un modo adictivo desde que ayer le propuse hacer planes con el farero. Diciembre ha llegado frío, aunque eso no ha sido razón para quedarnos en casa después de que le ofreciera mi barco. Ambos van tan abrigados que apenas se les ve el rostro y sí que tiemblan, pero de felicidad. Al menos, Alba. Él no sé qué estará pensando. Parece tranquilo y más cómodo que con sus paseos lentos y renqueantes de las tardes. Pelayo, en el mar, respira mejor.

—Gracias.

La voz de Alba es apenas un murmullo que se lleva la brisa. No ha dejado de decírmelo desde que hemos salido. Con gestos, miradas, roces en apariencia casuales y formando la palabra con sus labios perfectos. Si llego a saber que se sentiría tan en deuda conmigo, habría amarrado a Pelayo a la proa hace tiempo.

—¿Cómo está hoy el mar? —nos pregunta, y cierra los ojos con la mirada hacia el cielo para que la respuesta se la demos nosotros y no la descubra por sí mismo.

Es un juego en el que me incluyó hace mucho y que no entiendo, pero soy lo bastante inteligente para saber que hay cosas que es mejor no cuestionar. Alba se ríe. Le aprieta la mano entre las suyas y deja que los ojos se le empañen por las emociones que Pelayo le despierta sin cesar.

—Está precioso, abuelo. De un azul oscuro que hace que parezca opaco. El agua es puro hielo. Las gaviotas chillan a lo lejos mientras pescan su comida. El barco se abre paso con fuerza. Estamos tan vivos que tengo ganas de gritarlo y que el viento se lo haga llegar a todo Varela.

El viejo abre los ojos, mira a su nieta y rompe a reír. Es un sonido catártico. Contagioso. Inolvidable. Nos dejamos llevar por él y acabamos los tres riendo como locos, aunque no sepamos muy bien el motivo. Pelayo se ríe tanto que se sujeta el estómago y las lágrimas surcan sus mejillas. Alba lo observa sin pestañear, tal vez por miedo a hacerlo y que el momento acabe. Y yo me siento muy orgulloso de haberles ofrecido esto, este escape, este instante que mañana él no recordará, pero cuya felicidad seguirá sintiendo latir dentro del pecho.

Cuando volvemos al puerto, Pelayo parece tan agotado como aliviado.

—¿Estás cansado, abuelo?

Él asiente, se coge del brazo de Alba y se marchan.

Sin embargo, antes de cruzar la calle, ella le pide que espere un segundo y corre hacia mí con las mejillas sonrojadas y una sonrisa inmensa. Se lanza sobre mi cuerpo y la cojo al vuelo. Su beso es intenso, más obsceno del que se debería dar jamás en público, y sabe a todo eso que siempre quise tener con ella.

—Gracias.

—Buena forma de darlas.

—Espera a que te pille a solas.

Me río y le doy un último beso antes de soltarla.

Y la veo marchar.

«Qué bonita forma de regresar a mí, Alba. Y no me refiero solo a este momento.»

Vuelvo a casa y me encuentro con los abuelos sentados en el salón de la chimenea. La posada en estas fechas siempre está vacía hasta Navidad y podemos disfrutar de las zonas comunes con intimidad. Ella lee una de sus novelas de descamisados en la portada y él ve un partido de fútbol mientras mordisquea una galleta. Todo es tan familiar que sonrío y me dejo caer en el hueco que queda libre en el sofá.

—¿Cómo está la niña?

—Bien. Hoy hemos llevado a Pelayo a navegar.

La abuela asiente y el abuelo da otro mordisco a su galleta. Los observo de forma inevitable, porque desde que Alba compartió conmigo su obsesión por el secreto de Pelayo y aquella maldita fotografía no puedo evitarlo. Los conozco y, a la vez, siento que no sé nada de ellos. Porque todas las personas no solo somos lo que mostramos en el presente, sino también un pasado que no tiene por qué encajar con el ahora. Al igual que Alba y yo hemos cambiado, ellos también lo habrán hecho tantas veces como para haber dejado atrás cientos de versiones distintas de sí mismos. ¿Y quiénes fueron mis abuelos en aquellos años? ¿Qué sucedió para que la amistad de esa fotografía se distanciara? ¿Cuántos errores cometieron? ¿La percepción que tengo de su historia es real o solo un esbozo a medias?

El teléfono me vibra en el bolsillo de la chaqueta y lo saco.

—Hablando de errores... —susurro.

La abuela me mira interrogante, pero sacudo la cabeza y me levanto. Salgo a la calle y me enciendo un cigarro antes de contestar esa llamada inesperada.

—Dime.

—¿Qué es eso de que nuestra chica está en Varela y de que se cuela en tu cama?

Su tono burlón me despierta recuerdos y una nostalgia que creía muerta, pero que Alba ha avivado con su regreso.

—Invítame a una cerveza y te lo contamos.

Noto su sonrisa canalla sin verla. Y pienso que, quizá, la vida siempre guarda bajo la manga una segunda oportunidad y que depende de cada uno aceptarla o dejarla pasar. Y que hablar en plural sienta tan bien como vivir ese «nosotros» con ella.

Alba

Cuando entro en el bar de los Velarde estoy nerviosa. No sé qué me espera ni si mi aparición será bien recibida o una de lo más incómoda. Al fin y al cabo, llevamos cinco años sin vernos y no volvimos a hablarnos. Nacho y yo nos despedimos aquella tarde en el acantilado con el regusto amargo de las palabras de Enol en su boca y nunca más nos pusimos en contacto.

Me marché de Varela tan enfadada y perdida que decidí dejarlo todo atrás. Bloqueé los números de Alonso y Nacho, y me alegré profundamente de que Enol viviera en la Edad de Piedra para no sentir el impulso constante de llamarlo. Borré del mapa aquellos años, me negué a regresar con mis padres los siguientes veranos y me centré en lo nuevo, en lo que estaba por llegar, pese a que no tuve en cuenta que el olvido es un imposible cuando los momentos vividos se quedan no solo grabados en tu cabeza, sino también bajo la piel, en ese lugar reservado para las personas que merecen la pena.

Sin embargo, en cuanto lo veo mis dudas desaparecen.

—Vaya, vaya. Así que las malas lenguas estaban en lo cierto.

—¿Cuándo no lo están?

Nacho se levanta y se acerca a mí con seguridad. Me atrae con fuerza y me envuelve con su cuerpo como si no hubiera otra opción posible. Y yo me dejo llevar. Me relajo y acepto su abrazo, su reencuentro, su cariño sincero.

—La última vez que te abracé fue para decirte adiós mientras llorabas —me susurra.

Me estremezco ante el recuerdo, pero soy consciente de que ya no duele.

Le sonrío y me fijo bien en él. En todo eso que sigue ahí, igual que siempre, y en lo que es una novedad. Parece más grande, más hecho, como si el Nacho adolescente estuviera a medio hornear. El pensamiento me hace reír y él me acompaña, aunque no sepa por qué lo hacemos. En eso no ha cambiado. Espero que en lo demás tampoco. Nacho siempre fue un encanto imposible de no querer.

—Espero que no te moleste que haya venido sola. Le he pedido a Enol verte primero.

Nos sentamos y Antonio me coloca una cerveza al lado de la de Nacho sin necesidad de pedirla.

—Para nada. De hecho, me pone que mañana crean que también te lo montas conmigo. —Él mira con picardía a los clientes que nos rodean y su sonrisa es tan maliciosa que despierta la mía—. ¿Ves cómo nos observan, Albita? Los rumores ya están en marcha.

Me guiña un ojo y sacudo la cabeza.

—Sigues siendo...

—¿El mejor?

—Sin duda.

Damos un trago y nos sentimos bien. Y qué fácil resulta a veces...

Cuando Enol me dijo que Nacho lo había llamado, supe que tenía que verlo. Me di cuenta de que el agujero que todos cavamos en nuestra historia había dejado de tener sentido. La importancia que les damos a las cosas depende tanto de la situación, de lo que nos pase y de cómo evolucionemos como personas que en este caso no iba a ser menos. Y no sé si ha sido por lo que estoy compartiendo con Enol o por lo que estoy aprendiendo de la vida a través de los ojos enfermos del abuelo, lo que sí sé es que mi percepción de aquello ha cambiado. He madurado. Crecer no siempre tiene que ser decepcionante, también puede ser de lo más reconfortante.

—¿Cómo está Quintana?

Suspiro y la sonrisa se me borra al instante. Cada día me cuesta más hablar de él. Siento que, con cada palabra que dedico a explicar el estado de Pelayo, el tiempo corre más rápido en nuestra contra.

—Mal. Es duro. Es... triste.

Nacho tuerce los labios en una mueca y le agradezco con un gesto de alivio que cambie de tema.

—¿Y el farero sin faro? ¿Cómo está ese capullo?

Nos reímos. No encuentro un mejor modo de describir a Enol que ese.

—Diría que bien. Muy bien.

—Joder, ahora mismo eres como una puta bombilla —me dice horrorizado al ver que la cara se me ilumina—. Espero que no estés pensando en él desnudo.

—No, no lo hago —le digo con sinceridad, porque cuando pienso en Enol eso es lo de menos.

—Ya veo.

Trago saliva y parece satisfecho con lo que ve. Aliviado. Como si las piezas por fin encajaran y eso le complaciera. Al instante, me doy cuenta de que así es. De que, quizá, Nacho siempre tuvo claro que esto tenía que pasar. Que, tal vez, estábamos tan centrados en negárnoslo que todo el mundo lo sabía menos nosotros.

—Siempre lo supiste, ¿verdad?

—Sí. Lo cual no me deja en muy buen lugar —contesta, atormentado por lo que hicimos aquella noche en los acantilados—. Pero estaba cabreado. Y permanentemente cachondo.

Reímos con más culpa que otra cosa.

—Todos nos equivocamos. La adolescencia no es fácil. Puede ser una época increíble o un suplicio para los que gestionamos regular.

Asiente y bebemos en silencio. Sin poder evitarlo, pienso en errores que restan y en otros que suman, como me explicó el abuelo. Y me esfuerzo por remendar los que nos alejaron.

—Bloqueé tu número.

—Y yo nunca intenté volver a llamarte. Lo siento.

Nacho se ríe por el caso perdido que somos y me mira igual que entonces, con ese brillo en los ojos que lo hacía destacar a donde quiera que fuese. Con ese puto encanto saliéndole por los poros.

Entre sonrisas y silencios, oímos la puerta abrirse y nos volvemos. Enol nos busca con los ojos y se acerca decidido cuando nos ve. Se quita la cazadora y me da un beso rápido en la mejilla antes de sentarse. El gesto me pilla tan desprevenida que me río como la idiota que soy y Nacho me acompaña. Acaba imitando mis hipidos ridículos, igual que tantas veces hizo en el pasado para cabrearme, y le doy una patada por debajo de la mesa. Mientras tanto, Enol nos observa callado y serio, hasta que rompe el hielo con unas palabras perfectas.

—Es como si no hubiera pasado el tiempo.

Finge un escalofrío y nos reímos. Y entonces siento que es como dice Enol, igual que si volviéramos a ser ese puzle que recuperábamos del desván cada verano, aunque nos falte una pieza. Al pensar en Alonso soy consciente de que, pese a que me dé pena, su ausencia no nos ha dejado vacío. Porque con él siempre fue diferente. Más superficial. Menos cómplice. Una amistad de verano de las que decía Enol: efímera y frágil. Pero ¿nosotros? Para nosotros aún hay tiempo. Para nosotros aún no es tarde.

—¿Y eso es bueno? —Nacho me saca de mis pensamientos y los observo.

Hay un reto en sus miradas. A fin de cuentas, ellos también tenían asuntos pendientes, aunque solo fuera porque su amistad se tambaleó por mí. Pese a ello, Enol sonríe y alza el botellín frente al otro. Brindan. Los cristales chocando me parecen el mejor sonido del mundo cuando se trata de un perdón.

—Supongo que sí.

Tres cervezas más tarde, seguimos en el mismo lugar. La mano de Enol se ha ido animando hasta acabar acariciando la parte interna de mi muslo bajo la mesa, y Nacho no deja de recordarnos anécdotas y de brindar por cualquier excusa que se le ocurre. Hemos hablado de todo un poco, de lo que hemos hecho estos años, de planes futuros y de aquellos veranos, pero su tema favorito es el que hace que Enol y yo hayamos descubierto el modo de estar juntos.

—Me alegro mucho por vosotros.

—Oh, Nacho, no te pongas moñas otra vez —le suplico, fingiendo un sollozo.

—Es la cerveza. Pero también es verdad. Siempre debía haber sido así.

—Las cosas llegan cuando tienen que llegar —susurra Enol, más cerca de mi oído de lo necesario. Se me eriza la piel. Y Nacho se ríe antes de lanzar una de sus pullas, que no sabía que había echado tanto de menos.

—O cuando a Albita ya no le quedan opciones disponibles y, por fin, escoge la correcta.

Abro los ojos alucinada por ese comentario tan fuera de lugar con el que nos recuerda que mi versión desastrosa se encaprichó de Alonso y se acostó con Nacho, antes de darse cuenta de que quien de verdad le importaba era Enol.

Arrugo una servilleta y se la lanzo con todas mis ganas.

—¡Eres un cabrón!

—Pero uno con gracia —replica sin perder la sonrisa.

Sacudo la cabeza y ambos miramos al tercer testigo de este intercambio. Está serio. Tiene la mandíbula tensa y su mano se ha quedado congelada sobre mi silla, sin tocarme. Me da miedo. Me da pánico que el Enol más rencoroso vuelva a la casilla de salida, que no sea capaz de hablar sin tapujos, como siempre hemos hecho con todo, de aquellos días en que los cuatro estábamos tan perdidos en la propia adolescencia que chocamos los unos contra los otros. Cuatro barcos que se encuentran en medio del mar antes de provocar un naufragio.

A pesar de todo, Enol nos sorprende cuando una sonrisa canalla se le dibuja en los labios.

—De eso no hay duda.

Explota a reír y lo acompañamos. La tarde sigue su curso. La vida recupera su cauce. Varela, hoy sí, me parece más bonita que nunca.

El abuelo

María Figueroa trastea en la cocina. Pelayo no sabe qué está haciendo aquí, pero tampoco le parece mal. No recuerda la última vez que la vio. En su cabeza, solo le vienen momentos en los que su melena castaña aún ondeaba por debajo de los hombros y llevaba camisas ajustadas. Su escote, durante muchos años, fue un emblema de Varela a la altura de su faro.

Sin embargo, la mujer que Pelayo observa sentado a la mesa mientras ella le sirve la cena es una más rolliza, de pelo corto y rizado, y manos rugosas. Se mira las suyas y comprueba que están igual. Curtidas. Endurecidas. Ancianas.

¿Qué les ha ocurrido? ¿Dónde se encuentran los años que faltan en su mente y que las han convertido en cuero ajado?

Al percibir que empiezan a temblarle los dedos, los esconde bajo la mesa.

María se sienta a su lado con un plato de crema de puerros para cada uno y una sonrisa amigable y sincera.

—Come, Pelayo. Está templado.

Él obedece. Y la mira. Contempla a esa mujer, siempre servicial y atenta, siempre agradable y en apariencia feliz. En sus ojos pequeños y vivos ve los de su hermano. Fernando Figueroa. Cuántas experiencias a su lado. Cuántas trastadas siendo niños. ¿Hace cuánto que no pasean por el puerto y observan juntos la llegada de los pescadores?

—¿Y Fernando? —le pregunta.

La expresión risueña de ella se apaga. Pelayo se siente culpable, aunque no comprende por qué.

—Espero que en un lugar mejor. Aunque no me imagino uno más bonito que Varela, ¿a que no?

Él niega. Y entonces siente dolor. Una presión en las costillas. Una tristeza que no entiende, pero que intuye que se despierta por su viejo amigo. En su interior, una voz le susurra que ya no está. Que Fernando, su buen amigo Fernando, se marchó hace tiempo.

—¿Cómo fue?

Ella sonríe con tristeza y palmea su mano.

—Un accidente en la nacional. No sufrió. Eso nos lo dejó a los demás.

La buena María se ríe por no llorar y Pelayo aprieta sus dedos entre los suyos. Después comen en silencio. Piensa que es reconfortante tener compañía. Pese a ello, no sabe por qué está aquí, después de tantos años en los que todos se distanciaron. Se saludaban, sí, y Pelayo mantuvo la amistad con Fernando y Joaquín Velarde hasta el final, pero los demás... los demás hicieron sus vidas lejos, aunque solo los separasen unas cuantas calles. La pasión, los sentimientos cruzados, la dificultad de gestionar que no siempre el deseo va dirigido en la dirección correcta. La juventud, que es tan bonita como inestable, volátil e intensa.

—¿Por qué has venido?

Ella sonríe con una complicidad que hace demasiado que no siente con nadie.

—Porque la niña se te ha enamorado, Pelayo. Y ya somos demasiado viejos para tonterías.

La niña. Su pequeña Aida. La mira con extrañeza y después niega. No, María no está hablando de su hija, sino de Alba. Sí. Las piezas se ensamblan unas con otras y encajan a la perfección. Su cerebro le da una tregua y él se lo agradece con un suspiro de alivio.

—¿Villar?

—Sí. Qué bonito, ¿verdad? El primer amor. Esa intensidad. Ese cosquilleo. Quién lo pillara de nuevo... —susurra soñadora.

Pelayo no puede evitar reírse.

—Yo no lo tengo tan claro.

—¡Ja!, que te lo has creído. Además, la historia se repite, ¿no es así?

Entonces la observa con el ceño fruncido por esa insinuación. Por ese tema del que nunca habla. Ni él ni nadie que lo viviera, aunque solo fuese como testigo mudo.

—Sigues siendo una chismosa.

María suelta una risotada y él sonríe.

—Lo disimulabas bien, no te creas, pero yo lo veía, Quintana. Y estabas colado por ella.

Pelayo viaja al pasado. Por una vez, esos recuerdos no le causan pesar, sino una nostalgia sana. Y no dice nada. Nunca lo hizo, no va a ser ahora el momento. Así que guarda silencio. No le dice ni que sí ni que no.

—Pero luego llegó Eulalia. Y fuiste muy feliz.

—Sí, sí que lo fui.

Se miran con afecto y ambos piensan en los que se fueron. En Juan, el que sería el marido de María durante apenas diez años, antes de que una enfermedad se lo llevara. En Eulalia, que le dio todo lo que Pelayo necesitaba sin tener que pedírselo. En el amor calmado y sencillo de lo cotidiano, de la familia, del hogar que es nido y cobijo.

No obstante, cuando Alba aparece en su cabeza, desea con todas sus fuerzas que su historia tenga otro final. Que, en esta ocasión, el primer amor no tenga fecha de caducidad.

—Aunque espero que esta vez salga bien.

María lo mira con ternura. Luego asiente. Afuera se oye el graznido de una gaviota.

Alba

Mira que recuerdo noches increíbles en estas calles, pero la de hoy supera a cada una de ellas. No sé si es porque mi percepción de las cosas ha cambiado o porque todo sigue exactamente igual, a pesar de lo sucedido. A pesar del tiempo, la distancia y los errores. A pesar de que las cuatro partes del puzle que formábamos se hayan reducido a tres.

Enol y Nacho fuman y rememoran anécdotas mientras los miro. Se ríen como niños, se lanzan pullas y de vez en cuando buscan mi atención, mi aprobación, en un acto reflejo demasiado aprendido en su día como para que les salga solo. Quizá sí sigamos siendo esos tres adolescentes que creían saberlo todo y que, en realidad, no tenían ni idea de nada, como demostraron con sus actos. También es posible que esto sea un espejismo y estemos a punto de lanzarnos de nuevo dentro de otro agujero y no lo sepamos.

Sea como sea, no me importa. El abuelo me ha enseñado que merece la pena convertir en recuerdo cada instante, aunque el final sea malo.

—Alba, ¿morir joven y de forma deplorable, pero con el carrete de una estrella del rock, o vieja y arrugada en una re-

329

sidencia de ancianos, con el recuerdo de una vida tranquila y, tal vez, poco memorable para otros?

Nacho pone los ojos en blanco y sacude la cabeza con resignación.

—No jodas, ¿aún seguís con esa chorrada de las preguntas? Si es que es obvio que estáis hechos el uno para el otro.

Enol me mira de reojo con esa complicidad tan nuestra y siento cosquillas. No son estúpidas mariposas, sino movimientos sísmicos que me desestabilizan. Son pequeños desastres naturales que casan tan bien con cómo siempre me he sentido, que acepto que las palabras de Nacho tal vez sí sean verdad.

¿Acaso eso existe? ¿Es posible que las personas seamos piezas desperdigadas de un mecanismo que necesita de otra parte para encajar y funcionar? ¿O solo nos buscamos porque no soportamos la soledad?

Sean cuales sean las respuestas, yo tengo clara la mía al dilema que Enol me ha lanzado. Quizá hace meses habría elegido la primera opción, dejando el legado de una vida caótica, envidiable para muchos y llena de experiencias, pero ahora sé lo que de verdad quiero. Y deseo una vida reposada. Una llena de recuerdos que atesorar con la intensidad con que lo hace el abuelo. Una en la que echar la vista atrás y poder morirme feliz.

Caminamos muertos de risa hacia los acantilados. Hace un frío tan horrible que me cuesta mantener los ojos abiertos por el viento de cara. Llevamos las manos escondidas en los bolsillos del abrigo desde que hemos salido del bar. La nariz, congelada. Pero la sonrisa..., la sonrisa tatuada, porque con ellos dos recorriendo los lugares que tantas veces hicimos nuestros es imposible borrarla.

—Si mañana me amputan una oreja, os la regalaré como recuerdo para que os hagáis un llavero.

El comentario de Nacho provoca la risa de un Enol ebrio. Todos lo estamos un poco. Las cervezas vacías se nos han acumulado encima de la mesa hasta que hemos decidido que ya era suficiente por hoy. Él ha venido para disfrutar de su familia sin resaca, Enol tiene responsabilidades en la posada y yo debo tener todos mis sentidos alerta para cuidar del abuelo. En un impulso, miro la hora en el teléfono y compruebo que aún son las nueve. María Figueroa le estará sirviendo la cena al abuelo. Un nuevo favor que siento que le debo, aunque esa mujer parece más que dispuesta a ayudar las veces que sean necesarias y, por otra parte, sé que a él le viene bien nueva compañía, más aún si viene de alguien que ahora sé que en un momento de su vida fue importante. Así que todavía es pronto. Todavía tengo un par de horas para disfrutar de ellos.

Ya vemos el faro apagado apenas a unos metros. Enol me da la mano cuando saltamos el murete de piedra que separa el camino de los acantilados. El mar murmulla de fondo, como una masa oscura y densa que casi no distinguimos en medio de la oscuridad. Nacho se sienta en una parte lisa de las rocas y nos deja espacio a su lado.

—No deberíamos estar aquí —susurra Enol.

Y nos reímos como locos, porque no es su voz la que lo dice, sino la de un Alonso que siempre tenía miedo, dudas y que odiaba los acantilados tanto como a nosotros nos fascinaban. Solo se acercaba a ellos para no quedarse atrás, para no sentir que perdía en esa competición absurda que siempre lo acompañaba. Ahora sé que no competía con Nacho o Enol, sino consigo mismo. No existe peor batalla que esa.

—Tranquilo, colega, que no pienso saltar —dice Nacho con fingida inocencia.

—Nunca lo habrías hecho —le replico; él sacude la cabeza y creo ver que se sonroja.

—Lo cierto es que no. Jamás habría hecho nada que a este imbécil le hubiera parecido peligroso de verdad.

Nacho choca su hombro con el del otro y Enol lo mira con esa lealtad que siempre fluía entre ambos, hasta que se rompió. A pesar a todo, hay sentimientos que nunca desaparecen, solo se esconden, se mitigan bajo otros que cobran fuerza por un tiempo hasta que logramos lidiar con ellos.

Me acurruco sobre el costado de Enol y me abraza. Las olas resuenan bajo nuestros pies. La luna nos ilumina los rostros. Los ojos nos brillan por la cerveza y la felicidad de un momento que cuando acabe echaremos de menos.

Nacho tira una piedra al mar. Enol me deja un beso en el pelo. Coloco la mano sobre los latidos de su corazón.

Pum, pum.

Pum, pum.

—Éramos idiotas —comenta el primero—. No es que yo haya cambiado mucho, pero todo el mundo te dice que la adolescencia es genial, que aprendes y experimentas todas esas primeras veces con una intensidad que jamás vuelve. Y puede que tengan razón. Sin embargo, esa es solo una de sus dos caras. En realidad, en esa época todos somos bastante gilipollas. No estamos preparados para afrontar algunas emociones, nos cagamos de miedo al mínimo obstáculo, creemos que siempre llevamos razón y que todo lo que nos pasa es el ombligo del mundo, cuando acabamos olvidándolo en segundos.

Sonrío a un Nacho más sabio de lo que recordaba. Los ojos de Enol se mueven del océano a mí, a mis piernas, a mis labios, a mis manos. Como si no supiera cuál escoger, enredado en un dilema que solo existe en su cabeza.

—Montañas de granos de arena —le digo.

Nacho asiente y nos señala a los tres.

—¡Mirad lo que nos hizo a nosotros! Nos hemos perdido

cinco años. Y ¿para qué? Para volver a estar en el mismo lugar. Para que yo siga sacando a Albita de quicio y que tú la mires igual que entonces.

Enol se gira hacia su amigo. Sus latidos vuelan bajo la palma de mi mano.

Pumpumpumpum.

La pregunta se me escapa antes de meditar si es adecuada o no.

—¿Cómo me mira?

—Como mira el mar.

Y el chico de las mareas sonríe. Y lo hace. Mira al mar. Y después a mí. Y vuelta a empezar.

Enol

Nacho se despide de nosotros cuando ya no siente las orejas. Lo hace a su modo, dándonos abrazos, soltando chascarrillos, algún que otro comentario malintencionado y guiñándonos un ojo antes de prometernos que esta no será la última vez. Mañana pasará el día con su familia y por la tarde regresará a Gijón, aunque dice que piensa volver pronto y que espera vernos a ambos.

Me gustaría creer que así será, pero aún desconozco cuáles son los planes de Alba. No se lo pregunto, porque ni ella misma los sabe. Pelayo es el centro de esto que gira alrededor de nosotros y dependemos tanto de él y de su estado que las preguntas están de más.

Todavía no nos hemos movido. Seguimos sentados, observando el agua, con las palabras de Nacho haciendo eco entre los dos.

«Como mira el mar.»

Sonrío y murmuro un «será cabrón» entre dientes. Alba alza el rostro. Está helada, pero no tiene intención de moverse.

—Vámonos. Vas a enfermar.

Suspira y obedece. Se levanta y saltamos de vuelta al camino empedrado. Aunque sus pies frenan antes de seguir hacia las calles de Varela.

—¿Qué pasa? —le digo.

Ella sonríe. De esa forma en la que me desnuda y la desnudo con los ojos. De ese modo lascivo que promete gemidos y orgasmos; promesas y vicio. De ese modo en que podría volverme loco. Si ya lo estaba sin haberla probado, ahora que la tengo conmigo sé que estoy perdido.

—Si pudiera, te haría el amor ahora mismo, Alba.

Cuando me escucho, me río y ella me acompaña. Porque me suena tan novelesco que me hace gracia. Porque sé que Alba está pensando que solo los hombres nacidos cuando su abuelo hablan así, y que llevo mejor que nadie estos pantalones de pana. Pero es verdad. Es una jodida verdad tan grande que no me cabe dentro.

—Pues no sé a qué estás esperando.

Se mete la mano en el bolsillo y saca una llave. Brilla y se mece entre ambos. Las atrapo a ambas entre los dedos y las arrastro conmigo.

Entramos en el faro y Alba se encarga de cerrar la puerta.

Todavía con la mano en la cerradura, apoyo la boca en su nuca y cuelo las mías por debajo de su ropa. Está caliente. Y yo ardo. Pese al frío y mis dedos helados que le erizan la piel. Pese a la humedad. Pese a todo.

La giro y le sujeto las muñecas por encima de la cabeza. Acaricio su nariz. Sobrevuelo sus labios. La huelo, la respiro, la memorizo. Su suspiro profundo me la pone tan dura que me duele. En esa postura y muy quietos nos miramos, sin prisas, dejando que los primeros jadeos rompan el silencio de la torre, hasta que las bocas se encuentran, ansiosas, con una necesidad que llevamos horas conteniendo a duras penas.

—Necesito follarte, Alba.

Ya no hablo de amor, aunque lo sea. Porque lo es. Lo fue y no se terminó, solo esperó, solo creció a la vez que lo hacíamos nosotros.

Alba gime y me rodea la cintura con una pierna como respuesta. Se roza contra mi erección y me muerde con tanto deseo que creo que podría correrme aquí mismo, solo al sentir sus dientes pellizcando mi labio y sus susurros viajando de una boca a la otra.

—Hazlo. Por favor, Enol, hazlo.

Se desprende de mi agarre y se da la vuelta. Se desabrocha los pantalones y desliza la ropa hasta los tobillos. Entonces coloca las manos sobre la puerta y se tiende hacia adelante. Se ofrece a mí, entera, sin reservas, sin pudor.

Mi Alba...

Cuando rasgo el envoltorio del condón, se estremece.

Cuando meto la mano entre sus piernas y acaricio su humedad, tiembla de arriba abajo.

Cuando entro en ella, ahoga un jadeo ronco.

Cuando nos corremos, lo dice. Joder, lo dice. Y el faro desaparece. Y el mar. Y el puto suelo que piso se abre en dos y la nada nos engulle.

Porque Alba lo dice, sí, y yo cierro los ojos y sonrío con la serenidad de quien sale de debajo de una ola y respira a salvo.

—Te quiero.

«Y yo también te quiero, Alba, ¿cómo no voy a hacerlo?, pero no te lo digo porque ahora mismo te lo has llevado todo, hasta mi voz.»

El mar

Vienen cada día. No importa el frío, ni siquiera la lluvia. No se dan cuenta, pero acaban reservando un momento en sus encuentros para mí, aunque solo sea para asomarse por la barandilla y charlar mientras me miran. No siempre hablan, a veces solo permanecen en silencio, ella colocada entre sus piernas y él acogiéndola en un abrazo. También se besan. Y qué bonitos son los besos, ¿verdad? Sobre todo, cuando se dan por puro instinto, sin buscar más que el contacto del otro, que demostrarse lo que se gustan y lo que fluye entre ellos. Esa corriente invisible que solo yo veo.

—¿No volver a besar o a practicar sexo? —le dice ella.

Él se ríe a carcajadas y la aprieta entre los brazos. La llama «bruja». Le muerde la oreja. Le despierta sonrisas únicas.

—Es el dilema más difícil que me has planteado.

—¿Verdad? Yo creo que, aunque lo de los besos es bonito, me sigue gustando demasiado tenerte desnudo.

Se ríen y los rostros se vuelven a la vez. Se encuentran. Las bocas se unen. El beso es lento, intenso, eléctrico. Da igual lo que ella diga, acaba de dar su verdadera respuesta sin palabras.

En ocasiones, los dilemas son más complejos. Más duros. Y muchos de ellos hablan de otros.

—¿Olvidar poco a poco, dándote cuenta de lo que vas dejando atrás para siempre, o de golpe para que no duela?

Ambos piensan en el farero. Y yo también. En todos esos recuerdos de los que fui testigo, muchos de ellos desconocidos para nadie más, y que ahora duermen dentro de la torre.

—De repente, no soy tan valiente para escoger la otra opción —le responde Enol.

Ella traga saliva y no contesta. Aunque tampoco hace falta, porque Alba elegiría hacerlo poco a poco, para recrearse en todo eso vivido que un día desaparecerá, para experimentar y exprimir todas esas sensaciones una última vez.

Me gustaría poder decirle lo que se parece a su abuelo. En los ojos. En esa pasión encerrada. En su forma de sentir. En sus vivencias, tan similares, pese a venir de épocas diferentes.

«¿Te acuerdas, Pelayo? ¿Recuerdas lo bonito que fue tu primer amor? ¿Aún conservas esos momentos que tanto recreaste sobre las rocas cuando se acabó? No te preocupes, amigo, si ya no puedes, conmigo siempre estarán a salvo.»

Alba

Cada tarde, Pelayo y yo nos abrigamos como si viviéramos en el Polo Norte y salimos a mirar el mar. Los días cada vez son más cortos. El invierno se acerca y es habitual que se nos haga de noche en mitad del paseo. Varela a oscuras parece un pueblo muerto, pero, en vez de resultarme triste, me fascina recorrer sus calles vacías y silenciosas del brazo del farero. Como si todo nos perteneciese y nada existiera más allá de nuestros pasos lentos. Ni la enfermedad. Ni la decepción. Ni el desamor.

A veces vamos al bar y brindamos con un mosto. Aunque son las menos, pues el abuelo prefiere notar el frío en las mejillas. Creo que le gusta porque le hace sentir vivo. Eso también lo he heredado de él.

Hoy no hay nada distinto. María Figueroa nos saluda desde la ventana. El gato gris de ojos verdes nos observa bajo el coche del panadero, aparcado al final de la calle. El mar nos da la bienvenida con el sonido de las olas.

Sin embargo, en el paseo de la playa sí que nos encontramos con algo inesperado. Hoy tres personas se dirigen hacia nosotros, de vuelta de su propio paseo, con las manos enguantadas y los rostros cortados por el viento.

Enol abre los ojos y le brillan al verme. Es instintivo. A mí me pasa lo mismo y aligero el paso, como si una fuerza me empujara por la espalda hacia él. Pero a mi lado sucede lo contrario. Los pies del abuelo se anclan al suelo. Su mirada se cubre de algo denso, una niebla que nos envuelve y que comparte con las otras dos personas que llegan a nuestro encuentro.

Entonces dejo mis sentimientos de lado y me doy cuenta de lo que está a punto de suceder. Y todo me vuelve. Todo eso que he intentado apartar de mi mente. El faro. Los recuerdos escondidos en él. La fotografía robada. Los consejos del abuelo. Él hablándome de errores y secretos. Enol pidiéndome que pare, que lo deje, que olvide lo que no me pertenece.

Se adelanta unos pasos de sus abuelos, que caminan lentos, como quien desea posponer el instante todo lo posible, y me sonríe con esa picardía que cada vez que estamos a solas me hace rozar el cielo.

—Hola —digo inquieta, para romper cuanto antes el hielo.

—Hola —me contesta Enol.

Y nos quedamos callados. Mirándonos. Recordando lo que compartimos ayer, entre confidencias y besos robados en mi cocina cuando Pelayo no miraba.

No dejo que el silencio dure mucho, porque me siento tonta, y torpe, y demasiado enamorada para no burlarme de mí misma.

—Parecemos dos estúpidos.

—Cuando esto pasa en las películas resulta tierno.

—En nosotros da un poco de pena.

Nos reímos, pero es bonito. Últimamente todo me lo parece.

—Buenas tardes —dice Covadonga—, aunque este frío no es que acompañe.

Le sonrío. El abuelo la mira como el que se da de bruces con un fantasma. Sus ojos van y vienen con rapidez, observándolos a todos ellos, uno a uno, intentando comprender. Y le duele. Recuerde o no en este momento, le recorre el cuerpo una sensación de angustia. Lo noto en su brazo tenso, que suelta el mío y se sujeta a la barandilla que nos separa del acantilado.

Mataría por saber qué está pensando. Moriría por conocer sus recuerdos.

—Alba, imagino que tus padres vendrán pronto. La Navidad está al caer —comenta Manuel.

—Sí, este año la celebramos aquí.

«Por las circunstancias», quiero decir, aunque no es necesario.

Dos cabezas asienten con comprensión. Enol, a su lado, no me quita ojo. Parece ausente. Totalmente ajeno a la incomodidad de los que nos acompañan. Las señales son gritos que no oye o que ignora, no lo tengo del todo claro.

—Está movido. Mañana empieza el temporal.

La voz del abuelo hace que todos nos giremos. Cova y Manuel lo observan, apoyado en la baranda, con los ojos perdidos en el agua y en sus recuerdos, y las manos temblorosas sujetándose al muro. Yo, en cambio, los observo a ellos. Y lo sé. En este instante, cuando la mirada de Manuel se tensa hasta perderse también en el empedrado del suelo, cuando el suspiro de Covadonga suena más profundo y alto que las mismas olas, lo sé. Sea lo que sea lo que ocurrió, todos lo tienen presente. El pasado llega hasta hoy y nos saluda con una sonrisa leve.

—Tenemos que irnos. Cada vez hace peor tiempo y aquí el amigo nunca se equivoca —bromeo, señalando al abuelo con los ojos e intentando que la situación sea más normal, y no un jarro de agua fría.

341

Quiero alejarlo de lo que sea que le afecta tanto. Por una vez, deseo huir de su secreto y mantenerlo a salvo de él. Todos asienten, complacidos por poner fin al encuentro, y Enol me susurra con la vista clavada en mis labios:

—Te veo mañana.

—El chico de la comida.

Sonreímos y agarro al abuelo del brazo.

—Nos alegra que estés aquí —me dice Covadonga a modo de despedida.

Y parece sincera, como si mi presencia los tranquilizara porque significa que Pelayo no estará más tiempo solo. Como si, pese a lo que fuera que sucedió, se preocuparan por él.

A su lado, Manuel sigue con la mirada perdida; esta vez, en el mismo mar que mañana estará imposible, según el pronóstico de Pelayo. Sus ojos se han oscurecido. Siento que todo lo ha hecho, hasta el cielo.

Les doy las gracias y nos vamos.

Enol me dedica un último gesto y su mano se roza con la mía al cruzarnos.

Cierro los ojos. El suspiro del abuelo transmite tanto dolor que se me contagia y me encojo un poco. Entrelazo su mano con la mía y las guardo juntas en el bolsillo de mi abrigo.

Antes de cruzar la calle y volver a casa, se para de nuevo y nos asomamos a la playa.

—¿Pasado o presente? —le digo sin poder contenerme.

Él sonríe y me aprieta los dedos.

—Presente, porque estás tú.

Pese a que deseaba una respuesta diferente, no hay ninguna otra que pudiera hacerme sentir mejor.

El abuelo

«Covadonga tiene los ojos azules como el cielo. No los recordaba así, tan expresivos, tan intensos. Y hacía demasiados años que no escuchaba la voz de Manuel. Apenas me acordaba de ese tono grave, un poco enronquecido al terminar las palabras.»

En esas cosas piensa Pelayo mientras camina con la niña de vuelta a casa.

Décadas viviendo apenas a dos calles y esquivándose. De ese modo se puede resumir su relación con los Villar. Pese a que alguna vez se hayan cruzado sin remedio, como ha sucedido hoy. Pese a que el chico le lleve comida cada día, aunque aún no sepa por qué motivo; él es de los que cree que algunos actos no necesitan explicación, solo deben aceptarse. A pesar de todo, evitarse ha sido demasiado fácil.

Alba lo observa de una forma rara desde entonces. Pelayo sabe que es lo bastante lista para leer entre líneas. Le ha dejado caer en muchas de sus conversaciones que hay algo que solo se guarda para él. Por una parte, le encantaría sentarla en el sofá y contárselo todo, desde aquel primer encuentro en Bocanegra hasta el adiós, pero por otro lado tiene la certeza de que todavía es pronto. De que cuando llegue el momento lo sabrá y entenderá por qué no lo ha hecho antes.

Entran en casa y se quitan la ropa de abrigo.

—¿Te apetece un vaso de leche, abu?

Él asiente y nota esa calidez única que le provoca tenerla aquí, sus palabras y esos gestos de cariño sincero que habían perdido en los últimos años. Alba, de entrada, parece fría, pero es puro fuego y sentimiento. A menudo, se ve reflejado en ella y eso le gusta, porque cuando se marche dejará una parte de sí mismo en su nieta. Piensa que es bonito sentir que no se va en balde.

Se colocan alrededor de la mesa de la cocina y la niña prepara dos tazas y saca una bolsa de magdalenas. Ha engordado un poco desde su llegada y es habitual oír sus quejas sobre que comen demasiado azúcar y productos procesados. Pero, pese a que ese pequeño vicio que comparten no sea muy sano, se la ve más guapa, con los carrillos más llenos y las formas más marcadas.

No obstante, Pelayo sabe que el brillo de las últimas semanas no se debe a su obsesión por los dulces, sino que tiene otro nombre.

—¿Lo quieres? —le pregunta sin rodeos.

Alba se gira, todavía con el cazo de leche que iba a poner al fuego en las manos, y lo entiende sin necesidad de más explicación. Porque es lista. Ya lo repite sin cesar Pelayo para que a ninguno de los dos se le olvide. Es un delfín. Resolutiva, empática, compleja. A la muy astuta no se le escapa una.

—Sí —afirma con rotundidad.

—Él también lo hace.

La niña duda y sus palabras la llenan de esperanza. Al ver su expresión infantil, algo en su corazón viejo se ablanda, porque es aún tan joven e ingenua como todos lo son en esa época y le provoca ternura.

—¿Cómo lo sabes?

Se encoge de hombros y la mira con indiferencia.

—Del mismo modo que sé que mañana habrá temporal.

Solo por la sonrisa de Alba, Pelayo piensa que ese encuentro indeseado con los Villar ha merecido la pena. Lo repetiría una y mil veces, si hiciese falta, por ver la ilusión pintada en sus labios.

Cuando ella desaparece un rato después con la cabeza enfrascada en el teléfono móvil, él saca la libreta, dispuesto a añadir un nuevo recuerdo a la colección que duerme en el faro.

Porque hacía años que no pensaba en ello. Pero hoy, solo con cruzarse, ha recordado que cerca del agua el pelo se le enreda de un modo distinto. Más travieso. Más animal. Se le formaban pequeñas olas que él rompía con los dedos.

«Es la humedad», le respondía.

«No, es porque tenías razón.» Entonces Pelayo señalaba el mar. «Él y yo nos parecemos. Tampoco puede tenerte cerca y no querer tocarte.»

Suspira y, pese a la nostalgia, se encuentra sonriendo ante ese recuerdo.

Coge el bolígrafo y marca las letras. Una a una. Despacio y con mimo, por si acaso son las últimas. Cuando termina, lo lee en alto, asiente satisfecho y da un trago a su vaso de leche, ya fría.

De repente, oye un ruido fuera que lo sobresalta. Se levanta y aparta la cortina para asomarse a la ventana. Enseguida ve al gato gris que María Figueroa alimenta y que vive debajo del coche del panadero. Ha tirado una de las macetas. Pelayo chasquea la lengua, refunfuña algo que ni él entiende y vuelve a la mesa.

Ve un papel sobre ella.

Lee las palabras que guarda, pero no le dicen nada.

Así que lo arruga con los dedos, abre el cajón de la mesa y, junto al bolígrafo, lo deja caer en su interior.

Enol

El regreso a la posada es extraño. Todo lo ha sido, en realidad. La abuela habla sin cesar de lo primero que se le pasa por la cabeza, como una forma de rellenar el silencio y, quizá, de no hacerlo ni de Alba ni de Pelayo. Mi abuelo, en cambio, camina callado, con la cabeza gacha y el rostro tenso.

Parecen otros. Parecen lejanos. Parecen culpables de algo que ni entiendo ni deseo entender.

Por otra parte, no sé ni qué pensar.

Cuando he visto a Alba, me he quedado en blanco. Eso me hace. La jodida nada rodeándonos y haciendo que todo lo demás desaparezca. Sin embargo, no he tardado más que segundos en darme cuenta de que no era el único al que ese encuentro lo alteraba.

Las sensaciones, en muchas ocasiones, valen más que cualquier otra señal.

A pesar de todo, siento que tengo un nudo en la lengua. No puedo preguntar. No quiero saber. No soporto pensar que la vida que conozco, la historia de mi familia y lo que hemos construido alrededor de ella, pueda ser una mentira.

ENOL: Tenía ganas de verte.

346

Así que me olvido de todo. Lo aparto. Me despido de los abuelos, regalándoles el alivio de quien no quiere saber más que lo que le deseen contar, y me encierro en mi cuarto. Me tumbo en la cama, pienso en Alba y espero con impaciencia una respuesta que no tarda en llegar.

ALBA: ¿Lo de ayer no te pareció suficiente?

Sonrío como un imbécil. Intentar meterle mano mientras su abuelo deambula por la casa se ha convertido en una adicción.

ENOL: Contigo nunca me parece bastante.

Siento su sonrisa y esa expresión pícara que se le despierta cuando se excita. Su respiración cambia de forma tenue. Su boca se entreabre y sus ojos centellean de ganas. Además, nunca se esconde. Cuando Alba siente, te lo deja ver, te hace partícipe, y eso me vuelve loco.

ALBA: ¿Y si nos escapamos al faro?
Esta noche. Cuando se duerma.

Me lo imagino. Cierro los ojos y ya la veo sobre la cama. Con el pelo suelto y uno de esos viejos jerséis de lana. Las piernas desnudas abriéndose para acogerme. Su risa rozándome cuando le hago cosquillas entre los muslos. Sus retos escapándosele de vez en cuando, como si vivieran dentro de ella y no pudieran esperar a ser respondidos.

La necesito. Y no solo para follarnos y calmar el deseo constante que nos despertamos, sino también por su compañía. La capacidad de olvidarme de todo cuando estamos solos, con el faro y el mar, y nada más.

Sin poder evitarlo, mi mente viaja hasta Pelayo. Pienso en lo que pudo vivir a su vez en ese lugar. Entiendo que sea tan especial para él.

Al instante otra persona se me aparece a su lado. Una que conozco bien. Una que, quizá, no conozca tanto como creía.

Tecleo con rapidez y me tapo el rostro con el brazo.

ENOL: Cuento los minutos para verte.

Necesito olvidar.
Necesito a Alba.

El mar

Siempre hay una última vez. Lo peor de ellas es que en muy contadas ocasiones se sabe que lo son. Eso las hace aún más crueles.

—Ya era hora.

Enol levanta a Alba en volandas cuando la ve llegar y ella se ríe. Lleva un rato esperándola. La chica lo abraza con fuerza con las piernas y se cuelan dentro del faro. No tardan en besarse. Podría mirar hacia otro lado, pero es demasiado bonito lo que tienen.

—Espera, Enol.

Él le muerde el cuello y le levanta la ropa. Tiene necesidad de ella; está ansioso, sediento, un poco desesperado. Se le nota en la mirada que busca algo más allá del piel con piel. Alba, en cambio, se ríe a carcajadas. Se retuerce entre sus brazos. Cierra los ojos de vez en cuando por el placer despertándose y entrelaza los dedos en el pelo oscuro y revuelto del chico.

—¡Dame un minuto! —repite entre jadeos e hipidos.

Cuando él centra la mirada, se da cuenta de que no es esto lo que ella esperaba. No ahora. Está inquieta. Esperanzada. Perdida en esos pensamientos que casi se materializan saliendo de sus orejas.

Enol la deja en el suelo y ambos sonríen. Tienen los labios enrojecidos, las pupilas dilatadas y respiran con dificultad, aunque Alba se olvida enseguida y lo coge de las manos para llevarlo al centro de la sala. Luego mira lo que los rodea. Todos siguen ahí. Colgados, flotando, llenando de sentimientos el faro. Los recuerdos de ese amor dormido que comienza a abrir los ojos después de cincuenta años.

—¿Qué vamos a hacer? —le dice Alba, que tiene que sujetarse para no dar saltos de impaciencia.

—¿Disculpa?

—¡Con ellos! Lo de hoy ha sido... —Niega con la cabeza y suspira, recordando todavía la expresión de Pelayo, su temblor, su miedo—. Mi abuelo se ha quedado tocado.

Enol se desordena el pelo con los dedos y comienza a caminar incómodo. Está tenso. También confundido. Y algo decepcionado. Había ido en su busca para olvidar, no para recordar.

—Creía que ya habíamos dejado eso atrás —responde con una aspereza que a ninguno le pasa desapercibido.

Alba se yergue como el que ha recibido un golpe y lo observa con el ceño fruncido.

—Pero ¿es posible que no te hayas dado cuenta? ¿Es posible que no te importe?

Se muestra desconcertada. Nerviosa. Demasiado alterada para su propio bien.

—Me doy cuenta de muchas cosas, Alba. ¡El caso es que no es mi problema! Ni el tuyo. ¿Es que no lo entiendes?

Ella niega con la cabeza y se aleja. Se cruza de brazos y me observa con los ojos desafiantes, como si quisiera culparme de lo que sucede, pero no tuviera motivos. Supone que todo ese asunto sería más fácil de sobrellevar si pudieran culpar a alguien.

Enol se le acerca y le roza el hombro. Es tan sutil que Alba no debería apenas notarlo; pese a ello, se estremece. Se sienten demasiado. Y eso no siempre es bueno. No, cuando existe algo más importante entre ellos que su relación.

—Lo que no entiendo es que seas tan cobarde —le dice Alba a la defensiva.

—No es cuestión de valentía, sino de respeto. No sé si conocerás la palabra —contesta él sin amilanarse.

Son buenos rivales. Lo saben, se conocen y se admiran por ello.

También se retan con una mirada que podría congelarme.

Al final, es ella la que se pasa las manos por las mejillas e intenta dejar a un lado esa actitud soberbia que no los llevará a ningún sitio. Ya ha cometido muchos errores.

—Me siento perdida.

La expresión de él se suaviza. La quiere demasiado. Se acerca con tiento y le coge la mano.

—Es que no tienes que estar siempre buscando algo, Alba. A veces, solo debes dejar que las cosas fluyan solas y disfrutar del camino.

Ella sonríe, aunque no es una sonrisa tan plena como las que suele dedicarle; es una más tenue, más triste. Da un paso y hunde el rostro en su pecho.

—Imagino que ese camino eres tú.

—Somos nosotros —responde Enol.

Y también sonríe. La tormenta ha durado poco. Lo que ambos desconocen es que, en ocasiones, esta se apacigua para volver a cargar con fuerza después.

El chico le aparta el pelo de la cara y la agarra de la barbilla para que lo mire. Sabe que es un buen momento. Un instante para reafirmar lo que son. Y necesita confesárselo con todos los sentidos despiertos.

Ella se pinza el labio y cierra los ojos. Porque lo intuye. Siente las palabras saliendo de la boca de Enol antes de que las forme. Y, pese a lo mucho que desea escucharlas, se niega a que suceda así, en una tarde agridulce en la que sabe que aún quedan cosas por decir.

—Enol, no digas nada, no...

Pero él sonríe y le muerde la palabra de la boca. Se la roba a cambio de un beso.

—Enol, sí. Necesito que sepas que estoy aquí, contigo. Que esta vez no voy a dejar que te marches sin despedirme.

La mirada de Alba se humedece. Es bonito. Es una promesa. Y un futuro que, salga bien o mal, no los distanciará. No es un «te quiero», pero a la vez sí. Incluso es mejor, porque es algo solo suyo que los aleja de los errores del pasado y los centra en el presente.

Sin embargo, no es lo único que necesita decirle. Porque Enol ya sabe por experiencia que todo lo que no digan acabará haciendo mella.

—Pero también necesito que me prometas que lo dejarás estar. Que se acabó, Alba.

Ella suspira. Su mirada se pierde en el faro, en los recuerdos colgados, y traga saliva. Lo mira a los ojos y asiente. No parece muy convencida, aunque también sabe que es posible que sea lo mejor.

Entonces, él sí la besa. Se abrazan, se desnudan, se acarician. Se olvidan de todo lo que no son ellos entre recuerdos de otros. Se susurran jadeos y palabras bonitas. Y, cuando el orgasmo los encuentra con las manos unidas y el amor en los labios, sucede.

Ahí está.

Su última vez.

Qué pena que no lo sepan, quizá habrían alargado todo lo posible el momento. Puede que hasta el amanecer.

Alba

El teléfono suena encima de la mesa de la cocina. El abuelo y yo damos un brinco; estábamos tan concentrados viendo una película del Oeste que el ruido nos ha sorprendido. Corro para cogerlo antes de que cuelguen y sonrío cuando veo el nombre que sale en la pantalla.

—¡Hola, mamá!

—Hola, hija. ¡Menuda efusividad! —exclama con una risa que ni recordaba como sonaba.

—No siempre es un suplicio hablar contigo.

Mamá suspira, pero, por primera vez en mucho tiempo, sé que sigue sonriendo. Tampoco me viene a la cabeza la última ocasión en la que charlamos en este tono, y no en uno lleno de reproches. Durante estos meses nos hemos mecido entre el sarcasmo y la condescendencia, pero ahora siento que he cerrado una etapa, que estoy dejando atrás a una Alba que no me gustaba del todo. Solo espero que la nueva también sea del agrado de los demás.

—¿Cómo está? —pregunta mamá con miedo.

—Igual. Lo que supongo que es buena señal.

Quiero explicarle que a todo te acostumbras, aunque duela, incluso a lo malo. Y lo que antes era un golpe duro, como el hecho de que de vez en cuando pierda el contacto con la realidad y no me reconozca, puede transformarse en otra cosa. En momentos en los que dejo que Pelayo disfrute del lugar al que ha viajado, sea a su infancia, a sus años de juventud o a una realidad inventada en su marchito cerebro. Todo depende de cómo percibamos las cosas, de cómo las afrontemos, del valor que les demos y cómo dejemos que nos afecten. Y después de tantas dudas, cuando miro al abuelo antes de acostarlo cada noche, pienso que lo estoy haciendo bien.

—En diez días estaremos ahí, Alba. Ojalá pudiéramos ir antes, pero ha sido imposible pedir más permiso en el trabajo —dice con culpabilidad.

Sin embargo, pese a que hace unos meses me habría parecido una locura, no me importa seguir aquí más tiempo sola. La Navidad está a la vuelta de la esquina y me apetece que Pelayo pueda atesorar también instantes con su hija y su yerno, pero, por otra parte, sé que solos estaremos bien. Nos entendemos, muchas veces sin palabras. Lo que al principio creía que sería un problema se ha convertido en algo que valoro por encima de muchas otras cosas; porque cuando el abuelo me mira y asiente con los labios fruncidos, sé que todo va bien, que seguimos uno al lado del otro, hacia adelante.

—Tranquila, mamá. Estaremos vivos para entonces. Nos las hemos apañado hasta hoy, ¿no? El viejo y yo ya somos un equipo consolidado. Hasta me he aficionado a los clásicos de John Wayne.

Se ríe y me muerdo el labio para dejar de decir chorradas y que ella no perciba que últimamente me siento flotando en una nube de felicidad impropia en mí, pero es demasiado tarde. Al fin y al cabo, es mi madre. Es posible que piense que me estoy drogando.

—Te noto... contenta.

Me río ante la extrañeza de su voz, como si la idea de que yo me muestre feliz fuera algo inconcebible. Y luego pienso en los motivos de que mi vida haya dado un giro tan radical y levantarme por las mañanas en Varela sea una razón para sonreír. Obvio que uno de ellos lleva su nombre. Enol ha llenado los vacíos, logrando que lo que estaba a medias ahora rebose. No obstante, no todo tiene que ver con él y mis sentimientos, sino con el hombre canoso y arrugado que gruñe cuando un bandolero dispara al protagonista de la película.

Se me forma un nudo en la garganta y las palabras me salen solas, con tal verdad que se cuelan por el teléfono y le caen a mi madre en el centro del pecho.

—Es que... tenías razón. Me alegro de haber venido mamá. Mucho.

La voz se me rompe y ella también lo hace un poco por lo que mi confesión significa.

—Entonces yo también me alegro, cielo.

Y, pese a que la emoción nos invade, sé que ambas sonreímos.

Minutos después, cuando vuelvo al salón, el abuelo me mira y me anima a recuperar mi sitio bajo la manta.

—Ven o te perderás la mejor escena de la película.

—¿Ya la habías visto?

Al principio me había dicho que no, pero ya he aprendido a intuir en qué punto se encuentra su cabeza con un vistazo a sus ojos. Según su brillo, si es más transparente o, en cambio, más denso, como la niebla, sé si está a mi lado o viajando a otras épocas en las que yo ni siquiera existía. Y ahora está aquí de nuevo.

El presente es un regalo que exprimo sin pausa.

Sonrío y apoyo la mejilla en su hombro. Su olor a guardado y a mar me reconforta como pocas cosas lo hacen. El tacto áspero de sus prendas de lana me hace cosquillas.

—Sí, a mi padre le gustaban. De vez en cuando, nos escapábamos a la capital e íbamos juntos al cine.

—Nunca hablas de él.

—Porque no hay mucho que contar. Al menos, no mucho bueno. Los recuerdos que desearíamos no tener es mejor dejar que guarden polvo aquí dentro.

Se da toquecitos en la sien y, sin poder evitarlo, pienso en mis padres. En la relación tan desastrosa que hemos tenido desde que me convertí en una adolescente tan inestable como una granada sin anilla. Sobre todo, con ella. Con mi madre. Adoro a mi padre, pero asumo que su posición siempre ha sido más fácil. De los dos, era el que se mantenía en un segundo plano, dejándole a ella la responsabilidad de mi educación, mientras él se encargaba de la parte bonita, de los juegos y de todo aquello que no suponía que me rebelase. Antes no comprendía que fuesen tan diferentes, pero ahora asumo que no era justo. También, quizá, que nunca he valorado como se merece todo lo que ella ha hecho.

—¿Nunca mejoró? —le pregunto.

El abuelo medita unos segundos y, al final, suspira. En la pantalla, un tiroteo rompe primero el silencio.

—Me encantaría decir que sí, pero no lo hizo. Ninguno de los dos lo intentó. Alba, a veces nos acostumbramos a algo y es más fácil seguir así, aunque no nos guste, que luchar por cambiarlo.

Y, una vez más, me guardo ese consejo como oro en paño. Me hago un ovillo junto al abuelo y me digo que, quizá, para mamá y para mí no sea tarde. Puede que haya tenido que acabar aquí, cuidando de Pelayo en Varela, para entender que siempre hay tiempo para intentar cambiar las cosas. También, para remendar errores de esos a los que preferirías no acostumbrarte.

—Siempre te quedará John Wayne —le digo.

Se ríe y me palmea la pierna con cariño. Yo me agarro a su brazo con fuerza y, cinco minutos después, me quedo dormida.

Cuando abro los ojos, el televisor está apagado, sigo tumbada en su regazo y él me acaricia el pelo a un ritmo suave. Y aquí lo tengo, otro instante, otro recuerdo de los de guardar en la cajita de los más bonitos de mi vida.

Enol

Llevo dos días sin verla. No parece mucho, y soy consciente de que no lo es, pero me he acostumbrado tan pronto a robarle aunque solo sean unos minutos al día que este paréntesis me está resultando un puto infierno.

Acabo de regresar de Oviedo y lo primero que pienso es en ella. De vez en cuando me acerco a la ciudad para comprar suministros necesarios para la posada que en la tienda de ultramarinos de los Velarde no se pueden encontrar, y en esta ocasión he hecho noche en el piso que Bras comparte con otros tres universitarios. Nunca he visto tanta porquería junta, tampoco un ambiente tan hormonado, pero, pese a ello, debo admitir que he disfrutado de comportarme por una vez como un chico de veintidós años. Nos hemos atiborrado de comida basura, hidratado con alcohol e incluso pasado la noche en vela hablando de todo y nada, como cuando éramos dos niños que se quedaban hasta las tantas mirando el cielo desde el tejado de casa.

La resaca de hoy, en cambio, ya no me gusta tanto.

Todavía me hacen eco algunas de las palabras que hemos compartido. Porque, aunque una parte de mí se resistía al principio y prefería evitarlo, las conversaciones, cerveza en mano, acababan girando en torno a ella como total protagonista. Alba. La que no deja de serlo de cada uno de mis días desde que ha vuelto. A la que no me saco de la cabeza.

—Me dijo «te quiero».

—¿Y tú qué dijiste?

—Me quedé en blanco.

—Pero ¿la quieres?

Me muerdo el labio y me río de mí mismo. Porque no dudé. Porque lo tenía tan claro que hasta me dio cierto pudor. Porque nunca me he sentido más crío que en aquel momento, confesándole a mi hermano que estaba enamorado de la nieta del farero. Que, quizá, nunca había dejado de estarlo, aunque con los años ese sentimiento se había ido transformando al mismo tiempo que nosotros crecíamos.

—Sí.

—Eres un anormal.

Recuerdo su expresión decepcionada y la mía, desconcertada. Porque no lo entendía. No comprendía qué había de malo en aceptar la confesión de Alba sin darle nada a cambio. En eso consiste, ¿no? En expresar cuando uno de verdad no puede contener más dentro lo que lleva consigo, pero no por pura inercia, aunque sienta exactamente lo mismo. Además, creo que no he dejado de demostrárselo.

Sin embargo, tal vez he sido durante demasiado tiempo muy mío. Muy de barrer para adentro y de alejarme de lo que todo el mundo hacía a mi alrededor por no encajar con ellos. Pero, quizá, Alba no. Puede que ella sí lo esperase y yo no estuviera atento, más pendiente de lo que me hizo sentir escucharlo de sus labios que de sus propias necesidades.

—No me di cuenta, no... ¿Acaso hace falta decirlo? Yo lo sentí, que ya me parece suficiente.

—A ti te gustó oírlo.

—Claro.

—Pues suma dos más dos, Einstein. Que tú seas el listo de la familia me ofende.

Aparco en el lateral de la posada reservado para vehículos y me bajo pensando en la ducha que me voy a dar antes de correr a casa de los Quintana. Con algo de suerte, Alba aún no habrá venido a recoger la comida, como ha hecho estos días, y pueda llevársela yo con la intención de darle una sorpresa en forma de beso apretado contra la puerta. Me muero por tocarla. Me muero por sentirla. Me muero por notar su sonrisa sobre la mía. Me muero por decirle que también la quiero, por si necesita oírlo, por si aún no es consciente de que esto que estamos viviendo es real, y no solo un amor de verano.

No obstante, me sorprende cuando entro en la posada y oigo su risa. Aquí. En mi casa. En mi cocina. Se mezcla con la de mi abuela y la voz de esta última es la que me provoca un presentimiento que rompe todos mis esquemas y hace que esos deseos pasen a un segundo plano.

—Éramos tan jóvenes... y tan idealistas.

—¿Y qué pasó?

La abuela suspira y me apoyo en la jamba de la puerta. Las veo a las dos frente a frente con una taza de café en las manos. Se miran con esa complicidad de quien está compartiendo algo íntimo. En el medio, una fotografía antigua ocupa un espacio que preferiría que estuviera vacío. Un escalofrío me recorre entero. Una corriente que me hiela en segundos y que me hace ver a Alba con unos ojos distintos: los del desencanto.

—Ay, niña, pues lo de siempre. Las decepciones, las responsabilidades familiares y laborales, el desamor..., esas cosas que siempre acaban llegando. La vida, Alba, que siempre nos hace elegir. Todos tomamos caminos distintos, nuestras prioridades cambiaron y nos fuimos distanciando, aunque viviéramos en las mismas calles. Algunos mantuvieron el contacto por los años, como Velarde, Fernando Figueroa y tu abuelo, que fueron amigos hasta que pudieron. O María y yo, que vimos a nuestros hijos crecer de la mano.

La expresión de Alba se enturbia. Lo hace cuando en esa explicación no hay cabida para sus abuelos. Ni para Eulalia ni para Pelayo. Y la conozco. La conozco bien para saber que ya ha olvidado todos los límites que habíamos establecido; para saber que ya está entregada a esa historia del pasado de la que aún desconoce casi todo su contenido, pero que es incapaz de apartarse de la cabeza; para saber que, en este instante, pasaría por encima de cualquiera con tal de descubrir esa verdad que tanto se le resiste. Incluso de nosotros.

—Pero no todos —dice guiada por esa curiosidad enfermiza que no puede controlar ni aunque se lo pidas.

La abuela acaricia la fotografía con cuidado y sus ojos se llenan de nostalgia. También de algo más que Alba le está despertando: una mezcla de tristeza, culpabilidad y dolor que yo odio en el acto.

—No, no todos.

El ambiente cambia. Las dos se retan con los ojos. El café se les enfría en las manos. Mi tensión comienza a convertirse en otra cosa más dañina.

—Covadonga, mi abuelo y...

Entonces, cuando está a punto de tomar una de esas decisiones de las que siempre acaba arrepintiéndose, tomo yo otra por los dos. Entro en la cocina y me enfrento a la única Alba que no me gusta.

—¿Se puede saber qué estás haciendo?

Ambas se vuelven sobresaltadas hacia mí. La imagen robada desaparece entre los dedos hábiles de Alba, que la esconden bajo el jersey. Mi cabreo es evidente y las dos se miran de reojo antes de sonreírme y fingir que no está pasando nada relevante.

—Enol, estábamos tomando un café. ¿Qué tal el viaje? —me pregunta la abuela; que se comporte como si yo fuera idiota me cabrea todavía más.

—Como siempre —le contesto cortante; luego vuelvo a centrar mi rabia en la chica que, cuando se obceca con algo, sería capaz de romper lo que fuera—. Alba, te he hecho una pregunta.

Ella no responde. Solo me mantiene la mirada con una decepción que no entiendo, mientras la abuela nos observa alternativamente y frunce los labios con desaprobación. En este momento, todo me importa una mierda, porque no puedo pensar en otra cosa que en que algo está a punto de cambiar y que está en manos de Alba. En que me hizo una promesa la última noche que pasamos en el faro y que no ha tardado más que días en romperla.

—En realidad, yo ya me iba.

Ella se levanta, le da las gracias a mi abuela y se dirige a la entrada. La sigo y solo le hablo cuando el frío ya nos corta la cara y nos encontramos lo bastante lejos como para notar que estamos a solas.

—No has contestado, Alba. ¿Qué se supone que estabas haciendo?

—Solo... Fui a por la comida y tu abuela me dijo que pasara. Me ofreció un café y era obvio que le apetecía charlar, no sé si por lo que pasó aquella tarde en el paseo o en general. El caso es que no pude negarme.

La fulmino con la mirada. Tal vez, porque la observo y me parece otra. Una más fría, más indiferente a todos menos a sí misma, más lejos de la Alba que quiero.

—No me mientas, joder. No lo soporto.

Se para en mitad de la calle y se gira con soberbia.

—No te estoy mintiendo.

—¿Y por qué la tensión se podía cortar al verme entrar? ¿De qué estabais hablando exactamente? Y no me digas que de mí, porque, o le estabas explicando a mi abuela cómo me gusta el sexo oral, o esa incomodidad era por otra cosa muy distinta. Tal vez, por una puta foto robada que no deberías aún tener y que le has enseñado.

Durante unos segundos, solo somos desafío. Siento que hemos regresado al punto en el que llamé a la puerta de los Quintana y ella la abrió al otro lado. Habíamos avanzado tanto que es una sensación que no me gusta. Me hace pensar que todo ha sido un espejismo y que seguimos siendo los dos críos que creían que las cosas eran para siempre antes de tropezar y darse de bruces con la fea realidad.

Al final, claudica y aparta la vista. Su suspiro derrotado me ablanda. Está cansada. Y triste. Y agobiada por la situación general que está viviendo. No la juzgo, sé que tiene que ser difícil estar en su piel, solo... solo pienso en los míos, en lo que siento que me pertenece y que ella insiste en hacer suyo. Y en que, si cuesta tan poco romper las promesas, no las quiero en mi vida. No quiero lazos. No quiero anudarme a alguien dispuesto a soltarse a la primera de cambio.

—Solo me ha preguntado por Pelayo.

—Y supongo que una cosa te ha llevado a la otra como para acabar hablando de los que eran hace cincuenta años. Imagino que la foto la llevabas encima por pura casualidad.

Sacude la cabeza y se refrena durante unos segundos. Sus ojos no paran de bailar de un lado a otro. Sus manos se esconden en la manga del abrigo para no morderse las uñas. Su desesperación por todo ese asunto de los recuerdos del faro la hace explotar de una vez por todas. Porque se ha estado conteniendo. De repente, me doy cuenta de que estas semanas solo han sido un paréntesis, un espacio en calma en el que Alba fingía olvidar lo que yo le pedí que dejara de lado, pero que, en el fondo, solo se estaba reprimiendo para que estuviéramos bien. Tal vez, incluso, lo nuestro no era tan verdad como me había hecho creer, si estaba esperando el momento para dar este paso.

Un puto amor de verano, eso somos. A fin de cuentas, ella tenía razón.

Le sonrío, un modo de molestarla más aún para llevarla al límite, y el reproche nos pilla agazapados bajo el balcón de los Figueroa.

—¡Sí!, ¿vale? Me ha dicho que lo sentía si el otro día se habían mostrado un poco distantes, pero que la relación con mi abuelo había pasado por altibajos y que no habían sido tan valientes como para retomarla. Y la he escuchado porque era lo que ella necesitaba y lo que parece que tú evitas a toda costa. Entonces he recordado que aún llevaba la foto en el bolso y, ¡yo qué sé!, solo me ha parecido que debía aprovechar el momento.

—Para tus propios intereses.

Alba bufa y su expresión se enturbia. Se está enfadando, pero yo hace rato que he pasado por ese estado; ahora estoy en uno en el que ni me reconozco.

—Lo que no entiendo es por qué te molesta tanto, Enol. ¡Ni siquiera es asunto tuyo! —exclama mordiéndose la manga del abrigo para no arrancarse una uña mientras la miro con incredulidad.

—¿Lo dices en serio?

Niega para sí y la Alba comedida rebosa. Como un mar contenido entre las rocas que acaba arrasando una ciudad.

—¿Qué quieres que piense? Te comportas como si no quisieras que lo fuese, como si nunca hubiera existido nada más que lo que has conocido, y lo respeto. Pero no me vengas con que se trata de tu familia, porque también es la mía, y de eso parece que ni te acuerdas. —Coge aire y su rostro se suaviza; la voz se pierde en un susurro ronco—. Estamos hablando de mi abuelo, Enol.

—Y lo entiendo.

Entonces su mirada se endurece. Sus ojos se humedecen. Y, pese al momento, no puedo evitar pensar que está preciosa.

—No, no lo entiendes, porque, si lo hicieras, no me habrías hecho elegir.

Sus últimas palabras están envueltas de una dureza que me desarma. ¿Eso es lo que he hecho? En el fondo y aunque me duela, debo aceptar que sí. La he hecho escoger entre su secreto y nosotros. Y, pese a todo, sonrío. Porque ahí lo tenemos. Un dilema. Uno de verdad. Uno que nos permite a ambos ser realmente crueles.

—Pues entonces tenías razón, Alba.

—¿En qué?

—En que siempre eliges mal.

Alba

Lo veo marchar cabizbajo de vuelta a la posada. Sus últimos reproches aún me resuenan en los oídos y caen uno a uno, dejando marcas de esas que no se ven, ni se van, con facilidad. Me giro y me dirijo sin pensarlo a la playa. A estas horas Bocanegra no es más que un desierto vacío, justo lo que necesito de ella.

Bajo la escalinata de madera y me acerco a la orilla. Durante toda la semana la temperatura no ha subido de los diez grados, pero no me importa. Me quito las zapatillas, los calcetines y me remango los pantalones hasta la rodilla. Luego dejo que las olas me toquen. La sensación es igual que si me clavaran agujas. A pesar de ello, lo prefiero a seguir sintiendo el escozor que las palabras de Enol me estaban provocando.

«Siempre eliges mal.»

Hoy ha sido eso. Una punzada. Un golpe inesperado y, quizá, merecido, pero también de lo más dañino.

Sin embargo, no he podido evitar rememorar algunos más que se le escapaban sin maldad, sin darles mayor importancia de la que tenían en su momento, pero que para mí en este instante significan demasiado.

«Deja de buscar el modo de complicar las cosas.»

Cierro los ojos y me recreo en la suavidad del agua en mi piel, en el olor a sal, en la humedad que se me pega al cabello y en el frío, ese frío glacial que consigue congelar un poco la desazón que no deja de crecerme por dentro, haciendo que mengüe y que casi desaparezca por unos segundos.

«Y de ser así, ¿qué pretendes? ¿Hablar con mi familia y suplicarles la verdad? ¿Sacar a la luz un secreto que no sabes hasta qué punto hizo daño en su momento o influyó en sus decisiones? ¿Remover un pasado que ellos han dejado atrás porque tú deseas que le sirva de consuelo a tu abuelo?»

Sin darme apenas cuenta, he caído otra vez en lo mismo. De nuevo, he terminado siendo una decepción para los demás. ¿Por qué iba a ser distinto con él? Ha sucedido demasiado pronto, pero, en el fondo, ambos sabíamos que pasaría.

Trago el nudo de mi garganta y los pensamientos se me entremezclan otra vez, se me enredan. Sopeso las opciones, las valoro, y sé que, por una parte, Enol tiene razón. Nadie me ha invitado a colarme en el pasado. Soy yo la que no deja de insistir en descubrir un secreto que no desean compartir conmigo y que, si Pelayo guarda con tanto ahínco, quizá sea porque es mejor así. Pero, por otro lado, mi intuición me dice que nadie se agarra tanto a algo y que debo ayudarlo a mantenerlo a su lado. Y, por una vez, tengo el presentimiento de que mi instinto está en lo correcto. Aunque deba enfrentarme a lo único bueno que me ha pasado en los últimos años.

Pienso en Enol y tiemblo.

Han sido semanas maravillosas, pero, de repente, acepto que somos lo que tanto deseé hace cinco años: un amor de verano, aunque sea en pleno diciembre. Efímero, intenso, con fecha de caducidad. Ojalá no fuera así. Ojalá pudiera ser de otra forma. Ojalá pudiéramos alargarlo mucho más; me conformaría con que llegara a la primavera.

No obstante, siento que el camino se complica. Que mi

prioridad ahora es un hombre de pelo canoso y mirada perdida, y que todo lo que se interponga entre él y lo que creo que debo hacer para ayudarlo está de más.

Hasta el amor.

«Tú no eres complicada, Alba, solo estás enredada.»

El viento me trae unas palabras de hace muchos años, cuando Enol y yo solo éramos dos críos, pero donde él ya me veía. Ya me entendía. Quizá haya llegado el momento de tirar del hilo y comenzar a desenmarañar.

Abro los ojos y el mar lo llena todo. He dejado de sentir los pies. Me pregunto si existirá algún truco para hacer lo mismo cuando se trata del corazón.

Enol

Vuelvo a casa después de fumarme tres cigarrillos casi seguidos. Cuando entro en la posada, noto la garganta áspera y la expresión agria de mi madre, que nota el olor del tabaco al pasar por delante de la recepción. Suspiro y subo las escaleras. Ni siquiera tengo hambre. Me dirijo a mi cuarto con la idea de darme la ducha que no pude al llegar, pero mis intenciones se quedan en nada cuando veo quién me espera sentada frente al escritorio.

—¿Ya te has desquitado con ella?

Chasqueo la lengua y lanzo el abrigo sobre la cama antes de sentarme, sin ocultar que me encuentro exhausto.

—No me gusta hablarte así, abuela, pero no es asunto tuyo.

Se gira y me fulmina con sus ojos azules.

—Por supuesto que no lo es, pero eres mi nieto, y es mi deber decirte que el que vi en la cocina hace un rato no me gusta en absoluto.

Me apoyo sobre las rodillas y hundo la cara entre los brazos.

—Yo... ni siquiera sé lo que estoy haciendo —le confieso.

Porque eso es lo peor de todo. Me siento a la deriva, sin

saber hacia dónde voy o por qué tomo las decisiones que tomo. Por una parte, Alba tiene razón. ¿Por qué me molesta tanto? ¿De qué tengo tanto miedo? ¿Tanto pienso que podría cambiar mi vida de descubrir una parte de la de mi familia que solo les incumbe a ellos?

La abuela se levanta y se sienta a mi lado sobre la cama. Su olor a harina y limón me envuelve y me siento mejor.

—Ella sí —me dice—. No sabe cómo hacerlo, pero cada paso que da es por un buen propósito.

—Pelayo.

—Así es.

Suspiramos, y la tristeza que siempre acompaña a su nombre hace acto de presencia. Abro la boca y le doy forma a la primera palabra, pero se me atasca y solo me sale un suspiro. La abuela asiente y me mira, esperando, a sabiendas de que las dudas me persiguen y comienzan a interponerse entre Alba, yo y lo que sea que tengamos.

Su mano encuentra la mía y la roza con cariño.

—¿Hay algo que quieras preguntarme, Enol?

«¿Por qué se rompió la relación con Pelayo? ¿Por qué, pese a ello, lo cuidáis tanto desde que enfermó? ¿Es posible que tú y él mantuvierais un romance a espaldas del abuelo? Y, de ser así, ¿cómo os afectó eso? ¿En qué lugar deja eso a la familia que formasteis?»

Toda la información de Alba me llega de sopetón. Sus insinuaciones, suposiciones y las pequeñas pistas, casi insignificantes, que ha ido compartiendo conmigo. El encuentro del otro día, que convirtió a tres viejos en críos que no sabían cómo reaccionar al verse. Y, de repente, evito contenerme y me dejo llevar. En mi cabeza se presentan mil dilemas. Mil realidades posibles que pudieron suceder entre nuestras dos familias. Mil posibilidades que me harían mirar a mi abuela de un modo diferente.

«¿Y si Pelayo fue su primer amor? ¿Y si sintió esto que yo estoy sintiendo por Alba y luego terminó? ¿Y si, en cambio, su amor fue uno más feo, más retorcido, que dejaron que creciera alrededor de ese faro mientras mi abuelo, ya en su vida, miraba hacia otro lado? ¿Y si...?»

Me quedo sin aire.

«¿Y si todo es más complicado? ¿Y si hay secretos que existen porque es mejor desconocer la verdad que tenerla delante?»

Pienso en los ojos azules de mi abuela, en los oscuros de mi abuelo, de un tono gris extraño, casi negro, y en los castaños de Pelayo. El mismo color de los de mi padre. El mismo que también heredó Bras.

Me tiemblan las manos.

«¿Y si Alba y yo somos...?»

Sacudo la cabeza y trago saliva con fuerza. A mi lado, la abuela me observa con calma, con la expresión de quien sabe lo que estoy pensando y solo aguarda a que lo pronuncie en alto.

Pese a todo, no puedo. No quiero. Me levanto, me asomo a la ventana y veo el mar. Su tranquilidad me calma. Su sonido, amortiguado por el cristal, me ayuda a dejar de escuchar todas esas posibilidades que Alba ha resucitado después de décadas enterradas.

—No, no importa, abuela. Solo quiero que deje en paz el pasado y que disfrutemos del tiempo que siga en Varela, ¿es mucho pedir?

—No, no lo es. Pero, cuando te sientas preparado, sabes que estoy aquí.

Y, aunque no debería ser más que un gesto de apoyo, siento que es una invitación. Una puerta abierta hacia la verdad que Alba atravesaría sin dudar, pero que a mí se me asemeja más a asomarme a un precipicio del que no pretendo saltar.

El abuelo

La niña está llorando. La ha oído hace un rato, pero ha escogido cerrar los ojos, como un cobarde, y rezar para que se le pase pronto y el silencio ocupe cada rincón de la casa. Finge que duerme y que la vejez le ha regalado una magnífica sordera.

Sin embargo, sus suspiros ahogados no cesan. Es solo un gemido lento, muy bajito y continuado que no quiere que nadie perciba, pero Pelayo lleva tanto tiempo bajo ese techo que es capaz de intuir hasta el peso de un mosquito sobre la madera.

La niña está llorando. Lo sabe, lo siente, le duele por ella.

Así que se levanta y, descalzo, se acerca con sigilo y se cuela en su dormitorio. Al instante, ella se incorpora preocupada y se limpia las lágrimas sin disimularlas. A través de la luz de la luna que entra por la ventana, Pelayo ve su rostro rojizo y sus pestañas húmedas. Le parece tan bonita como un cielo de tormenta.

—Abuelo, ¿estás bien? ¿Dónde vas? Es hora de dormir. Vamos, que te ayudo a acostarte.

Pero él niega. Se acerca a la cama y la empuja para que se tumbe. Luego se hace un hueco a su lado y deja que su cuerpo encaje en el espacio estrecho y sobre el colchón chirriante. No hay mucho sitio, pero el suficiente para que los dos se acoplen sin dificultad y se sientan cerca. Y entonces ella llora más fuerte. La niña con nombre de amanecer esconde el rostro en el cuello de su abuelo y sigue soltando todo eso que le pesa por dentro.

Pelayo en este instante no recuerda demasiado de su vida. Le gustaría llenar los vacíos, pero no son más que agujeros sin retorno, como si su cerebro fuera un gran queso gruyere. Pese a ello, sí sabe lo que le duele. Lo que tiene roto. Le late cada día, recordándole que las grietas nunca desaparecen, aunque uno olvide. Por unos segundos, la imagen del chico de los Villar se le aparece en un barco. En ese recuerdo repentino que no sabe cuándo sucedió, los tres se ríen y la niña brilla tanto como una estrella fugaz. Hoy, tan apagada que cuesta pensar que sea la misma.

—El amor es lo más bonito que existe, Alba.

Ella se encoge un poco más. Se pliega sobre sí misma. Se retuerce.

—Entonces ¿por qué duele?

—¿Por qué existe la oscuridad? —le responde él.

Inesperadamente, Alba se ríe. Se sorbe los mocos como la niña que a ratos aún es y Pelayo le palmea el brazo. Es lista. Mucho más lista que él. Y más fuerte. Solo hay que verla. Superará lo que sea, si sale mal, y lo olvidará. O, si no lo hace, se ayudará de esos recuerdos para avanzar. Porque eso es lo que hacen los valientes.

—Para que exista la luz —susurra ella con la voz tomada, aunque ya no tan triste, ya no tan sola.

Entonces, sin venir a cuento, Pelayo piensa en constelaciones. En ese lunar único bajo su ombligo que acarició tantas veces.

Y el sueño los envuelve.

Dos corazones rotos que se acunan en una noche de invierno.

La sonrisa de mi vida

Alba

Me he pasado la noche llorando como una imbécil. Y ni siquiera sé por qué. Tal vez porque desde que estoy en Varela me he ido llenando de emociones hasta el punto de que ya no sé si me cabe algo más dentro. El abuelo. Los recuerdos que siempre despiertan estas calles. La nostalgia de los años que no volverán. Nacho. El secreto del faro. Enol.

«Joder, Enol.»

Reviso de nuevo el teléfono y veo que no ha contestado a ninguno de mis mensajes. Es tan testarudo que tengo ganas de gritar. No sé nada de él desde hace dos días y me gustaría correr hasta la posada de su familia y tirar la puerta abajo para llamar su atención y que no le quede otra que hablar conmigo, pero, en el fondo, entiendo que necesita espacio. Todo ha pasado tan rápido que aún estamos asimilando que entre ambos existe algo más de lo que un día hubo. Por otra parte, le hice una promesa y la rompí sin miramientos, como hago siempre con todo. Y, al mismo tiempo, el asunto de Pelayo ha supuesto una piedra en el camino sobre la que no nos ponemos de acuerdo.

«¿Saltarla o esquivarla, Enol?»

Me asomo al salón y veo al abuelo. Canturrea una canción que sale por la televisión y se me llenan los ojos de lágrimas otra vez al recordar su consuelo, su modo de abrazarme al dormir y sus consejos susurrados, siempre tan acertados.

—Abu, voy a salir, no tardo nada.

—Anda, ve, diviértete.

Suspiro y cierro con llave. Me pregunto si esta no será otra mala elección. Si Enol no tendrá razón y todo lo que hago acaba saliendo mal. Al fin y al cabo, siempre he tomado malas decisiones. Cuando era pequeña y mi madre me decía: «¿Melón o sandía, Alba?», yo me lanzaba. Escogía una y, antes de notar su sabor en el paladar, ya me había arrepentido y deseaba volver atrás y poder elegir la otra.

Mi vida puede resumirse en una larga lista de malas elecciones que no deja de crecer, pero de la que tampoco sé escapar.

Sin embargo, pensaba que aquí, en Varela, por fin comenzaba a aprender de mis errores. A crecer. A conocerme. A poder aportar a los demás algo bueno, y no solo frustraciones.

Me meto las manos en los bolsillos y entro en el bar de los Velarde. Está vacío y Antonio seca vasos limpios y los coloca en los estantes. Me saluda con uno de sus gestos sin palabras y me acerco a la barra.

—Hola...

—¿Qué quieres tomar?

—Una cerveza, por favor. —Antes de que se dé la vuelta para cogerla de la cámara, me muerdo el labio con fuerza y rectifico—. No, Antonio, espera. Yo... En realidad, yo venía a devolver esto.

Saco la fotografía que me llevé del mural y la pongo sobre la madera. Él la observa unos segundos; luego asiente y apoya los codos en la superficie mientras me estudia a mí.

—Entiendo.

Niego con la cabeza.

—Seguramente, no lo hagas. Lo siento.

—Solo es una foto.

Pienso en el abuelo y en todos los presentes en ese recuerdo congelado, y sé que eso no es verdad.

—Supongo que depende de para quién.

—¿Qué es para ti? —me pregunta, mirándome con curiosidad.

—Un enigma. Un instante que no me pertenece. Un motivo para romper promesas.

Me observa con cautela y no aparto la mirada. Para bien o para mal, sigo siendo de las que no esconden nada.

—Puedes quedártela.

Antonio desliza con dos dedos la instantánea hacia mí y lo miro sorprendida.

—No, yo...

—Insisto. Los protagonistas nunca la reclamaron. Y el fotógrafo, que fue mi padre, está muerto. Así que es mía y te la ofrezco. Si la quieres.

No había entrado aquí con esta intención, pero, a veces, las elecciones las toman otros por ti. Y siento que este momento es otra señal que sumar. Quizá debería decir que no y olvidarme de todo, pero le sonrío con los ojos llenos de lágrimas, cojo la fotografía y me la guardo en el bolsillo.

Hay errores de los que nos cuesta un mundo desprendernos.

Después camino hacia el faro. Un poco por inercia. Otro poco por necesidad.

Para mi sorpresa, cuando llego me lo encuentro sentado, con la espalda apoyada en el muro de piedra. Esconde el rostro dentro de la capucha y la boca bajo una bufanda de cuadros escoceses que me hace sonreír, porque mi abuelo tiene una casi igual. Me entran ganas de abrazarlo al mismo nivel que de zarandearlo para que me hable, para que me diga qué siente y si todavía hay espacio para mí en ese sentimiento. Para saber si me perdona.

Enol sigue callado. Me mira desde abajo y juguetea con un cigarrillo apagado entre los dedos.

—¿Pasando el rato? —le digo.

—Más bien pensando. Tu abuelo era un privilegiado. En este sitio las cosas se ven diferentes.

—Ya te lo dije.

Compartimos una mirada cómplice, recordando cuando le confié una de esas leyendas que el abuelo me contaba sobre el faro, sintiendo aún la magia de aquellos días en los que, por fin, nos dejamos llevar y creímos que todo era posible.

Suspiro y me clavo una uña en la palma para no arrancármela de cuajo. Odio sus silencios. Odio que sea tan diferente a mí que parece que nada le afecte, cuando yo estoy a punto de reventar. Odio que lo bueno siempre dure tan poco, maldita sea, porque Enol tiene una expresión neutra, pero que intuyo que esconde mucho más que no sé si deseo saber.

—¿Quieres pasar?

Él duda. Me observa unos segundos de ese modo en el que siempre lo estudia todo, como si fuera la imagen de uno de sus libros de especies raras. Al final, se levanta y me sigue. El alivio es tan hondo que tengo que apoyarme en la puerta cuando meto la llave para que no note que estoy temblando.

Subimos callados hasta el que ya se ha convertido en nuestro lugar aquí. Al entrar en la sala del torrero, echo un vistazo a los recuerdos del abuelo y sonrío. Desde hace ya días, esa congoja que me provocaban se ha convertido en algo más dulce. Me gusta pasar tiempo en el faro, sola con ellos. Y que hayan sido testigos de mis momentos más bonitos con Enol. Y me encanta compartir con el abuelo algo tan especial para mí, aunque él no lo sepa. Mi propio secreto abrazado por el suyo.

—Siento no haberte contestado a los mensajes.

Me giro ante su disculpa y me encojo de hombros.

—No importa. Tus razones tendrías.

—No estoy muy seguro.

—Es igual. Me gusta que la gente sea sincera. Sería peor que me escribieras sin querer hacerlo.

Alza una ceja y ladea el rostro. Y vuelve a hacerlo. Me contempla como a un espécimen único y extraño en medio de la sala. Así me siento. Siempre me ha gustado, pero hoy me incomoda, porque Enol está más retraído que de costumbre y eso me asusta. Nos alejamos. Nos doblamos sobre nosotros mismos hacia adentro. Eso siento.

—Estaba enfadado. Aún lo estoy, si te soy sincero.

—Lo sé. Yo estoy decepcionada.

—¿Conmigo? —pregunta, desconcertado.

—No, con la vida. Porque, para una vez que me da una tregua, me obliga a tomar decisiones que no me gustan, pero que sé que son las correctas.

No pretendía ser tan directa, aunque, casi sin querer, acabo de decirle que me alegro de lo que ha sucedido entre nosotros, pero que eso no significa que vaya a parar en mi empeño de descubrir la historia del abuelo.

—De frente y sin frenos desde que te conocí.

—Esa soy yo.

¿Puede una sonrisa provocarte unas terribles ganas de llorar? La de Enol eso hace. Me ablanda. Me deshace. Tiene el mismo efecto que una salpicadura de limón en el ojo.

—Ven aquí, anda.

Tira de mi mano y me atrapa entre sus brazos. Enol me aprieta, me besa el pelo y yo me agarro con fuerza a su sudadera. Escondo el rostro sobre su pecho y aspiro su olor. Me lo llevo conmigo. Porque, de algún modo, sé que esto tiene un final escrito.

—¿Qué vamos a hacer? —le pregunto aún sin soltarlo.

—Lo que necesitemos, Alba.

Alzo el rostro y me encuentro con el suyo. Sus ojos verdes dicen mucho más que él. Su boca me llama a gritos. Y, por su mirada, sé que eso es lo que ocurre. Que nos acercamos hasta rozarnos y ahora estamos a punto de alejarnos de nuevo.

Me gustaría decir que no lo esperaba, pero nos conozco demasiado bien.

Todos los amores de verano acaban por desvanecerse, no íbamos nosotros a ser diferentes.

Enol

Alba se desprende de mi abrazo y se disculpa para ir un minuto al baño. Es un cubículo en la planta baja que evita siempre que puede porque el frío se cuela por cada grieta de la torre, aunque intuyo que solo lo ha hecho para alejarse unos segundos. Está nerviosa. Yo no. Quizá debería, pero comienzo a entender que es la mejor decisión.

Me paseo por la sala y los leo con calma. Es la primera vez que lo hago. Hasta el momento, y mira que hemos pasado ratos aquí robándonos besos y dándonos de más, evitaba mirarlos, porque respetaba demasiado esta parcela de Pelayo.

Sin embargo, algo ha cambiado. Siento que la situación comienza a influirme, a ocupar todos mis pensamientos, como esas ridículas canciones del verano, tan horribles como pegadizas, que una vez se te meten en la cabeza no te puedes sacar. Y ahora, cuando me cruzo con los abuelos, los observo al detalle, las preguntas se me agolpan en la garganta y me concentro para imaginármelos como otros: los personajes de una historia que vivieron hace tantos años. Unos que no tienen por qué encajar con la percepción que tengo de ellos y que podrían poner mi mundo patas arriba, mis ideales, mi forma de entender la vida y el amor. Unos capaces de equivocarse, decepcionar e influir en mi propio presente.

Es enfermizo.

Por eso estoy aquí. No he venido a hablar con Alba. No pretendo defraudarla, pero mis intenciones cuando los pies me han traído hasta el faro eran otras; otras que, por un lado, hacen que nos parezcamos más de lo que pensamos, aunque, por otro, nos alejan, porque nuestros objetivos son muy distintos.

Ella desea regalarle al abuelo un consuelo más dulce que ese final que no fue feliz.

Yo, proteger a mi familia, cueste lo que cueste, entierre lo que sea que deba enterrar.

Me paro frente a cada papel y lo analizo, intento encuadrar esos recuerdos con las piezas de mi vida. Ver si de verdad encajan, como tanto insiste ella en afirmar.

El lunar bajo tu ombligo, una constelación perdida.

Un primer beso en una torre.

La canción con la que bailamos antes de verte marchar.

Son bonitos. Ya me lo dijo Alba. Son tan tristes que te ponen los pelos de punta, a la vez que consuelan. Tienen algo que roza lo poético.

La sonrisa de mi vida.

Tu cuerpo, bajo mi boca.

Algunos son tan íntimos que leerlos me resulta violento.

Tu boca, mi perdición.

Suelto el aire contenido y me retiro la capucha. Me paso las manos por el pelo, nervioso, incómodo. Pero continúo. Porque no hay otra opción. Soy tan culpable como Alba. Ahora mismo, soy tan preso de este secreto como ella.

El café derramado sobre la alfombra. ¿Quién besó primero a quién? Nunca lo sabremos.

Me giro y veo la mancha, negruzca, que cubre una parte de la alfombra color tierra. Me cuesta imaginar que antes de nosotros aquí sucedió una historia, un romance, que otras vidas se besaron y se acostaron en la misma cama en la que Alba y yo nos hemos dejado la piel.

Vuelvo a centrarme en las notas desperdigadas. Los pasos de Alba ya resuenan por los escalones.

Y entonces llego al último.

Tus ojos, del color de mi mar en las noches de invierno.

Suspiro y me asomo al ventanal. Abajo, el mar azul vivo y vibrante nos observa a su vez. Los ojos de mi abuela se me aparecen y el estómago se me revuelve.

Estoy a punto de dejar a Alba y me da miedo.

—Puedes decirlo ya. Estoy lista.

Me giro y me la encuentro en la entrada. Tiene el rostro pálido, pero se muestra segura.

—Creo que deberíamos parar esto.

Alba asiente y se cruza de brazos. No parece sorprendida, solo resignada. No quiere que ocurra, aunque también sabe que es lo mejor. Hasta que todo pase. Hasta que sepa qué va a hacer con su vida cuando tenga que marcharse. No me gusta pensarlo, pero, en el fondo, todo se reduce a hasta que Pelayo ya no sea Pelayo.

Se sienta en la cama y se cubre los hombros con una manta. La sigo y me coloco a su lado. Pese a lo que estoy dispuesto a hacer, necesito sentirla cerca.

—Creo que es lo mejor, Alba. Tu prioridad ahora es él y no quiero que lo que sea que suceda entre nosotros pueda influir en tus decisiones, y ya lo está haciendo. Es su momento. Es el momento de Pelayo. ¿Lo entiendes?

Y me duele. Y sé que a ella también. Pero tengo la certeza de que nunca hemos sido más adultos que en este instante. Alba apoya el rostro en mi hombro, cierra los ojos y su suspiro, mitad alivio mitad pesar, lo llena todo.

—Gracias —me dice.

Alba me da las gracias por dejarla. Dime si no resulta fascinante.

—Somos bichos raros hasta para esto.

Su risa rompe el silencio. Tiembla a mi lado y la acompaño. Y esto es todo. Una pausa. Un inciso. Un adiós que damos convencidos de que es lo mejor en el mismo lugar donde, un día hace ya mucho tiempo, se escribió otro. Ya veremos si más adelante la vida lo convierte en algo firme o solo en un «hasta luego».

Cuando me despido de ella, me asomo una última vez a la ventana del faro; este sitio se ha convertido en uno de mis favoritos y no sé si volveré.

Sin embargo, antes de marcharme, algo capta mi atención y me tenso. Nuestra despedida ya no me parece tan dulce. Las razones por las que es mejor que nos distanciemos toman fuerza y vuelvo a sentir el miedo. Denso. Pegajoso. La puta impotencia de que las cosas no salgan como deseo.

—¿Qué haces aún con eso?

La fotografía antigua destaca como si estuviera bajo un foco. Alba también se tensa.

Somos dos animales sintiéndonos atacados, en eso nos

hemos convertido por estas notas desperdigadas que nos rodean, por este absurdo síntoma de la enfermedad de Pelayo que ni siquiera alcanzo a comprender.

—Antonio me la ha regalado.

Observo de nuevo los recuerdos, uno a uno, y pienso en mi familia. En mis abuelos. En lo que podría provocar una historia como la que parece que el farero esconde, si se descubriera.

—Joder, Alba...

—¿Qué?

Es posible que ella quiera darle un final feliz a la vida de su abuelo, pero yo no estoy dispuesto a que, a cambio, haga que los míos tengan uno gris.

—Nada. Pero solo ten una cosa clara: decidas lo que decidas, no voy a permitir que destroces a mi familia, como siempre haces con todo.

Y dejo lo que hemos sido allí dentro, encerrado, dormido, a la espera de que el futuro nos diga si un día podrá o no volver a ser.

El mar

Dentro de este faro he sido testigo de dos despedidas.

La primera, inolvidable por su tristeza.

La segunda, inigualable por su entereza.

En ambas he visto a una de las partes salir por la puerta sin mirar atrás, mientras la otra se ha quedado dentro.

Alba me observa. Sus ojos, tan parecidos a los de su abuelo, me desafían en silencio.

Los desastres naturales pueden desencadenarse en apenas segundos.

Podría llorar, después de las últimas palabras de Enol no sería para menos, pero ella es distinta. Digna nieta del farero. Así que sonríe, y ambos sabemos que ha llegado su momento.

Enol

La Navidad en Varela no tiene nada que envidiar a la de las grandes ciudades. La gente saca sus galas más brillantes y las casas relucen como un manto luminoso al otro lado del mar. Apenas quedan dos días para Nochebuena, una de esas noches en las que solemos tener la posada al completo por las visitas de las familias, lo que me ayuda a estar lo bastante ocupado y a no pensar.

No pensar en ella.

Llevamos días sin vernos. Debería estar más que acostumbrado, al fin y al cabo, antes de otoño su ausencia era una constante en mi vida y todo iba bien; pero saber que la tengo apenas a unos metros me asfixia.

Todo ha pasado demasiado rápido. Su llegada, el hueco que se ha hecho en mi rutina, lo nuestro, los nuevos errores sumados a una lista que no para de crecer. Por eso la necesidad de llamar a su puerta y no solo llevarle la comida, sino colarme y pedirle perdón, es demasiado intensa; quizá, ella me perdone y, solo entonces, podría rozarle la cintura una vez más, olerle el cuello, besarla hasta que el mundo gire de nuevo y nos recuerde que no estamos solos. Por otro lado, me duele no poder ayudarla más con Pelayo, no saber cómo se siente a cada instante, no poder consolarla y susurrarle al oído que lo está haciendo lo mejor que puede.

Sin embargo, después me acuerdo de lo demás y esa puta sed que me provoca tenerla cerca se convierte en rabia, en miedo, en dudas. Porque la conozco bien para saber que es imparable y que cuando se obceca con algo no frena hasta que lo consigue o cae, aunque te arrastre consigo por el camino. Y eso me enfada, me decepciona y me asusta por las consecuencias que su actitud pueda acarrear en todos nosotros.

—Enol, necesito que subas al desván.

La voz de mamá me llega desde la puerta. La obedezco y la sigo hasta la recepción. Lo que sea que me permita ocupar la mente por unos minutos.

—¿Qué ha pasado?

—Se han estropeado las luces navideñas de la entrada. Tu abuela está histérica. Dice que debe de haber unas viejas por allí arriba.

Sonrío y aprovecho la situación para burlarme un poco de ella.

—¿Y por qué no subes tú?

—Porque llevo todo el día trabajando, estoy agotada y ni por asomo en tan buena forma como tú, cariño.

—Así que las arañas no tienen nada que ver.

Se estremece y me echo a reír. Mamá me da un empujón y sacude la cabeza.

—Anda, venga, deja de humillar a tu pobre madre.

Subo al piso superior y abro la trampilla por la que se accede al desván. Tiro de la cuerda que enciende la bombilla y enseguida atisbo las virutas de polvo que lo cubren todo. Hay cajas por doquier, muebles antiguos y millones de cacharros inútiles que solo se guardan porque los Villar tenemos tendencia a la nostalgia en todas sus formas. Reviso por encima algunas de las cajas y descarto las que no parecen contener antiguos adornos ya reemplazados por otros más nuevos.

Entonces, al apartar una estantería para alcanzar unas con peor acceso, se me cae parte de la colección de novelas de mi abuela. Me veo rodeado por un montón de hombres musculados y ligeros de ropa que me prometen con sus títulos amor eterno. Y, de entre ellas, un papel se desliza hasta rozarme los pies. Flota por el espacio como una pluma y aterriza en un silencio que, en mi cabeza, resulta ensordecedor. Me agacho y lo cojo. Al instante, noto en los dedos la suavidad del papel fotográfico. Lo giro. Deseo que no sea lo que es. Pero la imagen no miente. El corazón me da un vuelco.

Da igual de lo que huyas: si algo te persigue, acaba alcanzándote sin remedio.

No me molesto en recoger. Salgo de allí sintiendo que nada me pertenece, porque, quizá, la vida que creía que estaba viviendo solo era mentira y está a punto de romperse.

—Enol, ¿y las luces?

Ignoro la voz de mamá desde el piso de abajo y me paro en los dormitorios. Por las tardes la abuela lee con los pies en el brasero de la habitación acondicionada como estudio. Entro en dos zancadas y le planto la fotografía sobre la mesa. El golpe del cristal la sobresalta y me mira, aturdida. Me parece más vieja que nunca. Sus arrugas, más marcadas. Sus ojos azules, menos vivos. Me parece otra, y esto es justo lo que no quería, lo que deseaba proteger con tanto ahínco, pero no me ha servido de nada.

—He subido al desván y he encontrado esto.

Observa la imagen y yo la contemplo a ella. No parece sorprendida. Tampoco asustada, como lo estaría alguien cuyo secreto oscuro acaba de ser descubierto. Solo mira la foto y asiente para sí. Ha dejado el libro en su regazo y se retuerce las manos, que le tiemblan ligeramente.

—Es Pelayo.

Eso es lo único que dice y yo estoy a punto de gritar, de lanzar algo contra la ventana o lo que sea para soltar la frustración que me ahoga en estos momentos. Porque sí, es Pelayo. Está tumbado sobre una cama que reconozco bien, porque en ella he querido a Alba muchas veces, aunque menos de las que me habría gustado ahora que todo se acaba. Lleva pantalones oscuros y la camisa desabrochada le cae por los costados dejando su torso al aire. Las piernas, estiradas y cruzadas, con los pies descalzos. Un cigarrillo le cuelga de la sonrisa que dibujan sus labios. Los ojos le brillan. Sea lo que sea lo que está mirando, le gusta, le provoca, lo hace feliz. Pese a no ser más que una imagen antigua de un chico joven en actitud despreocupada y un tanto salvaje, es íntima. Se respira esa clase de confianza y complicidad que solo se tienen con unas pocas personas. Esas que guardas para el amor.

—Ya sé que es Pelayo. La pregunta es por qué esta foto estaba escondida entre tus novelas del desván.

La abuela pestañea. Parece confundida. Coge la foto con dedos temblorosos y la guarda entre las páginas de su libro.

—¿Estás seguro de que quieres saber la respuesta?

—Dímelo tú. ¿Quiero?

—No lo sé, Enol. Si quieres saber la verdad, te la contaré, pero no siempre merece la pena. La verdad, en ocasiones, hace más mal que bien. Nos hace ver las cosas de un modo distinto, incluso a las personas que queremos.

Parpadeo, analizo sus palabras, las digiero como puedo y las enfrento con todo eso que me bulle por dentro. Su mirada, tan triste como nunca la había visto antes, es la que me empuja a darme media vuelta y largarme.

—Joder... ¡Mierda!

Me marcho con la intención de escapar, pero enseguida me doy cuenta de que no puedo. Una vez estás dentro, da igual lo que corras, la verdad siempre es más rápida que tú.

Alba

Varela parece el escenario perfecto para un cuento navideño. No es que sea una entusiasta de estas fechas, pero es imposible pasear por sus calles y no sonreír, aunque el resto del tiempo no te apetezca. Y lo hago a medias. Cuando miro al abuelo, lo hago en un acto reflejo; estoy exprimiendo todo el tiempo en estar juntos, en conocernos más de lo que ya lo hacíamos y en regalarle instantes, como me dijo Enol. Cada vez los días buenos son menos y los momentos de lucidez más esporádicos. El reloj no nos da tregua, la vida se nos escapa, así que me centro en lo que nos ofrece y ambos nos agarramos a ello con uñas y dientes.

Pese a todo, a ratos me cuesta mostrarme entera.

Echar de menos es una mierda.

—Abuelo, ¿quieres que pongamos unas luces en la fachada?

—¡Por encima de mi cadáver!

Me río y él acaba acompañándome. He conseguido convencerlo para colocar el árbol en el salón y llenarlo de bolas, pero se niega a convertir su casa en un club de carretera. En el fondo, creo que lo que le apena es que no sea la abuela quien se encargue de la decoración, como hacía siempre.

Pese a sus quejas, el salón está bonito, acogedor y huele a canela, porque hemos ensayado nuevas recetas de repostería para sorprender a mis padres y una de ellas acabó carbonizada y dejando su olor hasta en las paredes.

Sin embargo, hoy es el último día que pasamos solos y me apetece que sea especial. Él, yo, una siesta con una de sus películas antiguas de fondo y una charla de las que dejan huella. No pido mucho más.

Unos nudillos golpean la puerta y, como cada mañana, me miro al espejo antes de abrir. Cuando lo hago, le sonrío con simpatía, como si solo fuéramos dos vecinos que se tratan con amabilidad, y no los mismos que se lanzaron dardos envenenados la última vez que se vieron en el faro.

—Hola, ¿qué tal?

En apenas tres segundos, Enol me ha mirado de arriba abajo, ha analizado mis ojos, las medialunas oscuras bajo ellos, mi sonrisa falsa, mi postura, y ha llegado a la conclusión de que estoy agotada y algo triste, aunque no molesta con él. Sus palabras me dolieron, pero eran tan ciertas que ni siquiera pude enfadarme. Solo las asumí y decidí que no me merecía la pena comenzar otra lucha cuando tengo una batalla más importante entre las manos de mi abuelo. Quizá debería odiarlo por ser tan perspicaz, pero no puedo. Porque este Enol es el que siempre me gustó. El que me veía. El que lo entendía.

—Estamos bien. —Le quito la cesta de las manos—. Gracias por la comida, ya me ocupo yo. Acuérdate de que estos días no tienes que traer nada.

Asiente y traga saliva. Luego duda. Se siente culpable. Y cada día que lo veo me parece aún más perdido. Menos el Enol siempre seguro e imperturbable. ¿Y si soy yo la que le estoy haciendo esto? ¿Y si es más verdad que nunca que siempre lo complico todo, incluso a las personas?

—Alba, espera.

—¿Querías algo más? —le digo.

Noto un aleteo entre las costillas. Es la esperanza. La maldita ilusión, que me saluda y me recuerda que el deseo de que algo cambie sigue ahí. Aunque enseguida me doy cuenta de que nada lo ha hecho. Enol suspira, se apoya en la jamba y después se mueve incómodo. Me mira. Y aparta la vista. Y al final niega con un gesto que me duele más de lo que debería.

—No. Nada.

—Ya me parecía.

Cierro la puerta y solo cuando oigo sus pasos alejarse respiro de nuevo con normalidad.

Ya en la cocina, abro las tarteras y coloco la comida. Covadonga también me ha metido algunos ingredientes que necesito para los platos que quiero hacer mañana, porque, por una vez desde que estoy aquí, quiero que la cena familiar sea solo nuestra, sin la sombra de los Villar ni el recordatorio constante de que soy una inútil incapaz de cocinar. Es posible que lo sea, pero creo que puede ser divertido demostrarles a mis padres que estoy dispuesta a intentarlo antes de ver sus caras disimulando asco al probar los platos. La nueva Alba en todas sus formas.

Me concentro en colocarlo todo en las repisas. Pongo la cazuela con el menú de hoy en el fuego y repaso en mi mente los pasos de las recetas de mañana. Cocinar no es tarea fácil, mucho menos para una persona que podría alimentarse de galletas y zumo en polvo, así que decido organizarme un horario para que no se me olvide nada ni realice las cosas en desorden.

—Según me levante, debo poner a cocer las patatas —digo en alto.

Luego chasqueo la lengua, porque soy tan desastre que

sé que, si no me lo apunto, acabaré haciéndolo todo al revés. Rebusco por la alacena y entonces me viene a la cabeza la imagen del abuelo sentado a la mesa y escribiendo recuerdos. Abro el cajón inferior y saco la libreta. El bolígrafo ha debido de rodar hacia atrás, así que meto la mano y es cuando noto algo más entre los dedos. Es un papel. Lo saco, lo desdoblo y me encuentro de frente con lo que parece un recuerdo olvidado. Uno que no tendría por qué tener nada especial ni diferente a los demás, pero que lo significa todo. Uno que no solo hace que las piezas encajen, sino que es en sí mismo su secreto.

Me lo guardo con manos temblorosas en el bolsillo de los vaqueros. Apago el fuego y recojo la cocina como puedo, porque todo me da vueltas y no sé si sabré hacer algo a derechas. Le dejo la comida servida y me asomo al salón para mirarlo por última vez; para verlo por primera de un modo distinto; para controlar todo lo que me bulle por dentro.

Antes de dirigirme a la posada de los Villar, le pido a María Figueroa que me lo vigile, que me ha surgido algo importante que no puede esperar.

Cuando llamo a la puerta trasera de la hospedería, por donde sé que solo entra la familia y que da acceso a la parte privada de la casa, me tiemblan las manos. Saco el recuerdo escrito y rezo. Rezo en mi cabeza a quien sea que me escuche desde el más allá para que me abra la única persona a la que quiero ver ahora mismo. La única que puede entender lo que siento en este instante. La única que puede dar forma y nombre al secreto del farero.

—Alba...

Y sonrío a la vez que dos lágrimas me surcan las mejillas. Le enseño el papel y su rostro se rompe cuando se enfrenta al recuerdo del abuelo.

—«El chico de las olas en el pelo...»

El mar

Hay conversaciones que preferiría no escuchar. Me encantaría quedarme solo con las partes bonitas de vuestras vidas, con lo que os hace sonreír, que los ojos os brillen y soñar despiertos.

Sin embargo, no tengo elección. Solo estoy aquí.

Por eso, cuando veo a Manuel y a Alba caminar cabizbajos hasta el paseo de la playa, sé que ha sucedido algo. Algo que cambiará el curso de sus propias historias.

—Gracias por alejarnos de la posada.

Es Manuel el que rompe el silencio. Alba asiente. Solo puede existir un tema de conversación entre ellos, así que supongo que es tranquilizador para el primero hablar en la intimidad que siempre les ofrezco, y no con la posibilidad de que alguien más sea testigo de este encuentro.

La chica lo mira como si lo tuviera delante por primera vez.

—Nunca lo habría imaginado —murmura. Y Manuel sonríe. Ya no lo hace como entonces, sino con los ojos apagados.

—¿Me crees si te digo que yo tampoco?

Alba sonríe. Ha descubierto el secreto del faro. Se siente bien por ello a la vez que le inunda el presentimiento de que haberlo hecho tampoco servirá de nada. Porque Manuel tiene miedo, lo veo yo, y ella, y cada persona que lo mire a los ojos. Por eso ha huido. Lo hizo en su día y lo ha hecho de nuevo en cuanto Alba ha ido a buscarlo.

—Éramos muy jóvenes —dice el viejo, como si eso explicara algo.

—Yo también lo soy. Y quiero a Enol.

Manuel asiente y un brillo de admiración centellea en su mirada. Yo también siento orgullo, porque Alba no es como él. Alba puede tener muchas cosas malas, pero jamás dejaría de lado a alguien que le importe. Jamás se avergonzaría de amar, sino que siempre lo llevaría con la cabeza bien alta y el corazón en la mano.

—Eran otros tiempos. Ni siquiera era legal.

Los labios de la chica se curvan en una mueca. Otra excusa. Otra explicación que le parece inservible. Se está impacientando. Y enfadando. Porque su abuelo es la persona más maravillosa que ha conocido y no puede creerse que Manuel no lo valorase como merecía.

Aunque fuese un hombre y eso rompiera sus esquemas.

Aunque tuviera miedo por lo que los demás pudieran opinar.

Aunque amarlo no entrara en sus planes.

Aunque debieran vivir en secreto por un tiempo, pero juntos, con valentía, con honestidad, luchando de la mano por su amor y la libertad.

Esconde los dedos en las mangas del jersey y los aprieta para no morderse las uñas. Y su mirada se cubre de un manto acuoso. Si tuviera manos, alargaría una y le rozaría la mejilla para que supiera que no está sola.

—La vida nunca es sencilla. Las personas siempre tropezamos y cometemos errores, da igual la época en la que nos hallemos, lo importante es hacer que estos sumen. Que nos hagan mejores.

Manuel se gira para observarla y puedo atisbar cómo

su expresión cambia. Por un instante, veo en él al chico impulsivo y enamorado que un día hizo bailar a Pelayo en el faro. Y esto sucede porque a él le ocurre lo mismo. Acaba de darse cuenta de lo que Alba se parece a su abuelo. Ha recordado cuánto lo echa de menos; ha sentido cuánto lo quiso un día.

—Eso es muy inteligente.

—Me lo enseñó él.

Comparten una mirada de lo más significativa hasta que Manuel la aparta. Se separa del muro y comprueba que siguen solos, que nadie los ve. Siempre vigilante. Siempre con la sombra de un secreto que solo lo fue porque él nunca estuvo preparado para defenderlo, ni siquiera cuando ya no tenía motivos para esconderlo.

Alba traga saliva, porque nada está saliendo como pretendía. Y porque sabe que Manuel va a marcharse. Que tomó una decisión en su día y la mantendrá firme hasta su último aliento. La esperanza de la chica se diluye en el desencanto.

Por eso, coge aire y lo apuesta todo a una última carta.

—No deja de recordarte. Su memoria se consume, pero tú estás en todas partes. Se agarra a lo que vivisteis y se esfuerza por no perderlo.

Manuel cierra los ojos. Las palabras de la chica lo golpean. Le hacen recordar demasiado, revivirlo, sentirlo de nuevo. La juventud. El primer amor. La intensidad de la vida encerrados en esa torre. La felicidad, tan plena que parecía imposible, tan dulce como nunca la ha vuelto a probar. La libertad, casi posible, casi real.

Pese a ello...

—Alba, no...

—Te quiso. Sé que te quiso más que a nadie, aunque me duela por mi abuela.

Manuel traga el nudo que tiene en la garganta y niega

con la cabeza. Le tiemblan las manos. Y el alma. Porque él también lo quiso. Nunca ha vuelto a hacerlo de esa manera. Jamás, en todos los años que lleva a la espalda, ha sentido nada similar a lo que provocaban los dedos del farero en su pelo, sus sonrisas torcidas, su aroma a mar.

—No fue fácil.

Otra evasiva, otro intento de huida para no aceptar que fue un cobarde. Que siempre lo ha sido. Porque no solo no aceptó lo suyo con Pelayo, sino que tampoco a sí mismo. Y se arrepintió tantas veces..., quiso cambiar las cosas en tantas ocasiones..., pero ya es tarde. No hay vuelta atrás. No, sin hacer daño a su familia y, sobre todo, a Covadonga, la única persona que siempre lo supo y lo aceptó sin condiciones. Solo le pidió lealtad, y eso es lo único que le queda. A eso se agarra; a eso le debe lo que le quede de vida.

—Y no lo pongo en duda, pero te quiso. Y te quiere. Aunque ese sentimiento sea para el Manuel de entonces que solo vive en su cabeza.

—Ese Manuel ya no existe.

Alba ya no disimula. Deja que las lágrimas se escapen en un intento desesperado por lograr algo que consuele a su abuelo, aunque solo sean migajas.

—Podrías traerlo de vuelta. Una última vez, Manuel. No sé cómo terminó lo vuestro, pero intuyo que se lo debes.

Y entonces duda. Por un instante, el hombre que un día amó a otro hombre entre mis rocas sostiene un hilo de esperanza. Sin embargo, es demasiado tenue, demasiado frágil. Y Manuel ya es muy viejo. Y está cansado.

—Yo... Dile... Dile que me perdone, Alba. Solo dile que me perdone.

Cuando se marcha, la niña me mira y, por una vez, desea que Pelayo olvide.

Enol

No he vuelto a hablar a solas con la abuela. Me cuesta tenerla delante sin recordar su expresión derrotada, los ojos tristes, los hombros hundidos. Pese a ello, no puedo evitar buscarla con la mirada, rememorar sus palabras y recrearme en la angustia de no entender nada. Más aún, con Alba tan lejos. La siento a un paso, pero al mismo tiempo a kilómetros de mí. Y no la culpo. Me he comportado como un cabrón y lo mejor que puedo hacer es dejarle vía libre para que haga lo que necesite.

«Tenías razón, Alba», eso quería decirle cuando hoy he llamado a su puerta. Aunque no he dicho nada, porque tampoco tenía muy claro qué pretendía con ello.

Ella sigue dispuesta a recordar, incluso lo que le ocultan.

Yo, a olvidar, sobre todo lo que me esconden.

Siento que vivimos en mundos alternativos.

Mi hermano entra en el salón contoneándose como un modelo de pasarela y me echo a reír. Frena en seco y me observa de arriba abajo fingiendo insolencia, aunque, en realidad, contiene a duras penas una carcajada.

—¿Y tú te ríes de mí? ¿En serio?

Comparo su elegante traje con mis pantalones de pinzas

y mi jersey dado de sí, y le guiño un ojo. Me gusta tenerlo en casa durante unas semanas por vacaciones. Hace que todo parezca más fácil. Me pregunto qué pensaría si le contara lo que sé. ¿También miraría a la abuela como a una desconocida? ¿También se sentiría tan angustiado, tan perdido?

—Es muy bonito, Bras, aunque sigo sin entender por qué te empeñas en ir a una fiesta como esa —dice mi madre con un mohín.

—Mamá no te perdona que celebres el fin de año fuera de Varela —replico para cabrearlo.

Mi hermano nos ignora a ambos y se dirige a la abuela con su mejor cara de niño que no ha roto un plato.

—Tú qué dices, abuela, ¿cómo está de arrebatador tu nieto favorito con traje?

—Pues igual de guapo que sin él. Aunque el negro es para los entierros y los camareros.

Nos reímos. Sigo distante con ella, pero no puedo evitarlo. Sobre todo, porque es la única capaz de halagar a Bras mientras lo pone en su sitio para que no se lo crea tanto.

Mi hermano se acaricia las mangas, orgulloso de su aspecto y de haberse comprado él mismo el traje con sus ahorros.

—Según el de la tienda no es negro, abuela, es de un azul muy oscuro que, dependiendo de la luz, destaca más o menos. Es lo más elegante del momento.

Covadonga se acerca y entrecierra los ojos para observar a conciencia la tela. Los demás esperamos su veredicto con impaciencia, porque lo que diga la abuela en esta casa no admite réplica.

—Yo lo veo negro.

—Y yo —asiente mi madre.

—Y yo —susurro con una sonrisa ladina solo por fastidiar, porque ni siquiera me he fijado bien en la tela.

Bras pone los ojos en blanco y se coloca frente al espejo para estudiar el color del tejido bajo la lámpara, mientras nosotros nos metemos con él diciéndole que lo han engañado y otros comentarios por el estilo con el único objetivo de hacerlo rabiar.

Sin embargo, es el abuelo quien finaliza la conversación con unas palabras que, para mí, no suponen solo que mi hermano se salga con la suya, sino que abren un agujero en mitad del suelo.

—El chico tiene razón.

—¿Qué estás diciendo, Manuel? —pregunta la abuela.

La mirada de su marido se pierde. Se encuentra lejos. Está enturbiada por algo que desconocemos.

Aprieta los dedos con fuerza en el alféizar de la ventana y su voz, siempre firme, hoy tiembla.

—Que el traje no es negro. Es del color del mar en las noches de invierno.

La verdad, a veces, se cuela de forma sutil, como el agua por una grieta.

El mar

—¿Cómo está hoy el mar, farero?

—Del color de las noches de invierno.

—¿Y cuál es ese color?

Pelayo se levantó de la cama y cogió el espejo de madera que descansaba sobre la palangana. Se lo tendió a Manuel para que observara su reflejo y volvió a sentarse tras él, abrazándolo con las piernas.

—Mírate. ¿Lo ves?

Pero el otro no parecía entenderlo. Solo veía su rostro, aún acalorado y con los labios hinchados por los besos que se habían dado antes de hacer el amor. Un rostro joven, que comenzaba a fruncir demasiado a menudo por las preocupaciones.

—No entiendo qué tengo que mirar.

Pelayo sonrió y se asomó al reflejo por encima de su hombro. Luego le rozó los párpados con los dedos sobre la superficie de cristal.

—Tus ojos. Siempre lo he pensado.

—Pero mis ojos son negros.

El farero sabía que esa sería su respuesta, así que juntó más su cara a la suya y le acercó el espejo mientras señalaba su iris.

—No, si te fijas bien, tienen destellos de un azul oscuro. Cuando te brillan por algo. Cuando estás feliz. Cuando tienes un orgasmo —susurró esto último y ambos se estremecieron.

Manuel se volvió y observó a aquel hombre de un modo nuevo. Con los ojos del que sabe que el amor está ahí, entre sus manos, flotando con libertad.

La libertad..., tan dulce, tan traicionera.

—Así que eso es lo que ves cuando me miras.

—Entre otras cosas. ¿Qué ves tú?

Y Manuel, el mismo que nunca había creído que un día encontraría eso que todos buscaban, lo vio tras él, sentado, sonriéndole, con el pelo revuelto y los ojos fieros. Tragó saliva y susurró dos palabras antes de besarlo como si fuera la última vez.

—Mi futuro.

Qué pena que, al final, solo resultaron ser pasado.

Alba

Cuando regreso a casa, María y el abuelo juegan a las cartas en el salón. Parecen entretenidos en un juego del que él olvida las reglas cada dos por tres y se las inventa.

—Siento el retraso.

María niega con la cabeza y se levanta.

—No tengo nada mejor que hacer. Mi hijo no llega hasta mañana con los suyos y este viejo es más divertido que estar sola.

Al pasar por mi lado, me palmea la mejilla y se pone el abrigo. Yo le sonrío con agradecimiento. Es una mujer encantadora.

Ya no hay luz en la calle. Ni siquiera he comido. El encuentro con Manuel me ha dejado traspuesta y me he dedicado a deambular por el pueblo. Bocanegra empezaba a cubrirse y hacía demasiado viento para aguantar mucho más en la parte de arriba. Cuando me he querido dar cuenta eran las siete de la tarde y debía volver a casa.

El mundo no se detiene porque algo te paralice y no sepas qué paso dar a continuación.

Me quito el abrigo y voy a la cocina. Preparo dos vasos de leche caliente con azúcar y los dejo sobre la mesa. El abuelo ha abandonado las cartas y sus ojos están fijos en el televisor apagado. De repente, me parece más pequeño que nunca, más encorvado, más consumido.

Me siento a su lado y nos cubro con la manta.

Me da miedo mirarlo. Me da miedo que me devuelva la mirada y vea en mis ojos la pena que tengo desde que Manuel me ha dejado claro que su adiós siempre fue definitivo. Me da miedo no poder darle lo que necesita. Y que un día me lo implore y tenga que decirle que no puede ser y que él le pide perdón.

Nadie merece que su último recuerdo sea el de un corazón roto.

Solo entonces reparo en que aún tengo la fotografía en el bolsillo. La saco y estiro las esquinas un poco dobladas. Podría pedirle que me lo cuente, que el secreto que compartía con Manuel ya no es solo suyo y que, si lo hace, sentirá el alivio de aligerar el peso de tantos años. Pero no lo hago. Porque deseo que su final sea otro. Necesito que el abuelo, lo que aún queda de él, se lleve consigo el consuelo de un final perfecto.

Apoyo la cabeza en su hombro y coloco la foto entre los dos. Él la mira, pero no parece afectado. Su mente va y viene, y por una vez me alegro de que este recuerdo no le traiga el amargor de tantos otros.

Roza uno a uno los rostros de los protagonistas de ese momento pasado. Se para algo más sobre el de la abuela y sonrío.

—Al día siguiente llovió.

Sigue con su caricia hasta llegar a Manuel. Lo observa con calma. Los dedos le tiemblan cuando los pasa por su cuello. Luego suspira, cierra los ojos y siento que todo desaparece. Que el abuelo y yo estamos en medio del mar, el agua está en calma y el sol nos calienta la piel. No hay espacio para la tristeza, ni para el desamor, ni para los finales tristes. Abro la boca, hablo y no tardo en darme cuenta de que le estoy contando una historia. Una que no es la auténtica, una que no es la suya, pero sí la que merece.

—Dos chicos se encontraron una tarde en las rocas de Bocanegra. Uno de ellos era farero y el otro tenía los ojos oscuros, del color del mar en las noches de invierno...

Porque hay historias cuyo verdadero final es mejor olvidar.

Enol

Necesito verla. Necesito hablar con ella, decirle que lo sé todo, que tenía razón, aunque no sabía de qué modo. Necesito salir de aquí y volver a respirar, porque dentro de casa no puedo.

Necesito pedirle perdón.

Necesito decirle tantas cosas...

Me muevo de un lado al otro de la sala y jugueteo con un cigarrillo entre los dedos. Dentro de la posada no se fuma, pero las ganas de mandarlo todo a la mierda me pueden. No obstante, acabo colocándomelo en la oreja y tirándome de los pelos. Y pienso en mi abuelo. Por primera vez desde que todo este asunto comenzó, es su rostro el que se me aparece junto al de Pelayo en una imagen que me desconcierta.

—Enol, ¿pasa algo?

Me giro y la mirada clara de la abuela me atraviesa. Estamos solos. Mi madre y Bras están arriba y el abuelo lleva todo el día medio desaparecido, ausente, saliendo y entrando de casa con cualquier excusa, como si él tampoco pudiera respirar entre estas paredes. Tal vez eso sea lo que ocurra. Quizá el secreto de Pelayo nos esté salpicando a todos y no nos habíamos dado cuenta. Es posible que la culpa comience a aplastarlo y esté a un paso de desaparecer.

Sin poder evitarlo, cada uno de los recuerdos del faro se me aparecen. Uno a uno. Como una secuencia desordenada que comienza a tener sentido en mi cabeza, aunque siga pareciéndome irreal.

«El café derramado sobre la alfombra. ¿Quién besó primero a quién? Nunca lo sabremos.»

El abuelo y Pelayo. El farero y el hombre cuya relación calmada y honesta con mi abuela siempre he admirado.

—Cielo, siéntate, ¿qué ha ocurrido?

Y ahí está ella, imperturbable, tan paciente y afectuosa como siempre. Su voz me llega desde lejos como una canción de la que, de pronto, descubres el significado.

«Si fue tan de verdad como para que no lo hayas olvidado en cinco años, no te niegues disfrutarlo de nuevo, aunque solo sea por una última vez. Porque, si no lo haces, puede que llegue otra muchacha y te pases la vida pensando en lo que pudo ser con Alba y no fue. No permitas que el pasado determine tu futuro.»

Recuerdo todas nuestras conversaciones, esas en las que me dejaba entrever que el secreto existía sin decirme nada. Sus insinuaciones. Su actitud hacia Pelayo, que me hizo creer que entre ellos había ocurrido una historia importante. Pero no. Ella no era la protagonista, sino la muchacha que llegaría después y que tendría que cargar con un pasado que no le pertenecía. Y, por un instante, la odio, porque soy consciente de que la abuela lo ha sabido todo este tiempo. De que era un secreto de tres. Un triángulo que, pese a lo que he descubierto, aún no comprendo del todo.

Me dejo caer en la butaca frente a la chimenea y la miro con un recelo que sé que le afecta, pero que no puedo ocultar.

—¿Por qué no me dijiste que la foto de Pelayo no era tuya?

Abre los ojos con asombro un segundo, quizá lo que tarda en asimilar que, por fin, lo sé todo, y suspira con cansancio. Se asoma a la ventana y frunce el ceño. Cuando saca el pañuelo de su delantal y lo retuerce entre las manos, reparo en que esto también le duele.

—No sabía que Manuel la guardaba.

—Pero estaba entre tus libros.

Sonríe con pena y sacude la cabeza. La decepción cubre su mirada.

—Muy astuto... —susurra para sí misma.

De forma inevitable, me lo imagino. Veo al abuelo subiendo al desván, buscando un escondite seguro y escogiendo las novelas antiguas de la abuela, porque es de las que nunca leen un libro dos veces, pero a sabiendas de que jamás se desprendería de ellos. Me lo imagino colándose allí arriba de vez en cuando, abriendo las páginas y observando ese recuerdo con la nostalgia del que ha perdido algo que le importaba demasiado como para despojarse del todo de ello.

Me paso las manos por el rostro y resoplo. No sé qué pensar. No sé qué creer. No sé si esto está bien o mal. Tampoco por qué me molesta tanto, como me echó Alba en cara. Solo sé que necesito verla. Necesito compartir con ella cómo me siento y que me plantee algún dilema absurdo que me haga relativizar la situación y mi lugar en ella.

Sin embargo, antes quiero saber algo. Necesito saber cuál fue su posición en todo esto.

—¿Te dolió?

La abuela se da la vuelta y se acerca. Se sienta en el apoyabrazos y entonces su voz, suave y siempre calmada, se tambalea.

—Siempre lo supe, si es lo que me estás preguntando. Cuando tu abuelo y yo comenzamos a conocernos más a fondo, Pelayo ya estaba allí. No fue una aventura. Tampoco me engañaron. Ellos... ellos tenían algo de verdad, Enol. Algo que

411

debían esconder, porque vivíamos en una época en la que amar no era el acto libre que siempre debería ser, pero tan real como lo que cualquiera podría sentir.

Aparto la vista, un poco incómodo.

—Y si era así, ¿por qué te casaste con él?

—Porque lo quería. Y porque Manuel, finalmente, me eligió a mí. Lo ha hecho durante cinco décadas.

Pienso en dilemas. En elecciones. En cómo escoger una puede hacer pedazos la otra. En la responsabilidad de saber que esos rotos los hemos provocado nosotros. En sus consecuencias.

—Por eso la relación con los Quintana era nula.

La abuela asiente, aunque no me oculta la culpa que siente.

—Sí. Tu abuelo habrá cometido muchos errores, pero es un hombre de palabra.

Entonces me doy cuenta de que no todo es blanco o negro. De que mis abuelos perdieron el contacto cercano con los Quintana, pero que, en el fondo, siempre han estado ahí, esperando que Pelayo estuviera bien, preocupados por él cuando más lo ha necesitado. De la misma manera que todos hacemos con la gente que queremos.

—¿Y por qué lo cuidáis desde lejos?

—Lo de la comida es solo cosa mía. —Abro los ojos, sorprendido, y ella me mira con esa determinación que adoro—. Enol, ese hombre ya perdió demasiado. Y está muy solo.

No puedo evitar que mis labios se curven. Pese a todo, estoy rodeado de personas increíbles.

—¿Le das las gracias?

—A mi modo, así es. —Sonreímos, aunque el gesto de la abuela dura poco—. Quizá también porque tu abuelo flaqueó una vez. Una sola. Fue a buscarlo. No sé qué pretendía, pero lo hizo. Y fue el farero el que entonces le dijo que no.

—Abuela...

Le cojo la mano y la aprieto entre mis dedos. Sus ojos reflejan un dolor tan intenso como pasajero.

—Tu abuelo no sabe que lo sé. Y tu madre tampoco sabe nada de esto. Puedes elegir contárselo o no, no voy a impedírtelo, pero ya te lo dije una vez: la verdad, en ocasiones, nos hace ver a las personas que queremos de una forma distinta.

Trago saliva y ella asiente, porque sabe que es justo lo que me ha pasado a mí con ellos.

No somos el reflejo que nos devuelve un espejo. Somos las mil versiones distintas de un caleidoscopio que la vida no deja de agitar.

Suspiro y escondo el rostro entre las manos.

—Llegué a pensar que tú y Pelayo tuvisteis un lío y que mi padre... que, quizá, Alba y yo podríamos ser incluso familia.

La expresión de la abuela me resultaría cómica, si no me sintiera avergonzado. Se echa a reír y me acaricia la mejilla con ese cariño que siempre nos da a espuertas.

—Podría haber sido, no voy a negártelo, aquellos años fueron... intensos.

Arrugo el rostro y niego. Imaginarme a mis abuelos como jóvenes que disfrutaron del despertar sexual no es fácil.

—Preferiría que no me contaras más.

Sonreímos. Y soy consciente de que, a pesar de todo, sigue siendo la misma. Al menos para mí. Porque las personas podemos tener mil facetas, sí, pero descubrir otras no debería afectar a lo que han sido contigo.

Me despido de ella y salgo de casa. Me fumo un cigarrillo mientras me planteo si hacer o no lo que pretendo, aunque, en el fondo, sé que es lo más sensato y lo que ella merece.

No obstante, las dudas se me amontonan.

¿Qué pensará Alba cuando le diga que su misteriosa mujer, en realidad, era un hombre? ¿Qué sentirá al saber que, de forma definitiva, su final feliz nunca podrá ser?

Cuando llego a casa de los Quintana tengo tanto frío que me sale vaho de la boca. Me acerco a la puerta, pero antes de llamar oigo la risa grave de Pelayo y me freno. Me asomo a la ventana y entonces los veo. Están en el sofá. Comparten una manta y Alba sujeta la fotografía de los Velarde entre los dedos. Ella habla sin parar, con los ojos brillantes de la emoción y las mejillas sonrojadas. Él la observa de vez en cuando y sonríe. Sonríe tanto que no me siento capaz de romper este momento.

—No sé a quién se le caería el café en la alfombra, pero bailaron sobre ella y el farero nunca la limpió —oigo que dice Alba a través del cristal empañado.

—A Manuel —le responde Pelayo, sacándonos a todos de dudas.

Trago saliva y noto una punzada en el pecho.

Alba lo sabe. Y no ha hecho nada con esa verdad que pudiera hacer daño a mi familia, como tanto temía. Solo está regalándole a su abuelo esos recuerdos, igual que quien le lee un cuento a un niño antes de dormir.

Quizá siempre estuvimos equivocados.

Tal vez no era ella la que cometía errores sin cesar, sino yo.

Me doy la vuelta y vuelvo a casa. Al colarme por la puerta trasera, me doy de bruces con el abuelo.

—Enol, hijo, no te había visto —se disculpa; parece nervioso y aturdido.

—¿Adónde vas?

Porque es tarde y el clima está imposible. Me clava la mirada y, de repente, me doy cuenta de eso que decía Pelayo. Los ojos de mi abuelo no son grises o negros, como siempre había pensado, sino que brillan de un color azul tan oscuro como la noche que nos rodea.

Sin poder evitarlo, sonrío.

—Voy a dar un paseo. Necesito...

Suspira y sé que está buscando una excusa para que sea creíble su salida a estas horas, cuando suele estar ya en pijama pegado al televisor. Podría decirle que lo sé y que entiendo que huya de vez en cuando. Podría hacerle confesar adónde va con tanto secretismo y frenar sus pasos. Podría preguntarle por qué nunca lo contó con la naturalidad con que cualquier otro hablaría de un romance anterior, incluso quizá juzgándolo, por ser el propio verdugo de su historia. Podría avergonzarlo por haber tirado la toalla demasiado pronto y no haber luchado más por quienes eran, pese a que la situación política y social no estuviera de su parte. O echarle en cara que mi abuela merecía más que un amor descafeinado, por mucho que cumpliera sus promesas y siempre se haya mantenido a su lado. Podría hacer muchas cosas, sí.

A pesar de ello, lo que me sale es algo muy distinto.

Lo agarro por el hombro y lo abrazo. El abuelo suspira contra mi camisa y me devuelve el gesto con fuerza. Su alivio es suficiente para saber que en esto no me he equivocado.

Luego se marcha y subo al estudio. La novela que mi abuela dejó a medias sigue sobre la mesa. En su interior, la foto de Pelayo permanece oculta. Subo al desván y la escondo de nuevo en el lugar del que nunca tuvo que salir.

Respeto el único recuerdo que Manuel conserva a salvo de su primer amor.

El abuelo

La niña se ha quedado dormida. Ha hablado durante tanto tiempo que se le ha apagado la voz. Todavía le resuena en la cabeza la historia que le ha contado. Era bonita. Hablaba de dos hombres que se amaban en silencio, porque uno de ellos tenía miedo. Pero los temores desaparecían entre noches en un faro, el mar y los besos. El final era tan feliz como ningún otro que él recuerde.

«No es posible amar con miedo, abuelo. No hay nada más valiente que el amor», le había dicho ella, y él había asentido, porque llevaba razón.

Para abrir el corazón a otro hace falta mucho arrojo. Pelayo lo sabe bien. Aún, de vez cuando, lo nota en carne viva. Ese escozor. Esa quemazón que te recuerda que alguien, un día, lo rozó.

Se incorpora con cuidado y la recoloca en el sofá. La tapa con una manta, le aparta el pelo de la cara y le da un beso sentido en la sien. La mira durante unos segundos y agradece a la vida que esté aquí, en su hogar, a su lado.

Ya es de noche y la luna ilumina las calles. Entra en la cocina y abre el cajón de la mesa. Coge la libreta y el bolígrafo y escribe. Por primera vez desde hace una eternidad, siente que lo hace con una sonrisa.

Después se levanta, guarda el recuerdo en el bolsillo de su camisa y acepta que todo ha terminado.

El mar

Lo veo llegar despacio. Ha hecho este camino tantas veces que debe de conocer todas las piedras que pisa, aunque Pelayo hoy parece fijarse en cada detalle, en cada centímetro de agua y tierra que lo rodean. Los memoriza, como el que mira algo por última vez.

Aún no lo sabe, pero desde el otro lado del paseo alguien más lo está observando. Un hombre de pelo oscuro y ojos casi negros, que no lo son. Y Pelayo lo siente. Lo siente en la nuca, en la espalda, entre las costillas y en cada poro de su piel. Siente esa mirada, como un recuerdo vivo y denso que todavía les pertenece.

Se gira y se la devuelve. El otro hombre suspira y sus ojos se llenan de lágrimas. Le tiemblan las manos de las ganas de acercarse, pero no lo hace. Solo lo mira, sí. Lo mira como tantas veces lo hizo antes y se hablan con los ojos.

Aún saben hacerlo. Aún son capaces de decirse un mundo entero sin palabras.

«¿Cómo está hoy el mar, farero?», dice Manuel entre pestañeos.

Entonces, a la vez, sonríen. Y un nudo se deshace, uno que los suelta y con el que se dicen «adiós». Para siempre. O quizá solo sea un «hasta pronto». Quién sabe si, en otra vida, lo suyo pueda ser...

El hombre de los ojos de invierno se marcha y Pelayo saca la llave dorada y la cuela en la cerradura. Entra en el faro y sube a la sala. Contempla con calma cada rincón. Aguarda tanta magia entre sus muros..., tantos recuerdos... Pero hoy solo quiere quedarse con uno.

Se acerca y los papeles de su puño y letra se mecen al roce de su aliento. Coge el rollo de celo que guarda en la mesa y corta un trozo con las manos temblorosas. Luego saca la nota del bolsillo y la coloca en el centro.

Se aparta y la observa con una sonrisa inevitable.

Ahí está. Su último recuerdo. El más bonito. El que cierra el círculo.

Después sale y rodea el faro. Se asoma a las rocas y me mira. Lo ha hecho infinidad de veces, aunque siento que esta es distinta. Salta el muro con paciencia, sus rodillas no son las que eran, y se sienta sobre la piedra lisa. Se quita los zapatos. Los calcetines. El abrigo. Se deja la camisa y los pantalones.

Y entonces sonríe.

Y cierra los ojos.

Y lo sabe.

Uno siempre sabe cuándo ha llegado su momento.

Respira y el corazón le late más deprisa cuando las piernas se despegan de las rocas.

Y su cuerpo es más liviano que nunca cuando roza el agua.

Y me abraza.

«Bienvenido a casa, amigo. Bienvenido a casa.»

Alba

Abro los ojos y tardo unos segundos en enfocar la vista. El salón está vacío, el silencio es absoluto y la lámpara de la mesilla sigue encendida. Me incorporo y aparto la manta con la que el abuelo me ha convertido en un gusano de seda.

En cuanto mis pies descalzos tocan el suelo, lo percibo. Hay algo distinto en la casa. Algo que no debería suceder, pero que lo noto acariciándome los pies. Es la brisa fría que entra por la puerta entreabierta.

—No.

Una palabra. Un grito sordo.

Me levanto y corro escaleras arriba con la esperanza atravesada en la garganta. Reviso en todas las habitaciones, rezando para que el abuelo se haya olvidado de cuál era su cama y se haya colado en la mía, pero no hay rastro alguno de él.

Y, de algún modo que no logro comprender, lo sé. Sé que no se ha escapado para guardar recuerdos en el faro, como ha hecho tantas noches. Noto que hoy hay algo diferente sobrevolando esta casa. Se percibe en esos detalles invisibles que no se ven, pero que se sienten.

Me calzo las zapatillas y corro. Corro lo más rápido que

puedo hacia el faro, con el presentimiento de que da igual cuándo llegue, porque ya será tarde.

A lo lejos, veo la llave dorada colgando de la cerradura desde fuera. Quizá esperándome para que la recoja y la lleve de vuelta a casa.

La cojo y entro, con la respiración y el corazón acelerados.

—¿Abuelo?

El mar ruge al otro lado del muro como toda respuesta.

Subo despacio, contando cada escalón como un modo de serenarme, hasta llegar a la sala del torrero. Vacía. Un escalofrío me recorre entera. Una corriente suave que me dice que él ha estado aquí no hace mucho. Pero que ya no.

Ya no.

Me acerco a la mesilla y enciendo una vela. Está medio derretida por las veces que nos ha alumbrado a Enol y a mí, pero aún puedo sostenerla sin quemarme con la cera. Reviso de nuevo las notas, los recuerdos, las palabras del abuelo escritas con tanto mimo y protegidas de todo lo que fuera del faro le recordaba, una y otra vez, que su historia inacabada nunca saldría bien.

Y entonces, en el centro de ese maremágnum de sentimientos, lo veo.

Es pequeño. Conciso. Perfecto.

Una despedida.

Su último recuerdo.

Alba.

Y no está dedicado a Manuel, sino a mí. Solo a mí.

Cierro los ojos, me asomo a la cristalera y le digo adiós.

E, inesperadamente, mis labios dibujan una sonrisa tan grande como el mar que me la devuelve.

El mar

«¿La ves, Pelayo? ¿Ves esa sonrisa? Esta sí que es la sonrisa de tu vida.»

La niña está asomada al cristal. Tiene la mirada cubierta de lágrimas, pero parece más descansada que en años. Está triste, y lo estará un tiempo, aunque es de las que respetan las elecciones de cada uno y se alegra por su abuelo. Además, entiende por qué lo ha hecho. Ya nunca nadie podrá separarlo de este lugar, de su pueblo, de su hogar, de mí. Su cuenta atrás había comenzado de verdad y era su última oportunidad de tomar él la decisión antes de que otros lo hicieran en su nombre.

Se aleja de la ventana y coge una vieja caja metálica que guardaba polvo debajo de la cama. Enol la había usado para dejar allí un puñado de cigarrillos que después encendía en esas noches en las que, junto a Alba, hicieron el faro suyo. La tapa no encaja del todo, pero, para lo que la necesita, le sirve. La sujeta entre sus manos, saca los cigarros y comienza a despegar los papeles que cubren las paredes. Uno a uno. Muy despacio. Los lee una última vez y los guarda con delicadeza.

Excepto uno. El que lleva su nombre se lo coloca bajo la ropa, a la altura del pecho.

Cuando termina, asiente para sí y se abraza a ese tesoro de metal.

Nunca he visto a nadie cuidar tanto de una historia de amor.

Alba

Alba

Es mi primer entierro. No sé si esta es una de esas primeras veces que se guardan en la memoria, pero no puedo dejar de pensarlo. Lo hago cuando llego de la mano de mis padres a la iglesia. Y cuando la capilla se llena de todos los habitantes de Varela, incluso de muchos otros que han venido de fuera y que desconozco la relación que tenían con el abuelo. Una voz lo repite en mi mente cuando me giro en el banco y mi mirada se cruza con la de Nacho y Enol, que me sonríen a tientas. Y cuando mis ojos van un poco más allá y buscan los de Manuel, deseando que muestren el dolor que se siente cuando te despides de alguien al que todavía quieres. Y cuando el cura habla de la vida eterna y otras cosas que me cuesta visualizar, pero en las que me encantaría creer. También lo pienso cuando volvemos a casa con una pequeña caja vacía, porque el cuerpo de Pelayo aún no ha aparecido. Y cuando mamá la coloca en la repisa del salón, junto a un retrato de la abuela y una figura de un barco, como una pieza de decoración más con las que ocupar los estantes.

En todo momento, mi cabeza memoriza los detalles de este día, cada segundo de una forma minuciosa para que nunca se me olvide, ni siquiera aunque en alguna ocasión lo desee con fuerza.

—Cielo, ¿estás bien?

Mamá se acerca y se deja caer a mi lado en el sofá. Está pálida, ojerosa y aún tiene los ojos enrojecidos. Es ella la que se encuentra fatal, ni siquiera pudo despedirse de su padre, y, aun así, no deja de preocuparse por mí. Siempre lo ha hecho, aunque con la piel de la adolescencia yo mirase para otro lado.

—Sí, de verdad. Creo que voy a salir a dar un paseo.

Me levanto y me dirijo a la puerta. Cojo el abrigo y el bolso del perchero y, en un gesto automático, hago el amago de cerrar con llave para que el abuelo no pueda escaparse. Casi sonrío, pero en cambio se me escapa un gemido y se me humedece la vista. Porque aquel día no lo hice. Se me olvidó. Me confíe porque estaba conmigo y después me quedé dormida. Me tiemblan las manos. Dos segundos son los que tarda mi madre en abrazarme con firmeza y sostenerme entre sus brazos.

—Alba, cariño, ya ha pasado.

—Lo siento. Lo siento mucho... —sollozo.

Porque ahí está de nuevo, el miedo a haberme equivocado, a haberlos decepcionado, pese a haber hecho todo lo que estuvo en mi mano.

Ella me consuela. Me acaricia el pelo sin cesar y susurra palabras de aliento en mi oreja. Su olor me trae recuerdos de la infancia que había olvidado por completo y hace que se borre de un plumazo lo agridulce de los últimos años.

Cuando me calmo, me aparta y me sujeta las mejillas con ambas manos. Ella también llora, pero, para mi sorpresa, sonríe y su mirada brilla. No está enfadada. No veo esa decepción que siempre nos cubría como una pesada capa. No veo nada más que amor. Ese amor que parece que rezuma este pueblo y que he descubierto que se puede sentir de muchas formas, según con quién lo compartas.

Enol, el abuelo, los rincones de Varela y, ahora, mi madre.

—Quiero que sepas que lo hiciste muy bien. Que no pudo estar mejor acompañado en sus últimos días. Que no tienes la culpa de nada de lo que ha pasado. Y que estoy muy orgullosa de ti.

Cierro los ojos, mamá me deja un beso en la frente y suelto el aliento contenido. El alivio es tan inmenso que me mareo. Y, sin poder evitarlo, entre esas palabras se cuela el abuelo. Oigo su voz. Percibo su olor a mar y piedra, a viento y sal. Lo veo sonriendo. Me dice que las madres siempre tienen razón, que él está mejor que nunca y que su corazón de agua ahora late más deprisa, más vivo, porque en tierra se ahogaba.

—Gracias, mamá.

—Gracias a ti.

Cuando llego al final de Bocanegra, me encuentro con una figura sentada sobre una roca. Tiene el pelo oscuro, aunque ya clarea por zonas, y los ojos vidriosos. Se está liando un cigarrillo, pero el temblor de sus dedos deja en evidencia que los años tampoco han pasado para él en balde.

Me acerco y me siento a su lado. El sonido del mechero rompe el silencio. Inhala con firmeza y su voz suena ronca.

—No fumaba desde hacía décadas.

—Pues espero que no te me mueras aquí mismo.

Manuel se ríe entre dientes y tose. Luego mira al mar. Hoy está muy bonito. Me gusta pensar que se ha puesto sus mejores galas para enterrar al abuelo. Ya ves tú qué consuelo más tonto. A mi lado, el hombre que ha vuelto a fumar a escondidas suspira y me parece uno muy distinto al que, hace solo unos días, me siguió muerto de miedo al paseo para decirme que no esperase nada de él. Tal vez eso sea lo que ocurre, que este Manuel es otro.

La muerte a algunos les cierra los ojos y a otros nos los abre.

—Puede parecerte una estupidez, incluso fuera de lugar, pero he venido a despedirme de él.

Suspiro y me recreo en ese leve consuelo, una pequeña victoria que deshace otro nudo y me desenreda un poco más.

—¿Por qué aquí?

—Porque aquí fue donde todo comenzó.

Trago saliva y asiento. Sin saber por qué lo hago, saco del bolso la caja metálica que ahora siempre llevo conmigo y la coloco entre ambos. Acaricio la tapa con delicadeza y pienso en todos esos recuerdos; noto que respiran dentro, que laten y que esperan regresar a su dueño. Nos observo a los dos con ese objeto viejo y golpeado en medio y, por un momento, casi es como si el abuelo también estuviera aquí.

De pronto, una certeza me sacude con fuerza y sé lo que tengo que hacer. Sé por qué mis pasos me han traído hasta este lugar sin pensar, y no a cualquier otro también importante, como el faro o los acantilados. Sé lo que Pelayo querría. Sé por qué Manuel está a mi lado, fumándose un cigarro después de años y con los ojos clavados en el infinito.

Sin embargo, agarro la lata con fuerza, porque una parte de mí sigue sintiendo la necesidad de protegerlo.

—Manuel, solo quiero saber una cosa.

—Dime.

—¿Lograste olvidarlo? En algún momento de estos cincuenta años, ¿lo borraste de tu memoria? ¿Lo desterraste también de aquí?

Me señalo el pecho y él sonríe. Su rostro está cubierto de lágrimas que no me esconde. Y lo veo. Veo eso que Pelayo escribió en un papel, veo el color azul oscuro de una intensidad sin igual de los ojos de Manuel.

—Ni por un segundo.

Suspiro y suelto la caja. La dejo a su lado y echo a andar de vuelta a casa.

Antes de llegar a la escalinata de madera, me giro y contemplo al hombre que mi abuelo amó reencontrándose con lo que fueron. Lee los recuerdos con calma, llora, ríe y, por un instante, vuelve a ser ese joven libre y feliz que un día conoció a su primer amor en las rocas ocultas de Bocanegra.

Enol

Alba camina despacio. Sonríe levemente y mira el mar de vez en cuando. Parece serena. Entera. Tan fuerte como solo puede serlo la nieta del farero.

No la veo desde el entierro. Mi familia se ocupó en silencio de que a sus padres y a ella no les faltara de nada, como habían hecho con Pelayo los últimos años, pero no me atreví a llamar a su puerta en un momento tan delicado. Tampoco estaba seguro de que me quisiera a su lado. En el fondo, la conozco demasiado bien como para saber que Alba necesitaba estar sola, pasar el trago a su modo, mientras se perdonaba por todo y cerraba un ciclo.

Ha pasado una semana y no puedo dejar de recordar esa noche en cuanto abro los ojos por las mañanas. Me pregunto qué habría pasado de haber tomado yo otra decisión. Qué habría sido de Pelayo, si yo hubiera pulsado su timbre e interrumpido esa charla en el sofá apenas horas antes de que se diera la voz de alarma. Tal vez, sus decisiones habrían sido otras; sus pasos, unos muy diferentes. O, quizá, todo habría ocurrido de la misma manera. ¿Quién puede saberlo? Tal vez la vida esté más escrita de lo que pensamos y solo nos deje creer que nosotros llevamos las riendas.

Fue la propia Alba quien llamó a emergencias para decir que había encontrado la ropa de su abuelo doblada sobre las rocas de los acantilados del faro. En cuanto amaneció, los servicios de búsqueda se pusieron manos a la obra. Varela entera lo hizo.

Sin embargo, sigue sin haber rastro alguno de Pelayo. En el bar de los Velarde los viejos del pueblo, pese a que siempre dicen que el mar devuelve los cuerpos a los veintiún días, en esta ocasión y por algún motivo que solo ellos conocen, murmullan que nunca lo encontrarán, como si algo mágico lo uniera a estas aguas. Algunas familias encienden una vela cada noche en la ventana, un pequeño faro que lo alumbre de vuelta, con la esperanza de que algún día su cuerpo aparezca y los suyos puedan honrarlo como desean.

Yo no sé qué pensar, pero, cuando miro a Alba, una parte de mí sabe que ella no quiere que lo encuentren. Que el farero ahora está en casa.

—Hola —me dice, y arruga la nariz en un gesto que me hace volver al pasado de un empujón.

Pese a la situación, está preciosa, con la cara lavada y el pelo recogido en una coleta.

—Pensé que te habías arrepentido —le confieso, porque llega casi una hora tarde.

Sonríe y se sienta a mi lado. Puede parecer raro, morboso u horrible, pero que me haya citado en las mismas rocas en las que Pelayo se despidió no es una casualidad. Así es como Alba hace las cosas. Se ata a todo lo que le importa, sea bueno o malo, se recrea en los detalles que le duelen, quizá como una forma de sentir también con más intensidad lo que la hace feliz.

—Me dijiste que no ibas a dejarme marchar sin decirme adiós.

Sonreímos ante ese recuerdo, aunque no puedo evitar

sentir la desilusión de lo que ya intuía que era una despedida.

—Así que es cierto. Te vas.

—Sí. Mis padres tienen que volver al trabajo y yo ya no tengo motivos para seguir aquí.

«¿No los tienes, Alba? ¿Estás segura?», pienso. Y me gustaría ser capaz de darle alguno de peso para continuar en Varela, para poder llevarle la comida cada día, pasear con ella por estas calles y perdernos en el faro de vez en cuando.

Pese a todo, sé que no es el momento. Porque Alba había encontrado en cuidar de Pelayo un sentido a su vida y acaba de perderlo. Necesita encontrarse de nuevo. Y necesita hacerlo sola, a su manera, de frente y sin frenos, como ha hecho siempre, o quizá de una forma distinta. Pero este dilema es solo suyo.

Desliza el cuerpo hacia adelante y sus piernas sobresalen. Se asoma al precipicio y contiene el aliento. Hay un brillo de curiosidad en su mirada y observa el fondo del mar con esa inquietud con la que lo vive todo.

—¿Te imaginas lo que debe de sentirse?

Cojo aire y la miro. Ha cerrado los ojos. Tengo que contenerme para no agarrarla de la parte de atrás del abrigo, porque la Alba imprevisible sigue pareciéndome capaz de todo. Hasta de saltar solo por conocer la sensación de morir.

—Es imposible.

Ella sonríe.

—Creo que tiene que parecerse a volar. O a intentarlo y no poder hacerlo. A caer por un agujero negro. A volver a nacer.

—Como perderse en la nada —susurro, mirando sus labios.

Alba abre los ojos y me mira con una ceja alzada.

—¿Acabas de unir el amor y la muerte? Qué trágico... ¿Ves como tenías que haber nacido en otro siglo?

Compartimos una de nuestras sonrisas cómplices. La suya se llena de lágrimas.

—Lo siento, Alba.

Suspira con cansancio y se limpia las mejillas. En un segundo esa tristeza desaparece como si nunca hubiera existido. Mueve las piernas como una niña en un columpio y suelta una carcajada.

—¿Sabes?, ¡yo no! Voy a echarlo muchísimo de menos, pero no siento lo que ha sucedido, porque es lo que él eligió. No deseaba que nadie lo separara de su faro, de su mar, de sus recuerdos. No quería morirse siendo un extraño en su propio cuerpo ni en una cama de hospital. Joder, Enol, ¡me alegro de que lo haya hecho! Debería haber traído champán para brindar contigo. Tú eres el único que podría entender el motivo.

Choca su hombro con el mío y lo siento de nuevo. La puta ola abriéndose paso en mi pecho.

—Eres...

Dudo, pero ladea el rostro y me pierdo en esos rasgos que he memorizado tantas veces. Y entiendo a Pelayo. Antes de olvidarla, me tiraba al mar.

—¿Qué soy?

—La chica más rara que he conocido.

—Eso es porque no has conocido a muchas —se burla.

Nos reímos. El mar ruge bajo nuestros pies. Me pregunto si el farero nos observará desde algún lugar.

—En serio, de bicho raro a bicho raro, voy a echarte mucho de menos —le confieso.

—Yo ya lo hacía, ¿sabes? Estas últimas semanas pensaba en ti.

Me sonríe con pena y la culpa que me acompaña desde entonces me golpea de nuevo.

—Lo siento.

—Ya me lo has dicho.

—No, por todo. Por lo que te dije en el faro, no lo pensaba de verdad.

—Yo creo que sí que lo pensabas, pero no pasa nada.

Siempre tan astuta. Siempre tan directa.

—Por lo cobarde que fui —insisto—. Cuando descubrí que se trataba de Manuel, yo...

Alba abre los ojos conmocionada y me observa con una sonrisa inmensa.

—¿Lo sabes? —Asiento y parece aliviada de poder compartir ese secreto con alguien más—. Habría sido bonito. Aunque, ahora que lo pienso, de haber salido bien, tú y yo no habríamos nacido.

Frunce el ceño, de repente consciente de que esa idea no le gusta en absoluto.

—Nos habríamos encontrado de alguna otra manera.

—¿De verdad lo crees? —me pregunta, esperanzada; luego se ríe al rememorar un recuerdo de hace tiempo—. Quizá un romance imposible entre una mantarraya y mis pies...

Y pienso que sí. En forma de especies marinas, trozos de roca o motas de polvo. Lo que sea. En esto nunca tuvimos elección.

—¿Por qué no? Quizá ellos también lo hagan. Puede que algún día... —le susurro, observando el agua que se mece sin cesar.

Alba parece contenta con esas vidas posibles que solo existen en mi cabeza. Somos especialistas en inventarnos mundos que nadie más entiende.

—Pregúntamelo ahora. —La miro sin comprender a qué se refiere y los ojos le brillan—. «¿Qué temes perder tú, Alba?»

Rememoro aquella otra conversación que parece que mantuvimos hace una eternidad. Una en la que Alba me confesó que se sentía vacía, que no tenía nada que llevarse con ella si

434

un día moría. Me vuelvo y le doy el capricho, porque no merece menos.

—¿Qué temes perder tú, Alba?

Entonces suspira y su mirada se humedece de nuevo.

—Mis recuerdos con él. Contigo.

Nunca he visto nada más bonito.

—¿Volverás? —le pregunto con más necesidad de la que pretendía.

—¿Para cometer más errores? Es posible.

—Te esperaré. Aquí. Mirando el mar.

Sus labios se curvan. Luego alza la vista al cielo. Dos gaviotas pasan volando y las atrapa en una fotografía imaginaria con un guiño de ojos. No puedo evitarlo, estiro la mano y acaricio la suya con los dedos. Y ella, a su manera, me dice adiós.

—¿Una vida sin errores o una llena de ellos, tan bonitos como los nuestros?

No me deja contestar. Se gira y se acerca para darme un beso. Apenas es un roce en la comisura de los labios. Demasiado corto, demasiado leve. Después se levanta y se marcha.

Antes de que se haga de noche ya pienso que Varela parece un poco menos viva, más apagada.

Alba

—¿Estás lista?

Observo la casa. Cada mueble. Las fotografías familiares. La manta bajo la que nos abrigamos tantas veces. Las llaves colgando en la entrada. La del faro brilla por encima de las demás. Me pregunto si alguien más la usará alguna vez, si volverá a ser partícipe de alguna otra historia.

Asiento a mi madre y me dirijo a la entrada; mi padre está guardando las maletas en los coches.

Sin embargo, antes de que ella cierre la puerta, recuerdo algo.

—¡Espera!

Me cuelo dentro y me acerco a la cocina. Abro el cajón y veo la libreta del abuelo. A su lado, descansa la fotografía que hizo Joaquín Velarde hace ya tantos años. La saco y voy al salón. Miro los estantes y mis ojos se paran cuando encuentran el lugar perfecto. Un hueco entre una imagen de Pelayo sonriente apoyado en el faro y otra de nosotros dos cuando yo apenas levantaba un palmo del suelo. La coloco con cuidado y suspiro satisfecha.

—Ya está, mamá. Ya podemos irnos.

Se montan en el coche y los sigo con el mío.

Observo las casas que dejamos atrás a través del retrovisor.

Miro el mar por última vez al otro lado de la carretera.

Le digo adiós con los ojos.

Y sonrío.

El mar

Ya hemos llegado hasta aquí. Ha sido un viaje intenso, bonito, duro, dulce y amargo a la vez. Habéis ido conociendo su historia a retazos, a pinceladas que escondían más de lo que mostraban, y es una lástima, porque la historia de Manuel y Pelayo es una de las más bonitas que recuerdo. Que no significa que fuera feliz. De hecho, hay una belleza innegable en los finales tristes.

Pero ya no es un secreto. No del todo, al menos. Así que ha llegado el momento de explicaros cómo viví yo su historia, cómo se veía a través de unos ojos que no sabían que los miraban.

Eran tiempos tranquilos en Varela. El turismo aún no había explotado y la vida en sus calles era apacible. Ambos, dos jóvenes cualesquiera, paseaban por Bocanegra muy temprano cuando yo se lo permitía. Pelayo lo hacía cuando salía del faro antes de volver a casa. Se sentaba en las rocas y fumaba cigarrillos con la mirada perdida en mí y en sus pensamientos. Manuel, por otra parte, era hijo de pescador, así que dormía poco y estaba acostumbrado a que el día empezara mucho antes de que saliera el sol.

Se conocían de siempre, pero en los pueblos pequeños es habitual moverse con los jóvenes de la misma edad, y Manuel, tres años mayor que Pelayo, apenas se había fijado nunca en él. Solo era un chico más. Aunque muy pronto dejaría de serlo.

Quizá fuese el destino. Dos personas cuyo sueño estaba alterado, uno por vigilarme de noche y otro por tenerlo inquieto. Tal vez fuese una simple casualidad. Un golpe de buena o mala suerte. ¿Quién sabe qué rige estas cosas? El caso es que un día se encontraron en las rocas más escondidas, esas que habían visto a incontables amantes dejándose llevar y en las que Pelayo, siempre demasiado reservado, se ocultaba del mundo.

El primer día solo se saludaron.

Sin embargo, Manuel se quedó prendado de aquel chico solitario y de mirada intensa que se perdía en el agua. Me di cuenta enseguida. Pelayo tardaría un poco más. Manuel pensaba que había algo distinto en él. Una fuerza que se palpaba entre silencios. Una intensidad que se respiraba solo con tenerlo cerca. Resultaba interesante sin hacer nada más que sentarse y contemplarme. Hay algo fascinante en aquello que no se deja ver, en lo que escondemos, y Pelayo parecía un secreto en sí mismo.

El segundo día no fue muy diferente. Un gesto de asentimiento, una mirada tímida, una sonrisa disimulada.

El tercero, ya compartían algo. No sabían el qué, pero ambos buscaban al otro al llegar, nerviosos por si se sucedía un nuevo encuentro o no.

Manuel pasó de aparecer una vez a tres o cuatro días por semana. Pelayo, a llegar cada amanecer puntual como un reloj, como el que espera una cita que no quiere perderse.

Las señales estaban por todas partes.

Y entonces algo cambió. Una mañana, después de mirarse y fumarse ambos un cigarrillo sin compartir palabra, el farero rompió el silencio.

—¿Tu padre sigue faenando?

Manuel lo miró, fingiendo que el corazón no se le aceleraba por la sorpresa, y asintió.

—Sí.

Pelayo me observó con el ceño fruncido. A sus veinte años, ya me conocía mejor que los ancianos del lugar.

—Pues dile que mañana no salga. El mar parece tranquilo, pero que no se confíe.

Manuel le dio las gracias con un gesto y se marchó.

A la mañana siguiente, cuando su padre, incrédulo por el consejo del que aún veían como a un crío, salió en el barco y tuvo que regresar a pocos metros de la costa por la ventisca y la marejada, Manuel y él comprobaron que llevaba razón. Que Pelayo, el nuevo farero, sabía lo que decía, y rápido se ganó el respeto de los que lo veían demasiado joven e inexperto para cargar con la responsabilidad que el viejo Matías, ya retirado, le había dejado.

A partir de entonces, se estableció un ritual entre ellos. Uno de esos que acaba siendo mucho más y que levanta cimientos en las historias de amor.

—¿Cómo está hoy el mar, farero? —le preguntaba Manuel antes de cada despedida.

Y Pelayo sonreía y le decía cómo me sentía a través de sus ojos siempre atentos.

Pero ese no fue el único paso. De haberlo sido, tal vez nada habría sucedido.

Le tocaba mover ficha a Manuel, y no tardó en lanzarse sin miedo otra mañana en la que, solos en aquel rincón escondido, parecían los únicos habitantes del planeta.

—¿Me das uno?

Manuel señaló el tabaco de Pelayo.

440

—Claro.

Se acercó a él y se sentó a su lado. Hasta ese momento siempre habían charlado a una distancia prudencial. Pelayo, en las rocas y Manuel, de pie, más pegado a la orilla. Pero de pronto eran dos cuerpos que respiraban a menos de un metro. Y la cercanía siempre descubre muchas cosas. Detalles que pasaban desapercibidos. Aromas. El sonido de una voz susurrada.

Manuel lio dos cigarrillos y le ofreció uno a Pelayo. Luego miró al faro, que descansaba por encima de sus cabezas, a tanta altura que desde allí parecía un gigante que los amparaba.

—¿Cómo acabaste ahí dentro?

Pelayo sonrió y pensó con afecto en su antecesor.

—El señor Matías ya estaba viejo. Es amigo de mi familia y sabía que me atraía la idea. Siempre me fascinó su trabajo. Me colaba siendo niño y, cuando se cansó de echarme, comencé a hacerle compañía. Me lo enseñó todo antes incluso de saber que un día lo necesitaría. Fue él quien planteó que me presentara a las oposiciones de farero. También envió una recomendación a la Comisión de Faros, por si servía de algo.

—Y lo conseguiste.

Ambos se rieron.

—Sí, aún no sé ni cómo, pero un día me vi aquí con apenas veinte años cumplidos y el mar al otro lado.

—No debe de ser fácil.

Pelayo reflexionó sobre ese trabajo en el que apenas llevaba unos meses y que ya intuía que sería parte fundamental de su vida. Ya había asumido que cuando un hombre se convierte en farero lo hace para siempre.

—En realidad, es muy tranquilo. Salvo excepciones, es un trabajo muy rutinario.

—Mi padre quiere que pesque, pero lo odio.

Pese a que la confesión le salió sola, Manuel se mostró sorprendido por haberlo dicho en voz alta. Estaba demasiado acostumbrado a fingir que la vida que le había tocado le gustaba, pero con Pelayo... no le encontraba sentido a mentir.

—¿Se lo has dicho?

Manuel suspiró y apartó la mirada, algo avergonzado por su cobardía.

—Aún no. De momento, me deja escaquearme en las salidas. Me encargo de la recogida cuando regresan y de las entregas.

Pelayo asintió y lo miró con curiosidad. Siempre había creído que Manuel era un chico con pocas aspiraciones, de los que siguen la tradición familiar sin cuestionarse otros caminos. No lo juzgaba, pero esa actitud nunca había ido con él. Aunque, quizá, se había equivocado.

—¿Qué te gustaría hacer?

—No lo sé —respondió Manuel demasiado rápido y apartando la vista.

Pelayo se rio. Tenía el cigarrillo colgado de los labios y los ojos entrecerrados se le achinaban de un modo que el otro no podía dejar de observar con evidente interés.

—Estás mintiendo.

A Manuel le sorprendió que Pelayo hubiera sabido que no estaba siendo sincero. Apenas se conocían, pero entonces él se dio cuenta de que eso no era del todo cierto. Se habían estudiado sin cesar. Y, entre silencios, muchas veces se expresa más que con la voz.

—No quiero que te burles de mí —le contestó con una sonrisa ladeada.

—¿Por qué iba a hacerlo?

Manuel suspiró y se mordió el labio antes de compartir su sueño. Porque hacerlo siempre da cierto pudor. Los sueños suelen decir demasiado de lo que lleváis dentro, eso que rara vez dejáis libre.

—Quiero abrir una posada. Aquí, en Varela. —Pelayo lo miró con verdadera curiosidad—. Me gustaría restaurar la vieja casa de mis abuelos y levantar un lugar acogedor donde la gente pueda venir a conocer esto. Los pueblos de la zona están comenzando a abrir sus puertas. El turismo da mucho dinero. Y no es que sea mi principal motivación, la ganancia sería para todos. Muchos jóvenes empiezan a marcharse, Pelayo. Tú eres de los que morirán en esta tierra, pero la mayoría sueñan con ver más, con conocer mundo y con el atractivo de las grandes ciudades. La España rural se desvanece poco a poco, y parece que no nos damos cuenta.

Pelayo reflexionó sobre sus palabras mientras asumía que aquel chico era mucho más que el hijo de un pescador. Manuel tenía aspiraciones inteligentes, conciencia social y ganas. Su discurso, en un principio vacilante, había cobrado fuerza según avanzaba hasta demostrarle a Pelayo en el brillo de sus ojos la importancia que tenía para su dueño y la firmeza con la que creía en él. Y no hay nada más peligroso para el corazón de un idealista que cruzarse con otro.

—Es una gran idea. ¿Lo harás?

—No lo sé.

—Deberías.

Manuel ladeó el rostro y clavó la mirada en la del farero. Este no pestañeaba. Su aplomo lo sobrecogía. Era más joven que él y parecía haber vivido cien vidas. Eso era lo que transmitía Pelayo. Una solidez envidiable. Una madurez y una seguridad admirables.

—¿Siempre pareces tan seguro de todo? ¿Tan... impasible?

Pelayo sacudió la cabeza y le sonrió con una complicidad que nació en ese preciso instante y nunca se marchó. La vi, deslizándose por la mirada intensa de Pelayo y viajando por las motas de polvo del aire hasta la de Manuel. Enredándose. Haciendo nudos que ni el olvido podría deshacer.

—No, pero creo que nada nos impide hacer las cosas. Solo nosotros mismos.

A partir de ahí, todo fue distinto. Manuel y Pelayo se encontraban en las rocas, se liaban un cigarrillo y no dejaban de hablar. Del día a día, de la vida, de libros, de política. No había opinión sobre nada que no les interesara conocer el uno del otro. Los días de marea alta en los que Bocanegra desaparecía bajo mis aguas, se veían en la subida al faro. Manuel se sentaba en las rocas que lo rodeaban y lo esperaba con ilusión.

En una de esas ocasiones, Pelayo apareció con los ojos rojizos y las ojeras marcadas. Manuel se dio cuenta enseguida de que estaba exhausto, y se preguntó por primera vez cuándo descansaría, si pasaba las noches de guardia, algunos amaneceres con él y sabía que se dejaba ver por el pueblo por las tardes.

—¿Nunca duermes?

—Tengo una cama dentro.

—Apuesto a que no la usas demasiado.

Ambos sonrieron.

—Apuestas bien.

Pelayo aún vivía en la casa familiar. Sus padres ya habían fallecido y sus dos hermanos mayores se habían marchado de Varela, así que vivía solo, lo que hacía que volver o no tuviera poca importancia. No había nadie esperándolo y en el faro se sentía más él, puesto que había hecho de ese espacio algo suyo.

—La mayoría de los fareros viven ahí —dijo Pelayo como toda explicación.

—Tú acabarás haciéndolo.

—Tengo la suerte de que mi casa está a diez minutos caminando, pero... no sé. Me gusta estar aquí.

Manuel asintió y su sonrisa fue tenue, aunque Pelayo la vio brillar.

—Aquí me siento bien. Aquí puedo ser yo. Aquí todo desaparece.

—Tiene que ser increíble tener un lugar así. Sentirse de ese modo.

La expresión de Manuel se nubló y a Pelayo le temblaron las manos de las ganas de tocarlo. Suspiró con profundidad, aturdido por ese deseo tan visceral que nunca había sentido, y lo sustituyó por algo menos inadecuado, menos peligroso.

—Puedo enseñártelo, si quieres.

Manuel dudó. Fueron unos segundos. Quizá porque él intuía que lo peligroso no era que sus brazos se rozaran cada vez más cuando se sentaban a charlar en las rocas, sino conocer el lugar en el que Pelayo era más él que en ningún otro. Un lugar del que intuía que nunca querría marcharse.

Enol

A todo se acostumbra uno. Estamos hechos de una pasta que nos hace capaces de habituarnos con rapidez a los cambios, de adaptarnos a la pérdida, al dolor, al sentimiento que sea, y volver a nuestra vida, aunque a ratos los recuerdos te susurren que siguen ahí.

Ya han pasado dos meses desde que se marchó y no hay día en el que no la vea entre estas calles, en la playa, en cada rincón de este pueblo que ha hecho más suyo que mío.

—¿En qué piensas? —Suspiro y Bras se echa a reír; estamos dando una vuelta con el barco aprovechando que hoy ha salido el sol por primera vez en semanas—. Vale. No me lo digas. Tiene tetas y es más bien rara.

—Eres insoportable. —Lo fulmino con la mirada, pero él ni se inmuta.

—¿No sabes nada de ella?

Pienso en Alba y me tiemblan las manos de las ganas de coger el teléfono y revisar nuestra última conversación. Lo hago cada poco tiempo. Lo mejor de todo es que no hay ni una palabra en ella porque, estrictamente, no hemos vuelto a hablarnos, aunque eso no significa que no estemos en contacto. Hasta para eso siento que somos un mundo aparte.

—Nos mandamos fotos —le confieso a un Bras que me observa alucinado.

—¿Fotos guarras? ¿Puedo verlas? Las suyas, obvio, que no tengo ningún interés en verte a ti en plan fogoso.

Sus ojos se deslizan a mi entrepierna y finge un estremecimiento. Le lanzo lo primero que pillo, que no es más que una lata vacía de refresco que le da en el pecho.

—No, pervertido. Ella me envía fotos de pájaros. En el cielo.

Bras arruga el ceño.

—¿Y eso te parece más normal?

Sonrío, porque él no lo entendería, ni mi hermano ni nadie, pero nosotros sí. Eso es lo mejor de todo. Lo que lo hace distinto.

—¿Y tú qué le das a cambio? —me pregunta sin ocultar su desconcierto.

—No lo sé, depende. Fotos de Bocanegra. Del faro. Cosas así.

«Ayer, por ejemplo, le mandé una imagen de un erizo de mar con las púas aplastadas y sé que la hizo reír, porque le recordó a nosotros dos: duros por fuera, blandos por dentro; dos desastres capaces de cargarse sus propias armas de supervivencia», podría decirle, pero no voy a permitir que Bras me pierda el respeto para siempre.

Las nubes comienzan a cubrir el cielo y decidimos volver. Los abuelos nos esperan para preparar la cena por el cumpleaños de nuestra madre y luego iremos a tomar algo al bar de los Velarde.

—Es igual. La echo de menos, pero estoy bien. A veces, las cosas tienen que ser así.

Me encojo de hombros y le sonrío, aunque Bras no parece muy convencido de lo que digo.

—Lo sé, pero no creo que Alba y tú seáis solo un amor de verano, Enol.

Que utilice precisamente esas palabras me sorprende y suspiro resignado. Porque, al final, eso fuimos. Un amor de verano que acabó encontrándonos en otro momento pero que, como todos, tenía un final escrito.

—Seamos lo que seamos, yo estoy aquí y ella no.

—Bueno, eso es porque tú quieres.

—¿Qué pretendes decirme? —le digo, confundido.

—Que sigo sin entender por qué sigues aquí. Y no por Alba, sino por ti. Respóndeme una cosa, ¿esto es lo que quieres?

Miro a nuestro alrededor. Estamos llegando al puerto. Se oye el barullo de un grupo paseando y las gaviotas graznan. Dos niños se ríen mientras lanzan piedras al agua. Huele a los platos que ya se hornean en las casas más cercanas. Varela respira serenidad y vida sencilla. Pero yo no. Yo siento una presión dentro que no se me va, un nudo en el pecho, una incomodidad que antes dormía y que Alba hizo que se desperezara.

Siempre había creído que me conformaba con lo que tenía, pero... pero ahora guardo silencio.

«¿Qué es lo que quieres, Enol?»

Sacudo la cabeza. Al fin y al cabo, ni yo lo sé. O sí. Solo que da demasiado miedo abrir los ojos y decirlo en voz alta. Quizá me parezco más de lo que pensaba a mi abuelo.

El mar

Aún recuerdo la expresión de Manuel cuando entró en el faro por primera vez. En su rostro se podían leer muchas emociones. Miedo. Inquietud. Esperanza. Curiosidad. Respeto. Desconozco si las provocaba la torre o la compañía, pero la realidad es que fue un momento importante para él.

—Esta es la sala de control. Es lo que hace que todo funcione.

Manuel asentía a cada explicación con los ojos muy abiertos. Y Pelayo lo observaba sin pestañear, igual de ilusionado que un niño pequeño enseñándole a otro su juguete favorito. Eso eran, a fin de cuentas: dos críos descubriendo por vez primera el sentimiento más grande de todos.

Ascendieron hasta la siguiente planta y llegaron a la sala del torrero.

—Aquí es donde paso la mayor parte del tiempo. Es mi espacio personal y donde duermo, cuando puedo.

Se miraron y sonrieron con timidez.

Era una sala sencilla, austera. Cama, escritorio, una palangana, una mesilla, un perchero. Poco más. Pero a Manuel le gustó. De algún modo, en ella veía a Pelayo. Su sencillez, su encanto en detalles que podían pasar desapercibidos para los demás, pero que él captaba como si fueran luces que me alumbraban. Los libros guardando su momento junto a la cama. Una alfombra que Manuel intuía que el farero siempre rozaría con los pies descalzos. Un termo de café sobre la mesa. Sus chaquetas de lana y papelillos de fumar en una caja metálica.

—Es fácil imaginarte aquí.

Pelayo tragó saliva. Lo hizo porque, según Manuel decía aquello, sus ojos recorrían la estancia y se paraban más de lo necesario sobre la cama, con las sábanas aún revueltas y su ropa usada desperdigada. Le resultó íntimo. Provocador. Le calentó la piel.

—¿Quieres que subamos?

Siguieron ascendiendo y llegaron al balcón. Era un día soleado, aunque el viento no daba tregua. Hacía frío, pero cuando Manuel se apoyó en la baranda y se asomó, se sintió tan sobrecogido por las vistas que ni la falta de abrigo le molestó.

—Es...

—Lo sé.

Y Manuel me miraba a mí, pero Pelayo lo miraba a él.

Enol

Las tardes de invierno en Varela son de lo más aburridas. Marzo ha llegado lluvioso y apenas nos permite salir de casa, si no queremos volver empapados. Bras se ha echado novia formal, o eso dice él, y lleva dos fines de semana sin pisar por aquí. La abuela está centrada en innovar en el menú de cara a la temporada alta, así que ella y mamá salen poco de la cocina. El abuelo y yo somos los únicos para los que el tiempo parece pasar despacio y denso, como si tuviéramos piedras en los zapatos.

—¿Hoy no vas con los chicos? —me pregunta al verme tirado en la butaca de la sala sin intenciones de moverme para mi cita de los martes con el grupo de exploradores.

—Se han suspendido las actividades por el clima.

Asiente y me deja solo con el cuaderno entre las manos y una película soporífera de traiciones familiares de fondo.

Una hora después, abro los ojos, sobresaltado por un sueño del que solo recuerdo retazos, y me tranquiliza comprobar que sigo en el mismo lugar. Me incorporo y estiro el cuello, acartonado por la postura. Desde el sofá grande, el abuelo me observa con una expresión extraña que no comprendo.

—¿Qué pasa? ¿Cuánto he dormido?

Entonces me fijo en que tiene mi cuaderno en el regazo.

—Estaba en el suelo —dice a modo de disculpa—. Se te ha debido de caer entre sueños.

Trago saliva y tiendo las manos para que me lo devuelva. Sé que no tiene sentido, porque me paso el día con él de aquí para allá, pero nunca se lo había enseñado a nadie. Solo a ella y a los niños. Así que noto una vergüenza inesperada y me tenso.

—No es nada.

El abuelo me lo devuelve y sus labios dibujan una mueca de desacuerdo.

—A mí me parece que sí lo es.

Suspiro y niego con la cabeza. No sé por qué, pero me cuesta mirarlo a los ojos.

—Solo es...

—Es increíble, Enol. Tienes mucho talento.

Resoplo y entonces sí vuelvo el rostro y me encuentro con el suyo. Veo orgullo y sorpresa, aunque también dudas. Una incertidumbre que no comprendo.

—Gracias.

El abuelo asiente y vuelve a fijar sus ojos en el cuaderno. Me pregunto qué le habrá sorprendido más, si todos los datos que he recopilado durante estos años, los bocetos explicativos o que sea capaz de hacer algo más que estar aquí, con ellos, saliendo de vez en cuando a navegar y limpiando el patio cuando se asoma el buen tiempo.

Sin embargo, no me deja meditarlo demasiado.

—Ponte el abrigo. Vamos a dar un paseo.

El mar

Verlos en el interior del faro se convirtió en una rutina. Ya no había paseos por Bocanegra. Ambos aceptaron que sus encuentros continuaran allí dentro, donde solo existían ellos dos y podían dejar de fingir que les gustaba demasiado tenerse cerca.

Manuel le regaló un transistor que encendía en cuanto entraba allí.

—¡No me puedo creer que no conozcas esta canción!

El farero se encogía de hombros y sonreía, mientras miraba a Manuel mover los hombros al ritmo de la melodía y tararear con los ojos entrecerrados. Compartían cigarrillos, cervezas y confidencias. También, silencios con la vista clavada en mí. De vez en cuando, miradas intensas que uno de los dos acababa esquivando; casi siempre, Manuel.

—¿Cómo va tu sueño?

—¿La posada?

Pelayo asintió y el otro se mostró cabizbajo.

—Pues eso. Continúa siendo un sueño.

—Y si no haces nada, así seguirá.

Estaban los dos sentados sobre la cama, pero Manuel frunció el ceño y se levantó.

—Tú todo lo ves muy fácil.

Pelayo chasqueó la lengua y lo imitó. Se colocó a su lado, de frente a la cristalera, y le dio una palmada en la espalda. Al sentir su tacto, Manuel se estremeció. No era más que un gesto amigable, pero su cuerpo vibró.

—Vamos, no te enfades. Solo digo que deberías hablar con tu padre. La casa de tus abuelos acabará perdiéndose, si no hacéis algo con ella. Y tú también.

Manuel se giró y lo miró fijamente. El farero no se movió, sino que dio otro paso hacia él, disimulado, que ambos fingieron no notar, pero que hizo que sus respiraciones se acelerasen. La cercanía cada vez tenía más peso, más significado, por eso la buscaban al mismo nivel que la evitaban.

—¿Tanto confías en mí?

Pelayo tragó saliva y le miró la boca. El otro entreabrió los labios y se los humedeció. Cerró las manos con fuerza y suspiró.

—¿Cómo no iba a confiar en ti, Manuel? Podrías conseguir lo que quisieras, ahora solo falta que lo hagas tú.

Y Manuel se preguntó si eso sería cierto. De ser así, algún día lograría lo que más deseaba desde que había entrado en ese faro: un beso de su dueño.

Los días de buen tiempo no siempre se quedaban dentro. No es que fueran muy lejos, pero se permitían disfrutar de la brisa y del sol en la cara. Además, Manuel pensaba que Pelayo pasaba demasiado tiempo en el interior del faro y que eso no podía ser bueno.

En una ocasión, salieron y se sentaron en las rocas a fumar. Por entonces, ya no se veían solo a escondidas, en esa burbuja que habían creado y en la que nadie más tenía cabida, sino que Manuel se había convertido en uno más dentro del grupo de amigos del farero. Cualquier excusa les servía para verse durante más tiempo, aunque lo disfrazaran de otra cosa. Los hermanos Figueroa, Velarde, Eulalia y Covadonga, aquella chica por la que todo el pueblo bebía los vientos. Incluido Manuel, que parecía responder con demasiado interés a las atenciones de Cova.

—¿Vas a pedirle salir? —La voz de Pelayo rompió el silencio.

Llevaba un tiempo inquieto. Le gustaba ver a Manuel en otros ambientes. De hecho, era más seguro, y sentía algo de lo más adictivo y excitante al disimular que entre ellos no había nada distinto a lo que compartían con los otros. Le encantaba mirarlo de reojo y comprobar que él estaba haciendo lo mismo. Sentir sus ojos en la nuca y cómo se le erizaba la piel cuando cruzaban sonrisas cómplices cuyo significado solo ellos entendían.

Sin embargo, en las últimas semanas había algo más. Algo que no le incumbía solo a él. Y es que Covadonga, la hija pequeña de Ginés García, parecía sentir fascinación por Manuel. Era preciosa, voluptuosa, inteligente, divertida y de buena familia. La niña bonita de Varela que toda una generación deseaba como novia. Pero, para disgusto del farero, ella se había ido a fijar en la única persona que a él le provocaba algo más que indiferencia.

Manuel ladeó el rostro y Pelayo vio las dudas que lo carcomían. El deber y el querer. Siempre en lucha. Siempre buscando un equilibrio.

—Creo que debería hacerlo —respondió en un suspiro.

—¿Deberías? Ni que fuera una obligación social.

Pelayo sacudió la cabeza y centró su frustración en tirarme piedritas.

—No me has entendido. Es Covadonga, joder, estaría loco si no lo hiciera.

455

Aquella respuesta decepcionó a Pelayo. Porque, en el fondo, sabía que se trataba de eso. Que saliera con Cova era lo normal. Lo lógico. Lo correcto. Lo que se esperaba de él. Lo que le haría recibir elogios y ser el objeto de envidia y admiración de todos los jóvenes del pueblo. Lo que haría que sus encuentros clandestinos no dieran de que hablar, si alguien algún día los descubría. Y Manuel podía tener muchas cualidades, pero no era una persona valiente. Vivía con demasiados miedos. Entre ellos, aceptarse tal cual era.

Así que Pelayo tragó el nudo de su garganta y le sonrió, como si no acabara de recibir un golpe invisible.

—Ella lo está deseando.

—Ya...

—Sí, puede que debas hacerlo. Es lo más sensato, Manuel.

—Tal vez lo haga.

Pelayo apoyó las manos hacia atrás y alzó el rostro al sol. Cerró los ojos, dando por finalizada una conversación que no debía afectarle, pero que le había dejado un sabor de lo más amargo.

Pese a todo, antes de que pudieran darse cuenta de que sucedía, Manuel se colocaba en la misma posición y miraba al cielo.

Y los dedos se rozaron.

Se enredaron.

Siempre dudaron sobre quién tocó primero a quién, pero yo lo sé. Y, por una vez, el chico cobarde perdió el miedo y fue libre.

Enol

El abuelo camina rápido. Me sorprende verlo tan ágil, con los hombros muy rectos y la mirada más viva que en los últimos meses.

No he vuelto a hablar de lo de Pelayo con nadie. Sin embargo, desde su muerte, todos notamos que el abuelo estaba más apagado. Da igual saber o no lo que ellos compartían, porque resulta innegable que la pérdida le afectó como solo lo haría a alguien que de verdad le importaba.

Pero hoy parece que ha despertado un poco de ese letargo. Lo que no entiendo es por qué lo ha hecho después de descubrir mi guía personal de Varela.

Llegamos al final del paseo y vemos el faro de fondo. Nos paramos frente a él y lo observamos unos instantes en silencio. Luego el abuelo suspira y continúa caminando hasta llegar a las rocas de los acantilados. Sonrío al darme cuenta de que este lugar a ambos nos despierta demasiados recuerdos. Nos sentamos en un saliente y me consuela que no sea la misma zona en la que compartí tantos momentos con los chicos y con Alba, sino otra más lejana, con peores vistas, pero que nos resguarda del viento.

Me pregunto si el abuelo habrá elegido este punto por el mismo motivo.

Miramos el mar y me enciendo un cigarrillo mientras espero a que él me explique qué estamos haciendo aquí.

—Cuando tenía tu edad soñaba con levantar la primera posada de Varela.

—Y lo lograste.

Asiente, orgulloso, y la nostalgia llena sus ojos.

—Sí, pero no fue fácil. Mi padre, que como bien sabes era pescador, quería que siguiera sus pasos. Así se hacían las cosas por entonces y nunca valoraron otra opción para mí. La familia era lo primero y, aunque muchos comenzaban a marcharse, los que llevamos Varela aquí dentro sabíamos que nunca lo haríamos. —Se toca el pecho y su mirada se pierde en los recuerdos—. Pero yo lo odiaba.

—Y ¿cómo se lo tomó?

—Mal, no voy a engañarte, aunque mi madre lo hizo entrar en razón y me dieron permiso para hacer lo que quisiera con la casa de mis abuelos, cuyo tejado había empezado a derrumbarse y no era más que un incordio para ellos. —Sacude la cabeza y se ríe entre dientes—. Era tan malo faenando que acabaron prefiriéndome entretenido con esa casa en ruinas mientras no diera problemas.

Sonreímos y me alegro de que esté compartiendo todo esto conmigo, porque él siempre ha sido de los que cuentan poco; quizá porque despertar el pasado suponía reavivar demasiado. Por un instante, pienso en Alba y su abuelo, haciendo lo mismo y aprendiendo tanto el uno del otro.

—Por entonces, tu abuela y yo ya éramos novios. —Su mirada se oscurece y sé que está pensando en Pelayo—. Íbamos a casarnos unos meses después. Le conté mi plan y dijo que sí. Sin más, sin dudar. Confió en mí a ciegas y se embarcó en el proyecto con toda la ilusión del mundo.

—Imagino que como debe ser el amor, ¿no?

Él asiente.

—Fue cuando supe que no me había equivocado con ella. —Coge aire con profundidad y sus labios tiemblan—. Aunque no fue Cova quien me animó a hacerlo.

—¿Quién fue? —le pregunto, sin ocultar lo que me sorprende su confesión. Mucho más de lo que él imagina.

—Fue Pelayo. —Compartimos una mirada y me sonríe antes de fijarla de nuevo en el mar. Si no fuera imposible, diría que está mirando al farero—. Fue la primera persona a la que se lo confié. Y él creyó en mí mucho antes de que yo lo hiciera. Sin su apoyo, jamás habría dado el paso.

—¿Por qué me estás contando esto, abuelo?

—¿Qué inquietudes tienes, Enol?

El cambio de tema me tensa y entrelazo las manos por encima de las rodillas.

—¿Yo? No lo sé. Quizá ampliemos las actividades infantiles este verano para que puedan disfrutarlas también los de fuera del pueblo.

—Eso está muy bien, pero tiene que haber algo más. ¿Nunca lo has pensado?

¿Que si no lo he pensado? No he dejado de hacerlo desde que Alba lo expuso con tal claridad que no me quedó otra que escuchar esa voz interior que llevaba tiempo acallando.

No obstante, eso no vale nada. Todos tomamos elecciones. Mejores o peores, pero en algún momento hay que escoger y aceptar lo que nos queda.

—En la posada estoy bien. Os hacéis viejos, no me lo niegues, y cada vez me cederéis más trabajo. Me necesitáis aquí. Y no me importa que lo hagáis.

El abuelo niega con la cabeza. Parece decepcionado, aunque sonríe. Siento que vuelvo a tener doce años y ni idea de la vida. Esa sensación angustiosa de estar perdido en un mundo a mi medida.

—Aún no me has respondido, ¿te das cuenta?

—No sé adónde quieres llegar.

Entonces señala mis manos, pese a que ahora las tengo vacías.

—Ese cuaderno eres tú. En apenas un vistazo he visto más de ti que en estos últimos años, lo cual me avergüenza, no voy a engañarte, por no haber estado atento a lo que tú también gritabas sin hablar. Pero estás encerrado, Enol. Contenido. ¿Quieres quedarte aquí para siempre, pasear por Bocanegra y arreglar la caldera de la posada cada dos por tres? Hazlo, es una vida maravillosa, es con la que yo soñé y que no cambiaría por nada. Pero no sé si es con la que sueñas tú. No lo hagas por nosotros. No te conformes con ver las profundidades del mar desde la orilla. Ve a por ellas y descúbrelas con tus propios ojos. Eres capaz de hacerlo. Y puede ser increíble.

El mar

La vida seguía. Dentro del faro cada vez era más suya, más íntima. De un modo u otro, todas las semillas echan raíces y ellos no iban a ser menos. Fuera de la torre, también lo hacía. El grupo salía y disfrutaba de la juventud. Pelayo no siempre los acompañaba. El farero, pese a su corta edad, tenía más obligaciones que ninguno de ellos, así que solía unirse cuando podía y el resto del tiempo lo guardaba para ver a Manuel en su apreciada soledad.

¿Sentía Pelayo celos de esos instantes que Manuel les regalaba a los otros? No lo creo. Pero lo que sí sé es que lo frustraba no poder darle más, la sensación de que lo que fuera que había entre ellos no era suficiente para Manuel, que parecía encantado de haber encontrado un grupo que lo hubiera aceptado tan bien. A fin de cuentas, Villar era un joven extrovertido, con mucho encanto, que encajaba a la perfección en cualquier lugar y que chocaba con el carácter más cerrado de Pelayo.

Pese a ello, había algo que sí molestaba al farero y no dudaba en dejarlo claro de vez en cuando.

—¿Por qué estás mareando a Cova?

Charlaban con los pies descalzos sobre la alfombra pegada a la cama.

—¿A qué te refieres?

—Tonteas con ella sin parar. Pero luego no le das nada.

—¿Y a ti por qué te molesta?

Pelayo bufó y lo miró a los ojos con una dureza que siempre iba dirigida a otros, nunca a él. De repente, Manuel se asustó. ¿Y si el farero ponía voz a eso que había entre ellos, pero de lo que no hablaban? ¿Y si le pedía algo más? ¿Y si le obligaba a reconocer una verdad para la que no se sentía preparado?

No obstante, como siempre, Pelayo le demostró que era más íntegro y maduro que él.

—Porque ella no lo merece.

Manuel se llevó la mano a la frente y suspiró. Claro que Covadonga no lo merecía. Ella era buena, divertida, lista y preciosa. Tenía todas las cualidades que cualquiera desearía de una pareja y él no dejaba de darle una de cal y otra de arena. Cuando se quedaban a solas, se divertían. Había algo muy adictivo en el juego del cortejo y él no dudaba en disfrutarlo. Al fin y al cabo, Manuel sentía que aún era muy joven como para negarse cualquier oportunidad. A pesar de ello, después de semanas de tonteo, el asunto se estaba complicando. Cova se entregaba cada vez más, aunque se notaba que tenía miedo. Él se esforzaba para que las cosas fluyeran de manera natural, pero siempre había algo que lo hacía girarse desde donde quiera que estuviesen y mirar el faro.

—No es sencillo, no... Cova busca algo serio y no sé si estoy preparado para comprometerme.

Para su sorpresa, Pelayo se rio.

—Esa siempre me ha parecido una excusa de mierda para no confesar que, en realidad, no quieres hacerlo.

—Nos hemos besado —contestó Manuel a la defensiva, porque el comentario era tan verdad que le había hecho daño.

Ambos suspiraron.

Pelayo ya lo sabía. No era estúpido. Sabía que Covadonga y él se habían separado del grupo en más de una ocasión y también que la chica estaba loca por Manuel. No hacía falta ser muy listo para sumar dos más dos.

—No tienes que contarme nada.

—Pero quiero que lo sepas. La besé y después la acompañé a casa. Y la besé otra vez.

Pelayo se giró y, al hacerlo, su muslo rozó la cadera de Manuel.

—¿Y quieres volver a hacerlo?

—No lo sé.

El farero chasqueó la lengua. Qué difícil era a veces. Qué complicado lidiar con una persona con tanto miedo.

Pese a todo, Manuel no era solo el chico cobarde que ocultaba su atracción por el mismo sexo fingiendo que se estaba enamorando de Cova, sino que era mucho más. Era encantador. Lo hacía reír, cuando Pelayo de eso sabía poco. Le gustaba que le leyera pasajes de astronomía náutica, aunque no entendiera la mitad de lo que decía. Si se liaba un cigarrillo, hacía otro para él. Le gustaba tanto la música que Pelayo había comenzado a oír canciones de fondo cuando se le acercaba. Podía pasar las horas mirando sus hoyuelos, casi siempre visibles, porque sonreía sin parar. Y su espalda, su manera de caminar y la curva de su trasero. Manuel parecía despreocupado, era un tanto charlatán y olía a un jabón suave que mezclado con su piel se había convertido en el aroma favorito del farero.

—Dame café, anda.

Manuel se levantó y sirvió café del termo en dos tazas. Le dio una a Pelayo, que no dejaba de mirarlo, y se acercó al transistor para ocupar ese silencio denso con algo que lo hiciera sentir más cómodo. Una canción suave comenzó a llenar el espacio y Manuel se relajó.

—Vamos, baila. La música consigue que te olvides de todo.

463

—No sé bailar.

Lo que Pelayo evitaba ocultar con eso, en realidad, era que estaba excitado como nunca antes lo había estado. Y solo por pensar en los encantos del otro. Por tenerlo cerca. Por dar cuerda en su cabeza a esos instintos que cada vez eran más difíciles de controlar. Esos que a ojos de los demás eran anti-naturales y sabían a prohibido. Pero ¿cómo podía estar mal algo tan bonito?

—No me creo que no sepas bailar. Todo el mundo sabe.

—Yo no.

—Venga, farero. ¡Es fácil! La música tiene algo que nos hace movernos de forma innata. Mírame.

No hizo falta que se lo pidiera, porque, pese a todo, Pelayo no podía dejar de hacerlo. Su sonrisa de hoyuelos. Sus ojos profundos. Su voz, siempre un poco ronca al final de las frases.

Manuel comenzó a moverse por la sala con gracia, con la taza de café aún en las manos. Movía las caderas y Pelayo seguía el balanceo con los ojos, con la piel, con todos sus sentidos puestos en ese vaivén que le recordaba a las mareas.

En un momento dado, Manuel lo agarró del brazo y tiró de él. Colocó la mano en su cintura y el café que aún cargaba se derramó en la alfombra. Las risas salieron solas; por los nervios, la diversión, la emoción escondida en el pecho que se les agol-paba en la garganta y pedía su liberación. Y ambos supieron que iba a suceder. Lo desearon. Lo presintieron. Lo permitieron.

Se miraron la boca y el beso los alcanzó antes de que los labios chocaran.

Fue intenso. Fue anhelado. Fue tan bonito como no recor-darían otro.

¿Que quién besó primero a quién? En esta ocasión, ni ellos lo saben ni yo lo sé.

Solo fueron dos fuerzas de la naturaleza encontrándose.

Alba

Somos unos completos extraños. Creemos que nos conocemos, que nos hemos mirado tantas veces por dentro que ya nos sabemos de memoria, pero no es cierto. Puedes girar una esquina, encontrarte a un hombre empuñando un cuchillo contra otro y salir huyendo, cuando siempre pensaste que lo ayudarías; o tal vez lo contrario, puede que te tires a su espalda y te conviertas en una heroína sin capa.

¿Quién sabe? Somos imprevisibles.

También puede que te veas de vuelta en el pueblo de tu infancia para cuidar de tu abuelo después de echar a perder, según palabras textuales de tu madre, dos años de tu vida, y que te des cuenta con el paso de los días de que es cierto eso de que las madres suelen llevar razón. Que descubras no solo quién eres entre acantilados y casas empedradas, sino, sobre todo, quién te gustaría ser junto a un anciano demente con un corazón más grande que el mismo océano.

—Alba, ¿ya lo tienes todo?

—Sí. Creo que sí. De momento no tengo que hacer nada más, la preinscripción no es hasta junio.

Mamá asiente y me monto en el coche. Nos mezclamos con el tráfico de la ciudad y conduce en silencio mientras yo doy toquecitos a la ventana al ritmo de la música.

—Tendremos que buscarte un piso.

La miro y sonrío, aunque una parte de mí tiene miedo. Estoy tan acostumbrada a sentirlo, a anticipar la decepción, que es inevitable que un nudo se me forme en la garganta. Y me entran ganas de sacar los papeles informativos, romperlos en mil pedazos y seguir hacia adelante como si nada, sin tomar ninguna decisión.

Sin embargo, mamá me palmea la rodilla con cariño y sus palabras funcionan como el seguro que necesito en este instante.

—Lo harás bien, Alba. Te lo prometo.

Suspiro y cojo su mano un segundo, antes de soltarla para que siga conduciendo. Y no lo pienso. Saco el móvil y hago una foto que, por primera vez, es distinta. No hay pájaros difusos por el movimiento. Esto es otra cosa. Otro paso, quizá. Otra demostración de que ya no estoy tan enredada ni tan vacía, y de que, tal vez, comienzo a encontrar mi lugar en el mundo.

En cuanto la instantánea en la que se atisba información universitaria queda «en visto», recibo su respuesta de vuelta. Es la arena de Bocanegra, la reconocería en cualquier sitio. No obstante, el corazón se me acelera cuando reparo en que son letras escritas sobre ella. Amplio la foto y me pellizco el labio, anticipando una sonrisa y controlando mis nervios.

«Con nosotros tres acertaste a la tercera, así que esta es la buena.»

Pestañeo, aturdida por lo retorcido de esas palabras y lo dañinas que serían en otras circunstancias, lo fuera de lugar. Pero así somos nosotros. Y eso me gusta más que nada.

Rompo a reír y mamá me mira confundida, aunque no hace ningún comentario al respecto. Solo observa el sonrojo de mis mejillas y eso que se escapa cuando algo te llena tanto que es imposible que no brille de alguna forma. Eso que Enol es capaz de darme, incluso aunque avancemos por caminos distintos.

El mar

—No me gustan los hombres.

Eso fue lo primero que le dijo Manuel a Pelayo después del beso.

Tras su huida, tardó una semana en volver al faro y Pelayo esperó, con calma, fumando, trabajando y mirándome. Hasta esa tarde en la que Manuel entró en la sala con la respiración agitada, los nervios a flor de piel y una expresión de rabia y miedo.

Pelayo se encontraba en la sala de control, solo le echó un vistazo por encima del hombro y respondió con indiferencia.

—¿Y?

—¿Cómo que «y»?

—Pues que eso es cosa tuya, Manuel. A mí no tienes que darme explicaciones de nada.

El chico cobarde se tiró de los pelos y se marchó sin pronunciar palabra. Pero no se fue a casa, solo ascendió otra planta y se dejó caer sobre la cama. Cerró los ojos al darse cuenta de que olía a él, a Pelayo, y no pudo evitar hundir el rostro en la almohada. Después maldijo entre dientes y se quedó allí tumbado lo que le pareció una eternidad, hasta que oyó los pasos del farero en los escalones de metal.

—Ah, no sabía que seguías aquí.

Manuel se incorporó sobre sus codos y se quedó sin aire.

Pelayo estaba sin camisa, acababa de asearse en el lavabo de abajo y tenía el primer botón de los pantalones desabrochado. Manuel observó su pecho subiendo y bajando al ritmo de su respiración, sus músculos marcados, el comienzo de su ropa interior asomándose sin vergüenza alguna, sus pies descalzos.

Si alguna vez hubiera tenido que explicar qué era para él la perfección, la imagen de Pelayo paseándose por el faro con pasmosa tranquilidad y el pelo revuelto habría encajado en su definición.

Suspiró, se levantó y se quitó la chaqueta. Se estaba ahogando. Aquello no tenía sentido. Aquello no estaba bien.

—¿A ti te gustan? —preguntó, continuando con una conversación que habían dejado en *stand-by* durante una hora.

Una hora en la que le dio tiempo a pensar en lo que estaban haciendo y en las consecuencias que sus actos podrían tener en ellos mismos y en sus familias. Una hora en la que Manuel se hundió un poco más en sí mismo, en esa desesperación que comenzaba a engullirlo, en los remordimientos por lo que sentía por el farero, algo que estaba mal a ojos no solo de casi todo el mundo que conocía, sino también de la ley. Una hora en la que, de igual modo, se recreó en cada instante compartido y acabó por aceptar que lo que despertaba en él cuando estaban juntos ya era más que una realidad imposible de frenarse. Sería un gran error, pero también una verdad imparable.

Pelayo dibujó una sonrisa ladeada y se sentó a su lado.

—A mí me gustas tú.

Fuera o no la respuesta que Manuel había ido a buscar, pareció más que suficiente cuando agarró al farero de la nuca y lo atrajo hacia su boca.

—Nunca había hecho nada parecido.

Manuel respiraba de forma agitada sobre la cama. A su

lado, Pelayo sonreía de un modo lánguido. Los dos, desnudos. Los dos, extasiados.

—Lo sé.

—¿Y tú?

—Yo tampoco —confesó el farero.

Para ambos era su primera vez. Si se habían sentido atraídos por otro hombre o no en alguna otra ocasión, eso solo lo sabían ellos, pero nunca habían dado un paso en esa dirección. Tampoco se habían imaginado sintiendo tanto placer, conectando con otra persona no solo a ese nivel, sino a tantos otros que hacían que todo se intensificara.

—No sé si alegrarme o arrepentirme.

Pelayo se colocó de lado y lo miró estupefacto.

—¿Te arrepientes? Te recuerdo que sigues en mi cama, podías tener algo más de tacto.

Manuel chasqueó la lengua y se mordió el labio.

—No es eso, solo que... ahora que lo he probado no creo que pueda parar nunca.

Pelayo se echó a reír y Manuel silenció la risa con otro beso. Uno tras otro. Sin cesar. A cada cual más húmedo, más sentido, más sincero. En apenas minutos ya estaban de nuevo acariciándose, conociendo sus cuerpos, aprendiendo juntos a hacer el amor como nunca lo habían hecho.

Porque eso era. Amor. Con todas las letras. Aunque todavía no quisieran ponerle nombre. Aunque fuera de esas paredes tuvieran que silenciarlo y fingir que no existía. Aunque no tuvieran al mundo de su lado.

Sin embargo, la intensidad no entiende de tiempos. Y, mientras ellos se deshacían en besos, caricias y orgasmos que duraron toda la primavera, el verano los encontró de sopetón y lo que creían que podía ser para siempre solo resultó ser un espejismo que hizo agua a la entrada del otoño.

Enol

Mi familia está reunida alrededor de la mesa. Bras ha vuelto de fin de semana y engulle como siempre, sin masticar casi, capaz de atragantarse en cada bocado. Mamá y el abuelo hablan sobre una reforma que llevan tiempo valorando en el porche de atrás para después del verano y la abuela canturrea mientras sirve sus famosas patatas guisadas en los platos.

Todo es normal.

Es un día de principios de junio un poco nublado y los primeros turistas ya se asoman por las calles del pueblo. María Figueroa ha venido esta mañana a contarnos en primicia los últimos cotilleos y el alcalde ha comunicado que las fiestas de este año serán memorables. Siento que no hay ni un grano de arena de Bocanegra fuera de lugar.

—He estado pensando en irme a Gijón.

Cuatro cabezas me observan estupefactas.

—¿Qué?

—¿Por qué?

—¿Cómo?

—¿Más patatas, Manuel? —pregunta la abuela, tan ensimismada en sus pensamientos que ni siquiera ha procesado lo que acabo de decir.

Cuando la cuchara cae sobre la mesa, sé que ya lo ha captado y que le resulta tan sorprendente como a los demás.

Me limpio la boca con la servilleta y cojo aire para explicarles esta decisión inesperada para ellos, pero cada vez más sensata para mí. Porque todo está en su lugar menos yo. Yo aún tengo que encontrar el mío.

—Llevo unos meses dándole vueltas y quiero matricularme en el Grado en Náutica y Transporte Marítimo.

Los abuelos asienten y Bras sonríe, tal vez incluso orgulloso después de aquella conversación que tuvimos en medio del mar. En cambio, la expresión de mi madre me desarma. Me mira como si no entendiera lo que está ocurriendo y se sintiera culpable por no haber visto que tenía carencias que ni yo mismo había querido aceptar.

—¿Por qué? No es que me parezca mal, pero ¿por qué ahora? Pensé que estabas bien aquí, que no necesitabas más.

—Mamá, no tiene nada que ver con eso, solo... Solo que alguien me dijo lo que necesitaba escuchar y me di cuenta de que quiero marcharme.

El abuelo sonríe. Nadie lo ve. También he aprendido eso, suele pasar desapercibido en casa, en las decisiones, en las conversaciones trascendentes, como si no estuviera o no fueran con él, pero siempre está. Con un gesto de asentimiento. Una sonrisa. Una ceja alzada de incredulidad. Lo que sea. Como ahora. Que me sonríe y me guiña un ojo con complicidad.

—De acuerdo, cariño. Si es lo que quieres, nos parece bien, ¿verdad?

Mamá espera el veredicto de los demás y todos sonríen. Bras propone hacer un brindis. La abuela le da una colleja cuando se tira la mitad del vino por encima. El abuelo come en silencio mientras asiente para sí. Y yo sonrío. Porque el mundo ahí fuera estará muy bien, pero sé que no voy a encontrar nada mejor que ellos.

Por la noche, Bras y yo salimos al tejado como hicimos tantas veces cuando éramos niños. Aquí me he fumado mi primer cigarrillo y él me ha contado todas las trastadas que ha hecho a lo largo de los años. Hoy bebemos cervezas y hablamos como dos chicos que ya rozan la madurez, aunque a ratos todavía se nos escape.

—Me has sorprendido. —Arqueo las cejas y lo animo a explicarse—. En el fondo, sabía que te quedabas por ellos, que eran tu prioridad. Y me valía. Así yo podía largarme sin sentirme culpable.

Me enciendo un pitillo y miramos al cielo.

—La cosa es que... no deberíamos sentirnos culpables. Ninguno de los dos. Y ellos nunca me pidieron que me quedara. Fui yo, que escogí encerrarme más de lo que ya lo estaba y esperar a que la vida llegara.

—O a que ella regresara —aporta Bras.

Tuerzo los labios, pero ya he asumido que mi yo adolescente no sabía gestionar nada.

—¿Vas a buscarla? ¿Es eso? —me pregunta con un brillo de esperanza.

Niego con la cabeza. Puede parecer que mi decisión está empujada por las ganas de verla y retomar lo que teníamos, pero en realidad me he dado cuenta de que no lo necesito. De que estamos bien. De que no siempre hay que forzar las cosas cuando funcionan, aunque sea desde la distancia. Los amores de verano también pueden dejar un buen recuerdo, pese a que terminen, y con eso nos quedamos Alba y yo.

Me vuelvo hacia mi hermano y le respondo, sabiendo que acabo de tomar otra decisión.

—No, ni siquiera sé si va a estudiar en Gijón o en Oviedo.

—¿Entonces?

—Eso es lo mejor de todo. Que lo hago solo por mí.

Me sonríe y le paso el brazo por los hombros. Alza su cerveza y la choca con la mía.

—Por los comienzos —dice.

—Por los finales.

Sacude la cabeza con incredulidad por mi respuesta y pienso en Alba. Porque ella sí lo entendería.

—¿Vas a decírselo? Que te vas.

—A nuestro modo, supongo.

Bras gruñe y ya visualizo en mi cabeza una ristra de fotografías llenas de significado solo para nosotros. A eso me refería, a que no voy a llamarla. No voy a empujarnos a nada. Voy a dejar que la vida fluya y luego... pues ya se verá.

—No entiendo nada de lo que hacéis.

—Lo sé.

Nos reímos y vemos atravesar el cielo una estrella fugaz.

—¿Y si te la cruzas?

Curvo los labios. Mi hermano me mira como si fuera un monstruo de las profundidades que acaba de aterrizar a su lado. No es para menos. Solo los bichos raros nos comprendemos.

Le guiño un ojo y brindamos de nuevo.

—Pues pediré un deseo.

El mar

En verano Manuel y Pelayo ya no callaban lo que sentían. Se
lo gritaban sin parar. Con los ojos. Con las lenguas. Con los
cuerpos. Lo suyo llevaba tres meses siendo una realidad, al
menos a ojos del faro que los escondía.

A veces, el farero lo sorprendía con una honestidad que a
Manuel le provocaba ternura, congoja y un poco de pudor,
porque, aunque lo deseaba, le costaba un mundo darle lo
mismo de vuelta. «Mi amor», le decía. Y Manuel no sabía
qué responder, porque se quedaba sin voz. Pelayo sentía con
tal intensidad que abrumaba a un Manuel demasiado inexperto y que cada día temía más que lo suyo se descubriera.

—Tengo que irme, no quiero que nadie me vea salir de
aquí y, con el buen tiempo, esto se llena de mirones.

Se abrochaba los pantalones y la camisa con los ojos del
farero sonrientes y llenos de anhelo. Luego se agachaba sobre la cama y le daba un beso húmedo, profundo, de esos
que prometen demasiado, aunque luego no den nada, y se
marchaba corriendo, como un fugitivo. Y Pelayo se conformaba. Al fin y al cabo, tampoco podían aspirar a más sin que
su historia fuera juzgada y castigada.

Sin embargo, Manuel estaba tan entregado a vivir ese

primer amor que a ratos se le olvidaba lo que ocultaban y los detalles se le escapaban. Como aquella tarde en la que Pelayo salió del faro y se encontró con el grupo en Bocanegra para darse un baño. Acababan de salir del agua cuando él llegó, se desprendió de la ropa bajo los silbidos de burla de sus amigos y corrió hasta zambullirse en mis aguas. Nadó hasta que los pies no tocaban la arena y después regresó de nuevo hacia la orilla, sintiendo la placidez de activar el cuerpo con algo de ejercicio. Cuando sacó la cabeza a la superficie y se apartó el pelo de la cara, Manuel estaba atravesando las olas para llegar a su lado.

—Eh.

—Eh.

Sonrieron y sintieron calor. A lo lejos, los demás charlaban y reían, ajenos a lo que estaba sucediendo a pocos metros.

—Te he echado de menos —dijo Manuel.

—¿Incluso con Cova sentada sobre ti? —contestó Pelayo con sorna. Porque, como sucedía cada vez más a menudo, la chica no se separaba de él y lo aceptaba con gusto.

Se salpicaron como dos niños hasta que Manuel metió la mano bajo el agua y lo rozó como sabía que le gustaba.

—Incluso con ella, no podía dejar de pensar en esto. —Pelayo gimió cuando lo acarició con más firmeza—. Y en ti. En nuestro faro.

Parecía una conversación normal, pero se estaban atacando. Había un deje sarcástico que los iba tensando por momentos. Pelayo, porque estaba un poco cansado de ser el segundo plato, cuando sabía que Manuel era suyo por entero, aunque escogiera negar la realidad. Manuel, porque cada día debía esforzarse más para que su vida no se derrumbara y la situación comenzaba a asfixiarlo. Algunos secretos pesan demasiado.

—¿Cuando la besas también piensas en mí?

—Y cuando la toco entre las piernas.

Pelayo cerró los ojos un segundo, un poco por el placer que le estaba regalando, y otro por el dolor de saber que lo suyo con Covadonga seguía avanzando.

—¿Y cuando ella te toca a ti? —preguntó el farero con el aliento cortado.

Entonces Manuel hizo algo que no debía, algo que lo perseguiría toda la vida y que provocó que las cosas cambiaran. Se acercó un paso más hasta que sus sexos se rozaron, olvidándose de que, en la arena, un grupo de personas los esperaba. Entre ellos Cova, la chica de ojos azules y melena negra que observaba la escena con el corazón en un puño.

Los chicos lo desconocían, pero la bella Covadonga llevaba un tiempo observándolos. Al fin y al cabo, el amor es así, y no podía apartar los ojos de Manuel, mientras el resto del pueblo la miraba a ella.

Y pronto descubrió algo que nadie más veía. El farero no la contemplaba a ella, como todo el mundo creía y como tanto insistía su amiga María, sino a él. A su Manuel. Y no tardó en darse cuenta de que este también le correspondía. Había algo fuerte y denso que los unía. Algo que no comprendía y que le provocaba cierto rechazo, pero que había acabado por aceptar, porque era tan real como lo que ella sentía por el joven. Por eso, aquel día, cuando los vio por fin solos, lo supo. Notó que los latidos se le aceleraban y que un mal presentimiento la azotaba. Un amargor en la boca que se confirmó por la forma en la que se miraban. No sabía qué estaba ocurriendo bajo el agua, pero no hacía falta, porque su atracción se respiraba, se percibía como una corriente eléctrica que los atravesaba.

—Cuando ella me toca imagino que te corres, como ahora, y solo entonces el orgasmo me sacude de arriba abajo.

Pelayo se agitó levemente y se dejó ir, pero lo justo para que Covadonga sintiera que algo se le retorcía en su interior. Y Manuel se apartó como si no hubiera sucedido nada. Regresó nadando hasta la orilla, se dejó caer al lado de la chica y le rozó el hombro con los labios.

—¿Quieres que te acompañe a casa?

—No. Hoy mejor no.

Desde ese momento, algo cambió. En Covadonga. En Manuel. En Pelayo. En lo que flotaba cuando estaban juntos, que parecía más pegajoso, más turbio, aunque fuera igual que el primer día. El amor seguía ahí, pero este no siempre es suficiente. Entre otras cosas, porque hay que protegerlo, cuidarlo y respetarlo, y una de las partes no estaba cumpliendo.

Una mañana, Manuel irrumpió en el faro.

Apenas eran las ocho y Pelayo aún estaba tomándose el primer café y disfrutando de la calidez del sol a través del cristal de la ventana. Todo parecía tranquilo, un día bonito y calmado, hasta que un joven alterado y confuso rompió el silencio.

—Lo sabe. Cova lo sabe. ¡Joder, Pelayo!

Se llevó las manos a la cara y comenzó a caminar desenfrenado por un espacio que, en aquella ocasión, parecía demasiado pequeño. El farero asintió y tensó la mandíbula. Sabía que, antes o después, acabaría pasando y a él no le importaban las consecuencias mientras se mantuvieran juntos, pero a Manuel sí. Manuel sentía que caminaba por un acantilado a punto de caer al agua.

—¿Qué te ha dicho?

Se encendió un cigarrillo, dio una calada y se lo pasó para que lo ayudara a serenarse.

—Llevaba días rehuyéndome y fui a su casa. Me dijo que

no nos preocupáramos, que no iba a delatarnos, pero que sabía que había algo entre nosotros y que prefería mantenerse al margen. Dice que no nos ha visto, pero que lo nota. Que ya me conoce lo suficiente y... —Manuel se tiró del pelo con desesperación y apoyó la cabeza en el muro—. Dios, soy una persona horrible.

Entonces rompió a llorar. Fue un sonido apenas perceptible, una especie de gemido ronco que las paredes del faro absorbieron y silenciaron, pero Pelayo lo notó entre las costillas, muy dentro. Se acercó a él y lo agarró por los hombros. Lo atrajo hacia sí y lo abrazó por la espalda.

—No eres mala persona, Manuel. Solo estás confundido. Y tienes miedo. Entiendo que es difícil afrontar algo como esto, pero debes dejar de preocuparte tanto por todo y vivir. Aunque, de momento, solo podamos hacerlo en silencio.

Manuel se dejó cuidar durante unos segundos, disfrutó de su contacto, de su calor, del aroma a sal del farero, pero después se apartó y el enfado volvió a mezclarse con el temor.

—¡Tú no lo entiendes! A ti todo te da igual. Vives aquí, no tienes responsabilidades con nadie ni te molestas en encajar. Ni siquiera parece importarte que nos descubran y nos detengan. Podríamos acabar en la cárcel por esto y tú... tú...

Pelayo suspiró y, por una vez, mostró una cara que solía mantener oculta. Una que también tenía miedo y dudas.

—Sé cómo están las cosas, Manuel, por eso nos escondemos. Pero también sé que algún día cambiarán. Tienen que hacerlo. Solo es cuestión de esperar y de, hasta entonces, mantener vivo esto que tenemos.

No obstante, Manuel sacudió la cabeza y el farero se dio cuenta de que estaba sucediendo. Estaba tirando la toalla. Estaba confesándole entre líneas que luchar por lo que tenían exigía demasiado esfuerzo. Aquello iba más allá del temor a ser descubiertos. Aquello chocaba con los propios principios de Manuel.

—Piensas que esto está mal. Te avergüenzas de lo que somos. De lo que tenemos —susurró conmocionado por ver tan clara esa cruel verdad.

Manuel apartó la mirada y el otro se quiso morir.

—Yo tengo una familia, Pelayo. Una familia a la que destrozaría si le contara que... que...

La voz se le quedó a medias. Apartó la mirada, avergonzado por ni siquiera ser capaz de poner nombre a lo que eran. A lo que él era y que no terminaba de aceptar.

—¿Si le contaras qué? —lo empujó Pelayo, siempre dispuesto a dar pasos con él, por muy pequeños que fueran.

Manuel alzó la vista y sus ojos llorosos se quedaron prendados de la firmeza de los que le devolvían la mirada.

—Si le contara que estoy enamorado de un hombre.

Era la primera vez que lo decía. También sería la última.

Ambos se lanzaron hacia el otro. Dos imanes encontrándose a medio camino. Dos corazones buscando refugio antes de la tormenta.

Aquella mañana hicieron el amor muy despacio, con los ojos abiertos, sin dejar de besarse. Se desnudaron con manos furiosas, que se fueron calmando sobre la piel del otro. Se dedicaron las sonrisas más bonitas, los susurros más dulces. Se quisieron con más sinceridad que nunca y después se despidieron con una caricia en la mejilla y un beso suave en los labios.

—Hasta mañana, farero.

—Hasta mañana, mi amor.

Al día siguiente, Manuel fue a ver a Cova. Le pidió perdón; también le hizo prometer su silencio. Le dijo que la quería, aunque fuese de un modo distinto. Que no podía soportar por más tiempo la carga de un secreto así y que cuanto antes terminara lo suyo con el farero menos dolería. Que se comprometía con ella. Que lo suyo con Pelayo había acabado.

Manuel eligió.

Y Cova aceptó.

No obstante, siempre fue la más inteligente de los tres. También la más generosa, aunque solo lo hiciera porque sabía que en las historias de amor sus protagonistas necesitan despedirse para terminar de verdad.

—Una noche. Te concedo una noche en el faro. Y después se acabó.

Manuel la abrazó, aceptó la bandeja de galletas de miel y jengibre recién hechas que le ofreció y fue en busca de Pelayo. Cuando el farero lo vio llegar, supo que era un adiós.

Lo dejó pasar y le pidió que fuera directo y breve, que tenía cosas que hacer. Manuel lo intentó, pero acabó rompiéndose y suplicándole entre besos lo que sabían que les haría más mal que bien, pero que no podían evitar.

«Una vez. Solo una última vez.»

Y lo hicieron. Se quisieron de un modo furioso, salvaje, casi violento, nada que ver con lo que habían compartido el día anterior. Dejaron que los reproches, la frustración, el miedo y la rabia los ahogaran y, al terminar, se abrazaron en un baile silencioso y se despidieron con una mirada cubierta de niebla.

—Quédate —le suplicó Pelayo a media voz.

—No puedo.

—¿Por qué no?

—Porque te amo, pero esto no es lo que quiero.

Y Pelayo se quedó solo. Con el corazón roto. Con su faro. Con sus recuerdos.

Una noche de tormenta, tres años más tarde, llamaron a la puerta del faro con tanta insistencia que Pelayo bajó asustado. Al otro lado se encontró a un Manuel desesperado, triste, agotado, destrozado. Uno que tampoco lo había olvidado. Abrió y lo observó a través del espacio entornado, sin invitarlo a entrar. Le había costado mucho sacarlo de ese lugar tan suyo como para estropearlo en segundos.

—¿Qué estás haciendo aquí?

Manuel lo traspasó con la mirada más sincera que le había dedicado.

—No puedo dejar de pensar en ti. No puedo hacerlo. No puedo olvidarte.

El farero nunca fue más fuerte que en aquel momento. Cova, que los observaba escondida al final del camino con el pelo empapado, tampoco.

Pelayo cerró los ojos unos instantes, se recreó en el dolor punzante que ese amor había acabado provocándole y soltó el aliento contenido antes de encerrarse de nuevo.

Por Covadonga. Por él mismo. Por el propio Manuel.

Porque, en el fondo, era el primero que sabía que lo suyo nunca podría ser. No así. No cuando se había ensuciado tanto. Pelayo entendía el amor como libertad, no como una torre en la que encarcelarlo.

—Vete a casa.

Y Manuel se fue. Cabizbajo. Derrotado. Dispuesto a arrinconar a Pelayo en su memoria, sin saber que ni siquiera la más cruda enfermedad lograría que su historia se relegara al olvido.

«¿Y esto es todo?», os preguntaréis. Lo sé, los seres humanos sois curiosos por naturaleza. Es normal que aún queráis saber más. Y puedo deciros que, pese a lo sucedido, Pelayo y

Manuel tuvieron una vida feliz. Se casaron con dos mujeres que los amaban y respetaban, y a las que quisieron de verdad y con honestidad, quizá no de un modo tan intenso como ellos lo hicieron, pero sí de uno más real, más sano, más tranquilo. Formaron familias, cumplieron sueños y, a veces, paseaban por Bocanegra y se miraban desde lejos, antes de girarse y descruzar los caminos.

Pese a todo, quizá ahora no estéis pensando en ellos, sino en los chicos que vivieron un amor de verano en otoño que no duró hasta la llegada del invierno. En Alba y Enol. ¿Me equivoco? Pues lamento afirmar que hay otras historias que acaban y no por ello son tristes.

Aunque, tal vez, de la suya aún nos quede algún capítulo...

Alba

Es una bonita noche de junio. La ciudad está viva, las terrazas abarrotadas y los jóvenes ríen y caminan de un lado al otro del paseo marítimo en busca del siguiente bar en el que dejarse llevar. Yo acabo de salir de uno. Me he escapado en cuanto mis amigas se han dado la vuelta para aceptar las atenciones de un grupo de chicos. No me he despedido. No hace falta. Ya han aprendido que, de vez en cuando, huyo cuando necesito respirar y que no es nada malo.

Han sido meses intensos, no puedo decir lo contrario.

Pisé el suelo de esta ciudad un septiembre sin la seguridad de si lo que estaba haciendo sería una decisión acertada o solo un error más. Empecé por tercera vez una carrera, me mudé a un piso compartido, conocí gente nueva y me adapté a cada uno de esos cambios como mejor supe. Casi a punto de terminar el curso, puedo decir que no lo he hecho nada mal. Todavía debo enfrentarme a algunos exámenes finales, pero tengo la certeza de que no me quiero marchar, lo cual ya es un gran paso para esa Alba que era capaz de boicotearse una y otra vez a sí misma.

Me asomo a la playa de San Lorenzo. La brisa me roza y el olor me llena los pulmones, me calma y me recuerda que todo está bien. Me quito las sandalias y bajo las escaleras. Esquivo los bultos oscuros que charlan en la intimidad, que se besan o que se tocan por primera vez, y me acerco a la orilla. El agua está fría, pero me encanta sentir que los dedos despiertan, que la sangre se ralentiza y que la piel se eriza.

Si cierro los ojos, casi es como si estuviera allí, en esa arena, con sus rocas detrás, con las casitas de piedra de fondo y sus recuerdos.

—No es Bocanegra, pero no está mal.

Contengo un jadeo y abro los ojos. Me giro y lo veo. El corazón me da un salto al reconocerlo. Pestañeo, porque no es una aparición salida del mar. Es él. Aquí. A mi lado. En una noche cualquiera. Lleva una camisa blanca, uno de sus pantalones de loneta y el calzado en la mano. El pelo se le mueve por el viento, un poco más largo que la última vez, y sonríe. La sonrisa sigue siendo la misma. La sonrisa sigue siendo condenadamente perfecta.

Podría preguntarle qué hace en Gijón, pero hace tiempo que sé que vive en la ciudad. Hemos continuado enviándonos fotos en los momentos importantes y me resultó fácil reconocer algunos de los paisajes; imagino que a él igual.

Sin embargo, durante estos meses ninguno de los dos se ha mostrado dispuesto a dar un paso. Supongo que era demasiado bonito lo que teníamos. Demasiado nuestro. Demasiado atractiva la idea de dejar que la vida fuera la que decidiese por nosotros. El azar. Las infinitas posibilidades de cruzarnos o no por sus calles, jugar a buscar su rostro entre los viandantes, la emoción de pensar que es él cuando veo una mata de pelo oscura que sobresale o un chico con un libro de aspecto antiguo bajo el brazo.

Sonrío al darme cuenta de que, por muy estúpido que suene, no puede ser casualidad que nos hayamos encontrado justo aquí. Frente al mar. Donde dijo que me esperaría.

—Me gusta más venir cuando el agua se come la playa. Me recuerda a casa.

«A casa.»

Mi respuesta le gusta. A mí también.

—Así que Enfermería.

Nos reímos y sacudo la cabeza.

—Pelayo me dejó un dinero y quería aprovecharlo en algo más útil que en atrapar pájaros con la cámara.

—Hicieras lo que hicieras, sé que le parecería bien.

Se me humedece la mirada y respiro con profundidad para que el dolor pase. Siempre está, más o menos tenue, pero es inevitable que aparezca de vez en cuando.

—«Para los futuros errores de Alba.» Eso escribió el muy canalla en el testamento. Y lo hizo antes de que fuera a cuidarlo, así que ya entonces me conocía bien.

Enol se ríe y una ola más viva nos moja las rodillas. Sé que es una estupidez, pero lo siento como un saludo del abuelo desde donde quiera que esté.

—¿Y tú? ¿Qué está haciendo aquí el chico que había elegido quedarse en Varela? —le pregunto con una malicia que no escondo.

—Náutica y Trasporte Marítimo, nada menos. Yo... tenías razón, Alba. No me quedé por mí. No me quedé más que porque... No sé ni por qué, si te digo la verdad.

Me encojo de hombros y lo miro con orgullo. El Enol escondido en una caracola por fin ha asomado la cabeza más allá de esas rocas.

—Las razones no importan, sí lo hace que te hayas lanzado.

Nuestros ojos se enredan y siento una sacudida en el corazón, un hilo que tira de mí y busca el otro extremo en el suyo.

—Vamos a ser los más viejos de la facultad —me dice con una mueca adorable.

—Bueno, tú ya llevas esos pantalones. No hacía falta que te esforzaras demasiado.

Nos reímos y me guiña un ojo. El mar se nos queda pequeño.

—Sé que no es la primera vez que te lo pregunto, pero ¿vas a volver? A Varela.

—Aún no lo sé.

Apenas quedan semanas para las vacaciones y mis padres han insistido en que la casa de Pelayo es mía, pero regresar me da tanto miedo como no hacerlo.

—Dicen que en verano es realmente bonito.

Las palabras de Enol están llenas de esperanza. Me observa con calma, con esa firmeza que siempre se atisba en él, y me pregunto si seguirá sintiendo lo mismo cuando me mira. Yo aún noto que el estómago se me pone del revés.

—No sé si seré capaz de estar allí y no quererte cerca —le confieso.

«De frente y sin frenos», oigo su voz desde lejos. Se lame los labios y deseo hacerlo yo. Con tanta fuerza como la primera vez que lo besé en las aguas heladas de noviembre. Es verdad eso de que algunas cosas nunca se olvidan.

Enol da un paso y me giro. Nos quedamos uno frente al otro. La luna brilla y el arrullo de las olas nos envuelve.

—Podría estarlo —me susurra—. Podríamos estar todo lo cerca que tú quieras.

Y suena demasiado bien. Tanto como para no conformarme solo con eso.

—¿Y cuando llegue el otoño?

No responde. Solo da otro paso. El corazón me pide salir y rozar el suyo.

—¿Aún piensas en mí? —suelta sin venir a cuento.

Suspiro y percibo la suavidad de su mano tanteando la mía. Y no dudo. Mis dedos la atrapan y siento que tengo Varela en las yemas de los suyos.

—Cada vez que miro el mar.

Cierro los ojos cuando acaricia mi mejilla.

—Pues entonces piénsalo. «¿Ir a Varela y enamorarme de Enol o no ir, quedarme aquí y conocer a un montón de turistas guapos y divertidos con los que disfrutar sin complicaciones por una noche?»

Me río y él se muerde la sonrisa.

—Mi problema es que soy adicta a los amores de verano, así que... creo que no tengo elección.

Enol asiente, complacido, y rozo su camisa con la nariz. Huele a mis mejores recuerdos.

Pese a todo, aún tiene algo que decir. Aún tiene la capacidad de hacer que el mundo gire más deprisa mientras nosotros nos quedamos muy quietos.

—No quiero que seamos un amor de verano, Alba. No quiero algo pasajero. Ni en Varela, ni aquí, ni en ningún lugar en el que estés tú.

—¿Y qué buscas?

—Quererte. Sin fecha de caducidad.

Alzo el rostro y lo miro. El chico de las mareas acaba de arrollarme y no me importa.

—¿Un amor estacional que acabe bien o uno del que no conoces el final?

Sonreímos y los labios se tantean en un baile lento que deseo que no acabe.

—Supongo que podemos arriesgarnos.

Nos besamos. Y todo desaparece. La nada nos engulle. El mar ruge. A lo lejos, una gaviota aterriza sobre una roca y se duerme.

Epílogo

Cinco años después

Han crecido mucho desde entonces. Alba lleva el pelo por encima de los hombros, un vestido amarillo y una sonrisa torcida. Las chanclas de Enol resuenan en las rocas según se acercan y un cigarrillo sobre su oreja aguarda el momento de ser prendido.

Pese a todo, siguen recordándome demasiado a esos niños que se miraron por primera vez en este mismo lugar.

Los he seguido observando.

Cada verano, regresaban y compartían momentos en Bocanegra, se escondían como dos chiquillos traviesos en la oscuridad del faro, creaban recuerdos con sus familias y abrazaban la nostalgia de los que ya no están.

Cada otoño, hacían las maletas y volvían a la ciudad para continuar labrándose un camino por separado y, mientras maduraban como personas, también lo hacían como pareja, demostrándose que no todos los primeros amores llevan siempre implícito un final.

—¿Cómo está hoy el mar, chico de las mareas?

Se ríen y se sientan en las rocas. Sus rodillas se rozan. Sus miradas se encuentran cada poco, llenas de emoción, cargadas de una intensidad que no han perdido.

—Perfecto para un reencuentro.

Alba le sonríe con ternura y le aparta un mechón de pelo de la frente. No era necesario, pero no puede evitar tocarlo. Él le coge la mano y le deja un beso sentido en los dedos.

El faro, a sus espaldas, sigue abandonado, pero hoy se siente un poco menos vacío.

La chica saca una lata y se la tiende a Enol.

Él tiembla cuando la coge, pero no duda. La abre y cierra los ojos un segundo, antes de lanzar su contenido por el acantilado. Las cenizas bailan por la brisa. Cuando me tocan, las acojo sin pensarlo.

—Era un gran hombre —dice Alba.

Le pasa el brazo por la espalda y lo abraza.

—Ella es mejor —responde Enol.

Y ambos piensan en Covadonga, que los espera para la cena. La mujer que un día amó a un hombre por quien de verdad era y levantó con él su sueño en forma de posada. La misma que, cuando se despidió de Manuel hace apenas unas semanas, separó las cenizas de su difunto marido en dos, colocó una parte sobre la chimenea de su casa y le entregó la otra mitad a su nieto junto a unas palabras:

«El farero ya ha esperado demasiado tiempo.»

Enol suspira y nota el escozor de las lágrimas. Ahora sabe que, si un día vuelve a mirar a su abuela de un modo distinto, solo será para verla como una persona aún mejor.

Alba alza el rostro y lo observa. Los ojos del chico están velados, entrecerrados, de ese verde intenso y único que un día la enamoró. Su sonrisa está dormida, y lo entiende, pero también sabe que, por mucho dolor que lo acompañe, ninguno de los dos querrá nunca olvidar este momento. Desde hace un tiempo, ambos se agarran con fuerza a los recuerdos por aquellos que ya no pueden hacerlo.

Las hojas del libro que se asoma en el bolso de Alba se mueven. Ella lo saca y lo abre por la primera página.

—«A todos los abuelos. Ojalá fuerais eternos.»

Enol sonríe, aunque le sigue dando vergüenza. Su guía de Varela ya ocupa un lugar de honor en cada casa del pueblo y Alba no pierde la oportunidad de enseñarla con orgullo en cuanto puede. No es que haya vendido muchas, pero, cuando se trata de sueños, eso es lo de menos.

—A Pelayo le habría fascinado —le dice.

Antes de marcharse, se colarán en el faro una última vez y dejarán un ejemplar allí, entre los libros de náutica y los recuerdos que flotan invisibles en cada rincón de esa sala que vivió dos grandes historias de amor.

Pero todavía es pronto. Todavía pueden quedarse aquí en silencio un rato más.

Entonces, cuando la última mota de ceniza me roza, Alba suspira y lo nota. Lo siente. Aprieta los dedos sobre la camisa de Enol y deja que el consuelo se lleve lo que aún dolía bajo la piel.

—¿Oyes eso?

Él la mira, confundido.

—¿El qué?

Y ella sonríe. Porque, por fin, sucede.

—Es el sonido de un beso en el fondo del mar.

En algún punto de mis profundidades, dos corazones se reconocen y las grietas desaparecen.

Agradecimientos

Quiero dar las gracias a todas las personas que, de un modo u otro, me han acompañado en este proyecto. Ha sido un viaje intenso y, a ratos, duro, pero ahora que le he puesto punto final a la historia también puedo decir que muy satisfactorio.

Sin embargo, no estoy segura de si, en este momento de mi vida, lo habría conseguido sin mis constantes.

Gracias a Alice, Saray, Abril, Elsa y Dani, por los consejos, las correcciones, las tormentas de ideas, los «venga, que tú puedes» y las lecturas cero, incluso cuando algunos tenéis menos tiempo aún que yo. Por todo. Sois lo mejor que me han dado las letras.

Gracias a Bea, por estar siempre dispuesta a echar una mano y por emocionarse ante mis éxitos como si fueran suyos.

A H, Julieta y Lola, por su paciencia en estos meses en los que les he robado minutos para poder llegar a todo.

Al equipo de Planeta, en especial a Anna y Miriam, por esta nueva oportunidad, su confianza y apoyo.

Gracias a cada una de las lectoras que me acompañan en esta aventura, por elegir mis historias, recomendarme y disfrutar de ellas con tanta ilusión.

Y, por último, a mis abuelos. Ojalá fuerais eternos.